다크타워 2 [하]

STEPHEN KING

다크타워 2

스티븐 킹 장편소설 | 장성주 옮김

세 개의 문 [하]

황금가지

THE DARK TOWER II:
THE DRAWING OF THE THREE
by Stephen King

차
례

제2부 _ 그늘 속의 여인   7

제1장 / **데타와 오데타**   9

제2장 / **변신을 알리는 종소리**   47

제3장 / **저쪽 세계에 간 오데타**   68

제4장 / **저쪽 세계에 간 데타**   102

되섞기   153

제3부 _ 밀치기꾼   209

제1장 / **쓰디쓴 약**   211

제2장 / **달콤한 꿀단지**   229

제3장 / **롤랜드, 약을 손에 넣다**   248

제4장 / **패를 뽑을 시간**   300

마지막 섞기   333

닫는 글   347

제2부

그늘 속의 여인

제1장

데타와 오데타

1

전문용어를 빼고 설명하면 심리학자 알프레트 아들러의 학설은
다음과 같다. 완벽한 정신분열증 환자란, 그런 사람이 실제로 존재
한다면, 자기 안에 있는 다른 인격(들)을 인지하지 못할 뿐 아니라
자기 인생에서 무언가 빠진 것이 있음을 조금도 인지하지 못하는
남성 혹은 여성을 가리킨다.

아들러가 데타 워커와 오데타 홈스를 만났더라면 좋았으리라.

2

"……가 마지막 총잡이였다고 하더군요."

앤드루가 말했다. 한참 전부터 얘기하는 중이었다. 늘 말이 많은

앤드루였기에 오데타는 평소 그가 뭐라고 얘기를 해도 그저 따뜻한 샤워 물줄기에 머리와 얼굴을 내맡기듯이 목소리가 머릿속을 적시고 그냥 흘러가도록 내버려두곤 했다. 그러나 방금 그 한마디는 오데타의 관심을 잡아끌었다. 아니, 잡아끈 정도가 아니라 아예 낚아챘다. 귀에 걸린 가시처럼.

"방금 뭐라고 했죠?"

"아아, 그냥 신문 칼럼에서 읽은 겁니다. 누가 쓴 건지는 몰라요. 제대로 안 봤거든요. 뭐, 어느 정치꾼이 썼겠지요. 아마 보면 아실 겁니다, 미즈 홈스. 어쨌거나 전 그분을 정말로 좋아했어요. 당선된 날 밤엔 울기까지 했다니까요……"

오데타는 슬며시 웃었고, 자기도 모르게 마음이 저릿해졌다. 앤드루는 쉼 없이 튀어나오는 수다를 자신도 어쩌지 못한다고, 자기 책임이 아니라고, 자기 안에 흐르는 아일랜드인의 피 탓이라고 했고, 대개는 별 것 없는 수다였다. 오데타가 결코 만날 일 없는 그의 친척과 친구들 뒷얘기, 어설픈 정치 논평, 괴상한 책을 탐독하고 얻은 괴상한 과학 이야기 등이었다(뭐니 뭐니 해도 앤드루는 비행접시 신봉자로서 그 물체를 유우포라고 불렀다.). 그럼에도 방금 전의 그 한마디만큼은 오데타의 마음을 건드렸다. 그녀 또한 그분이 당선된 날 밤에 눈물을 흘렸으므로.

"하지만 그 개놈의 새끼가…… 욕해서 죄송합니다, 미즈 홈스. 하여튼 오스왈든가 하는 그 개놈의 새끼가 그분을 쐈을 땐, 눈물이 안 나오더군요. 그 후로도 운 적이 한 번도 없습니다. 그러니까, 보자…… 얼추 두 달쯤 됐지요?"

'석 달 하고 이틀째예요.' 오데타가 속으로 생각했다.

"그래요, 앤드루. 그쯤 된 것 같아요."

앤드루가 고개를 끄덕였다.

"그러다가 어제 그 칼럼을 읽었지요. 아마 《뉴욕 데일리 뉴스》였을 겁니다. 보니까 새로 대통령이 된 존슨이 분명 잘하긴 할 테지만 그래도 똑같진 않을 거라더군요. 필자가 써놓기를, 미국은 이 세상 마지막 총잡이의 임종을 지켰답니다."

"내 생각에 존 케네디는 절대 그런 사람이 아니에요."

오데타가 말했다. 그 목소리가 귀에 익은 목소리보다 날 선 듯 들렸다면, 필시 오데타마저도 칼럼 내용에 동조했기 때문이리라(또한 그렇게 들렸음이 분명했다. 뒷거울에 비친 앤드루가 눈을 껌벅거렸는데 멍한 표정이 아니라 움찔 놀란 표정이었다.). 터무니없는 말이었지만 한편으로는 사실이었다. '미국은 이 세상 마지막 총잡이의 임종을 지켰답니다.' 그 문장에 깃든 무언가가 오데타의 머릿속 깊은 곳에서 메아리쳤다. 추악하고 거짓된 무언가였다. 존 케네디는 평화의 설계자였다. 채찍을 휘두르는 빌리 더 키드 부류하고는 거리가 멀었다. 차라리 공화당의 골드워터 패거리가 그쪽에 가까웠다. 그럼에도 오데타로 하여금 소름이 돋게 한 이유는 분명히 존재했다.

"뭐, 글 써논 걸 보니 세상에 총잡이가 모자랄 일은 없을 거라고 하더군요."

앤드루가 불안한 듯 뒷거울을 흘끔거리면서 말을 이었다.

"글쓴이가 예로 든 사람은 오스왈드를 쏴죽인 잭 루비가 있고, 피델 카스트로, 또 카스트로 친군데 아이티의 그……"

"뒤발리에죠. 별명은 '파파 독'이고요."

"예, 그 사람이오. 그리고 베트남의 응오 뭐더라……"

"응오 대통령 형제는 죽었어요."

"요는, 잭 케네디가 그 사람들하고 다르다는 겁니다. 그거지요. 글쓴이가 말하길 케네디도 총을 뽑긴 한답니다. 그러나 오직 그보다 약한 이가 그를 필요로 할 때에만, 또 오직 다른 대안이 전무할 때에만 뽑는다고 하더군요. 거기다 케네디는 영리해서, 때로는 대화가 아무 소용도 없단 걸 알았대요. 입가에 거품이 부글거릴 때에는 쏘는 수밖에 없단 걸 알았다는 말이지요. 글쓴이에 따르면요."

앤드루는 줄곧 주의 깊게 오데타의 눈치를 살폈다.

"그래봤자 그냥 신문에서 읽은 얘깁니다."

리무진은 5번가를 지나 센트럴 파크 서로를 향해 달리는 중이었다. 보닛 맨 앞에 달린 캐딜락 문장이 2월의 차디찬 공기를 갈랐다.

"그래요."

오데타가 부드럽게 말하자 앤드루의 눈이 살짝 가늘어졌다.

"무슨 말인지 알아요. 내 생각은 다르지만, 그래도 무슨 말인지는 알겠어요."

'이 거짓말쟁이.' 머릿속의 목소리가 말했다. 빈번하게 들리는 목소리였다. '무슨 말인지 완벽하게 이해했잖아. 완벽하게 동의하잖아. 앤드루한테는 거짓말해도 돼, 그러고 싶다면 말이야. 하지만 제발 너 자신한테까지 거짓말하진 마, 이 여자야.'

그럼에도 그녀는 마음속 한편에서 겁에 질린 목소리로 항변했다. 세상은 핵폭탄으로 가득한 화약통이고 그 통 위에는 10억이 넘는 사람들이 앉아 있는 판국에 선한 총잡이와 악한 총잡이가 다르다고 믿는다면, 착각이었다. 무수히 많은 도화선 옆에서 무수히 많은 손이 라이터를 들고 덜덜 떠는 중이었다. 이 세상은 총잡이가 살 곳이 아니었다. 그런 시절이 실제로 있었다고 해도, 이미 지나가버렸다.

아닌가?

오데타는 잠시 눈을 감고 관자놀이를 문질렀다. 지긋지긋한 두통이 또 찾아올 모양이었다. 두통은 가끔 무더운 여름날 불길하게 모여드는 소나기구름처럼 무섭게 일 때도 있었지만…… 이내 스르르 사라지곤 했다. 가끔은 한쪽으로 휙 몰려가서 어딘가 다른 곳에 천둥번개를 내리꽂는 심술궂은 소나기구름 같았다.

그러나 오데타가 생각하기에 이번 폭풍은 진짜 같았다. 천둥에, 번개에, 골프공만 한 우박까지 퍼부어야 직성이 풀릴 모양이었다.

5번가를 따라 늘어선 가로등 불빛이 지독히도 밝아 보였다.

"그런데 옥스퍼드는 좀 어떻던가요, 미즈 홈스?"

앤드루가 망설이는 목소리로 물었다.

"습도가 높아요. 2월인데도 무척 습하더군요."

오데타는 잠시 말을 끊고, 목구멍까지 차오른 쓸개즙처럼 쓰디쓴 말을 토해내지 않으리라고 다짐했다. 되삼키리라고 다짐했다. 그런 잔인한 말을 굳이 입 밖에 낼 필요는 없었다. 앤드루가 세상의 마지막 총잡이 운운하긴 했지만, 그가 늘 주절거리는 밑도 끝도 없는 수다에 불과했다. 그러나 이런저런 온갖 생각을 뚫고 그 말은 치솟았고, 오데타는 하지 말아야 할 말을 하고 말았다. 목소리는 여느 때와 같이 차분하고 조곤조곤했다. 적어도 오데타가 생각하기에는 그랬다. 하지만 자신마저 속일 수는 없었다. 저도 모르게 털어놓은 속마음은 들으면 아는 법이므로.

"보석에 필요한 보증인은 금방 와줬어요. 당연한 얘기죠. 미리 통보를 받았으니까요. 그런데도 그 작자들이 우릴 할 수 있는 한 오랫동안 가둬뒀어요. 나도 할 수 있는 한 오랫동안 참아봤지만, 그 싸움에선 저쪽이 이긴 것 같아요. 결국엔 내가 못 참고 지려버렸으니까요."

오데타는 움찔 놀란 앤드루의 눈을 보고 입을 다물고 싶었지만, 스스로도 어쩔 수가 없었다.

"그 작자들이 가르치고 싶어하는 게 바로 그거예요. 당신도 알죠? 겁을 주려고 그러기도 할 거예요. 상대가 겁을 먹으면 자기네들의 소중한 남부 땅에 두 번 다시 발을 못 들일 거라고 생각하니까요. 귀찮게 굴지 못할 거라고요. 하지만 내가 보기엔 그 사람들도 대개는 알고 있어요. 바보들마저도. 그리고 그 사람들이 전부 다 바보인 건 아니죠. 자기들이 무슨 짓을 하든, 끝내는 세상이 변하는 날이 온다는 걸 알아요. 그래서 할 수 있는 지금, 사람들한테 굴욕을 심어주려고 하는 거예요. 너희가 이렇게 굴욕당할 수도 있다고 가르쳐주는 거죠. 하느님, 예수님, 온갖 성인들의 이름을 걸고 절대로 나 자신을 더럽히지 않겠다고, 절대로, 절대로 그러지 않겠다고 맹세해봐도, 오랫동안 잡혀 있으면 어쩔 수가 없어요. 당연한 얘기지만요. 그 사람들이 가르치려는 건 이거예요. 넌 우리에 갇힌 짐승이다, 짐승보다 나을 것도 없고, 잘하는 것도 없다. 우리에 갇힌 짐승일 뿐이다. 그래서 지려버렸어요. 말라붙은 소변 냄새가 아직도 가시질 않아요. 지긋지긋한 감방 냄새도. 그 사람들은 우리가 원숭이의 종자라고 생각해요. 알죠? 그런데 지금 나한테 나는 냄새가 바로 그 냄새에요. 원숭이 냄새."

오데타는 거울에 비친 앤드루의 눈을 보고 거기 비친 감정 때문에 마음이 아팠다. 때로는 소변 말고도 참을 수 없는 것이 있는 법이므로.

"죄송합니다, 미즈 홈스."

"아니에요, 앤드루."

오데타는 또 관자놀이를 문질렀다.

"미안해할 사람은 나예요. 요 사흘 동안 좀 힘들었어요."

"그러게나 말입니다."

오데타는 앤드루의 말투가 잔소리꾼 같다고 생각한 나머지 저도 모르게 웃음을 터뜨렸다. 그러나 속으로는 별로 웃고 싶지 않았다. 일찍이 오데타는 자신이 무슨 일에 뛰어들려 하는지 안다고 생각했다. 얼마나 지독한 일이 될지 정확히 예측했다고 생각했다. 그 예측은 빗나갔다.

'사흘 동안 좀 힘들었어요.' 하긴, 그도 틀린 말은 아니었다. 하지만 옥스퍼드에서 보낸 사흘을 표현할 말은 그것 말고도 많았다. 미시시피 주가 아니라 지옥에서 보낸 며칠이었다거나. 그러나 하지 말아야 할 말이 있는 법이다. 죽어도 입 밖에 낼 수 없는 말…… 전능하신 아버지 하느님의 보좌 앞에 불려가지 않는 한 꺼낼 수 없는 말이 있다. 아마도 그 자리에 서면 두 귀 사이의 회색 젤리에서 왜 끔찍한 천둥 소나기가 일어나는지도 밝혀질 듯싶었다(과학자들은 그 회색 젤리와 뇌신경 사이에 아무 연결 고리도 없다고 했지만, 오데타가 보기에는 그저 헛소리에 불과했다.).

"얼른 집에 가서 씻고, 씻고, 또 씻고, 그다음엔 자고, 자고, 또 자고 싶은 맘밖에 없어요. 그러고 나면 멀쩡해질 것 같아요."

"암요! 그러셔야죠!"

앤드루는 또 뭔가 사과하려고 했지만, 거기까지만이었다. 감히 그 이상 대화할 엄두가 나지 않았다. 그래서 둘은 여느 때와 달리 침묵을 지키며 5번가와 센트럴 파크 남로가 교차하는 모퉁이의 고풍스러운 회색 아파트 블록으로 향했다. 최상류층이 사는 고풍스러운 아파트 블록이었기에 오데타는 스스로를 '블록버스터'로 여겼다. 저 번드르르한 고급 아파트에는 피치 못할 사정이 아니면 오데타에게 말을 걸지 않는 이들이 살았지만, 오데타는 괘념치 않았다. 심지어 오데타는 그들보다 높은 곳에 살았고, 이는 그들도 잘 아는 바였다. 오데타는 바로 그 이유 때문에 그들이 몹시도 배알 꼴려한다고 느낀 적이 한두 번이 아니었다. 한때는 하녀용 흰 장갑이나 얇고 까만 운전수용 가죽장갑을 끼지 않는 한 검은 손이 닿을 수 없었던 이곳에, 이 아름답고 점잖고 유서 깊은 건물의 펜트하우스에 검둥이가 살기 때문이었다. 오데타는 그들의 배알이 한껏 뒤틀리기를 바랐다. 그러고는 심술궂은 자신을, 믿는 사람답지 않은 자신을 탓했다. 그럼에도 바라기를 멈추지는 않았다. 끝내 참지 못했기에 고급 외제 실크 속옷의 앞부분을 적시고 만 소변과 마찬가지로, 마음속에서 치솟는 바람 또한 억누를 수 없기는 마찬가지였다. 심술궂은 마음, 믿는 사람답지 않은 마음, 나쁜 마음이었다. 아니, 그녀가 '운동'에 관계하는 한 그런 마음은 나쁜 정도에 그치지 않고 역효과를 일으킬 수도 있었다. 이쪽은 이쪽이 고대해 온 권리를 쟁취할 참이었고 필시 해를 넘기기 전에 그럴 수 있을 듯싶었다. 존슨은 살해당한 전임 대통령의 유지를 무시할 수 없는 입장이므로 의회에서 공민권법이 통과되도록 적잖이 신경을 써야 할 처지였다. 필요하면 강행 통과도 불사할 태세였다(그리하여 어쩌면 배리 골드워터의 관 뚜껑에 못을 한 개 더 박을 기세였다.). 따라서 불안과 충격을 최소화하는 일이 중요했다. 아직 할 일이 많았다. 증오는 그 일을 하는 데 도움이 될 수 없었다. 사실상 증오는 방해만 될 뿐이었다.

그럼에도 증오를 억누르지 못하는 때가 있는 법이다.

이것 역시 오데타가 옥스퍼드타운에서 얻은 가르침이었다.

3

한편, 데타 워커는 흑인 민권운동은커녕 그보다 훨씬 얌전한 운동에도 관심을 갖지 않는 사람이었다. 데타는 그리니치빌리지의 허물어져가는 아파트 다락에 살았다. 오데타는 데타의 다락에 관해 아는 바가 없었고 데타도 오데타의 펜트하우스가 어딘지 몰랐으며 무언가 석연치 않은 구석이 있다고 의심한 사람은 단 한 명, 운전사인 앤드루 피니뿐이었다. 앤드루는 오데타가 열네 살일 적부터 오데타의 아버지 밑에서 일했는데 그때 데타는 아직 존재하지도 않았다.

오데타는 가끔 사라지곤 했다. 사라진 기간은 몇 시간일 때도 있었고 며칠일 때도 있었다. 지난여름에는 3주 동안 사라진 바람에 결국 앤드루가 경찰에 실종신고를 하려 했지만, 마침 그날 저녁 오데타가 그에게 전화를 걸어 이튿날 10시에 차를 대기시키라고 지시했다. 뭘 좀 사러 갈 생각이라고, 그렇게 얘기했다.

'미즈 홈스! 도대체 어디 계셨던 겁니까?' 앤드루는 외치고 싶어서 입술이 바들바들 떨렸다. 하지만 예전에 똑같은 질문을 했을 때 돌아온 답은 어리둥절해하는 시선뿐이었다. 앤드루가 보기에 진심으로 어리둥절해하는 눈빛이었다. '여기 있었어요.' 오데타는 그리 대답했으리라. '왜요, 여기 있었잖아요, 앤드루. 날마다 두세 군데씩 데려다주면서 왜 그래요. 벌써부터 정신이 흐릿해지는 건 아니죠, 그렇죠?' 그러고는 웃었을 테고, 혹시 (사라졌다가 돌아왔을 때 가끔 그러듯이) 기분이 무척이나 좋았다면 앤드루의 볼을 살짝 꼬집었으리라.

"잘 알았습니다, 미즈 홈스. 10시에 뵙겠습니다."

앤드루는 그렇게만 말했다.

오데타가 사라진 3주 동안 안절부절못했던 앤드루는 수화기를 내려놓은 다음 눈을 감고 미즈 홈스를 무사히 돌려보내주신 성모님께 감사기도를 올렸다. 그러고 나서 아파트 수위인 하워드에게 전화를 걸었다.

"언제 돌아오신 건가?"

"한 20분밖에 안 됐어."

"누가 모시고 왔는데?"

"거야 나도 모르지. 자네도 잘 알잖아. 매번 다른 차를 타고 오시는 거 말이야. 어쩌다 아파트 옆에 차를 댈 땐 나 있는 데선 보이지도 않아. 벨이 울리면 내다보고 그제야 오셨구나 하고 안단 말이지."

하워드가 말을 끊었다가 한마디 덧붙였다.

"볼에 꽤 심하게 멍이 들었더군."

하워드 말이 옳았다. 지독히도 심한 멍이었지만 차츰 풀려가는 중이었다. 앤드루는 그 멍이 처음 생겼을 때 어떤 꼴이었을지 떠올리고 싶지도 않았다. 이튿날 아침 10시에 정확히 내려온 미즈 홈스는 스파게티처럼 가느다란 끈이 달린 실크 선드레스 차림이었고, 볼에 든 멍은 이때 이미 누렇게 풀려가는 중이었다. 멍을 가리려고 한 화장은 마지못해 한 듯 엷었다. 기를 쓰고 덮으려 하면 오히려 더 눈길을 끌게 되는 줄 아는 듯싶었다.

"어쩌다 그러신 겁니까, 미즈 홈스?"

앤드루가 물었을 때 오데타는 유쾌하게 웃었다.

"내가 어떤지 알잖아요, 앤드루. 늘 하는 실수예요. 어제 욕조에서 나오다가 손잡이를 놓쳤지 뭐예요. 전국 뉴스를 보려고 서두르다가 그만. 넘어져서 볼을 부딪쳤어요."

오데타가 앤드루의 얼굴을 가만히 살폈다.

"지금 의사가 어쩌니 정밀검사가 저쩌니 떠들 생각이죠, 맞죠? 대답 안 해도 돼요. 그렇게 오랫동안 붙어 다니다보면 속이 훤히 보여요. 어차피 안 갈 거니까, 굳이 물어볼 것도 없어요. 난 더할 나위 없이 멀쩡해요. 그럼 기사님, 출발! 일단 삭스 백화점을 한 절반쯤 쓸고 나서 짐벨스 백화점을 통째로 사버릴 거예요. 중간에 포시즌스에 들러서 있는 대로 먹어치워야겠어요."

"알아 모시겠습니다, 미즈 홈스."

앤드루가 씩 웃었다. 억지웃음을 짓기가 쉽지 않았다. 그 멍은 전날 생긴 것이 아니었다. 최소한 1주일은 묵은 멍이었는데…… 그가 아는 사실은 그뿐만이 아니지 않은가? 지난 한 주 동안 그는 매일 저녁 7시 정각에 전화를 걸었다. 미즈 홈스가 놓치지 않고 전화를 받는 시간은 헌틀리 브링클리 리포트가 방송될 때뿐이었으므로. 미즈 홈스는 뉴스 중독자였다. 앤드루는 매일 그 시간에 전화를 걸었는데 딱 한 번 거른 날이 바로 그 전날이었다. 전날 그는 하워드를 찾아가서 설득한 끝에 관리인용 열쇠를 받아냈다. 미즈 홈스가 얘기한 바로 그런 사고가 일어났으리라고 생각한 탓이었는데…… 다만 한 가지, 멍이나 골절 정도가 아니라 그녀가 아예 죽었으리라고, 홀로 죽어 누워 있으리라고 생각한 점이 달랐다. 문을 따고 들어간 앤드루는 가슴이 쿵쾅거렸다. 피아노선이 빽빽하게 쳐진 캄캄한 방에 들어선 고양이가 된 기분이었다. 그러나 걱정했던 광경은 보이지 않았다. 주방 카운터에 버터 접시가 나와 있었는데 뚜껑을 덮어놓았는데도 어찌나 오래됐는지 곰팡이가 잔뜩 피어 있었다. 그는 7시 10분에 들어갔다가 5분 만에 나왔다. 아파트를 휙 훑어보면서 욕실도 들여다보았다. 욕조는 물기가 없었고 수건도 엄격하다 싶을 만큼 가지런했으며, 여기저기 달린 손잡이들은 물 자국 하나 없이 잘 닦인 채 금속광택을 되비쳤다.

앤드루는 그녀가 얘기한 사고가 일어나지 않았음을 알았다.

그러나 앤드루는 그녀 얘기를 거짓말로 여기지도 않았다. 그녀는 자기가 한 얘기를 정말로 '믿고 있었다.'

앤드루가 다시 뒷거울로 눈을 돌리자 손끝으로 관자놀이를 문지르는 미즈 홈스가 보였다. 앤드루는 그 모습이 마음에 들지 않았다. 그는 사라지기에 앞서 저런 행동을 하는 미즈 홈스를 너무나 여러 번 보았다.

4

앤드루는 미즈 홈스가 따뜻하게 머물 수 있도록 히터를 켜놓은 채 차 트렁크로 향했다. 그러고는 트렁크에 넣어둔 여행가방 두 개를 보고 또 한 번 움찔했다. 가방은 흡사 덩치는 커다란데 속은 좁은 성난 사내들한테 수없이 걷어차인 몰골이었다. 감히 미즈 홈스 본인에게 하지 못한 짓을 가방에 저지른 모양새였다. 만일 앤드루가 함께 갔더라면 그가 그 꼴이 되었을지도 몰랐다. 비단 미즈 홈스가 여성이기 때문만은 아니었다. 그녀가 검둥이인 탓이었다. 아무 상관도 없는 곳에 끼어들어 시끄럽게 구는 건방진 북부 출신 검둥이인 탓이었다. 놈들은 그런 여성에게는 그런 대접이 적격이라고 여겼으리라.

문제는, 그녀가 부자 검둥이인 점이었다. 문제는, 그녀가 흑인 민권운동가인 메드거 에버스나 마틴 루서 킹 목사만큼이나 대중에게 널리 알려진 점이었다. 문제는, 그녀의 부티 나는 검은 얼굴이 《타임》의 표지에 실린 적이 있는 점, 그래서 동네 놈팡이들과 짜고 흠씬 두들겨준 후에 '뭐라굽쇼? 에휴, 나리, 이 근처선 그 비슷한 사람 두 못 봤어요, 안 그냐, 야들아?' 하는 식으로 빠져나가기가 조금 힘든 사람인 점이었다. 또 한 가지 문제는, 따뜻한 남부에 공장을 열두 군데나 운영하고 있는 홈스 치과재료공업의 유일한 상속인을 해칠 마음을 먹기가 쉽지 않은 점, 게다가 그 공장 열두 곳 중 한 곳이 미시시피 주 옥스퍼드타운에서 한 마을 건너에 있는 점이었다.

그래서 놈들은 감히 미즈 홈스에게 저지르지 못한 짓을 그녀의 가방에 저질렀던 것이다.

앤드루는 미즈 홈스가 옥스퍼드타운에서 어떻게 지냈는지 보여주는 이 무언의 증거를 모멸감과 분노와 애정이 깃든 눈으로 묵묵히 내려다보았다. 맵시를 부리고 떠났다가 처참하게 망가진 몰골로 돌아온 가방의 상처가 그러하듯, 그 또한 말이 없었다. 그는 가방을 내려다보며 한동안 움직이지 못하다가, 얼어붙은 대기에 하얀 숨을 토해냈다.

하워드가 도와주러 다가왔지만 앤드루는 가방 손잡이를 잡지 않고 조금 더 망설였다. '미즈 홈스, 당신은 누군가요? 진짜 당신은 어떤 분입니까? 때때로 어디로 사라지시는 겁니까? 몇 시간씩 며칠씩 사라져서 얼마나 나쁜 짓을 하시기에 거짓 기억을 만들어 당신 자신마저도 속이셔야 하는 겁니까?' 그러다가 하워드가 도착하기 직전, 다른 생각이 떠올랐다. 기이할 정도로 정확한 생각이었다. '당신의 나머지는 어디에 있는 겁니까?'

'그런 생각은 관둬. 정작 고민해야 할 사람은 미즈 홈스뿐인데 그분은 개의치 않으시잖아. 그러니 너도 할 필요 없어.'

앤드루가 트렁크에서 가방을 꺼내어 건네주자 하워드가 받으며 나지막이 물었다.

"괜찮으신가?"

"내 보기엔 그런 것 같아."

앤드루도 나지막이 대답했다.

"그저 피곤하신 것뿐이야. 뼛속까지 피곤하실 테지."

하워드는 고개를 끄덕거리고 나서 망가진 여행가방을 들고 현관 쪽으로 돌아섰다. 그는 검은 차창에 가려 거의 보이지도 않는 오데타 홈스를 향해 모자챙을 슬쩍 올려 보이고는 지체 없이 사라졌다. 부드럽고도 정중한 경례였다.

하워드가 떠나고 나서 앤드루는 차곡차곡 접어 트렁크 바닥에 넣어두었던 스테인리스스틸 막대 꾸러미를 꺼내어 조립했다. 휠체어였다.

1959년 8월 19일, 그러니까 이날로부터 5년 하고도 반년쯤 전에, 오데타 홈스의 양 무릎 아래는 그녀가 때때로 사라지곤 하는 몇 시간 또는 며칠과 마찬가지로, 흔적 없이 사라졌다.

5

그 지하철 사고가 일어나기 전에 데타 워커가 깨어 있었던 적은 단 몇 번에 불과했고, 그때의 기억들은 물 위에서 보면 따로 떨어진 듯 보이지만 실제로는 기다란 등뼈의 여러 마디처럼 물 밑으로 연결된 산호섬 열도와 비슷했다. 오데타는 데타의 존재를 조금도 의심치 않았고 데타는 오데타라는 사람이 있는 줄 까맣게 몰랐지만…… 데타는 적어도 무언가가 잘못되었다는 것, 누군가가 그녀 인생을 망가뜨리는 중이라는 것쯤은 또렷이 눈치 챘다. 오데타는 데타가 몸을 차지한 동안 자신에게 일어난 일을 납득하려고 상상력을 총동원하여 온갖 이야기를 지어냈지만, 데타는 그녀만큼 똑똑하지가 않았다. 데타는 몇 가지 기억은, 적어도 몇 가지쯤은 기억한다고 생각했지만, 실은 기억 못 할 때가 훨씬 많았다.

데타는 부분적으로나마 '공백'을 눈치 챘던 것이다.

데타는 그 도자기 접시를 기억했다. 그것만은 기억이 났다. 접시를 드레스 주머니에 몰래 집어넣던 일도, 혹시 '파란 여인'이 나타났는지 확인하려고 어깨 너머를 힐끗거리던 일도 기억났다. 도자기 접시는 파란 여인의 소유물이었으므로 반드시 확인해야만 했다. 그 도자기 접시가 '특별한 것'임을 데타는 어렴풋이 이해했다. 이는 데타가 접시를 훔친 이유이기도 했다. 데타는 그 접시를 자신이 '드로어즈'라 부르는 곳으로 가져갔던 일을 기억했다. 연기가 피어오르는 쓰레기투성이 땅굴이었는데 데타는 언젠가 거기서 불에 탄 플라스틱 아기를 본 적이 있었다. 데타는 기억했다. 도자기 접시를 자갈땅에 조심스레 내려놓은 다음 발로 밟으려다 멈칫했던 일을, 입고 있던 새하얀 순면 팬티를 벗어서 접시를 숨겼던 주머니에 넣은 일을, 그러고 나서 늙다리 멍텅구리 하느님이 그녀뿐 아니라 세상 모든 여성에게 어설프게 만들어놓은 바로 그곳의 그 틈새에 왼손 검지를 조심스레 집어넣었던 일을 기억했는데 그 틈새에는 뭔가 좋은 점도 있었던 것이, 왜냐하면 데타는 그 짜릿한 기분을 기억했으므로, 그 틈새를 손가락으로 누르고 싶었으므로, 그러나 누르면 안 되는 줄을 기억했으므로, 발가벗었을 때, 순면 팬티 없이 원래 모습대로 세상을 대할 때 음부가 얼마나 짜릿한지 기억했으므로, 데타는 구두로, 자기가 신은 검은 에나멜 구두로, 그 구두로 접시를 밟아눌렀고, 그러고 나서야 비로소 손가락으로 틈새를, 발에 힘을 주어 파란 여인의 '특벼란' 도자기 접시를 밟아눌렀듯이 그 틈새를 눌렀으며, 접시 둘레에 촘촘하게 그려진 파란색 그물무늬를 검은 에나멜 구두로 밟는 느낌을, 누르는 느낌을 기억했고, 아무렴, 드로어즈 속에서 누르는 느낌을, 손가락과 발로 누르는 느낌을 기억했으며, 손가락과 발의 짜릿한 약속을 기억했고, 접시가 선명한 쨍 소리와 함께 깨질 때 이와 비슷하게 쨍하면서 그 틈새에서 뱃속을 향해 화살처럼 위로 치솟던 쾌감을 기억했고, 입술 새로 터져나오던 울음소리를, 옥수수밭에서 내쫓겨 날아오르는 까마귀 떼 소리처럼 불쾌한 그 울음소리를 기억했으며, 깨진 접시 조각을 멍하니 내려다보다가 드레스 주머

니에서 새하얀 순면 팬티를 천천히 꺼내어 다시 입던 일을, 기억 속
에서 마치 밀물에 둥둥 떠내려온 잔디처럼 덧없이 표류하던 그 일
의 이름을, 언젠가 들은 말로는 '발 끼우기'라고 부르는 그 일을, 그
렇지, 볼일을 보려면 먼저 발을 빼고 볼일이 끝나면 다시 발을 끼워
야 하니까, 먼저 반짝거리는 에나멜 구두 한쪽을 넣고 그다음엔 다
른 쪽을 넣고, 그래, 팬티는 잘 입었고, 그러고 나서 팬티를 위로 쭉
끌어올린 일을, 무릎을 지나, 금방이라도 떨어져서 분홍빛 새살을
드러낼 듯 딱지가 앉은 왼쪽 무릎을 지나 팬티를 쭉 끌어올린 일을
기억했고, 아무렴, 어찌나 생생하게 기억했던지 일주일 전이나 어제
가 아니라 방금 전 일인 듯싶었으며, 파티 드레스 끝단에 닿은 팬티
고무줄을, 흡사 크림처럼, 아무렴, 커피 잔 위에 딱 멈춰 있는 크림
주전자처럼 갈색 피부에 선명하게 대조된 하얀 순면을, 그 감촉을
기억했지만, 하지만 그 드레스는 농밀한 오렌지색이었고 팬티는 올
라가는 대신 내려갔으며 흰색이긴 해도 순면이 아니었고, 속이 훤히
비치는 싸구려 나일론 팬티였으며, 가격뿐만 아니라 여러 모로 싸
구려인 팬티였고, 그 팬티에서 발을 빼던 일을 기억했고, 그 팬티가
1946년형 다지 데소토의 바닥깔개 위에서 얼마나 빛났는지를, 아무
렴, 얼마나 새하얬는지를, 얼마나 싸구려였는지를, 속옷으로 부르기
도 민망한 그저 싸구려 팬티였음을, 싸구려 계집애였기에 싸구려가
돼도 괜찮았음을, 팔려고 내놓아도 괜찮았음을, 갈보 정도가 아니라
아예 싸갈기기 좋은 공중변소인 양 길바닥에 내놓아도 괜찮았음을,
데타는 기억했다. 또 데타는 기억했다. 둥그런 도자기 접시가 아니
라 둥그런 사내 얼굴을, 술 취한 대학생처럼 보이는 사내의 놀란 얼
굴을, 도자기 접시도 아닌데 파란 여인의 도자기 접시인 양 둥그런

얼굴을, 사내의 볼에 그려진 그물무늬를, 파란 여인의 '특벼란' 도자기 접시처럼 파란 그물무늬를 기억했지만, 그것은 다만 네온 불빛이 빨간 색이었기에, 야한 네온 불빛 때문에, 데타가 할퀸 사내의 뺨에서 흐른 피가 어둠 속에서 술집 간판의 네온 불빛에 비쳐 파랗게 보였을 뿐, 사내는 *"이게 무슨 이게 무슨 이게 무슨 짓이야."* 하더니 창문을 열고 머리를 내놓은 다음 속을 게웠고 그때 주크박스에서 들려온 노래가 도디 스티븐스 노래였음을, 분홍색 끈이 달린 갈색 구두와 자주색 띠를 두른 파나마모자가 나오는 노래였음을, 사내가 토하는 소리가 흡사 자갈을 넣고 돌리는 콘크리트믹서 소리 같았음을 기억했고, 사내의 음경이, 방금 전만 해도 뻑뻑한 음모 사이에서 불쑥 치솟은 창백한 느낌표였던 음경이, 스르르 무너져서 구불텅거리는 흰색 물음표로 바뀌었음을, 데타는 기억했다. 또 데타는 기억했다. 사내가 크르럭거리며 토하던 소리가 멈췄다가 다시 시작됐음을, 그녀가 속으로 '이 새끼 아직 이쪽 분수대를 파기엔 경험부족이군.' 하고 생각하며 손가락(지금은 길쭉한 손톱이 붙은 손가락)으로 발가벗은 자기 음부를, 발가벗었지만 지금은 음모가 텁수룩하게 돋아 완전히 드러나지는 않은 음부를 눌렀음을 기억했고, 그러자 예의 그 쨍한 느낌이 다시 몸속으로 파고들었고, 그 느낌은 쾌감인 동시에 통증이었으며(그러나 아무 느낌도 없느니보다는 훨씬 나았으며), 곧이어 사내가 그녀를 더듬더듬 붙잡고 고통스러워하는 목소리로 '야이 보지 같은 깜둥이년아!' 하고 소리쳤지만 그녀는 시종 웃기만 했고, 사내를 간단히 떠밀고 팬티를 낚아챈 다음 그녀 자리 쪽 차문을 열었으며, 사내가 필사적으로 내뻗은 손이 블라우스 등을 잡아채는 느낌을 뒤로 한 채 5월 밤공기 속으로, 진분홍색 네온 불빛이 일찍

핀 겨우살이꽃인 양 휘청거리는, 전쟁 후에 지은 어느 술집 주차장으로 달려나갔고, 팬티를, 번들거리는 싸구려 나일론 팬티를 드레스 주머니가 아니라 십대 여자아이나 쓸 법한 번쩍거리는 화장품이 가득 든 손가방에 쑤셔넣었으며, 그녀는 내처 달렸고, 불빛은 휘청거렸으며, 어느덧 그녀는 스물세 살이고 팬티는 팬티가 아니라 레이온 스카프였고, 그녀는 메이시스 백화점의 잡화 매장을 거닐다가 그 스카프를 태연하게 손가방에 집어넣었는데…… 당시 가격으로 1달러 99센트에 파는 스카프였다.

싸구려였다.

하얀 나일론 팬티처럼 싸구려였다.

싸구려.

그녀처럼.

데타가 거주하는 육체는 백만장자 상속녀의 것이었으나 데타는 알지 못했고, 상관도 없었다. 스카프는 흰색이었고, 가장자리는 파란색이었으며, 택시 뒷좌석에서 스카프를 보며 느낀 감각은 예의 그 쩽한 쾌감이었기에, 데타는 택시 기사도 잊은 채로, 한 손에 스카프를 들고 뚫어지게 들여다보며, 다른 손으로는 모직치마 아래 다리를 더듬더듬 올라가 하얀 팬티의 다리 고무줄을 들추었으며, 기다란 갈색 손가락 한 개를 펴서 주저 없이 단번에 볼일을 끝마쳤다.

그러다 보니 데타는 가끔 자신이 '여기' 없을 때 도대체 어디에 있는지가 궁금했다. 심란할 정도로 궁금한 의문이었지만 곰곰이 생각해 보기에는 무엇보다 그녀의 욕구가 너무나 충동적이고 절박했기에, 데타는 그저 해야 할 일을 했다. 필요한 일을 했다.

아마도 롤랜드는 이해했으리라.

6

1959년 그해, 오데타는 어디를 가든 리무진을 타고 갈 수 있었다. 그 무렵에는 아버지가 아직 건재했던 까닭에 그녀가 아버지를 여의고 상속인이 된 1962년 당시만큼 엄청난 부자가 아니었는데도 그러했다. 오데타는 자기 명의로 신탁에 들어 있던 돈을 스물다섯 번째 생일 선물로 받은 덕분에 원하는 것을 거의 다 하면서 살 수 있었다. 하지만 오데타는 그 한두 해 전에 어느 보수주의 시사평론가가 만든 '리무진 진보주의자'라는 신조어를 무척이나 싫어했고, 실제로 그런 사람이면서도 그런 사람으로 보이기 싫어할 만큼 젊었다. 오데타는 청바지와 카키색 셔츠 몇 장을 습관처럼 입고 다닌다고 해서 자신의 본질적인 사회적 지위가 실제로 바뀌리라고 믿을 만큼 어리지는 않았고(그 정도로 어리석지도 않았다!), 리무진을 탈 여유가 있는데도 버스나 지하철을 이용한다고 해서 무언가 바뀔 거라고 생각하지도 않았지만(하지만 앤드루가 자기 행동 때문에 마음 아파하고 괴로워하는 줄도 모를 정도로 자기중심적이지는 않았다. 앤드루는 그녀의 행동을 개인적인 거절로 받아들였다.), 그럼에도 이러한 태도가 때로는 본질을 (적어도 겉으로는) 압도할 수 있으리라고 믿을 만큼 어렸다.

1959년 8월 19일 저녁, 오데타는 이러한 태도의 대가를 치러야 했다. 두 다리의 절반과…… 의식의 절반으로.

훗날 거대한 물결이 될 그 운동에 오데타는 처음에는 솔깃했고, 나중에는 빠져들었으며, 끝내는 사로잡혔다. 1957년, 그러니까 오데타가 몸담게 된 그해에, 훗날 '흑인민권운동'으로 알려지게 된 운동은 아직 이름 없는 움직임에 불과했다. 오데타는 운동의 배경을 조금은 아는 상태였고, 평등을 쟁취하기 위한 투쟁이 노예해방선언 때가 아니라 첫 번째 노예 수송선이 미국 땅(조지아 주, 영국이 범죄자와 채무자를 갖다 버리려고 만든 식민지)에 닿았던 바로 그 순간에 시작된 줄도 알았지만, 그럼에도 오데타는 늘 그 운동이 바로 그 장소에서 바로 그 한마디로 시작되었다고 생각했다. 그 한마디는 이러했다. "난 안 비킬 거예요."

그 장소는 앨라배마 주 몽고메리의 어느 시내버스 안이었고, 그 한마디를 한 사람은 로사 리 파크스였으며, 로사 리 파크스가 비키려 하지 않았던 자리는 시내버스 앞좌석이었다. 그녀가 가야 할 곳은 물론 버스 뒷좌석, 바로 '짐 크로 법'에 따라 지정된 흑인 전용좌석이었다. 먼 훗날 오데타는 동료들과 함께 「우리 흔들리지 않으리」를 노래할 때마다 늘 로사 리 파크스를 떠올렸고 그럴 때면 부끄러움을 느끼지 않은 적이 단 한 번도 없었다. 군중과 함께 팔짱을 끼고 '우리'를 노래하기는 무척이나 쉬운 일이었다. 두 다리가 없는 여성에게조차도 쉬운 일이었다. 너무나 쉽게 우리를 노래했고, 너무나 쉽게 우리가 '되었다.' 그러나 그 버스에, 낡디낡은 가죽깔개 냄새와 수년간 찌든 시가와 담배 냄새가 진동하던 그 버스에, 모서리가 둥그런 광고판마다 'L. S. M. F. T.─럭키 스트라이크는 최고의 담배라는 뜻입니다.' 또는 '천국은 스스로 정해놓고 다니는 교회에 있습니다.' 아니면 '마시자, 오발틴! 마셔보면 압니다!' 내지는 '체스터필드 ── 스물 한 가지 연초로 만든 맛있는 담배 스무 개비' 따위 문구가 적힌 그 버스에, '우리'는 없었다. 버스 기사의 뜨악한 눈초리에, 주위를 둘러싼 백인들 속에, 마찬가지로 뜨악하게 쳐다보는 흑인들의 눈길 속에, '우리'는 없었다.

'우리'는 없었다.

행진하는 수많은 군중도 없었다.

오직 로사 리 파크스와 훗날 거대한 물결을 일으킨 단 한 마디 말이 있었다. "난 안 비킬 거예요."

오데타는 생각했다. '내가 그럴 수만 있다면, 그토록 용감하다면 남은 평생 동안 행복할 텐데. 하지만 내 안에는 그런 용기가 없어.'

처음 파크스 사건 기사를 읽었을 때 오데타는 별 관심을 갖지 않았다. 관심은 차츰차츰 일어났다. 처음에는 소리 없이 남부를 뒤흔들기 시작했던 인종 갈등이 정확히 언제, 어떻게 오데타의 상상력에 불을 지폈는지 밝히기란 쉬운 일이 아니었다.

기사를 읽고 나서 한두 해 지났을 무렵, 오데타와 꾸준히 만나던 청년이 그녀를 가끔 그리니치빌리지에 데려가기 시작했다. 마침 그곳에서 공연하던 (대개 백인인) 젊은 포크송 가수들이 충격적인 노래 몇 곡을 막 연주 목록에 끼워넣은 참이었다. 망치를 불끈 쥔 존 헨리가 증기기관 망치를 이겼다느니(그러고는 그만 죽고 말았다네, 저런, 저런), 또 바브리 앨런이 상사병 걸린 젊은 구혼자를 냉정하게 내쳤다느니(젊은이는 수치심을 못 이겨 그만 죽고 말았다네, 저런, 저런) 하는 케케묵은 노래들 사이에, 어느 날 문득 이런 내용을 담은 노래가 등장했다. 도시에서 빈털터리로 설움을 받는 처지가 어떤지, 능력이 있는데도 불구하고 피부색이 글러먹었다는 이유만으로 직업을 잃는 심정이 어떤지, 피부색이 시커먼 주제에 감히, 저런, 오오, 저런, 앨라배마 주 몽고메리의 울워스 백화점 식당 백인 전용좌석에 앉았다가 감방에 처박혀 백인 간수 나리한테 채찍질당하는 심정이 어떤지 등등.

　이상하게 들릴 수도 있지만, 오데타는 그제야 비로소 자기 부모에 대해, 조부모에 대해, 또 증조부모에 대해 호기심을 갖게 되었다. 『뿌리』를 읽었기 때문은 아니었다. 오데타는 알렉스 헤일리가 『뿌리』를 쓰기는커녕 쓸 생각을 하기도 전의 다른 시공에서 살아가는 중이긴 했으나, 그렇다고는 해도 자기 조상들이 백인에 의해 사슬 채워진 채 끌려왔던 때가 그리 오래전이 아님을 그토록 늦은 나이에 깨달은 점은 역시 석연치 않았다. 물론 '사실'로서 인식한 적은 예전에도 있었지만 이는 수학 방정식과 마찬가지로 감정이 배제된 단순한 정보였을 뿐, 삶과 긴밀하게 연관된 것이 아니었다.

　오데타는 자기가 아는 사실을 모두 더해 보았고, 그 초라한 결과에 경악했다. 어머니가 아칸소 주 오데타 출신이고 (외동딸인) 자기 이름도 어머니 고향에서 따온 줄은 익히 아는 바였다. 시골 마을의 치과의사였던 아버지가 치아 덧씌우기 치료법을 고안하고 특허를 출원한 사실, 또 그 특허가 10년 동안 감감무소식이었다가 하루아침에 그를 웬만큼 사는 부자로 만들어준 사실도 익히 아는 바였다. 아버지는 특허권을 기다리던 10년 동안, 또 돈이 슬슬 굴러들어오기 시작하고 나서 4년 동안 치과 치료법을 몇 가지 더 고안했는데 주목적은 대개 교정이나 성형이었다. 이후 그는 아내와 (첫 특허권을

인가받은 지 4년째 되던 해에 태어난) 딸을 데리고 뉴욕으로 이주했고, 곧바로 홈스 치과재료공업이라는 회사를 창업하여 지금은 항생제 부문의 브리스틀 마이어스 스퀴브와 맞먹는 회사로 키워냈다.

하지만 오데타가 자신이 태어나기 전과 자신이 어렸을 적에 부모님은 어떻게 사셨냐고 물었을 때, 아버지는 딸에게 가르쳐주려 하지 않았다. 아버지는 무엇이든 말해주었지만 아무것도 '가르쳐주려' 하지는 않았다. 그 시절 이야기만큼은 딸로부터 차단해 두었던 것이다. 한번은 오데타의 어머니인 앨리스가 이렇게 말한 적이 있다.

"댄, 얘한테 그때 얘기 좀 해줘요. 왜 당신이 포드 차를 몰고 지붕 있는 다리를 지날 때 웬 패거리가 총을 쏜 적 있었잖아요."

불콰하게 취했을 때나 기분이 좋을 때면 가끔 어머니를 앨리라고 부르던 아버지가 이때에는 입 다물라는 듯 찌푸린 표정으로 노려보았고, 늘 참새처럼 심약했던 어머니는 자리에 앉아 잔뜩 움츠린 채로 입을 다물었다.

그날 저녁 이후 오데타는 어머니에게 따로 몇 번 캐물어보았지만 아무 소득도 없었다. 그 일이 있기 전에 물었더라면 무언가 알아냈을지도 모르지만, 아버지가 입을 다문 이상 어머니도 입을 열려 하지 않았다. 어머니는 이미 깨달았던 것이다. 그녀의 남편에게 과거는, 즉 친척들은, 불그죽죽한 흙길은, 유리창도 없이 덜렁 커튼 한 장만 달아놓은 창문은, 온갖 구타와 학대는, 원래 밀가루 포대였던 것을 옷 대신 입고 다니던 이웃 아이들은, 이제 그에게 말끔하게 덧씌운 새하얀 보철 뒤의 썩은 이와 같았다. 아버지는 말하지 않을 생각이었고 어쩌면 말할 수 없었는지도 몰랐다. 어쩌면 그 시절의 기억만 기꺼이 삭제했는지도 모를 일이었다. 하얗게 덧씌운 보철은 곧 센트럴 파크 남로의 그레이말 아파트에서 살아가는 그들의 삶 자체였다. 그 밖의 모든 것은 철벽같은 장막 뒤에 감추어져 있었다. 아버지가 과거를 어찌나 꼭꼭 숨겨두었던지 오데타로서는 파고들 틈새가 하나도 없었다. 완벽하게 덧씌운 장막을 파고들어 진실의 목소리를 들을 방법은, 전무했다.

'데타'는 저간의 사정을 알았다. 그러나 데타는 오데타의 존재를 몰랐고 오데타 역시 데타의 존재를 몰랐기에, 데타의 위아래 치열 또한 철문처럼 매끈하고 굳건하게 닫혀 있었다.

오데타는 어머니의 수줍음뿐 아니라 아버지의 한결같은(또는 벙어리 같은) 우직함도 물려받은 딸이었다. 그런 오데타가 지난날에 관해 아버지에게 캐물을 작정을 한 때는 단 한 번, 어느 날 저녁 아버지의 서재에서였다. 그때 오데타는 아버지가 거절하려 하는 요청은 그녀가 마땅히 받아야 할 투자신탁 같은 것이라고, 받을 기약도 없고 더 불어날 가망도 없는 투자신탁 같은 것이라고 주장했다. 아버지는 읽고 있던 《월 스트리트 저널》을 조심스레 툭툭 털었고, 이내 덮었다가, 아예 접어서 기다란 전등 옆에 있는 작은 테이블에 내려놓았다. 뒤이어 테 없는 철제 안경을 벗어서 신문 위에 내려놓았다. 그러고는 딸을 바라보았다. 거의 수척하다 싶을 만큼 날씬한 이 흑인 남성은 몹시도 곱슬곱슬한 흰머리가 슬슬 뒤로 밀려나는 중이었고, 둥그렇게 드러난 관자놀이에는 용수철인 양 구불구불한 정맥이 불끈거렸다. 아버지는 이렇게만 대답했다. "오데타, 난 그 시절 이야기는 안 하련다. 생각하기도 싫구나. 해봐야 어차피 아무 의미도 없다. 세계는 이미 변해 버렸으니."

아마도 롤랜드는 이해했으리라.

8

그늘 속의 여인이라고 적힌 문을 열었을 때, 롤랜드는 자기가 본 광경을 조금도 이해할 수 없었다. 그러나 이해하든 못하든 상관없음을 그는 곧 깨달았다.

그곳은 에디 딘이 사는 세계였다. 그러나 보이는 것이라고는 오직 어지럽게 일렁이는 빛과 사람과 파는 물건뿐이었다. 롤랜드가 평생 본 것보다 훨씬 많은 물건이 한데 모여 있었다. 여성이 쓰는 물건으로 보였고, 파는 것임이 분명했다. 어떤 것은 유리장 안에 들어 있었고 어떤 것은 멋지게 진열되어 있었다. 저쪽 세계의 풍경이 이쪽 세계의 문틀 바깥으로 물 흐르듯 사라져가는 와중에 중요한 것은 오직 세계의 움직임뿐, 물건은 아무래도 상관없었다. 문은 여인의 눈이었다. 에디가 공중 마차의 복도를 걸어갈 때 그랬듯이, 롤랜드는 여인의 두 눈을 통해 보는 중이었다.

한편 에디는 놀라서 딱 얼어붙은 상태였다. 손에 든 리볼버가 바르르 떨다가 살짝 아래로 기울었다. 총잡이는 거뜬히 리볼버를 빼앗을 수도 있었지만, 그러지 않았다. 그저 가만히 서 있기만 했다. 그것은 총잡이가 오래전에 배운 속임수였다.

문을 통해 보이던 광경이 갑자기 획 틀어졌기에 총잡이는 몹시 어지러웠다. 그러나 에디는 갑작스럽게 바뀌는 풍경을 총잡이와 나란히 보았으면서도 웬지 아무렇지 않은 기색이었다. 롤랜드는 영화를 본 적이 한 번도 없었다. 반면 에디는 영화를 수없이 많이 보았고, 이때 그가 보고 있던 광경은 「할로윈」이나 「샤이닝」 같은 영화에서 등장인물의 시점이 움직이던 방식과 비슷했다. 에디는 심지어

이런 장면을 찍을 때 사용하는 장비를 뭐라고 부르는지도 알았다. 스테디캠. 분명 그런 이름이었다.

"「스타워즈」에도 이런 장면이 있었어. 죽음의 별에서. 엑스윙이 골짜기를 날아다닐 때 말이야, 기억 안 나?"

에디가 중얼거렸지만 롤랜드는 말없이 쳐다보기만 했다.

롤랜드의 눈에는 문으로 보이던 공간에 갑자기 두 손이 나타났다. 암갈색 손이었다. 에디는 이미 일종의 마술 영사막을 보는 중이라고 생각했는데…… 다만 이 영사막은 상황이 허락하기만 하면 영화 속으로 걸어 들어갈 수도 있을 듯 보였다. 남자 주인공이 현실 세계로 걸어 나왔던 「카이로의 붉은 장미」처럼. 그러고 보니 끝내주는 영화였다.

에디는 그 영화가 얼마나 끝내줬는지를 그제야 깨달았다.

다만 에디가 들여다본 문 저편은 아직 「카이로의 붉은 장미」가 만들어지기 전의 세계였다. 물론, 배경은 뉴욕이었다. 희미하게 들리는 택시 경적소리로 보아 틀림없었다. 장소는 에디도 가본 적이 있는 뉴욕의 어느 백화점이었는데…… 그런데 왠지…… 무언가……

"꽤 오래돼 보여."

에디가 중얼거렸다.

"네가 살던 때보다 더 앞선 시대인가?"

총잡이가 묻자 에디가 피식 웃었다.

"그래. 그렇게 표현할 수도 있겠네. 그런 것 같아."

"어서 오십시오, 워커 고객님."

누군가의 떨떠름한 목소리가 들렸다. 문을 통해 보이는 광경이 너무나 급작스럽게 위로 치솟는 바람에 에디마저도 조금 어지러울 정도였다. 뒤이어 여성 판매원의 얼굴이 보였는데 에디가 보기에는 암갈색 손의 주인과 구면임이 분명했다. 아는 사이이긴 해도 손 주인을 싫어하거나 두려워하는 듯 보였다. 아니면 양쪽 다였거나.

"오늘은 어떤 걸 찾으십니까?"

"이걸로 줘."

암갈색 손의 주인이 집어든 것은 파란색으로 테를 두른 흰색 스카프였다.

"아가씨, 포장할 필요 없어. 그냥 봉투에 넣어줘."

"계산은 현금, 수표 어느 쪽으로……"

"현금. 항상 현금이었잖아, 안 그래?"

"예, 알겠습니다, 워커 고객님."

"알아봐줘서 고마워, 아가씨."

에디는 판매원이 돌아서기 전에 얼굴을 살짝 찌푸린 장면을 놓치지 않았다. 어쩌면 내심 '건방진 검둥이'로 여기는 여자한테 그리 불렸기 때문인지도 몰랐다(이 또한 에디가 역사책을 읽다가 또는 길거리에서 굴러먹다가 터득한 지혜가 아니라 영화관에서 습득한 지식 덕분에 떠오른 생각이었다. 문 너머로 보이는 광경이 꼭 1960년대에 찍었거나 당시를 배경으로 한 영화의 한 장면 같았기 때문이었다. 예를 들면 시드니 스타이거와 로드 포이티어가 주연한 「밤의 열기 속으로」라든가.). 하지만 어쩌면 그보다 훨씬 단순한 이유 때문일 수도 있었다. 롤랜드가 찾는 '그늘 속의 여인'은 피부색을 따지기에 앞서 퍽이나 무례한 년이었다.

어쨌거나 상관없는 일 아닌가? 달라진 것은 아무것도 없었다. 에디가 관심을 둔 것은 단 한 가지뿐이었고, 그 한 가지란 바로 이 염병할 세계로부터 벗어나는 것이었다.

문 저편은 뉴욕이었다. 왠지 뉴욕의 '냄새'마저 풍기는 듯했다.

뉴욕은 곧 작대기가 있는 곳이었다.

에디는 작대기 냄새도 맡을 수 있을 듯싶었다.

다만 한 가지, 문제가 있었다. 안 그런가?

그것도 아주 빽적지근하게 빌어먹을 문제가.

9

롤랜드는 에디를 주의 깊게 지켜보았다. 마음만 먹으면 적어도 여섯 번은 죽여놓을 수 있었는데도, 그는 에디로 하여금 스스로 자신을 추스르도록 내버려둔 채 조용히 있는 쪽을 택했다. 에디는 복잡한 면면을 지닌 인간이었고 그 면면이란 것이 대개 나쁜 쪽이긴 했지만(총잡이는 좋고 나쁨을 구별하는 데에는 일가견이 있었다. 그 자신이 어린애가 떨어져 죽을 줄 뻔히 알면서도 그냥 내버려둔 인간이었으므로.), 에디에게 없는 단 한 가지가 바로 아둔함이었다.

에디는 영리한 애송이였다.

깨달을 수 있을 것 같았다.

그리고 실제로도 그러했다.

에디는 롤랜드를 돌아보고 이를 씩 드러내며 웃더니, 싸구려 쇼에 나오는 총잡이가 공연을 마무리할 때처럼 리볼버에 손가락을 걸고 서툴게 휙 돌린 다음, 손잡이 쪽을 앞으로 하고 롤랜드에게 내밀었다.

"이런 거 들고 있어봤자, 어차피 나한텐 개똥만큼도 도움이 안 되겠지. 안 그래?"

'마음만 먹으면 더 똑똑하게 말할 수 있을 텐데.' 롤랜드가 생각했다. '에디, 어째서 일부러 아둔한 말을 툭툭 내뱉는 거냐? 네 형이 총을 들었던 전장에서는 다들 그런 식으로 말할 거라고 생각한 탓인가?'

"안 그러냐고."

에디가 다시 묻자 총잡이는 고개를 주억거렸다.

"내가 만일 당신을 쐈다면, 저 문은 어떻게 됐을까?"

"모른다. 아는 방법은 실제로 한번 해보는 것뿐."

"아니, 그러니까 당신 '생각'을 물어보는 거 아냐."

"내 생각엔 사라질 것 같다."

에디가 고개를 끄덕였다. 에디 생각도 그러했다. 펑! 마술처럼 사라졌습니다! 봤죠, 친구들. 사라졌어요. 영화관에서 영사기사가 리볼버를 뽑아들고 영사기에 대고 갈기는 경우와 조금도 다를 바가 없었다. 안 그런가?

영사기를 날려버리면 영화가 멈추는 법이다.

에디는 영화가 멈추기를 바라지 않았다.

표 값을 낸 이상 본전을 뽑고 싶었다.

"당신, 혼자서도 저쪽으로 갈 수 있지."

에디가 천천히 말을 꺼냈다.

"그래."

"말하자면 그렇다는 거겠지."

"그렇다."

"당신 저 여자 머릿속에 쳐들어갈 작정이지. 전에 내 머릿속에 쳐들어왔을 때랑 똑같이."

"그래."

"그래봤자 저쪽 세계에선 무임승차하는 처지야, 안 그래?"

롤랜드는 아무 말도 하지 않았다. 그는 '무임승차'라는 말을 전에도 듣기는 했지만 정확히 무슨 뜻인지 이해하지 못했는데…… 뜻은 얼추 짐작이 갔다.

"하지만 몸뚱이째로 갈 수도 있어. 발라자르네 가게에서처럼."

에디는 소리 내어 말하는 중이었지만, 실은 자기 자신을 납득시키려고 애쓰는 중이었다.

"그런데 그렇게 하려면 내 도움이 필요하지. 맞지?"

"네 말이 맞다."

"그럼 나도 데려가."

총잡이가 입을 열었지만 에디가 말을 막았다.

"아니, 지금 말고. 지금은 아니야. 둘이서 뜬금없이 저기 나타났다가는, 어…… 난장판이 될 거 아냐."

에디가 웃음을 터뜨렸다.

"모자에서 토끼를 꺼내는 마술 쇼도 아니고 말이야. 어차피 모자고 뭐고 없지만. 그러니까, 저 여자 혼자 있을 때까지 기다렸다가……"

"안 된다."

"같이 돌아올게. 롤랜드, 맹세할게. 정말이야. 당신한테 할 일이 있다는 거 알아. 내가 그 일부라는 것도 알고. 당신이 세관에서 날 구해준 것도 기억하고 있어. 그치만 나도 발라자르네 가게에서 당신을 구해줬잖아, 안 그래?"

"그랬지."

롤랜드가 대답했다. 그는 책상 너머에서 위험을 무릅쓰고 몸을 일으키던 에디를 떠올렸고, 한순간 망설였다.

그러나 망설임은 한순간뿐이었다.

"그러니까, 빚은 빚으로 갚자 이거야. 상부상조하잔 말이지. 난 딱 몇 시간만 갔다 오면 돼. 통닭 좀 포장해 달라고 주문하고, 던킨 도넛도 한 상자 사고."

에디가 문 쪽을 보며 고개를 끄덕거렸다. 문 저편의 풍경이 다시 움직이기 시작했다.

"당신 생각은 어때?"

"안 된다."

총잡이가 대답했다. 이때 그는 에디 일은 안중에도 없었다. 문 너머로 보이는 통로 풍경은 그가 에디의 눈을 통해 보았던 풍경과 다른 방식으로 움직였다. 누군지는 몰라도 이 여인은 보통 사람과 다른 방식으로 움직이는 중이었다. 총잡이 자신과도 달랐다(그가 걷는 방식을 생각해 보기는 이때가 처음이었다. 시야 아래쪽을 늘 가로막는 코의 존재를 생각해 본 적이 없듯이, 전에는 한 번도 생각한 적 없는 문제였다.). 사람이 걸어가면 시야가 흔들리는 법이었다. 왼발, 오른발, 왼발, 오른발, 그런 식으로 걷다 보면 눈앞의 세상이 부드럽게 흔들리게 마련이고, 그러다 보면 걸음을 뗀 지 얼마 안 되어 사람의 눈이 흔들림을 망각하게 되는 법이었다. 그런데 여인은 걸어가는 중이었는데도 시야가 전혀 흔들리지 않았다. 마치 철도 위를 달리듯 부드럽게 통로를 나아갔다. 아이러니하게도 에디 또한 이 점을 간파하기는 마찬가지였지만…… 에디 눈에는 그저 스테디캠으로 촬영한 장면처럼 보일 뿐이었다. 에디는 눈에 익은 움직임을 보고 자연스레 그 생각을 떠올렸다.

롤랜드가 이질감을 느낀 것도 잠시뿐, 에디가 날카롭게 소리를 질러 그의 생각을 방해했다.

"왜 안 돼? 씨발 왜 안 된다는 건데?"

"왜냐하면 네가 원하는 게 닭이 아니기 때문이지. 에디, 난 네가 원하는 것의 이름을 안다. 그건 '작대기'다. '한 방'이지."

"그래서 뭐!"

에디가 소리쳤다. 흡사 비명처럼 들렸다.

"좀 하면 안 돼? 같이 돌아온다고 했잖아! 맹세한다니까! 맹세한다고, 이 씨발아! 그 이상 뭘 어쩌라는 건데? 우리 엄마 이름이라도 걸까? 알았어, 우리 엄마 이름을 걸고 맹세할게! 헨리 형 이름도 걸어? 좋아, 맹세해! 맹세한다고! 맹세한다니까!"

엔리코 발라자르가 있었더라면 인생의 진리 한 자락을 귀띔해 주었을 테지만, 총잡이는 발라자르 따위한테 귀띔 받을 것도 없이 일찌감치 깨달았다. 약쟁이는 절대 믿지 말 것을.

롤랜드가 문 쪽으로 고개를 돌렸다.

"탑에 이를 때까지, 적어도 그때까지는, 네 인생에서 그 시절은 끝났다. 그다음은 나도 상관 않으마. 그다음에는 네가 원하는 방식을 골라서 지옥으로 가라. 허나 그때까지 내게는 네가 필요하다."

"에라, 이 치사한 사기꾼아."

에디가 나지막이 중얼거렸다. 목소리에는 아무 감정도 비치지 않았으나 눈에는 물기가 어른거렸다. 총잡이는 여전히 말이 없었다.

"그다음 같은 건 없어, 다 알면서 왜 그래. 나한테도, 저 여자한테도, 누군지는 몰라도 세 번째로 뽑힐 사람한테도. 그건 당신도 마찬가지야, 롤랜드. 지금 당신 꼴은 헨리 형이 최악이었을 때보다 더 엉망이야. 탑까지 가는 길에서 안 죽고 살아남는대도 거기 도착하자마자 뒈질 게 뻔해. *그런데 왜 나한테 거짓말을 해?* "

총잡이는 얼핏 수치심을 느꼈으면서도 같은 말만 되풀이했다.

"네 인생에서 그 시절은 끝났다. 적어도 지금은."

"그래? 좋아, 그럼 나도 새 소식을 하나 전해줄게. 난 당신이 저 여자 머릿속으로 들어간 후에 당신 '진짜' 몸뚱이가 어떻게 될지 다 알아. 왜냐면 전에도 봤으니까. 총은 쓸 필요도 없어. 꼬부랑 털이 곱슬곱슬 난 당신 거시기를 확 틀어잡아 버릴 거야, 두고 봐. 전에 내 안에 들어왔을 때 그랬던 것처럼, 저 여자 고개를 돌리고 똑똑히 지켜봐. 그 지긋지긋한 '카'에 빠져 있는 당신 껍데기에 내가 무슨 짓을 하는지 보란 말이야. 해질녘까지 기다렸다가 물로 끌고 갈 거야. 몸뚱이에 올라타서 잔치를 벌이는 가재 괴물들이 보일걸. 그때 가서 서둘러 봤자 소용없어."

에디가 말을 끊었다. 우르릉거리는 파도소리와 쉼 없이 윙윙거리는 바람소리가 몹시도 요란하게 들렸다.

"당신 칼만 있으면 목 따는 것쯤 아무것도 아니야."

"문을 영영 닫아버릴 작정인가?"

"내 인생에서 그 시절은 끝났다고 했지. 하지만 당신이 끝났다고 한 건 마약뿐만이 아냐. 뉴욕이, 미국이, 내가 살던 시대가, 모조리 끝장났단 뜻이었어. 그럴 바에야 차라리 지금 이 시절도 끝장내버리는 게 나아. 바닷가 경치는 좆같고 동행이라는 인간은 구린내가 풀풀 나거든. 롤랜드, 당신은 가끔 돌팔이 목사 지미 스웨거트보다 더 미친 인간처럼 보여."

"에디, 우리 앞에는 거대한 수수께끼가 기다리고 있다. 멋진 모험이 있단 말이다. 또한 완수해야 할 원정과, 네 명예를 되찾을 기회도 있다. 그뿐만이 아니다. 넌 총잡이가 될 수도 있어. 그리 되면 내가 마지막 총잡이일 필요가 없다. 에디, 네 안에는 총잡이가 있다. 난 안다. 난 느낄 수 있다."

에디가 웃음을 터뜨렸다. 그러나 볼에는 눈물이 흘러내렸다.

"야아, 거 참 죽이네. *아주 죽여준다고! 딱* 내가 원하는 거야! 우리 형도 그랬어. 헨리 형도 총잡이였다고. 그래, 베트남이란 곳이었어. 형한테는 아주 멋진 경험이었지. 롤랜드, 우리 형이 완전히 뿅 갔을 때 어땠는지 당신도 한번 봤더라면 좋았을 거야. 부축을 안 해주면 화장실도 못 갈 정도였어. 도와줄 사람이 없을 땐 자리에 앉아 레슬링 중계를 보면서 씨발 바지에다 그냥 질질 싸버렸던 말이야. 총잡이가 되는 것도 좋은 일이지. 그건 나도 봐서 알아. 우리 형은 약쟁이가 됐고, 당신은 미치광이가 돼버렸으니까."

"어쩌면 네 형은 스스로를 존경하는 법을 잊어버린 사람이었는지도 모른다."

"어쩌면 안 그럴 수도 있어. 공영주택 단지에서 자란 애들은 존경이 무슨 뜻인지 잘 모르는 법이거든. 그런 애들은 대마초를 피우다 걸리든가, 아니면 길에 서 있던 티버드에서 타이어를 훔치다 걸렸을 때나 존경이라는 말을 써. '존경하는 재판장님' 어쩌고 할 때 말이야."

에디는 이제 더 크게 울먹거리면서 동시에 웃고 있었다.

"이번엔 당신 친구들 얘기나 해볼까. 예를 들면, 당신이 잠꼬대를 하면서 가끔 부르는 그 친구 있잖아, 커스버트인가 뭔가 하는."

총잡이가 저도 모르게 움찔했다. 긴 세월 동안 쌓아온 수련의 성과도 이때만큼은 동요를 억누르지 못했다.

"친구들은 당신이 해병대 모병관처럼 주절거리는 소리를 믿어줬어? 모험이니, 원정이니, 명예니 하는 소리 말이야."

"그래, 그들은 명예가 뭔지를 알았다."

롤랜드가 느릿느릿 대답했다. 사라진 이들을 떠올리면서.

"그래서, 당신 친구들은 우리 형이 총질 끝에 얻은 것보다 더 값진 뭔가를 찾았어?"

총잡이는 아무 말도 하지 않았다.

"난 당신을 알아. 당신 같은 인간을 여럿 봤으니까. 당신도 한 손엔 깃발을, 다른 손엔 총을 들고 '전진하라 주님의 군사들아' 노래를 부르는 미친놈들하고 다를 게 하나도 없단 말이야. 난 명예 같은 건 필요 없어. 내가 원하는 건 통닭하고 약뿐이야. 통닭이 먼저고, 그다음이 약이야. 그러니까 내 말 잘 들어, 가고 싶으면 가. 가도 돼. 하지만 그랬다간 당신 몸뚱이는 나한테 죽을 줄 알아."

총잡이는 아무 말도 하지 않았다.

에디는 야비하게 웃었지만 손등으로는 눈물을 훔쳤다.

"내가 살던 데선 지금 같은 상황을 뭐라고 부르는 줄 알아?"

"뭐라고 하지?"

"멕시칸 스탠드오프. 빼도 박도 못한다는 뜻이지."

둘은 한동안 서로를 마주보았다. 그러다가 롤랜드가 문 쪽으로 고개를 휙 돌렸다. 둘 다 문 저편의 풍경이 스르륵 바뀌었음을 어렴풋이 눈치 챘지만 에디보다는 롤랜드가 더 빨랐다. 이번에는 왼쪽, 반짝이는 보석이 줄지어 늘어선 곳이었다. 유리에 가려진 보석도 있었으나 바깥에 놓인 것이 훨씬 많았기에 롤랜드는 보석이 가짜라고…… 에디가 쓰는 말로는 '패션 주얼리'라고 생각했다. 암갈색 손이 보석을 몇 점 살펴보는 시늉을 하자 아까와 다른 판매원이 다가왔다. 이쪽 세계의 둘은 알아듣지 못한 대화가 끝나고 나서 여인이('무슨 무슨 여인이라고 했지.' 에디가 생각했다.) 판매원에게 무언가 다른 것을 보여달라고 부탁했다. 판매원이 멀어지고 나서, 롤랜드가 눈을 번득였다.

암갈색 손이 다시 나타났다. 이번에는 손가방을 든 채였다. 가방이 열렸고, 갑자기 두 손이 물건을 가방에 쓸어담기 시작했다. 분명 무턱대고 아무것이나 훔치는 모양새였다.

"하, 롤랜드 당신은 인재를 보는 눈이 참 탁월한 것 같아."

에디가 쓴웃음을 지으며 중얼거렸다.

"처음엔 표준형 백인 약쟁이를 뽑더니 이번엔 표준형 흑인 좀도둑을 뽑을 작정……"

그러나 롤랜드는 이미 두 세계를 연결하는 문 쪽으로 움직였다. 에디한테는 눈길도 주지 않은 채로 몸을 날렸다.

"진짜 할 거야!"

에디가 소리쳤다.

"가기만 해봐, 모가지를 따버릴 거야! 씨발 모가지를 따버릴……"

말을 끝맺기도 전에, 총잡이는 사라졌다. 남은 것은 모래톱에 축 늘어져서 쌔근거리는 그의 육신뿐이었다.

에디는 롤랜드가 한 짓을 믿을 수가 없었기에 한동안 우두커니 서 있었다. 가고 나서 벌어질 일을 그토록 호언장담했는데도, 그 점에 관한 한 빌어먹을 맹세까지 했는데도, 롤랜드는 멍청하게도 정말로 가버렸다.

우두커니 선 채로, 에디는 흡사 몰려오는 소나기구름을 보고 겁에 질린 말처럼 눈을 뒤룩거렸으나…… 물론 소나기구름 따위는 몰려오지 않았다. 에디의 머릿속에 밀려오는 것만 빼면.

알았어. 알았다고, 염병할.

기회는 잠깐뿐일 수도 있었다. 총잡이의 허를 찌를 시간은 잠깐뿐일 수도 있음을, 에디는 잘 알았다. 에디가 문 쪽으로 눈을 돌리자마자 암갈색 손이 이미 해적의 보물 상자나 다름없는 가방에 금목걸이를 반쯤 집어넣다 말고 우뚝 멈췄다. 소리는 들리지 않았지만, 에디는 롤랜드가 손 주인에게 말하는 중임을 눈치 챘다.

에디가 총잡이의 걸낭에서 칼을 꺼낸 다음, 문 앞에 축 늘어진 채 쌔근거리는 총잡이의 몸뚱이를 뒤집었다. 눈은 양쪽 다 뜬 채였지만 흰자만 보였다.

"잘 봐, 롤랜드!"

에디가 소리쳤다. 바보처럼 쉬지도 않고 불어오는 단조로운 바람소리가 귓전에 맴돌았다. 그 소리를 듣고 있다가는 누구라도 돌아버릴 듯싶었다.

"똑똑히 봐! 당신의 잘난 설교도 이걸로 끝이야! 딘 형제한테 까불었다간 어떻게 되는지 똑똑히 보란 말이야!"

에디가 총잡이의 목에 칼을 바짝 댔다.

제2장

변신을 알리는 종소리

1

1959년 8월.

23번가에 위치한 자애수녀회 병원의 응급실 앞 주차구역. 인턴은 30분이 지나서야 건물 바깥으로 나왔다. 구급차에 기대어 선 홀리오가 눈에 띄었다. 홀리오는 코가 뾰족한 구두의 한쪽 뒤축을 구급차 앞쪽 흙받기에 걸치고 있었다. 그는 이미 번들거리는 분홍색 바지와 왼쪽 가슴주머니에 금실로 이름을 수놓은 파란색 셔츠로 갈아입은 후였다. 그가 소속된 볼링 팀의 유니폼이었다. 조지는 손목시계를 보고 '히스패닉 강타자들'이라고 불리는 홀리오네 팀의 경기가 벌써 시작됐음을 알아차렸다.

"벌써 가신 줄 알았는데."

조지 셰이버스가 말했다. 조지는 자애수녀회 병원에서 근무하는 인턴이었다.

"'환상의 손 훌리오'가 빠졌는데 팀이 이길 수 있겠어요?"

"어, 나 대신 미구엘 바살이 뛰면 돼. 기복이 좀 있긴 해도 가끔은 끝내주는 친구니까, 문제 없을 거야."

훌리오가 잠시 망설이다 말을 이었다.

"실은, 경과가 어떨지 궁금했거든."

구급차 운전사인 훌리오는 쿠바 출신으로서 대단한 유머감각을 지닌 남자였으나, 조지가 보기에는 본인의 유머감각을 깨닫지 못한 듯싶었다. 조지가 주위를 두리번거렸다. 함께 왔던 구급대원 둘은 보이지 않았다.

"다들 어디 간 거죠?"

"누구, 염병할 봅시 쌍둥이들? 뻔한 거 아냐? 그리니치빌리지에 놀러가서 미네소타 출신 깔치한테 껄떡거리고 있겠지. 어쨌거나, 그 아가씬 살아날 것 같아?"

"글쎄요."

조지는 모르는 것도 아는 척하며 똑똑하게 보이려고 애썼지만, 실은 '오오 은총이 가득하신 마리아님' 하고 중얼거릴 새도 없이 먼저 당직 레지던트가 달려들었고, 그다음엔 외과 전문의 두 명이 조지에게서 흑인 여성 환자를 채갔다(조지는 실제로 그렇게 중얼거릴 뻔했다. 그 흑인 여성이 아무래도 오래 버티지 못할 듯 보였으므로.).

"피를 너무 많이 흘려서 말이죠."

"아주 장난이 아니었지."

조지는 자애수녀회 병원의 인턴 열여섯 명 중 한 명이자, 새로 도입한 '구급차 동승' 계획에 투입된 인턴 여덟 명 중 한 명이기도 했다. 계획의 취지는 구급대원 두 명에 인턴을 한 명 끼워넣으면 위급 상황에서 생사를 결정하는 변수가 되지 않을까 하는 것이었다. 조지가 보기에 운전사나 구급대원들은 귀때기에 피도 안 마른 인턴이 다 죽어가는 환자를 살리기는커녕 결딴낼 거라고 여기는 듯싶었으나, 그럼에도 효과가 있을지도 모르는 일이었다.

적어도 가끔은.

어쨌거나 병원 입장에서는 대단한 홍보효과를 거둘 수 있었다. 계획에 투입된 인턴들이 주당 여덟 시간씩 배정된 (무급) 연장근무를 놓고 구시렁거리기도 했지만, 조지 셰이버스는 동료들도 실은 자신과 비슷한 감정을 느낀다고 생각했다. 자부심, 오기, 무슨 일을 맡겨도 해낼 수 있다는 배짱 등등.

그러던 어느 날 밤, 트랜스월드 항공사의 트라이스타 여객기가 아이들와일드 공항에 추락했다. 탑승객 65명 중에 60명은 홀리오 에스테베스식 표현에 따르면 '그 자리에서 꽥'했고 생존자 5명 중 3명은 석탄 난로 밑바닥에서 긁어낸 찌꺼기와 비슷했는데…… 다른 점이 있다면 단 하나, 석탄 난로 밑바닥에서 긁어낸 찌꺼기는 신음을 흘리고 비명을 지르며 제발 누가 모르핀을 좀 놔달라고, 또는 제발 누가 좀 죽여달라고 애원하지 않는 법이었다. 안 그런가? '여기서 버틸 수만 있으면,' 조지는 나중에 이렇게 생각했다. 알루미늄 날개판과 승객용 쿠션과 갈가리 찢긴 꼬리날개, 그 날개에 붉은색으로 커다랗게 써넣은 숫자 17과 티(T)자와 더블유(W)자의 일부, 그리고 그 잔해 속에 널브러진 팔다리를 떠올리며, 시커멓게 탄 샘소나이트 여행가방에 앉아 그를 바라보던 누군가의 눈알을 떠올리며, 아이 것으로 보이던 곰인형의 새까만 눈과 그 옆에서 주인의 잘린 발을 품은 채로 뒹굴던 어린애 운동화를 떠올리며, 조지는 생각했다.

'자식아, 여기서 버틸 수만 있으면, 넌 어디서든 버틸 수 있어.' 그리하여 조지는 꿋꿋이 버텨냈다. 퇴근하여 집에 도착할 때까지 잘 버텨냈다. 스완슨표 즉석 칠면조 요리에 텔레비전을 곁들여 늦은 저녁을 때우는 동안에도 잘 버텨냈다. 잘 버텨냈다는 생각을 추호도 의심하지 않은 채로 잠자리에 들었다. 그러고는 캄캄한 새벽녘에 끔찍한 악몽을 꾸다가 깨어나고 말았다. 꿈속에서 시커멓게 탄 여행가방에 앉아 있던 것은 곰인형이 아니라 조지 어머니의 머리였고, 그 머리가 눈을 떴으며, 눈은 이미 새까맣게 타들어간 후였다. 감정 없이 빤히 쳐다보는 곰인형의 단추 같은 눈이었다. 잘린 머리가 입을 벌렸고, 트라이스타 여객기가 착륙 직전에 낙뢰당하기 전까지는 멀쩡했을 부러진 송곳니가 드러났다. 어머니가 속삭였다. '조지, 왜 날 안 구해줬니, 우린 널 위해 허리띠를 졸라맸는데, 널 위해 학비를 모았는데, 널 위해 그렇게 고생했는데, 네 아버진 네가 그 계집애랑 벌인 사고까지 수습해 줬는데 그런데 넌 왜 날 안 구해줬니 이 불효자식아!' 조지는 비명을 지르며 깨어났다. 누군가 벽을 두드리는 소리가 들렸지만 조지는 이미 화장실로 달려간 후였다. 전날 먹은 저녁식사가 급행 승강기를 타고 올라오기 직전, 조지는 흡사 회개 기도를 드리는 사람처럼 사기로 만든 흰색 제단 앞에 꿇어앉았다. 김이 모락모락 나는 따뜻한 즉석 칠면조 요리가 냄새까지 그대로 담은 채 초특급으로 배달되었다. 조지는 무릎을 꿇고 앉아 변기 안을 들여다보았다. 반쯤 소화된 칠면조고기와 선명한 때깔을 간직한 당근조각을 보고 있는 동안, 머릿속에서는 큼지막한 붉은 글씨가 깜박거렸다.

그만 해

옳은 말이었다.

정말이지 이제는

됐어.

조지는 외과 전공을 때려치울 작정이었다. 왜냐하면

그만하면 됐으니까.

조지는 그만둘 작정이었다. 왜냐하면 뽀빠이의 좌우명도 '나 참을 만큼 참았다, 이제 더는 못 참는다.'였으므로. 또한 뽀빠이는 결코 틀리는 법이 없었으므로.

조지는 변기 물을 내리고 침대로 돌아가자마자 잠들었지만 다시 일어났을 때에는 그래도 의사가 되고 싶다고 생각했고, 그 생각에 확신이 가득했기에 기뻤으며, 어쩌면 새로 도입한 계획이 가치 있는 것인지도 모른다는 생각마저 들었다. '구급차 동승'이든 '피바다 특급'이든 '도전! 노래 제목 맞히기'든, 이름은 아무래도 상관없었다.

조지는 그래도 의사가 되고 싶었다.

조지의 지인 중에 자수 놓는 여인이 있었다. 조지는 그녀에게 쌈짓돈 10달러를 주고 자그마한 구식 벽걸이를 만들어달라고 부탁했다. 거기에는 이렇게 씌어 있었다.

여기서 버틸 수 있으면 어디서든 버틸 수 있다.

아무렴. 옳은 말이었다.

그 끔찍했던 지하철역 사고는 이로부터 4주 후에 일어났다.

2

"더럽게 이상한 아가씨였어. 선생도 봤지?"

조지는 훌리오가 한 말을 듣고 속으로 안도의 한숨을 토했다. 훌리오가 먼저 그 여자 얘기를 꺼내지 않았더라면 조지는 얘기할 엄두도 못 냈으리라. 현직 인턴이자 언젠가는 면허를 따서 정식 의사가 되리라고 철석같이 믿었던 조지였으나 훌리오는 이미 '베테랑'이었고, 베테랑 앞에서 멍청한 소리를 지껄일 수는 없는 법이었다. 그랬다가는 비웃음과 함께 이런 소리가 돌아올 게 뻔했다. '니미, 그딴 건 눈에서 진물이 날 만큼 지겹게 봤어, 이 햇병아리 선생아. 수건 갖다가 귀때기나 닦아. 볼때기에 뭐가 질질 흐른다.'

그러나 이번 같은 경우는 훌리오도 그리 여러 번 보지 못했음이 분명했다. 조지로서는 잘된 일이었다. 왜냐하면 이번 일에 관하여 이야기하고 싶었으므로.

"맞아요, 이상했어요. 꼭 그 아가씨 안에 두 사람이 들어 있는 것 같더라고요."

그러자 안도하는 기색을 보인 사람은 외려 훌리오였다. 조지는 그런 훌리오를 보고 놀란 한편으로 문득 부끄러워졌고, 당혹감마저 느꼈다. 지붕에 경광등 달린 리무진을 운전하다가 남은 생을 마감할 훌리오 에스테베스가 조지 자신보다 더 용기 있는 사람이기 때문이었다.

"선생이 아주 제대로 봤어. 백푸로 옳은 말이야."

훌리오가 체스터필드 담뱃갑을 꺼내어 입가에 한 개비 물었다.

"아저씨, 그런 거 피우면 오래 못 살아요."

훌리오는 고개를 주억거리며 조지에게도 담배를 권했다.

둘은 한참 동안 말없이 담배만 피웠다. 구급대원 둘은 훌리오 말대로 여자 뒤꽁무니를 쫓으러 갔을 수도 있지만…… 어쩌면, 그들 또한 참을 만큼 참았는지도 모를 일이었다. 조지 자신 또한 겁에 질렸고 이는 부정할 수 없는 사실이었다. 그럼에도 그 흑인 아가씨를 구한 사람은 구급대원들이 아니라 그 자신임을 조지는 알았고, 홀리오도 알 거라고 믿었다. 어쩌면 홀리오가 그를 기다린 이유도 바로 그것이었으리라. 현장에 있던 나이 든 흑인 여성도 도와주기는 했다. 다른 사람들은 다들(나이 든 흑인 여성 한 명만 빼고) 무슨 빌어 처먹을 영화나 텔레비전 프로그램, 예를 들면 「형사 피터 건」 따위를 촬영하는 줄 알고 멀뚱멀뚱 지켜보기만 하던 와중에 전화로 구급차를 불러준 백인 청년도 있었다. 그러나 공으로 따지자면, 겁에 질렸는데도 불구하고 최선을 다하여 임무를 수행한 풋내기 의사 조지 세이버스야말로 이날의 수훈갑이었다.

그 아가씨는 듀크 엘링턴의 연주곡 제목으로 유명해진 열차, 다름 아닌 '전설의 에이선 열차(The Famous A-train)'를 기다리던 중이었다. 청바지에 카키색 셔츠 차림으로 전설의 에이선 열차를 타고 집에 돌아가려던 젊고 예쁘장한 흑인 아가씨일 뿐이었다.

그랬던 그 아가씨를 누군가가 떠밀었다.

그 악당이 경찰에 잡혔는지 어쨌는지는 조지 세이버스의 관심사가 아니었다. 그 일은 조지가 알 바 아니었다. 전설의 에이선 열차가 들어오던 와중에 비명을 지르며 터널로 굴러떨어진 아가씨야말로 조지가 알아야 할 바였다. 그 아가씨가 3번 레일에 떨어지지 않았다니 실로 기적이었다. 만일 전설의 3번 레일에 떨어졌더라면 그 아가씨는 뉴욕 주정부가 싱싱 교도소 안에서 무료로 운행하는 전설의 에이선 열차에 탄 흉악범과 같은 꼴이 되었으리라. 재소자들은 그 열차를 '올드 스파키'라고 불렀다.

아아, 전기의자의 위대함이여.

그 아가씨는 선로에서 벗어나려 했지만 미처 그럴 틈이 없었고, 이미 역에 진입한 전설의 에이선 열차는 그나마 기관사가 아가씨를 발견한 덕분에 급정지하려고 소름 끼치는 굉음을 울리고 불꽃을 튀겼지만, 너무 늦었다. 기관사에게도 아가씨에게도, 너무 늦었다. 전설의 에이선 열차가 쇠바퀴로 아가씨의 양 무릎 바로 위쪽을 끊고 달려갔다. 다른 이들은(전화로 경찰을 부른 백인 청년만 빼고) 하나같이 가만히 서서 고추만 주물럭거리던 와중에(그중 몇몇은 째진 살 틈새를 쑤셔대던 와중에, 라고 조지는 짐작했는데) 나이 지긋한 흑인 아주머니 한 명만 선로로 뛰어내렸다. 잘못 착지한 바람에 한쪽 고관절이 탈구된 (나중에 시장한테서 용감한시민상을 받은) 그 아주머니는 머리에 두르고 있던 스카프를 풀어서 피분수를 뿜는 아가씨의 한쪽 허벅지에 감아 지혈대로 삼았다. 백인 청년은 역 한쪽 구석에 설치된 비상전화에 대고 고래고래 소리를 질러 구급차를 불렀고, 그러는 동안 나이 지긋한 흑인 아주머니도 누가 좀 도와달라고, 누가 넥타이를 풀어서 좀 던져달라고 고래고래 소리를 질렀으며, 마침내 회사원으로 보이는 백인 중늙은이 하나가 마지못해 허리띠를 풀어 건넸을 때 그 흑인 아주머니가 외친 한마디는, 이튿날《뉴욕 데일리 뉴스》의 머리기사가 되어 아주머니를 진정한 미국의 영웅으로 만들어준 한마디는 이러했다. '고맙소, 형제여.' 아주머니는 허리띠를 받아들고 아가씨의 왼쪽 허벅지를 동여맸다. 전설의 에이선 열차가 지나가기 전까지 아가씨의 왼쪽 무릎이 있던 곳과 사타구니 사이 중간쯤 되는 곳이었다.

조지는 현장에 도착하여 사람들끼리 수군거리는 말을 들었는데 그들에 따르면 흑인 아가씨가 의식을 잃기 전 마지막으로 한 말은 다음과 같았다. *"어떤 씨발 새끼가 그랬어! 내 기어코 찾아내서 확 죽여버린다!"*

한편, 허리띠에 구멍을 뚫어 더 조일 방법이 없었던 흑인 아주머니는 훌리오와 조지와 구급대원들이 도착할 때까지 그저 사신처럼 무서운 얼굴을 하고 다리를 찍어누른 채로 버텨야만 했다.

조지는 지하철역의 노란색 안전선을 떠올려보았다. (전설의 열차든 아니든 간에) 열차를 기다리는 동안에는 결코, 결단코, '죽어도' 안전선을 넘어가면 안 된다던 어머니 말씀이, 선로 그을음 위로 뛰어내릴 때 코에 확 끼쳐온 기름과 전기의 악취가, 선로의 후끈 달아오른 열기가 함께 떠올랐다. 선로의 열기는 조지도, 나이 지긋한 흑인 아주머니도, 사고를 당한 흑인 아가씨도, 열차도, 터널도, 저 위의 보이지 않는 하늘과 저 아래의 지옥까지도 모조리 불사를 듯 뜨거웠다. 그 와중에 뜬금없이 '누가 내 팔에다 혈압계를 채우면 눈금이 끝까지 치솟을 텐데.' 하고 생각했던 일도 떠올랐다. 그러다가 이내 냉정을 되찾은 조지는 진료가방을 가져오라고 소리쳤고, 구급대원 한 명이 가방을 들고 선로로 뛰어내리려 하자 저리 꺼지라고 소리쳤다. 그 말을 들은 대원은 마치 조지 셰이버스를 처음 보는 양 놀란 표정을 하고 뒤로 물러났다.

조지는 묶을 수 있는 동맥과 정맥을 모조리 찾아 묶었고, 아가씨의 맥박이 돌아오자 강심제인 디기탈린을 앰플째로 주사했다. 수혈용 전혈제제도 도착했다. 경찰이 갖다준 것이었다. '선생님, 환자를 위로 올릴까요?' 경찰관이 묻자 조지는 아직 안 된다고 대답한 다음, 수혈용 대바늘을 꺼내어 마치 약기운이 떨어져서 골골거리는 약쟁이에게 작대기를 꽂아주듯 아가씨에게 피를 꽂아주었다.

'그러고 나서' 아가씨를 들어올리도록 했다.

'그제야' 경찰관들이 아가씨를 들어올렸다.

병원으로 향하던 길에 아가씨가 의식을 회복했다.

'그때부터' 기괴한 일이 벌어지기 시작했다.

3

구급대원이 구급차에 실은 후에 조지가 데메롤을 주사했는데도, 아가씨는 몸을 뒤척이며 낮은 신음을 흘렸다. 조지는 진통제를 그렇게 많이 놨으니 그녀가 자애수녀회 병원에 도착할 때까지 쥐죽은 듯 조용히 있으리라고 확신했다. 또한 병원에 도착할 때까지 살아 있으리라고 90퍼센트쯤 확신했다. 구급대가 할 일은 그 정도면 충분했다.

그러나 병원까지 여섯 블록쯤 남았을 무렵, 아가씨가 눈꺼풀을 바르르 떨었다. 그러고는 고통스러운 신음을 내뱉었다.

"선생, 한 대 더 놓지그래."

구급대원 중 한 명이 말했다. 조지가 생각하기에 구급대원이 '조지'나 심지어 '조오지이'가 아니라 황송하게도 '선생'으로 불러준 적은 이번이 처음 아닌가 싶었지만, 확실치는 않았다.

"미쳤어요? 난 '도착 당시 사망'하고 '약물 과용 사망'을 헷갈릴 정도는 아니에요, 댁한테는 다 똑같을지 몰라도."

구급대원이 흠칫 뒤로 물러났다.

조지는 흑인 아가씨를 돌아보고 자신을 응시하는 그녀의 눈에 초점과 의식이 있음을 알아차렸다.

"어떻게 된 거죠?"

아가씨가 말했다. 조지는 사람들이 그녀가 남긴 마지막 한마디라며 수군거렸던 말을 떠올렸다(씨발 새끼를 기어코 찾아내서 죽여버린다 등등.). 그 말을 한 남자는 백인이었다. 조지는 순전히 그 남자가 지어낸 말이라고 결론지었다. 그러잖아도 기막힌 일을 더 기막히게 만들려는 기이한 내적 충동 탓이거나, 아니면 단순히 인종적 편견 탓일 수도 있었다. 조지 눈앞의 아가씨는 교양과 지성을 갖춘 여인이었다.

"저, 사고가 좀 있었습니다. 환자분께서……"

아가씨가 눈을 감았다. 조지는 그녀가 다시 잠들었다고 생각했다. 잘된 일이었다. 그녀에게 두 다리가 잘렸다고 말하는 일은 누구 다른 사람이 떠맡아야 마땅했다. 예를 들면, 연봉을 7600달러 이상 받는 사람이라거나. 조지가 새로 혈압을 재려고 왼쪽으로 살짝 옮겨 앉았을 때, 아가씨가 다시 눈을 떴다. 그때 조지 셰이버스가 본 사람은 아예 다른 여자였다.

"그 씨벌 새끼가 내 다리 작살냈지. 딱 보니까 짤린 거 같아. 여기 어디야, 구급차냐?"

"이, 이…… 예에."

조지가 대답했다. 그는 불현듯 뭔가 마시고 싶었다. 딱히 술이 아니라도 상관없었다, 목을 축일 수만 있으면. 목이 바싹바싹 타들어 갔다. 꼭 「지킬 박사와 하이드 씨」에 나온 스펜서 트레이시를 보는 기분이었지만, 눈앞의 아가씨는 현실이었다.

"그 씨벌 흰둥이 새끼는 잡았냐?"

"아니오."

조지는 대답하며 속으로 생각했다. '젠장, 그 남자 말이 맞았어. 그 사람이 제대로 들은 거야.'

조지는 옆에서 (혹시라도 조지가 실수하지 않을까 하는 희망을 품고) 기웃거리던 구급대원들이 어느새 뒤로 물러났음을 어렴풋이 알아차렸다.

"옳지, 흰둥이 짭새들이 그냥 보내줬구나. 내가 잡는다. 좆대가리를 확 잘라버릴라, 개놈의 새끼! 내가 어떻게 조져놓는지 봐라! 두고 봐, 이 개쌍놈의 흰둥이 새끼야! 두고 봐…… 두고……"

아가씨가 또다시 눈꺼풀을 바르르 떨자 조지는 속으로 생각했다. '그래요, 그냥 주무세요, 제발 그냥 주무세요, 내가 책임질 상황도 아니고, 난 뭐가 어떻게 된 건지도 모르겠고, 쇼크 상태가 어떤 건지 배우긴 했어도 쇼크 증상 중에 정신분열이 포함되는 줄은……'

아가씨가 눈을 번쩍 떴다. 먼젓번 아가씨였다.

"무슨 사고가 일어난 거죠? 아까 아이에서 나왔을 때까지는 기억이 나는데……"

"아이라니요?"

조지가 멀뚱하니 물었다. 아가씨가 슬며시 미소를 지었다. 고통이 묻어나는 미소였다.

"'헝그리 아이'란 가게요. 커피숍이에요."

"아아. 예. 그러셨군요."

다른 여인이 나왔을 때, 그녀가 다쳤든 안 다쳤든 간에, 조지는 자신도 덩달아 상스럽고 살짝 돈 사람이 된 기분이었다. 그러나 이 아가씨와 함께 있을 때에는 아서왕 이야기에 나오는 기사가 된 기분이었다. 사악한 용의 아가리에서 귀부인을 멋지게 구출해낸 기사.

"역 계단을 내려와서 지하철 타는 곳까지 온 건 기억나는데, 그다음은……."

"어떤 사람이 밀었습니다."

멍청한 소리였지만, 틀린 말은 아니지 않은가? 그건 실제로 멍청한 짓이었다.

"열차가 들어오는데 밀었단 말이에요?"

"예."

"다리는, 잃어버린 건가요?"

조지는 침을 삼키려 했지만 그럴 수가 없었다. 목을 적실 침 따위는 이미 다 말라버린 느낌이었다.

"저기, 전부 다 잃으신 건 아니고요."

조지가 어수룩하게 대답하자마자 아가씨의 눈꺼풀이 감겼다.

'그냥 기절하게 해주세요.' 조지는 기도했다. '그냥 기절해 있게.'

그러나 어느새 번쩍 뜬 두 눈이 이글거렸다. 아가씨가 획 치켜든 손이 조지 코앞의 허공에 고랑 다섯 줄을 파헤치며 지나갔는데…… 조금만 가까웠더라면, 조지는 훌리오 에스테베스와 체스터필드 담배를 피우는 대신 응급실에 누워 안면 봉합수술을 받았으리라.

"이 개쌍놈의 흰둥이 새끼들, 다 똑같은 새끼들!"

아가씨가 악을 질렀다. 표정은 기괴하게 일그러졌고, 눈에는 지옥의 업화가 이글거렸다. 사람의 얼굴이 아니었다.

"니미 씨벌 흰둥이 새끼들 보이는 대로 죽여버릴라! 잡아 죽인다! 불알을 뜯어서 주둥이에 처박아버릴라! 다 죽여어어……"

광기였다. 만화에 나오는 흑인 여자, 이를 테면 루니툰 동산에 놀러간 흑인 여배우 버터플라이 매퀸 같았다. 한편으로 이 아가씨는, 또는 이것은, 인간을 넘어선 무엇이었다. 악을 쓰고 버둥거리는 이 아가씨가 고작 반시간 전에 지하철한테 야전수술을 받았다고는 도저히 믿기 힘들었다. 그녀는 물어뜯으려 했다. 조지를 할퀴려고 거듭 손을 내뻗었다. 그녀의 코에서 콧물이 튀어나왔다. 입가에 침이 질질 흘렀다. 입술 새에서는 추잡한 말이 쏟아져 나왔다.

"어이, 선생! 주사 한 대 더 놔!"

구급대원이 외쳤다. 얼굴이 허옇게 질려 있었다.

"제발 주사 놓으란 말이야!"

구급대원이 약상자로 손을 뻗었지만 조지가 그 손을 걷어냈다.

"가만있어, 이 겁쟁이 자식아."

그러고는 다시 환자에게로 눈을 돌렸을 때, 이번에는 차분하고 교양 있는 다른 여성의 눈이 조지를 맞아주었다.

"제가 살 수 있을까요?"

아가씨의 목소리는 다과회에서 담소를 나누는 사람처럼 차분했다. 조지는 속으로 생각했다. '이 아가씨는 자기한테 공백이 있는 줄도 모르는구나. 까맣게 몰라.' 그러고 나서 잠시 후. '그건 다른 쪽도 마찬가지야.'

"저……"

조지는 침을 꿀꺽 삼키고 근무복 안에서 두근거리는 자기 심장을 문지른 다음, 스스로에게 정신을 놓지 말라고 명령했다. 조지는 이미 아가씨의 목숨을 살렸다. 아가씨가 앓는 정신병은 그가 책임질 일이 아니었다.

"괜찮으세요, 선생님?"

아가씨가 물었다. 진심으로 걱정스러워하는 목소리였기에 조지는 슬며시 웃음을 지었다. '그녀'가 '그'에게 괜찮으냐고 물었으므로.

"그럼요, 물론이죠."

"그건 어느 쪽 질문에 대한 답이죠?"

잠시 헷갈려하던 조지가 이내 대답했다.

"둘 다요."

그러고는 아가씨의 손을 쥐었다. 아가씨도 손을 맞잡았다. 조지가 아가씨의 반짝이는 눈을 보며 '남자라면 누구나 반할 눈이구나.' 하고 생각한 순간, 아가씨가 손을 꽉 움켜쥐었다. 그러고는 조지에게 니미 씨벌 흰둥이 새끼라고, 네놈 불알을 뜯는 게 끝이 아니라고, 네놈의 불알을 질겅질겅 씹어버릴 거라고 퍼부었다.

조지는 뒤로 물러섰고, 자기 손에 피가 나지 않는지 살폈다. 정신없는 와중에도 만일 손에 피가 나면 조치를 취해야 한다는 생각이 들었다. 왜냐하면 아가씨는 독사였으므로, 그녀에게 긁혔다가는 살무사나 방울뱀에게 물린 것과 같았으므로. 그러나 피는 보이지 않았다. 조지가 다시 눈을 돌렸을 때, 그곳에는 다른 여인이 있었다. 먼젓번 아가씨였다.

"제발 살려주세요. 죽고 싶지 않아요. 제발……"

그러고 나서 아가씨는 완전히 의식을 잃었고, 잘된 일이었다. 모두에게 잘된 일이었다.

4

"그래서, 선생이 보기엔 어때?"

"뭐가요, 월드시리즈 출전 팀이오?"

조지가 구두 뒤축으로 담배꽁초를 비벼 껐다.

"화이트삭스가 나갈 거예요. 전 내기까지 걸었어요."

"아니, 그 아가씨 말이야. 어떨 거 같아?"

"제가 보기엔…… 정신분열 같아요."

조지가 느릿느릿 대답했다.

"그래, 그건 나도 알아. 내 말은, 앞으로 어떻게 되냔 말이야."

"그거야 모르죠."

"이 양반아, 그 아가씨한텐 도움이 필요해. 그러니까 내 말은, 누가 도와줄 수 있냔 말이지."

"뭐, 전 벌써 도와줬잖아요."

조지는 얼굴이 벌겋게 달아올랐다. 부끄러워하는 듯 보였다.

훌리오가 조지를 바라보며 말했다.

"선생, 더 도와줄 방법이 없거든 차라리 죽게 내버려둬."

조지도 훌리오를 빤히 쳐다보았다. 그는 훌리오의 눈에 비친 감정을 참아낼 수가 없었다. 거기 비친 감정이 비난이 아니라 슬픔이었으므로.

그래서 조지는 걸음을 옮겼다.

그는 돌아가야 할 곳이 있었다.

5

그리고 문이 열렸을 때.

사고가 일어난 후에도 대개는 오데타 홈스가 몸을 통제했지만 갈수록 데타 워커가 전면에 나서는 경우가 잦아졌고, 그럴 때 데타가 가장 즐겨한 일은 절도였다. 훔친 물건은 늘 잡동사니 수준이었지만 아무런들 상관없었고, 나중에 물건을 그냥 버리는 일도 잦았지만 그 또한 상관없었다.

중요한 것은 훔치는 '행위'였다.

메이시스 백화점에서 총잡이가 머릿속에 들어왔을 때, 데타는 분노와 혐오와 위협을 동시에 느끼며 비명을 질렀다. 싸구려 보석을 가방에 쓸어담던 손은 우뚝 멈춰선 채였다.

데타가 비명을 지른 까닭은 롤랜드가 의식 속으로 들어왔을 때, 즉 '전면으로 나섰을 때', 잠시나마 타인의 존재를 느꼈기 때문이었다. 마치 머릿속에서 문이 벌컥 열린 느낌이었다.

데타가 비명을 지른 까닭은 막무가내로 쳐들어온 존재가 흰둥이이기 때문이기도 했다.

데타는 눈으로 보지 않아도 그의 피부색을 느낄 수 있었다.

손님들이 주위를 두리번거렸다. 매장 책임자가 휠체어에 앉아 비명을 지르는 여인을, 활짝 열린 그녀의 손가방을, 또 패션 주얼리를 가방에 집어넣다가 딱 멈춘 그녀의 손을 발견했다. 그녀가 훔친 물건보다 그녀의 손가방이 세 배는 더 값나가 보였다(10미터쯤 떨어진 곳에서 보았는데도 그러했다.).

"어이, 지미!"

매장 책임자가 소리치자 메이시스 백화점의 경비원 중 한 명인 지미 핼버슨이 고개를 돌렸고, 이내 사태를 파악했다. 지미가 휠체어 탄 흑인 여성을 향해 냅다 달려갔다. 뉴욕 시경에서 18년간 근무한 까닭에 일단 달리고 보는 습관만은 스스로도 어쩌지 못했지만, 지미는 그녀가 잔챙이임을 일찌감치 눈치 챘다. 꼬맹이, 장애인, 수녀는 항상 잔챙이였다. 주정뱅이 걷어차기만큼이나 잡기 쉬운 사냥감들이었다. 그것들은 판사 앞에서 질질 짜는 척하다가 풀려나기 일쑤였다. 판사에게 장애인도 악당일 수 있음을 납득시키기는 몹시도 힘든 일이었다.

그러거나 말거나 지미는 달려갔다.

6

롤랜드는 증오와 반감이 뱀 구덩이처럼 우글거리는 곳에 뛰어들었음을 깨닫고 잠시나마 겁에 질렸으나…… 이내 그는 여인이 지르는 비명소리를 들었고, 여인/자신을 향해 뛰어오는 배가 불룩한 덩치 큰 사내를 보았으며, 주위에서 쳐다보는 사람들을 눈치 챘고, 끝내는 여인의 의식을 차지했다.

총잡이는 순식간에 암갈색 손을 지닌 그 여인이 '되었다.' 그러고는 여인 속에 존재하는 기묘한 이중성을 감지했지만, 당장은 신경 쓸 겨를이 없었다.

총잡이가 휠체어의 방향을 틀고 앞으로 나아갔다. 통로 풍경이 그/그녀 뒤로 흘러갔다. 사람들이 이쪽저쪽으로 몸을 날렸다. 손가방이 떨어지는 바람에 데타의 신분증과 훔친 보석 따위가 바닥에 떨어져 기다란 흔적을 남겼다. 배가 불룩한 사내가 모조 금목걸이와 립스틱 통을 밟고 미끄러져 엉덩방아를 찧었다.

7

'이런 썹!' 지미는 부아가 치민 나머지 문득 캐주얼 재킷 아래에 꽂아둔 둥그런 총집의 38구경 권총에 손을 뻗었다. 그러나 이내 이성을 되찾았다. 마약거래 현장이나 무장강도를 덮치는 상황이 아니었다. 휠체어 탄 흑인 여성 장애인일 뿐이었다. 휠체어를 무슨 폭주족 경주차 몰듯 운전하기는 해도, 그래봤자 흑인 여성 장애인에 지나지 않았다. 어쩌면 좋을까, 총으로 쏠까? 그러면 속이 참 후련할 것 같았다. 하지만 그 여자가 가봤자 어디로 간단 말인가? 통로 끝에는 탈의실 두 칸뿐인데.

조지는 몸을 일으키고 욱신거리는 엉덩이를 문지른 다음, 살짝 절뚝거리며 다시금 여인의 뒤를 쫓았다.

휠체어가 탈의실 안으로 쏙 사라졌다. 탈의실 문이 휠체어 손잡이에 닿을 듯 쾅 닫혔다.

'딱 걸렸다, 이 쌍년아.' 지미가 속으로 생각했다. '아주 혼이 쏙 빠지게 겁을 먹여주마. 네년이 홀몸으로 애새끼 다섯을 키우든 살날이 1년밖에 안 남았든 상관할까 보냐. 패지는 못해도 아주 그냥 내장이 덜덜 떨리게 겁을 먹여주마.'

매장 책임자를 앞질러 탈의실에 도착한 조지가 왼쪽 어깨로 문을 부수고 들어갔지만, 안은 비어 있었다.

흑인 여성이 없었다.

휠체어도 없었다.

아무것도 없었다.

조지가 휘둥그레진 눈으로 매장 책임자를 돌아보았다.

"다른 칸! 다른 칸이야!"

조지가 움직이기도 전에 매장 책임자가 다른 쪽 탈의실 문을 벌컥 열었다. 리넨 치마에 플레이텍스 리빙 브래지어만 걸친 여성이 날카롭게 비명을 지르며 두 팔로 가슴을 가렸다. 무척이나 흰 피부에 멀쩡한 다리를 지닌 여인이었다.

"죄, 죄송합니다."

떠듬거리는 매장 책임자의 얼굴이 확 붉어졌다.

"나가, 이 변태야!"

리넨 치마에 브래지어만 걸친 여인이 소리쳤다.

"예, 고객님."

매장 책임자가 냉큼 문을 닫았다.

메이시스 백화점에서 고객은 항상 옳은 법이었다.

매장 책임자가 지미를 돌아보았다.

지미도 그를 마주보았다. 그러고는 물었다.

"뭐가 어떻게 된 거요? 저기 들어간 거 아니었소?"

"그래, 분명히 들어갔어."

"근데 어딨냔 말이지."

매장 책임자는 고개만 설레설레 저었다.

"가서 저 난장판이나 정리하자고."

"알아서 정리하쇼. 난 엉덩이가 박살 난 거 같으니까."
지미가 말을 멈추었다가 다시 입을 열었다.
"솔직히 말하면, 머릿속도 상당히 박살 난 거 같구먼."

8

등 뒤쪽의 탈의실 문이 쾅 하고 닫히는 소리를 듣자마자, 총잡이
는 휠체어를 반쯤 틀고 저쪽 세계로 가는 문을 찾았다. 에디가 앞서
말한 대로 행했다면 문은 사라지고 없을 터였다.
그러나 문은 열린 채로 남아 있었다. 롤랜드는 '그늘 속의 여인'
을 데리고 문을 통과했다.

제3장
저쪽 세계에 간 오데타

1

그리 오래지 않아 롤랜드는 다음과 같이 생각했다. '다른 여인이었더라면, 앉은뱅이이든 아니든 간에 다른 여인이었더라면, 한창 일하던 도중에(절도 사업이라고 해야 할까) 난데없이 머릿속에 쳐들어온 낯선 이에게 시장 통로 끝까지 떠밀려갔을 때, 사내들이 뒤에서 쫓아오며 멈추라고 소리치던 와중에 좁은 방에 처박혔을 때, 거기서 다시 존재할 리 없는 공간으로 떠밀렸을 때, 그리하여 완전히 다른 세상에 있는 자신을 발견했을 때…… 내 생각에 다른 여인이라면, 그럴 때 무엇보다 먼저 *여기가 어디죠?*라고 물을 터인데.'

대신에 오데타 홈스는 거의 즐거워하는 듯 들뜬 목소리로 이렇게 물었다.

"저기요, 그 칼로 도대체 뭘 하려는 거죠?"

2

롤랜드가 올려다보니 에디가 곁에 쭈그리고 앉아서 칼을 그의 목에 닿을락 말락 할 정도로 가까이 들이대고 있었다. 에디가 칼을 쓰려고 마음만 먹으면 초인적인 속도로 움직이는 총잡이조차도 칼날을 피할 길이 없었다.

"그래. 대체 그걸로 뭘 할 생각이냐?"

"몰라, 나도."

에디의 목소리에 스스로를 혐오하는 빛이 역력했다.

"미끼 손질이라도 할 생각인가 보지. 아무리 봐도 낚시하러 온 건 아닌데 말이야, 안 그래?"

에디가 여인의 휠체어 쪽으로 칼을 휙 던졌다. 칼은 휠체어 오른쪽으로 멀찍이 떨어진 곳에 가서 꽂혔다. 자루만 남기고 모래 속에 푹 꽂힌 칼이 부르르 떨었다.

그러자 여인이 고개를 뒤로 돌리며 뭐라 말하기 시작했다.

"날 어디로 데려온 건지 설명해 주……"

여인이 말을 뚝 멈췄다. 여인은 뒤에 아무도 없음을 깨달을 만큼 고개를 틀기 전에 이미 '날 어디로'까지 말하기는 했지만, 뒤에 아무도 없음을 알아차리고 나서도 뭐라고 말을 했다. 총잡이는 이를 흥미롭게 지켜보았다. 여인이 그랬던 까닭은 육체적 장애를 지닌 탓에 몇 가지 일을 인생에서 당연한 진실로 받아들였기 때문이었다. 예를 들어, 여인이 움직였다면 누군가 밀어준 사람이 있어야만 했다. 그러나 휠체어 뒤에는 사람이 없었다.

아무도 없었다.

여인이 에디와 총잡이 쪽으로 눈을 돌렸다. 검은 눈동자에 불안과 혼란과 경악을 담은 채로, 여인이 물었다.

"여긴 어디죠? 누가 날 밀었어요? 내가 어쩌다가 여기에 온 거예요? 가만, 난 목욕가운을 입고 12시 뉴스를 보고 있었는데, 왜 이옷을 입고 있지? 난 도대체 누구야? 여긴 어디예요? 당신들은 누구죠?"

'난 도대체 누구야라니.' 총잡이가 생각했다. 질문이 봇물 터지듯 쏟아질 줄은 이미 예상한 바다. 허나 도대체 누구야?라니…… 내가 보기에 저 여인은 자기가 그리 물은 줄도 모르는 것 같은데.

'어쩌면 언제 물었는지 모르거나.'

총잡이가 그리 생각한 까닭은 여인이 '앞서' 물었기 때문이었다.

여인은 '당신들은 누구냐'고 묻기에 앞서 '난 누구냐'고 물었다.

3

휠체어에 앉은 젊고/늙고 예쁘장한 흑인 여성의 얼굴을 보던 에디가 롤랜드 쪽으로 눈을 돌렸다.

"아무것도 모른다니, 말이 돼?"

"그건 나도 모른다. 어쩌면 충격 탓이겠지."

"충격 때문에 백화점에 오기 전 자기 집 거실로 돌아가 버렸다고? 그러니까 당신 말은, 저 여자가 목욕가운만 걸치고 앉아서, 드라이로 머리를 부풀린 아나운서가 떠드는 소릴 듣다가 기억이 뚝 끊겼는데, 그 충격적인 뉴스라는 게 이를 테면, 플로리다 주에서 자기 집 서재 벽의 참치 박제 옆에다 크리스타 매콜리프(1986년 1월 우주왕복선 챌린저 호 폭발 사고로 사망한 미국 최초의 민간인 우주비행사 — 옮긴이)의 왼손을 나란히 걸어둔 미친놈이 잡혔다더라, 뭐 이런 얘기야 지금?"

롤랜드는 대꾸하지 않았다.

여인이 더욱 어리둥절해진 눈빛을 하고 물었다.

"크리스타 매콜리프가 누구죠? 실종된 자유 여행단(1961년 미국에서 버스를 타고 각 주를 여행하며 흑인 차별에 저항한 민권운동 단체. 원래 이름은 Freedom Riders — 옮긴이) 중 한 명인가요?"

이번에는 에디가 어리둥절해할 차례였다. '자유 여행단? 이건 또 뭔 소리야?'

총잡이가 눈짓을 보내자 에디가 금세 그의 속내를 알아차렸다.

'충격을 받았다니까, 모르겠나?'

'당신 생각은 나도 알아, 이 양반아. 그래봤자 결론은 하나뿐이야. 나도 댁이 약 먹은 미식축구 선수처럼 머릿속으로 돌진했을 때 충격을 받긴 받았어. 그래도 기억 은행이 완전히 파산 날 정도는 아니었다고.'

충격으로 말할 것 같으면, 에디는 여인이 문을 건너올 때에도 혼비백산하다시피 했다. 축 늘어진 롤랜드의 몸뚱이 옆에 웅크리고 앉아 야들야들한 목 살갗 바로 위에 칼을 대고 있기는 했으나…… 사실, 에디는 그 칼을 쓸 수가 없었다. 적어도 그때 당시에는. 에디는 그저 문 저편에서 쏜살같이 흘러가는 메이시스 백화점 복도를 홀린 듯 바라볼 뿐이었다. 다시금 「샤이닝」이 떠올랐다. 귀신 나오는 호텔의 복도에서 꼬마가 세발자전거를 타고 달리던 장면과 비슷한 광경이었다. 에디 기억에 그 꼬마는 복도 어딘가에서 소름끼치는 쌍둥이 귀신을 발견했다. 그런데 문 저편의 통로는 훨씬 끔찍한 곳에서 끝났다. 그 끝은 하얀 문이었다. 문에는 큰 글씨로 옷은 한 번에 두 점만 입어보실 수 있습니다라고 적혀 있었다. 역시 메이시스 백화점이었다. 틀림없었다.

불현듯 검은 손이 눈앞에 튀어나오더니 탈의실 문을 당겨 열었다. 뒤에서 웬 남자가 거기 서라고, 막다른 곳이라고, 이러면 더 불리해질 뿐이라고 소리쳤다(에디가 제대로 들었다면 분명히 경찰 목소리였다. 다년간의 경험을 바탕으로 판단할 수 있었다.). 에디는 왼쪽에 붙은 거울을 통해 휠체어 탄 흑인 여성을 얼핏 보았고, 기억에 따르면 그때 이렇게 생각했다. '그래, 롤랜드가 차지한 거야, 분명해. 근데 저 여자 표정이 영 별론데.'

그러고 나서 시야가 빙글 회전했고, 다음 순간 에디는 자신을 보고 있었다. 눈앞에 보이던 시야가 거꾸로 뒤집혀서 이제까지 보던 사람에게 돌진한 꼴이었다. 에디는 칼 쥔 손을 들어 눈을 가리고 싶었다. 느닷없이 두 쌍의 눈을 통해 앞을 보게 된 충격이 너무나 컸기에, 너무나 터무니없었기에, 보고 있다가는 미쳐버릴 듯싶었기에 가리고 싶었지만, 이 모든 일이 미처 눈앞을 가리지도 못할 만큼 순식간에 일어났다.

휠체어가 문을 통과하여 건너왔다. 폭이 아슬아슬하게 딱 맞았다. 바퀴축이 문 가장자리를 긁는 소리가 들렸다. 이와 동시에 다른 소리도 들렸다. 무언가가 찢어지는 듯 둔탁한 그 소리를 듣고 에디는 머릿속에 막연히 어떤 말

(임신부의 태반)

이 떠올랐지만, 딱 부러지게 생각해낼 수 없었다. 왜냐하면 자신이 아는 말인지조차 확실치 않았으므로. 뒤이어 여인이 탄 휠체어가 단단하게 다져진 모래톱을 스르륵 굴러 에디 쪽으로 다가왔다. 여인은 이제 미친 사람처럼 보이지 않았다. 겉만 보면 에디가 거울을 통해 봤던 사람과 아예 딴판이었다. 그러나 에디는 놀랄 일도 아니라고 생각했다. 메이시스 백화점 탈의실에 있다가 느닷없이 소형 콜리만 한 가재가 출몰하는 살풍경한 바닷가로 뚝 떨어졌다면, 누구나 숨이 턱 막히게 마련이었다. 이는 에디 딘이 몸소 증언할 수 있는 사실이었다.

여인이 탄 휠체어는 멈추기 전까지 1미터 남짓 굴러왔고, 모래톱의 경사와 자갈 탓에 더 가지 못하고 거기서 멈췄다. 이제껏 필사적으로 바퀴를 굴렸을 두 손도 가만히 멈춰 있었다('마님, 낼 아침에 일어나셨을 때 팔이 쑤신다, 그러면 롤랜드 나리한테 따지시면 됩니다요.' 에디가 속으로 이기죽거렸다.). 여인은 손으로 바퀴를 굴리는 대신 휠체어 팔걸이를 움켜잡고 눈앞의 두 사내를 응시했다.

여인 뒤에 있던 문은 이미 사라지고 없었다. 사라졌다? 딱 들어맞는 표현이 아니었다. 문은 영화 필름을 거꾸로 돌려 상영하듯이 저절로 '접혀 들어갔다.' 문이 접히기 시작한 때는 마침 백화점 직원이 좀 더 현실적인 다른 문, 즉 매장과 탈의실 사이 문을 박차고 들어온 때였다. 직원은 좀도둑이 탈의실 문을 잠근 줄 알고 문을 힘껏 밀치고 들어왔고, 에디는 그가 맞은편 벽에 부딪쳐 납작 찌부러질 거라고 짐작했지만, 실제로 그랬는지 어쨌는지 확인하지는 못했다. 이 세계와 저 세계를 잇는 문이 조금씩 줄어들다가 완전히 사라지기 직전, 에디가 본 문 저편의 광경은 굳게 멈춰 있었다.

영화가 정지화면으로 바뀌었던 것이다.

이제 남은 것이라고는 휠체어가 모래에 남긴 바퀴자국 두 줄뿐이었다. 아무것도 없는 모래톱에서 시작되어 주인을 태우고 서 있는 지금 자리까지 1미터 남짓 이어진, 바퀴자국뿐이었다.

"누가 제발 얘기 좀 해주세요, 여긴 어디죠? 제가 어쩌다 여기까지 온 거예요?"

휠체어에 앉은 여인이 물었다. 거의 호소하는 목소리였다.

"음, 적어도 이거 한 가지는 분명해요, 도로시 양. 여기는 캔자스가 아니라는 거."

에디가 말했다. 여인의 눈에 눈물이 그렁그렁 맺혔다. 에디가 보기에 여인은 눈물을 참으려고 애쓰는 듯싶었지만, 소용없었다. 여인이 흐느끼기 시작했다.

부아가 치민(동시에 자기가 한 말에 부끄러움을 느낀) 에디가 비틀비틀 일어서던 총잡이 쪽으로 눈을 돌렸다. 총잡이가 걸음을 옮겼으나 그가 향하는 곳은 울먹이는 여인 쪽이 아니었다. 대신 그는 자기 칼을 주우러 갔다.

"가르쳐주란 말이야!"

에디가 소리쳤다.

"당신이 데려왔잖아, 그럼 당신이 가르쳐줘야 할 거 아냐!"

그러고는 잠시 후, 나직한 목소리로 덧붙였다.

"그다음엔 나한테 가르쳐줘. 저 사람이 왜 자기 일을 기억 못하는지."

4

롤랜드는 대꾸하지 않았다. 한마디도 하지 않았다. 그저 몸을 숙이고 오른손에 남은 손가락 사이에 칼자루를 끼운 다음, 칼을 조심스레 몸 왼쪽으로 옮겨 권총띠에 달린 칼집에 꽂아넣었다. 그는 앞서 여인의 의식 속에서 느꼈던 무언가를 골똘히 생각하는 중이었다. 에디와 달리 여인은 그에 맞서 싸웠다. 그가 전면으로 나섰던 순간부터 그와 함께 문을 통과하던 순간까지 내내, 고양이처럼 앙칼지게 싸웠다. 싸움은 여인이 그의 존재를 감지한 바로 그 순간에 시작되었다. 여인은 조금도 망설이지 않았다. 왜냐하면 조금도 놀라지 않았으므로. 롤랜드는 직접 겪어놓고도 도저히 이해할 수가 없었다. 여인은 머릿속에 생면부지인 낯선 이가 쳐들어왔는데도 전혀 놀라지 않았다. 단지 즉각적인 분노와 공포와 침입자에 맞서 발령한 선전포고뿐이었다. 이길 가망이 없었는데도, 그가 보기에는 어림없는 짓이었는데도, 여인은 막무가내로 미친 듯이 저항했다. 그는 여인이 공포와 분노와 증오로 미쳐버렸다고 여겼다.

여인 안에서 총잡이가 느낀 것은 오직 어둠뿐이었다. 여인의 의식은 동굴 깊숙이 파묻혀 있었다.

다만……

다만 문을 통과하면서 따로따로 갈라지던 순간, 총잡이는 잠시만 더 머물 수 있기를 간절히 바랐다. 한순간이면 충분할 듯싶었다. 왜냐하면 이쪽 세계에 나타난 여인은 총잡이가 들어가 머물렀던 여인이 아니었으므로. 전에 에디의 의식 속에 머물 때, 총잡이는 울렁거리는 한증막에 앉아 있는 기분이었다. 반면 여인의 의식 속에서는 캄캄한 뱀굴에 벌거벗은 채로 드러누워 독사들에게 희롱당하는 기분이었다.

적어도 마지막 순간까지는.

그러나 여인은 마지막 순간에 변신을 했다.

그것 말고도 무언가가, 필시 무척이나 중요한 무언가가 있었건만, 총잡이는 알아차리지 못했고 기억도 못했다. 흡사 두 세계를 잇는 문 같은 것

(그 눈길)

이, 여인의 의식 속에만 존재하는 어떤 것이 있었다. 무언가를

(그 '특벼란' 걸 네가 깨뜨렸지. 네가 그랬지.)

갑작스레 깨달은 기분이었다. 그 기분은 마치 연구를 거듭한 끝에 마침내 답을 알아냈을 때와 비슷한……

"됐어, 관둬. 이 피도 눈물도 없는 기계 같은 인간아."

에디가 넌더리를 내며 말했다. 그러고는 롤랜드를 그냥 지나친 다음 여인에게 다가가서 휠체어 옆에 웅크리고 앉았다. 여인이 물에 빠진 사람처럼 어쩔 줄 몰라하며 팔을 뻗자 에디도 뿌리치지 않고 두 팔로 여인을 끌어안았다.

"괜찮아요. 그리 멋진 곳은 아니지만, 그래도 괜찮아요."

여인이 울먹거렸다.

"여기가 어디난 말이에요. 난 집에서 텔레비전을 보고 있었어요, 친구들이 옥스퍼드에서 무사히 석방됐는지 보려고 기다리고 있었는데, 그런데 지금은 *어딘지도 모를 곳에 와 있잖아요!*"

"그러게요, 근데 여기가 어딘지는 저도 몰라요."

에디가 여인을 꼭 끌어안고 다독여주었다.

"어쨌거나 우린 이제 한 배를 탄 신세네요. 저도 당신이랑 같은 곳에서 왔어요. 뉴욕이오. 저도 똑같은 문으로…… 실은 살짝 다르긴 한데, 어쨌든 원리는 똑같아요. 그러니까 당신도 괜찮을 거예요."

에디는 뒤늦게 생각난 듯 한마디를 덧붙였다.

"가재 요리를 좋아한다면 말이죠."

에디를 끌어안고 울먹이는 여인과 여인을 안고 다독여주는 에디를 보며, 롤랜드는 혼자서 생각했다. '이제 에디 걱정은 안 해도 되겠구나. 형은 죽었지만 보살펴줄 사람이 새로 생겼으니 에디는 괜찮을 게야.'

그러나 마음은 찢어지듯 아팠다. 깊은 자책감이 총잡이의 마음을 짓눌렀다. 그는 총을 쏠 수 있었다. 왼손뿐일지언정 쏠 수 있었다. 사람을 죽일 수도 있었다. 길이 아무리 멀지라도, 세월이 아무리 흐를지라도, 심지어 차원을 건너야 할지라도, 탑을 찾기 위해서라면 혹독하고 비정한 여행을 계속할 수 있었다. 그는 살아남을 힘이 있었고 때로는 남을 지킬 힘도 있었다. 홀로 죽음을 기다리던 제이크를 간이역에서 구해주었고, 산기슭에서는 신탁의 유혹으로부터도 지켜주었다. 그러나 결국에는, 그 아이가 죽도록 내버려두었다. 실수로 그런 것이 아니었다. 천벌을 받게 될 줄 똑똑히 알면서 저지른 짓이었다. 총잡이는 두 사람을 지그시 바라보았다. 에디가 여인을 끌어안고 괜찮을 거라며 안심시키는 중이었다. 총잡이가 자신은 도저히 저러지 못할 거라고 생각할 무렵, 마음속에 가득한 후회를 비집고 정체 모를 두려움이 피어올랐다.

'만일 탑을 위해 정을 버린다면, 롤랜드, 넌 이미 패한 거다. 정이 없는 생물은 사랑을 모르는 생물인 법, 사랑을 모르는 생물은 곧 짐승이다. 짐승으로 사는 것도 견딜 만할 거다. 물론 인간으로서 짐승이 되면 종국에는 지옥을 맛보게 될 테지만, 허나 그렇게 해서라도 목적을 이룰 수만 있다면? 정을 버리고 짐승이 된 몸으로 암흑의 탑에 들이닥쳐 그곳을 차지할 수 있다면, 어쩔 텐가? 네 마음속에 오직 어둠만이 가득하다면 그다음은 짐승에서 괴물로 타락하는 길뿐, 달리 뭐가 있을까? 짐승이 되어 목적을 이룬다면 지독히도 우스운 일일 거다. 코끼리한테 돋보기를 쥐어주는 거나 진배없으니 말이다. 허나 괴물이 되어 목적을 이룬다면……'

'지옥을 맛보는 것도 한 가지 길일 거다. 허나 지옥에서 살아야 한다면?'

총잡이는 떠올려보았다. 툴에서 만난 앨리를, 언젠가 창가에서 그를 기다리던 소녀를, 그가 커스버트의 시신을 부여잡고 흘린 눈물을 떠올렸다. 그때, 그는 사랑을 했다. 그때는 그랬다.

'난 지금도 사랑을 하고 싶다!' 총잡이가 울부짖었다. 에디도 휠체어에 앉은 여인 곁에서 홀쩍였다. 그러나 총잡이의 눈은, 그가 이 어두운 바닷가에 닿으려고 건너왔던 사막처럼 바싹 메말라 있었다.

5

총잡이는 나중에 에디의 질문에 대답해 줄 작정이었다. 에디가 경계를 늦추지 않고 잘 견딜 거라고 생각했기 때문이었다. 여인이 자기 일을 기억하지 못하는 이유는 단순했다. 그녀가 한 사람이 아니라 두 사람인 탓이었다.

그리고 그중 한 명은 위험한 인물이었다.

6

에디는 여인에게 자기가 아는 얘기를 모조리 들려주었다. 총격전 부분을 둘러대긴 했지만 다른 것은 전부 사실대로 얘기해 주었다.

얘기가 끝나자 여인은 두 손을 깍지 끼어 무릎에 얹은 채로 한참 동안 한마디도 하지 않았다.

점차 완만해져가는 산에서 실개울이 흘러내려와 동쪽으로 가늘게 이어졌다. 롤랜드와 에디가 북쪽으로 걸어오는 동안 물을 긷던 곳이 바로 그 개울이었다. 처음에는 롤랜드가 너무 쇠약했던 탓에 에디가 물 긷기를 도맡았다. 나중에는 번갈아가며 물을 길러 갔는데 시간이 흐를수록 개울에 닿으려면 좀 더 멀리 가야했고, 좀 더 오래 찾아야만 했다. 산이 낮아질수록 그들은 점점 더 지쳐갔지만, 그래도 물 때문에 탈이 난 적은 없었다.

아직까지는 그랬다.

전날은 롤랜드가 물을 길러 갔기에 이날은 에디 차례였다. 그러나 총잡이는 가죽 물통을 어깨에 걸고 말 한마디 없이 물을 길러 갔다. 에디가 생각하기에 묘하게도 사려 깊은 행동이었다. 하지만 에디는 그런 일로 감동하고 싶지 않았다. 에디는 롤랜드가 하는 짓이라면 어떤 것에도 감동하고 싶지 않았지만, 그럼에도 조금은 마음이 움직이고 말았다.

여인은 에디에게 눈길을 고정한 채 한마디도 하지 않고 그의 이야기에 귀를 기울였다. 에디는 여인이 자신보다 다섯 살쯤 연상일 거라 짐작했다. 한번은 열다섯 살쯤 연상일 거라고 짐작하기도 했다. 에디가 짐작할 필요 없는 사실이 한 가지 있었다. 그가 여인에게 반했다는 사실이었다.

에디가 얘기를 마치고 나서, 여인은 한동안 말없이 앉아 있기만 했다. 시선은 에디가 아니라 그 너머의 파도를 향한 채였다. 저녁이 되면 기묘한 질문을 꼬치꼬치 캐묻는 가재 괴물 떼를 몰고 올 파도였다. 에디는 괴물 떼에 관하여 유독 자세히 설명해 주었다. 나중에 실제로 보고 기겁하느니 차라리 미리 듣고 조금 놀라는 편이 낫기 때문이었다. 에디는 놈들이 롤랜드의 손과 발에 무슨 짓을 저질렀는지 알고 나면, 또 놈들을 확실히 보고 나면, 여인이 결코 먹을 엄두를 못 내리라고 짐작했다. 그러나 '디드, 어, 칙'이든 '덤, 어, 첨'이든 결국에는 허기가 승리하는 법이었다.

여인의 눈은 먼 곳을 보는 듯 아련했다.

"오데타 씨?"

5분쯤 지나서 에디가 입을 열었다. 여인이 가르쳐준 이름이었다. 오데타 홈스. 에디는 우아한 이름이라고 생각했다.

오데타가 퍼뜩 정신을 차리고 에디 쪽으로 눈길을 돌렸다. 그녀가 살짝 웃고 나서 한 말은 단 한마디였다.

"아니오."

에디는 멀뚱히 바라보기만 할 뿐 대답할 말이 떠오르지 않았다. 부정하는 말 한마디가 이토록 막막할 수도 있음을 그제야 비로소 깨달은 기분이었다. 에디는 결국 여인에게 물어보았다.

"무슨 뜻인지 모르겠어요. 뭐가 아니라는 거죠?"

"전부 다요."

오데타가 한 팔을 슥 움직여(그녀가 무척이나 튼튼한 팔을 지녔음을 에디는 눈치 챘다. 가늘지만 무척 튼튼해 보였다.) 바다와, 하늘과, 해변과, 필시 총잡이가 물을 찾아 헤매고 있을 스산한 산비탈을 가리켰다(어쩌면 새로 등장한 흥미로운 괴물한테 산 채로 잡아먹히는 중인지도 몰랐지만, 에디는 별 관심을 두지 않았다.). 요컨대, 이쪽 세계 전체를 가리켰다.

"어떤 느낌인지 알아요. 처음엔 나도 현실이 아니라고 철석같이 믿었거든요."

그랬던가? 돌이켜보면 에디는 순순히 받아들인 편이었다. 아마도 상태가 안 좋았기 때문이었으리라. 약 생각에 사로잡혀 몸을 부들부들 떨고 있었으므로.

"그러니까 당신도 받아들일 거예요."

"아니오."

오데타가 되뇌었다.

"내 생각엔 두 가지 일 중 하나가 일어난 게 틀림없어요. 어느 쪽이든 간에, 난 아직 미시시피 주 옥스퍼드에 있을 테고요. 이건 현실이 아니에요."

오데타는 막무가내였다. 목소리가 더 컸더라면(또는 에디가 그녀에게 반하지 않았더라면) 거의 설교처럼 들렸으리라. 하지만 그렇지 않았기에 오데타의 말은 설교가 아니라 노랫말처럼 들렸다.

'그래도 말이야.' 에디는 몇 번이고 자신을 다잡아야 했다. '아닌 건 아닌 거야. 일깨워줄 수밖에 없어. 본인을 위해서.'

"어쩌면 머리를 다쳤을지도 몰라요. 옥스퍼드타운은 도끼자루나 경찰 곤봉을 휘두르는 깡패들이 많기로 악명 높은 곳이니까요.”

‘옥스퍼드타운.’

그 이름이 에디 머릿속 깊숙한 곳의 희미한 기억에 부딪혀 공명을 일으켰다. 오데타의 말투에서, 에디는 무슨 까닭에서인지 형을 떠올렸다. 헨리와…… 젖은 기저귀. 왜? 무엇 때문에? 당장은 중요치 않았다.

“그러니까 오데타 씬 지금 의식을 잃은 상태고, 이건 전부 다 꿈속에서 벌어지는 일이다, 이 말인가요?”

“어쩌면 혼수상태인지도 모르죠. 그렇게 황당무계하다는 표정으로 볼 것까진 없어요, 근거가 있어서 하는 말이니까요. 자, 봐요.”

오데타가 조심스레 머리카락을 왼쪽으로 쓸어넘기자 에디는 그녀가 머리를 한쪽으로 빗어넘긴 까닭이 비단 취향 때문만은 아님을 알 수 있었다. 머리카락에 가려졌던 오래된 흉터가 끔찍한 모습을 드러냈다. 흉터는 갈색이 아니라 우중충한 회색이었다.

“험한 일을 꽤 많이 겪으셨나 보네요.”

오데타가 냉큼 어깨를 으쓱했다.

“험한 일도 많이 겪었지만, 복도 많이 타고났어요. 어쩜 그런 식으로 균형을 맞춘 건지도 모르죠. 이 흉터는 내가 다섯 살 적에 혼수상태에 빠져서 3주 동안이나 헤맸단 증거예요. 그때도 수없이 꿈을 꿨어요. 어떤 꿈인지 기억은 안 나지만, 엄마 말로는 의사들이 내가 계속 말을 하는 동안은 죽지 않을 거라고 했대요. 내가 계속 뭐라고 말하긴 했는데 엄마는 열 마디 중에 한 마디도 못 알아들으셨대요. 그때 꾼 꿈 중에 기억나는 건, 꿈이 굉장히 생생했다는 것뿐이에요.”

오데타가 말을 멈추고 주위를 둘러보았다.

"꼭 지금처럼 생생했어요. 에디 당신처럼요."

오데타가 이름을 말했을 때 에디는 팔의 털이 곤두서는 기분이었다. 그는 정말로 그녀에게 반했던 것이다. 그것도 아주 홀딱.

"그리고 저 사람. 저 사람이 제일 생생한 것 같아요."

오데타가 몸을 부르르 떨었다.

"그렇겠죠. 그러니까 내 말은, 우린 다 진짜란 뜻이에요. 당신이 어떻게 생각하든 간에."

오데타가 에디를 보며 다정한 미소를 지었다. 그러나 그의 말을 믿는 기색은 조금도 없었다.

"어쩌다가 그렇게 됐어요? 머리의 흉터 말이에요."

"별 일 아니에요. 내가 하고 싶은 말은 이거예요, 한 번 일어났던 일은 또 일어날 가능성이 높다는 거요."

"아니, 그래도 궁금한데요."

"벽돌에 맞았어요. 부모님이랑 북부에 처음 여행 갔을 때 그랬죠. 뉴저지 주 엘리자베스에 갔을 때. 우리 세 식구는 짐 크로 칸에 타고 갔어요."

"그게 뭔데요?"

오데타는 의심하는 듯, 거의 경멸하는 듯 에디를 뜯어보았다.

"에디, 당신 어디서 살다 왔어요? 방공호에 숨어 살았어요?"

"살던 시대가 달라서 그래요. 근데 몇 살인지 물어봐도 돼요?"

"투표권을 얻은 지는 한참됐지만, 연금 타려면 아직 멀었어요."

"어, 그렇게 따지면 나랑 동갑인데."

"대강 따지면 그렇겠죠."

오데타가 다시금 따사로운 미소를 머금었다. 에디에게 짜릿한 기분을 안겨준 미소였다.

"난 스물세 살이에요. 근데 1964년에 태어났어요. 롤랜드가 오데타 씨를 끌고 온 그해에요."

"거짓말."

"진짜예요. 저 인간이 날 끌고 온 때는 1987년이었어요."

오데타가 한참 후에 입을 열었다.

"그 말이 사실이라면, 지금 이게 현실이라는 당신 말이 상당히 설득력 있게 들리는군요."

"짐 크로 칸이라는 거 말인데요…… 혹시 흑인 전용 차량 말하는 건가요?"

"'니그로'라고 하세요. 니그로를 흑인이라고 부르는 건 훨씬 더 무례한 짓이에요, 몰라서 그래요?"

"1980년대에는 당신들이 그렇게 부르는데요. 내가 어렸을 땐 흑인 아이한테 니그로라고 했다가 싸움이 벌어지기도 했어요. '검둥이'로 부르는 거나 마찬가지였는데."

오데타는 어딘가 석연치 않은 듯 에디를 빤히 보다가, 이내 고개를 가로저었다.

"저기, 벽돌에 맞은 이야기 좀 더 해주시면 안 될까요?"

"막내이모 결혼식에 갔을 때였어요. 이모 이름은 소피아였는데 엄마는 이름 대신 '파랑이'라고 부르셨어요. 이모가 제일 좋아하는 색이었거든요. '걔가 진짜로 좋아하는 건 파란색이 아니라 자기가 파란색 애호가라는 자부심인지도 모른다.' 엄마는 그렇게 말씀하셨죠. 그래서 난 본 적도 없는 막내이모를 늘 파랑이 이모라고 불렀고요. 결혼식은 정말로 아름다웠어요. 식이 끝나고 나서 피로연도 했는데. 그때 봤던 결혼선물이 지금도 기억나네요."

오데타가 웃음을 터뜨렸다.

"애들 눈에는 선물이란 게 참 대단해 보이는 법이니까요. 안 그래요, 에디?"

에디도 씩 웃었다.

"맞는 말이에요. 애들은 선물을 받으면 절대 안 잊어버리죠. 자기가 받은 거든, 남이 받은 거든."

"그때가 바로 우리 아버지가 조금씩 돈을 벌기 시작할 무렵이었는데, 난 그냥 '애쓰는 중'이라고만 알고 있었어요. 엄마가 항상 그렇게 말씀하셨거든요. 한번은 같이 놀던 여자애가 나한테 우리 아빠가 부자냐고 물어본 적이 있어요. 엄마한테 그 얘길 했더니 친구들이 물어보면 그냥 그렇게만 대답하라 그러셨죠. 우린 애쓰는 중이라고요.

그래서 파랑이 이모한테 멋진 도자기 접시 세트를 사줄 만큼 여유가 있었던 거예요. 내 기억에……"

목소리가 부르르 떨렸다. 오데타는 멍하니 앉아 손으로 관자놀이를 문질렀다. 마치 그곳이 두통의 시발점인 듯싶었다.

"기억에 뭐요?"

"내 기억에 엄마가 이모한테 '특베란 걸' 줬던 것 같아요."

"특베란 거요?"

"아, 미안해요. 머리가 아파서 그런가, 발음이 제대로 안 되네요. 근데 내가 왜 이런 얘길 줄줄 늘어놓는지 모르겠네."

"말하기 불편한가요?"

"아뇨. 괜찮아요. 그러니까 내 말은, 엄마가 파랑이 이모한테 특별한 접시를 선물하셨단 거예요. 하얀 접시였는데, 가장자리에 우아한 파란색 무늬가 빙 둘러진 거였어요."

오데타가 슬며시 웃음 지었다. 에디가 보기에는 온전히 흐뭇한 마음에서 우러나온 웃음이 아니었다. 기억 속의 무언가가 오데타를 불안케 했다. 그런데 그 무언가가 그녀로 하여금 자신이 처한 기묘하기 짝이 없는 상황조차 뒤로 젖혀두게 할 만큼 급박한 것이었기에, 지금은 이 기묘한 상황에 온 정신을 집중해도 모자랄 판국이었기에, 에디도 덩달아 불안해졌다.

"에디, 그때 그 접시가 지금 눈앞에 있는 당신처럼 눈에 선해요. 우리 엄마가 선물한 접시를 받고 파랑이 이모가 얼마나 울었는지 몰라요. 어쩌면 어렸을 때 그 비슷한 접시를 봤을지도 모르죠. 하지만 외가 형편으로는 살 엄두도 못 냈을 거예요. 엄마랑 이모들은 어릴 적에 선물 같은 건 아예 모르고 자라셨을 정도니까요. 피로연이 다 끝나고 파랑이 이모랑 이모부는 그레이트스모키 국립공원으로 신혼여행을 갔어요. 기차를 타고."

오데타가 말을 멈추고 에디를 지켜봤다.

"음, 짐 크로 칸에 타고 가셨겠군요."

"왜 아니겠어요! 짐 크로 칸이죠! 그 시절 니그로는 짐 크로 칸에만 탈 수 있었어요. 식사도 거기서 했고요. 우리가 옥스퍼드타운에서 타파하려고 하는 게 바로 그런 차별이에요."

오데타는 확신에 찬 눈으로 에디를 주시했다. 그녀가 보기에 에디는 틀림없이 '당신이 있는 곳은 여기'라고 우길 것만 같았다. 그러나 이때 에디는 또다시 자기 기억의 거미줄에 걸려 허우적대는 중이었다. 에디 머릿속에 젖은 기저귀와 단어 몇 개가 떠올랐다. 옥스퍼드타운. 문득 떠오른 말은 이것 말고도 또 있었다. 고작 한 줄짜리 노랫말에 불과했지만, 노래를 부르던 헨리 형 모습도 함께 떠올랐다. 헨리는 어머니가 월터 크론카이트가 진행하는 뉴스 좀 듣게 제발 좀 그만하라고 야단칠 때까지 그 노랫말을 몇 번이고 되풀이했다.

'누가 빨리 알아보는 게 좋을걸.' 그런 내용이었다. 헨리가 코맹맹이 소리로 몇 번이고 몇 번이고 되풀이한 노래였다. 에디는 더 기억해 내려고 안간힘을 썼지만 헛수고였는데, 실은 당연한 일이었다. 당시 에디는 겨우 세 살 무렵이었으므로. '누가 빨리 알아보는 게 좋을걸.' 에디는 그 말을 떠올리고 어째서인지 등골이 오싹해졌다.

"에디, 괜찮아요?"

"예. 왜요?"

"방금 부르르 떨었잖아요."

에디가 씩 웃으며 말했다.

"도널드 덕이 내 무덤자리를 밟고 지나갔나 보죠, 뭐."

오데타도 웃음을 터뜨렸다.

"어쨌거나, 나 때문에 결혼식이 엉망이 되진 않았어요. 사건은 우리 세 식구가 기차역으로 걸어가던 중에 일어났으니까요. 그 전날 밤엔 파랑이 이모 친구네서 묵었어요. 그날 아침에 아버지가 택시를 부르셨죠. 택시는 금방 왔지만, 운전수는 우리가 흑인인 걸 알고 쌩하니 가버렸어요. 꼭 머리에 붙은 불이 엉덩이까지 번질까 봐 안달하는 사람처럼요. 파랑이 이모 친구는 우리 식구들 짐을 싣고 미리 역으로 출발한 후였어요. 뉴욕에서 일주일 동안 머물 예정이었기 때문에 짐이 무척 많았거든요. 아버지가 하셨던 말씀이 기억나요. 센트럴파크의 시계가 정각을 알리면 동물들이 춤을 춘단다, 그걸 보고 환해진 네 얼굴을 빨리 보고 싶구나, 그러셨어요.

아버진 차라리 역까지 걸어가는 게 낫겠다고 하셨어요. 엄마도 좋은 생각이라며 대번에 찬성하셨고요. 엄마가 말씀하시길, 역까진 2킬로미터도 안 돼요, 게다가 여기까지 오는 동안 사흘이나 기차를 탔는데 이제 또 하루하고 반나절을 타야 하니까 지금 좀 걸어두는 것도 좋잖아요 하셨죠. 아버지는 그러자꾸나, 또 날씨도 참 좋지 않니 하셨고요. 하지만 생각해보면, 난 그때 겨우 다섯 살이었는데도 다 알고 있었어요. 아버진 몹시 성이 났고 어머닌 당황한 상태였죠. 두려워하기는 두 분 다 마찬가지였고요. 다시 택시를 불렀다가 똑같은 일을 당할 수도 있었으니까요.

그래서 우리 세 식구는 걸어갔어요. 엄마는 내가 차도 쪽으로 너무 가까이 갈까봐 보도 안쪽에 서서 걸으라고 하셨죠. 난 걸으면서 아버지가 한 말을 생각했어요. 센트럴파크의 시계를 보면 내 얼굴이 정말로 환해질까, 너무 환해지면 뜨겁지 않을까, 그냥 그런 생각을 했어요. 바로 그때, 내 머리에 벽돌이 떨어졌어요. 그러고 나서 한동안 눈앞이 깜깜했죠. 그러다가 꿈을 꾸기 시작했고요. 생생한 꿈을요."

오데타가 살짝 웃음을 머금었다.

"지금 이 꿈처럼 생생했어요, 에디."

"벽돌은 그냥 떨어진 거예요? 아니면 누가 일부러?"

"범인은 밝혀지지 않았어요. 경찰은(엄마가 한참 후에 얘기해주셨어요. 내가 열여섯 살쯤 됐을 때요.) 그 벽돌이 원래 있었으리라 추정되는 곳을 찾았지만, 거기엔 굴러다니는 벽돌이 수두룩했고 막 빠질 듯 헐거워진 벽돌은 그보다 훨씬 많았대요. 폐허가 된 아파트 건물의 4층 창문 옆이었죠. 하지만 그때도 들락거리는 사람들은 많았어요. 특히 밤에 많았대요."

"거야 당연하죠."

"건물에서 나오는 사람을 본 목격자가 한 명도 없어서 그만 사고로 처리됐대요. 엄마도 그렇게 생각한다고 하셨지만, 내가 보기엔 거짓말 같았어요. 아버지 생각이 어떤지는 굳이 들을 필요도 없었고요. 두 분은 그 택시 기사가 우리를 보자마자 가버린 것 때문에 그때까지도 괴로워하셨으니까요. 그게 가장 확실한 심증이었을 거예요. 누군가 그 위에 있다가 바깥을 내다보고 검둥이들한테 벽돌을 던지기로 마음먹은 거다, 그렇게 판단하는 데 필요한 증거 말이에요.

그런데 이제 슬슬 가재 괴물 나올 때 아닌가요?"

"아뇨, 녀석들은 해 떨어진 다음에 나와요. 그러니까 오데타 씨 얘기는, 벽돌에 머리를 맞고 혼수상태에 빠졌을 때 꿨던 꿈처럼 지금 이 상황도 다 꿈이다, 이거죠. 단지 이번엔 경찰 곤봉이나 뭐 그런 거에 맞은 것뿐이고요."

"그래요."

"그럼 아까 말한 두 가지 중에 나머지 한 가지는 뭐예요?"

오데타는 표정도 목소리도 침착했지만, 그녀 머릿속에는 옥스퍼드타운과 연관된 갖가지 형상이 가득히 떠올랐다. 그 노래가 뭐였더라? '남자 둘이 달빛을 맞고 죽었네/ 누가 빨리 알아보는 게 좋을걸.' 정확하진 않아도 그 비슷한 내용이었다. 꽤 비슷했다.

"다른 하나는, 어쩜 내가 미쳐버렸는지도 모른단 거예요."

오데타가 대답했다.

7

에디 머릿속에 처음 떠오른 말은 이러했다. '자기가 미쳤다고 생각하다니, 오데타 씨 진짜 맛이 갔군요.'

하지만 언뜻 생각하기에도 입 밖에 냈다가는 쓸데없이 분란만 일으킬 말이었다.

에디는 입을 여는 대신 오데타의 휠체어 옆에 가서 주저앉은 다음, 무릎을 세우고 손으로 끌어안았다.

"에디 씨 정말로 헤로인 중독자였어요?"

"옙. 그건 알코올 의존증이나 베이싱하고 비슷해요. 애초에 사람이 극복할 수 있는 게 아니란 말이죠. 예전엔 그런 말을 들어도 속으로 '예, 예, 알았어요, 알았어.' 하고 넘어갔는데, 지금은 무슨 뜻인지 알 것 같아요. 실은, 지금도 맞고 싶거든요. 아마 의식 한편에선 '앞으로도 쭉' 맞고 싶어할 거예요. 그래도 몸 힘든 건 좀 나아졌지만."

"베이싱이 뭐예요?"

"오데타 씨가 살던 시대엔 아직 안 만들어진 거예요. 코카인으로 만든 약인데, 티엔티를 핵폭탄으로 개조한 거나 마찬가지죠."

"그런 것도 했단 말이에요?"

"에이, 설마. 내 종목은 헤로인이었어요. 얘기했잖아요."

"겉보기엔 중독자 같지 않은데."

에디는 실제로 꽤 말쑥해 보였다. 다만…… 그의 몸과 옷에서 스멀스멀 풍겨나는 노린내를 참아낼 수 있다면(에디는 몸도 헹구고 옷도 헹궜지만 비누가 없었기에 어느 쪽도 씻지는 못했다.). 롤랜드가 난입할 당시에 단정했던 머리는 꽤 자랐지만, 아직 봐줄 만했다('그래야 세관 통과하기가 쉬울 거다, 동생아.' 돌이켜보면 그 얼마나 웃기는 소리였던가.). 수염은 롤랜드의 예리한 칼로 매일 아침 깎았는데, 처음에는 조심조심 칼을 놀렸지만 하다 보니 슬슬 자신감이 붙었다. 헨리가 베트남에 끌려갈 무렵 에디는 아직 면도를 시작할 나이가 아니었고, 어차피 당시에는 헨리도 면도에 별 신경을 쓰지 않았다. 헨리는 수염을 기르지는 않았지만 엄마가 '얼굴에 벌초 좀 해라 이 녀석아.' 하고 야단치기 전까지 사흘이고 나흘이고 내버려두기 일쑤였다. 그러나 베트남에서 돌아온 헨리는 면도광이 되어 있었고(헨리가 광적으로 챙긴 것은 또 있었다. 샤워하고 나서 발에 땀띠분 뿌리기, 하루 서너 번씩 이 닦고 구강청정제로 헹구기, 옷은 꼭 옷걸이에 걸기 등등), 동생마저 광신도로 바꾸어놓았다. 에디는 아침저녁으로 수염을 밀었다. 헨리가 전파한 다른 가르침과 마찬가지로 면도는 에디 뼛속 깊이 새겨진 습관이었다. 물론, 그 가르침 중에는 주사기 사용법도 포함되었다.

"중독자치곤 너무 멀끔하죠?"

에디가 씩 웃으며 물었다.

"너무 하얘요."

오데타는 짤막하게 대답하고 나서 한참동안 말없이 바다만 바라보았다. 말이 없기는 에디도 마찬가지였다. 방금 그 말에 대꾸할 만한 말이 과연 있기나 한지, 있다면 무엇인지, 에디는 알 수가 없었다.

"미안해요, 에디. 내가 너무 무례했어요. 굉장히 비겁한 말인데, 나답지 않게 해버렸네요."

"괜찮아요."

"아뇨, 괜찮지 않아요. 그건 마치 살색이 연한 흑인을 보고 백인이 '저런, 네가 검둥인 줄 몰랐는데.'라고 하는 거나 마찬가지예요."

"오데타 씬 자신을 편견 없는 사람으로 여기고 싶은가 봐요."

"사람들이 저마다 생각하는 자신과 실제 자신이 일치하는 경우가 거의 없는 줄은 나도 알지만…… 그래요. 난 나 자신을 편견 없는 사람으로 생각하고 싶어요. 그러니까 에디, 사과를 받아줘요."

"대신 조건이 하나 있는데."

"뭔데요?"

오데타가 다시금 미소를 머금었다. 잘된 일이었다. 에디는 오데타를 웃게 할 수 있어서 기뻤다.

"'여기'에 대해서도 편견 없이 생각할 것. 그게 조건이에요."

"'뭐'에 대해서 편견 없이 생각하라고요?"

물어보는 오데타의 목소리가 살짝 놀리는 듯 들렸다. 다른 여자가 그랬더라면 에디는 화를 냈을 테고, 어쩌면 무시당하는 기분을 느꼈을지도 모르지만, 오데타와 함께 있었기에 그러지 않았다. 오데타였기에 괜찮았다. 에디는 오데타와 함께라면 뭐든 괜찮을 거라고 생각했다.

"제3의 대안을 인정하자는 말이죠. 이게 현실이라는 대안을. 그러니까……"

에디가 헛기침을 했다.

"제가 철학 쪽으로는 워낙 아는 게 없어서 말이죠. 그 뭐냐, 형이 상무인가 뭔가 하는……"

"형이상학 말이에요?"

"그건가, 잘 몰라요. 그거 같기도 하네. 어쨌든 눈앞에 보이는 걸 언제까지고 부정할 순 없어요. 아니, 오데타 씨 말마따나 지금 이게 다 꿈이라면……"

"난 꿈이라고 한 적은 없어요."

"뭐라고 했든 간에 결론은 이게 다 현실이 아니라 헛것이란 말이 잖아요, 안 그래요?"

"에디, 당신은 철학이나 형이상학 쪽에 문리가 트인 것 같진 않지 만, 학교 다닐 땐 논객으로 꽤 이름을 날렸을 것 같아요."

방금 전까지 오데타의 목소리에는 에디를 아이 취급하는 기색이 어렴풋이 느껴졌지만, 이제는 완전히 사라지고 없었다.

"토론은 한 번도 안 했어요. 그건 게이나 못생긴 계집애나 암사내 들이 모여서 하는 거니까요. 체스 동호회처럼. 근데 방금 물리가 트 였다고 했어요? 그게 무슨 말이에요?"

"이치를 잘 안다는 뜻이에요. 그런데 방금 게이라고 했나요? 그 게 무슨 뜻이죠?"

에디가 말없이 오데타를 보다가 어깨를 으쓱했다.

"호모들 말이에요. 비역쟁이들. 됐어요, 용어 설명은 나중에 해도 돼요. 어디 갈 데가 있는 것도 아니고. 내가 하고 싶은 얘기는, 만약 이게 다 꿈이라면 오데타 씨가 꾸는 꿈이 아니라 내가 꾸는 꿈이란 거예요. '당신'이 '내' 공상의 산물이어야 한단 말이죠."

오데타의 미소가 엷어졌다.

"당신은…… 누구한테 머릴 맞은 적이 없잖아요."

"머릴 맞은 적이 없기는 오데타 씨도 마찬가지죠."

그러자 오데타의 얼굴에서 미소가 완전히 사라졌다.

"난 단지 옥스퍼드타운 일을 기억 못하는 것뿐이에요."

오데타가 조금 차가워진 목소리로 에디의 말을 바로잡았다.

"나도 마찬가지예요! 오데타 씬 옥스퍼드타운에 막돼먹은 놈들이 버글거렸다고 했죠. 글쎄, 나한테서 끝내 약을 못 찾았을 때 세관 놈들도 그리 싹싹하진 않았어요. 그중 한 놈이 권총 손잡이로 내 머리를 깠을지도 몰라요. 어쩌면 난 지금 정신병원에 누워서 오데타 씨랑 롤랜드가 나오는 꿈을 꾸고 있는지도 모른단 말이죠. 세관 놈들은 사건 경위서에다 심문 도중에 내가 발광을 하는 바람에 제압할 수밖에 없었다고 적고 있을 테고요."

"당신이랑 난 달라요."

"어째서요? 오데타 씬 똑똑하고 사회운동에도 적극적인 흑인 여성 장애인인데, 난 코업 시티 출신 약쟁이라서요?"

"자꾸 흑인이라고 부르지 말아줬으면 좋겠어요!"

에디가 한숨을 내쉬었다.

"예, 그래도 나중엔 그 말에 익숙해질 거예요."

"어쨌거나 당신은 토론 클럽에 들어갈 걸 잘못했어요."

"어휴, 씨발."

에디가 내뱉었다. 오데타의 눈빛이 바뀌자 에디는 새삼 둘 사이의 차이가 비단 피부색만이 아님을 깨달았다. 둘은 따로 떨어진 섬에서 서로를 보며 얘기하는 중이었다. 둘 사이의 바다는 곧 시대였다. 하지만 상관없었다. 욕설이 오데타의 주의를 끌었으므로.

"난 오데타 씨랑 토론할 생각 없어요. 난 그저 오데타 씨가 지금 깨어 있다는 사실을 일깨워주고픈 것뿐이에요, 그게 다라고요."

"난 당신이 말한 제3의 대안에 따를 용의가 있어요. 적어도 지금…… 이 상황이…… 계속된다면요. 하지만 에디 당신한테 일어난 일과 나한테 일어난 일 사이엔 근본적인 차이가 한 가지 있어요. 당신은 알아차리지도 못할 만큼 근본적이고 커다란 차이죠."

"그럼 어디 내가 알아듣게 한번 설명해 보시죠."

"당신의 의식은 끊어지지 않고 쭉 연결되어 있잖아요. 하지만 내 의식 속엔 커다란 틈이 있어요."

"무슨 말인지 모르겠는데요."

"그러니까 내 말은, 당신은 자기가 보낸 시간을 빠짐없이 설명할 수 있단 말이에요. 한 시점에서 다음 시점으로 이야기가 쭉 연결되잖아요. 비행기에서 있었던 일이랑, 저…… 음…… 저 남자한테 습격당한 일도요."

오데타는 불쾌한 빛이 역력한 표정으로 산기슭 쪽을 보며 고개를 끄덕였다.

"마약을 숨긴 일, 경찰에 체포당한 일, 전부 다 이어져요. 흥미진진한 이야기죠. 빠진 부분도 없고 말이에요.

내 경우는 어땠냐면, 옥스퍼드타운에서 돌아온 다음에 운전수인 앤드루가 아파트에 데려다줬어요. 목욕을 하고 나서 잠을 자려고 했죠. 머리가 깨질 듯 아팠거든요. 그렇게 아플 땐 자는 것밖에 방법이 없어요. 그런데 마침 자정이 가까울 무렵이라 우선 뉴스부터 봐야겠다 싶었어요. 동료들 중 몇 명은 석방됐지만, 아직 감방에 갇힌 사람이 훨씬 많았으니까요. 그 사람들이 풀려났는지 확인하고 싶었거든요.

물기를 닦고 목욕가운 차림으로 거실로 갔어요. 텔레비전을 켜고 뉴스를 틀었죠. 흐루시초프 서기장이 베트남의 미군 군사고문단에 관해 뭐라고 연설했는지 막 소개할 차례였는데, 아나운서가 '저희가 촬영한 영상을 보시겠습니다. 이 영상은'까지 말하고 사라져버렸고, 난 이 바닷가까지 굴러온 거예요. 당신, 전에 지금은 사라진 마법의 문 같은 걸 통해서 날 봤다고 했죠? 메이시스 백화점에서 도둑질을 하고 있었다고 했잖아요. 그 자체로도 충분히 터무니없는 상황이지만요, 백보 양보해서 그게 현실이라고 해도 난 모조보석보다는 더 값진 걸 훔칠 거예요. 게다가 난 보석 따위는 걸치지도 않아요."

"오데타 씨, 손을 한번 보세요."

에디가 나지막이 말했다.

오데타는 한참 동안 자기 손을 내려다보았다. 왼쪽 새끼손가락에 낀 다이아몬드 반지는 아무리 봐도 가짜로밖에 보이지 않을 만큼 커다랗고 천박했고, 오른쪽 가운데손가락에 낀 오팔 반지는 아무리 봐도 '진짜'로밖에 보이지 않을 만큼 커다랗고 천박했다.

"이건 현실이 아니에요."

같은 말을 되풀이하는 오데타의 목소리는 단호했다.

"무슨 고장 난 전축이에요?"

에디가 진심으로 화를 낸 때는 이때가 처음이었다.

"이야기의 허점을 지적하면 항상 '이건 현실이 아니에요' 소리만 되풀이하잖아요. 이제 현실을 직시해요, 데타."

"그렇게 부르지 마요! 난 그렇게 부르는 거 정말 싫어요!"

오데타는 에디가 움찔할 정도로 앙칼지게 소리쳤다.

"미, 미안해요. 어휴, 모르고 그랬어요."

"한밤중이었는데 갑자기 낮으로 바뀌었어요. 목욕가운 차림이었다가 이 옷을 입고 있고, 거실에 있다가 이 황량한 바닷가에 떨어졌어요. 하지만 실제론 배가 불룩 튀어나온 백인 보안관이 내 머릴 곤봉으로 갈긴 것뿐이에요, 그게 다란 말이에요! "

"근데 기억이 끊긴 곳은 옥스퍼드가 아니잖아요."

에디가 담담한 말투로 물었다.

"뭐, 뭐라고요?"

다시금 미심쩍어하는 목소리였다. 그녀는 어쩌면 알면서도 인정하고 싶지 않은지도 몰랐다. 손가락에 낀 반지를 보고 그랬듯이.

"옥스퍼드에서 실제로 머릴 얻어맞았다면, 기억도 거기서 끊겨져야 하는 거 아니에요?"

"이런 일이 항상 논리적으로 설명되는 건 아니잖아요."

오데타가 또다시 관자놀이를 문질렀다.

"에디, 내가 똑같은 말만 되풀이하는 것 같다면, 이제 그만 얘길 끝내고 싶어요. 두통이 도졌거든요. 이번엔 꽤 지독해요."

"내가 볼 때 논리적으로 설명이 되고 안 되고는, 오데타 씨가 뭘 믿느냐에 달렸어요. 난 오데타 씨가 메이시스 백화점에 있는 걸 봤어요. 훔치는 것도 봤고요. 오데타 씬 그런 짓 안 한다고 했죠. 하지만 보석을 안 걸친단 말도 했어요. 나랑 얘기하는 동안 몇 번이나 손을 내려다봤으면서도 그렇게 말했다고요. 그때도 손에 반지를 끼고 있었는데, 내가 반지를 보라고 가르쳐주니까 그제야 알았다는 시늉을 했잖아요."

"얘기하기 싫다니까요! 머리가 아프단 말이에요!"

오데타가 악을 썼다.

"알았어요. 하지만 오데타 씬 자기 기억이 어디서 끊어졌는지 알고 있어요. 거긴 옥스퍼드타운이 아니에요."

"날 그만 내버려둬요."

중얼거리는 오데타의 목소리는 멍했다.

에디 눈에 물통 두 개를 들고 힘겹게 걸음을 옮기며 돌아오는 총잡이가 보였다. 한 개는 허리에 묶은 채였고, 한 개는 어깨에 걸친 채였다. 몹시도 지쳐 보였다.

"난 오데타 씰 돕고 싶어요. 하지만 그러려면, 오데타 씨가 날 현실로 믿어야 해요."

에디가 곁에 가만히 서 있는데도 오데타는 고개를 숙이고 손으로 관자놀이만 문질렀다.

에디는 롤랜드를 마중 나갔다.

8

"좀 앉아."

에디가 물통을 받아들면서 말했다.

"아주 기진맥진한 것 같은데."

"그래. 상태가 또 안 좋아졌다."

에디가 총잡이를 보며 고개를 끄덕였다. 총잡이는 빰과 이마가 벌겋게 달았고 입술은 갈라져 있었다.

"내 입장에서야 그렇게 안 되길 바라지만, 실은 놀랄 일도 아냐,

이 양반아. 사이클링 히트를 못 쳐서 그래. 발라자르네서 가져온 케 플렉스가 부족했으니까."

"무슨 말인지 못 알아듣겠다."

"페니실린 항생제를 충분히 먹지 않으면 감염을 완치할 수 없단 뜻이야. 지금은 그냥 억누르고 있을 뿐이란 말이지. 며칠 지나면 다시 도질 거야. 약이 더 필요한데, 어쨌든 문이 한 개 더 남아 있댔으니까 괜찮아. 그래도 조심은 해야겠지."

그러나 에디는 오데타의 불편한 다리와 갈수록 멀어지는 실개울을 떠올리고 우울해졌다. 롤랜드가 아픈 상황에서 이보다 더 안 좋을 수가 있을지 의심스러울 정도였다. 생각해보면 없을 리도 없었지만, 얼마나 끔찍할지는 상상하기조차 싫었다.

"오데타 씨 말인데, 할 얘기가 있어."

"저 여인의 이름인가?"

"그래."

"참 예쁜 이름이구나."

"그치. 내 생각에도 그래. 근데 상황 파악하는 건 영 안 예뻐. 당최 자기가 여기 있다고 인정하질 않아."

"안다. 게다가 날 마음에 안 들어할 테지, 아닌가?"

'왜 아니겠어. 그런데도 댁을 꿈에 나온 벽장귀신 취급하는 건 여전하단 말이지.' 에디는 생각을 입 밖으로 내지는 않고 그저 고개만 끄덕였다.

"이유는 한 가지다. 너도 알 테지만, 저 여인은 내가 데려온 여인이 아니다. 완전히 다른 사람이다."

에디가 총잡이를 물끄러미 보다가 문득 눈을 반짝이며 고개를 끄덕였다. 탈의실 거울에 어렴풋이 비쳤던 형상…… 그 으르렁거리던 얼굴…… 총잡이 말이 옳았다. 아무렴, 백번 옳은 말이었다. 그 형상은 결코 오데타의 얼굴이 아니었다.

뒤이어 에디는 스카프를 아무렇게나 낚아채던 손과 마찬가지로 싸구려 보석을 아무렇게나 가방에 처넣던 손을 떠올렸다. 그 손 주인은 거의, 마치, 잡히기를 바라는 듯 보였다.

그 손도 반지를 끼고 있었다.

똑같은 반지를.

'하지만 같은 손이 아닐 수도 있잖아.' 울컥 떠오른 생각이었으나 금세 사그라졌다. 에디는 앞서 오데타의 손을 유심히 살폈다. 둘 다 똑같은 손이었고, 둘 다 섬섬옥수였다.

"아니, 다른 사람이다."

총잡이가 말했다. 그의 파란 눈이 에디를 꿰뚫어보았다.

"하지만 똑같은 손이었는데……"

"내 말 들어라. 똑똑히 잘 들어야 한다. 우리 목숨이 걸린 일인지도 모른다. 난 또 상태가 안 좋아지는 중이고, 넌 저 여인한테 반했으니."

에디는 아무 말도 하지 않았다.

"그녀는 '한 몸'에 깃든 두 여인이다. 내가 들어갔던 여인과 이리 데려온 여인은 서로 다른 사람이란 말이다."

이 말에 에디는 아무 말도 할 수 없었다.

"뭔가 더 있었다, 기묘한 뭔가가. 하지만 난 알아채지 못했다. 어쩌면 알아챘는데 그만 잊어버렸는지도 모르지. 뭔가 중요한 것 같았는데."

롤랜드는 에디 뒤편의 바닷가에 서 있는 휠체어를 응시했다. 휠체어 뒤로 뻗어나간 짤따란 바퀴자국 끝에는 아무것도 없었다. 롤랜드가 에디에게로 눈을 돌렸다.

"나는 이런 일에 관해서는 아는 바가 거의 없다. 어떻게 이런 일이 가능한지조차도 모른다. 허나 에디, 경계를 늦추지 마라. 내 말 알아들었나?"

"그래."

에디는 문득 폐가 진공상태가 된 듯 가슴이 답답했다. 총잡이가 설명한 내용을 알아듣긴 했지만, 아니면 적어도 비슷한 내용의 영화 정도는 떠올릴 수 있었지만, 말하려고 해도 숨을 쉴 수가 없었다. 불가능했다. 흡사 롤랜드가 폐 속의 공기를 모조리 빨아낸 기분마저 들었다.

"다행이다. 왜냐하면 내가 문 저편에서 들어갔던 여인은 저녁에 나타나는 가재 괴물만큼이나 위험하니까 말이다."

제4장

저쪽 세계에 간 데타

1

'경계를 늦추지 마라.'

총잡이가 경고했을 때 에디는 그러마고 대답했다. 그러나 총잡이는 에디가 못 알아들었음을 눈치 챘다. 에디의 의식 뒤편 절반, 생사를 좌우하는 그 부분은, 총잡이의 경고를 새겨듣지 않았다.

총잡이는 이를 간파했다.

총잡이의 통찰력이 에디에게는 곧 행운이었다.

2

한밤중. 데타 워커가 번쩍 눈을 떴다. 별빛과 교활함이 함께 가득한 눈이었다.

데타는 똑똑히 기억했다. 저 둘을 상대로 어떻게 싸웠는지, 저 둘이 어떻게 자신을 휠체어에 묶었는지, 뭐라고 비웃었는지, '검둥이년아, 이 검둥이년아'라고 불렀던 것까지, 전부 다 기억했다.

파도에서 기어나온 괴물 떼도 기억했다. 두 사내 중 나이가 더 많은 쪽이 어떻게 괴물 한 놈을 해치웠는지도 기억했다. 어린놈은 모닥불을 피우고 괴물을 구운 다음 막대기에 괴물 고기를 끼워서 그녀에게 먹으라고 내밀었다. 씩 웃으면서. 데타는 자기가 놈의 얼굴에 침을 뱉은 것도, 희희낙락하던 놈의 얼굴이 일그러진 흰둥이 상판으로 바뀐 것도 기억했다. 어린놈은 데타의 머리를 갈기고 뇌까렸다. '좋을 대로 해라, 이 검둥이년아. 나중엔 네가 먼저 처먹으려고 덤빌 거다. 안 덤비나 두고 보자.' 그러고 나서 놈은 진짜 악당과 나란히 껄껄댔고, 진짜 악당은 두툼한 쇠고기를 꺼내어 꼬챙이에 꽂은 다음 모닥불에 천천히 구웠다. 그녀가 끌려온 곳은 어딘지 모를 낯선 바닷가였다.

느긋하게 지글거리는 쇠고기 냄새에 군침이 돌았지만, 데타는 내색하지 않았다. 어린놈이 눈앞에서 고깃덩이를 흔들며 '물어라, 검둥이년아, 냉큼 물어.' 하며 놀릴 때에도 데타는 그저 돌처럼 앉아서 꾹 참았다.

그러다가 잠들었고, 이제 눈을 떴으며, 놈들이 얽어맸던 밧줄은 사라지고 없었다. 데타는 휠체어에 앉아 있는 대신 담요 위에 누워 다른 담요 한 장을 덮고 있었다. 가재 괴물 떼가 여전히 배회하면서 질문을 던지고 이따금 운 없는 바닷새를 낚아채는 만조선으로부터 한참 떨어진 곳이었다.

데타가 왼쪽으로 고개를 돌렸지만 아무것도 보이지 않았다.

데타가 오른쪽으로 고개를 돌리자 담요를 두르고 잠든 사내 둘이 보였다. 어린놈이 가까운 쪽에 있었고, 진짜 악당은 권총띠를 풀어서 옆에 놔둔 채였다.

권총띠에 총이 들어 있었다.

'큰 실수 한 거다, 니미럴 놈아.' 데타는 속으로 생각하며 오른쪽으로 몸을 굴렸다. 그녀가 모래 위로 움직이자 바스락거리는 소리가 났지만 바람소리와 파도소리와 괴물 떼의 질문소리가 덮어주었다. 그녀는 눈을 반짝이며 (가재 괴물이 그러듯이) 모래 위를 기어갔다.

데타는 권총띠까지 기어가서 총 한 정을 뽑았다.

몹시 무거웠다. 매끈한 손잡이는 데타가 쥐면 그 자체로도 치명적인 무기일 듯싶었다. 무게는 문제될 것이 없었다. 그녀는 억센 팔을 지닌 여인, 데타 워커였다.

데타가 조금 더 기어갔다.

어린놈은 코 고는 돌덩이나 다름없었지만 진짜 악당이 잠결에 살짝 뒤척였고, 데타는 그가 다시 잠잠해질 때까지 짐승처럼 허연 이를 다 내놓은 채로 조용히 기다렸다.

'약삭빠른 개새끼 같으니. 조심해라, 데타. 저놈은 조심해야 돼.'

데타가 총을 쥐고 반들거리는 탄창멈치를 찾아서 앞으로 밀었지만 움직이지 않았고, 그래서 대신 뒤로 당겨보았다. 둥그런 탄창이 옆으로 밀려나왔다.

'장전돼 있구나! 쌍놈의 총, 장전돼 있어! 먼저 이 좆만 한 어린놈 새끼부터 해치우고, 진짜 악당놈 새끼가 깨어나면 한번 씩 웃어줘야겠다. 저 새끼가 어떻게 된 일인지 똑똑히 알게 아주 고소하게 웃어줘야지. 명줄은 그담에 끊어주는 거야.'

데타는 탄창을 닫고 나서 격철을 당기다가…… 멈췄다.

그러고는 바람이 거세게 휘몰아칠 때까지 기다렸다가, 격철을 끝까지 당겼다.

데타가 롤랜드의 권총으로 에디의 머리를 겨눴다.

3

총잡이는 한쪽 눈을 반만 뜨고 이 상황을 모조리 지켜보았다. 또다시 열이 오르는 중이었지만 그리 심하지는 않았다. 자기 눈을 믿지 못할 만큼 심하지는 않았다. 그래서 총잡이는 기다렸다. 반쯤 뜬 한쪽 눈이 곧 방아쇠였다. 손에 총을 쥐고 있지 않을 때, 총잡이에게는 몸이 곧 총이었다.

여인이 방아쇠를 당겼다.

철컥.

물론, '철컥'이었다.

앞서 총잡이와 에디가 얘기를 마친 후에 물통을 들고 돌아왔을 때, 오데타 홈스는 휠체어에 앉아 한쪽으로 축 늘어져서 곤히 잠들어 있었다. 둘은 할 수 있는 한 가장 편안한 잠자리를 만든 다음 오데타를 휠체어에서 담요 위로 옮겨놓았다. 에디는 오데타가 잠에서 깰 거라고 생각했지만, 총잡이는 그 이상을 알고 있었다.

뒤이어 총잡이가 사냥을 했고, 에디가 불을 피웠으며, 둘은 오데타가 아침에 일어나서 먹을 것을 미리 챙겨놓고 식사를 했다.

그리고 나서 얘기를 나누던 중에 총잡이는 에디가 한 말을 듣고 벼락같은 깨달음을 얻었다. 너무나 순식간에, 또 너무나 환하게 스쳐간 탓에 또렷하지는 않았지만, 총잡이는 충분히 깨달았다. 마치 때맞춰 내려친 한 가닥 번개 덕분에 지형을 분간하게 된 사람 같았다.

총잡이는 자기가 깨달은 바를 에디에게 얘기해 줄 수도 있었지만, 그러지 않았다. 그는 자신이 에디에게 코트 같은 존재가 되어야 함을 알았다. 코트는 불의의 일격을 얻어맞고 피 흘리는 제자에게 항상 똑같이 반응했다. '어린애는 못을 박다가 손을 찍고 나서야 망치의 무서움을 깨닫는 법이다. 질질 짜지 말고 썩 일어서라, 굼벵이 놈아! 네 부친의 존안을 잊었느냐!'

그래서 에디는 경계를 늦추지 말라던 롤랜드의 충고에도 불구하고 잠들고 말았고, 롤랜드는 에디와 여인이 모두 잠들었음을 확인한 다음(사악해 보이는 여인이 잠들 때까지 한참 더 기다린 다음) 총에 빈 탄피를 장전하고 권총띠를 풀어 에디 곁에 놔두었다(권총띠를 몸에서 떼어놓으려니 마음이 아팠다.).

그러고 나서 기다렸다.

한 시간. 두 시간. 세 시간.

세 시간하고 또 반시간쯤 흘렀을 무렵, 피로와 신열에 지친 몸이 잠들려 할 참에, 총잡이는 여인이 깨어났음을 눈이 아닌 직감으로 확인하고 정신을 바짝 차렸다.

총잡이는 몸을 뒤집는 여인을 주시했다. 갈퀴처럼 오그린 손으로 모래바닥을 찍으며 총이 있는 자리로 기어오는 여인을 주시했다. 총잡이가 지켜보는 가운데 여인은 총을 꺼낸 다음 에디에게 다가가서 우뚝 멈췄고, 고개를 꼿꼿이 치켜든 채 콧구멍을 벌름거렸다. 여인은 냄새를 맡는 것이 아니었다. 냄새를 맛보고 있었다.

틀림없었다. 총잡이가 데려온 그 여인이었다.

여인이 그 쪽으로 눈을 돌렸을 때, 총잡이는 잠든 척하지 않았다. 속임수를 썼다가는 여인이 틀림없이 알아챌 듯싶었기에 총잡이는 '실제로' 잠들었다. 그러고는 여인이 주의를 돌리는 기척이 느껴지자 깨어나서 한쪽 눈을 다시 떴다. 총을 들어올리는 여인이 보였다. 처음 롤랜드의 총을 받아들었던 에디보다 훨씬 가뿐한 손놀림이었다. 여인이 에디의 머리에 총을 겨누더니, 잠시 기다렸다. 얼굴이 이루 말할 수 없이 간사해 보였다.

그 순간 총잡이는 여인을 보며 마튼을 떠올렸다.

여인은 탄창을 열려고 낑낑대다가 처음에는 탄창멈치를 잘못 놀렸지만, 이내 뒤로 당겨 열었다. 그리고 나서 탄피 바닥을 들여다보았다. 롤랜드는 가슴이 철렁했다. 처음에는 탄피의 뇌관에 공이 자국이 남아 있음을 여인이 눈치 챌까 봐 불안했고, 그다음에는 여인이 총을 거꾸로 잡고 탄창 반대쪽을 확인하여 탄환 대신 텅 빈 구멍만 있음을 눈치 챌까 봐 불안했다(총잡이는 불발탄을 장전해 둘 생각도 해봤지만, 이내 마음을 돌렸다. 코트의 가르침에 따르면 세상 모든 총은 악마에게 지배당하기 때문에 한 번 불발한 총알이 다음에도 불발하리란 보장은 없었다.). 총잡이는 여인이 그럴 낌새를 보이면 당장 박차고 일어날 작정이었다.

그러나 여인은 탄창을 닫고 격철을 당기다가…… 다시금 멈췄다. 그러고는 나지막한 바람소리가 격철소리를 덮어줄 때까지 기다렸다.

'여기 한 명이 더 있었구나. 맙소사, 이토록 사악할 수가. 다리가

없기는 해도 총잡이가 될 소질은 분명히 타고 났다. 에디처럼.'

총잡이는 여인과 더불어 기다렸다.

바람이 휘몰아쳤다.

여인은 격철을 끝까지 당기고 총구를 에디 머리에 바짝 갖다댔다. 귀신처럼 무시무시한 웃음을 띠고, 여인이 방아쇠를 당겼다.

철컥.

총잡이는 기다렸다.

여인이 다시 방아쇠를 당겼다. 또 당겼다. 그리고 또 한 번.

"이런 니미럴!"

여인이 욕을 내뱉더니 총을 휙 돌려 거꾸로 쥐었다.

롤랜드는 움찔했지만 벌떡 일어서지는 않았다. '어린애는 못을 박다가 손을 찧고 나서야 망치의 무서움을 깨닫는 법.'

'허나 여인이 에디를 죽이면, 나도 죽을 텐데.'

'무슨 상관이냐.'

대답하는 코트의 목소리는 냉혹했다.

에디가 깨어났다. 반응하는 속도가 그리 나쁘지 않았다. 맞았다가는 자칫 의식을 잃거나 어쩌면 목숨을 잃을지도 모를 일격을 너끈히 피할 만큼 빨랐다. 권총 손잡이는 에디의 연약한 관자놀이를 부서뜨리는 대신 턱 옆쪽을 내리찍었다.

"우욱…… 뭐야, 이거!"

"이런 니미럴! 이 니미럴 흰둥이 새끼!"

데타가 악을 썼다. 롤랜드가 주시하는 가운데 데타가 또다시 총을 쳐들었다. 어차피 데타는 앉은뱅이였고 에디는 이미 몸을 굴려 피하는 중이었지만, 총잡이는 그 이상 위험을 감수하고 싶지 않았다. 지금이 아니면 에디가 영영 깨닫지 못할 듯싶었다. 다음번에 경계를 늦추지 말라고 당부하면 에디는 그렇게 할 테지만…… 그렇다고는 해도, 여인은 턱없이 재빨랐다. 그 이상 에디의 도망치는 속도와 여인의 장애만 믿고 수수방관하는 것은 좋은 생각이 아니었다.

총잡이가 몸을 날렸다. 그는 에디 너머로 날아가 여인을 쓰러뜨리고 그 위에 올라탔다.

"한 판 하고 싶냐, 니미럴 놈아?"

여인이 악다구니를 썼다. 동시에 총잡이의 사타구니에 음부를 비벼대면서 총 쥔 손을 총잡이 머리 위로 한껏 쳐들었다.

"한 판 하고 싶어? 오냐, 하고 싶으면 얼마든지 대주마!"

"에디!"

총잡이가 외쳤다. 이번에는 고함이 아니라 '명령'이었다. 에디는 쭈그리고 앉아서 눈을 둥그렇게 뜬 채로 턱에서 피를 뚝뚝 흘리며 (이미 부어오르기 시작한 얼굴로) 우두커니 바라보기만 했다. 눈을 둥그렇게 뜬 채로. '움직여, 움직이라고.' 에디는 속으로 생각했다. '뭐야, 움직이기 싫은 거야?' 롤랜드는 금세라도 체력이 바닥날 것 같았다. 오데타가 또다시 저 무거운 권총 손잡이로 내리찍으면 롤랜드의 팔이 부러질 게 뻔했는데…… 그것도 롤랜드가 팔로 제때 막았을 때 얘기였다. 못 막았다가는 '머리'가 박살 날 기세였다.

마침내 에디가 움직였다. 그가 총을 붙잡고 아래로 휙 꺾자 여인은 비명을 지르며 에디 쪽으로 고개를 돌렸고, 흡혈귀처럼 물어뜯으려고 덤벼들면서 상스러운 말을 마구 퍼부었다. 남부 흑인 사투리가 너무나 걸쭉했던 탓에 에디조차도 무슨 말인지 알아듣지 못했다. 롤랜드는 여인이 갑자기 외국어로 떠든다고 생각했다. 그러나 에디는 가까스로 여인의 손에서 총을 빼앗았고, 롤랜드도 눈앞의 쇠몽둥이가 사라진 덕분에 여인을 제압할 수 있었다.

그런데도 여인은 포기하지 않고 완강하게 펄떡거리며 욕을 퍼부었다. 암갈색 이마에 땀이 송글송글 맺혔다.

에디는 물고기처럼 입만 뻐끔거리며 멍하니 내려다보았다. 그러다가 조심스레 턱을 만져보고 움찔하더니, 손에 묻은 피를 찬찬히 뜯어보았다.

여인이 둘 다 죽여버리겠노라고 고래고래 악을 썼다. 하려고 들면 자신을 강제로 범할 수도 있을 테지만, 그랬다가는 거기로 죽여버릴 테니 한번 해보라며 악을 썼다. 자신의 그곳은 둘레에 이빨이 나 있는 끔찍한 동굴이므로 탐험을 통하여 확인하고 싶으면 한번 해보라며 악을 썼다.

"이게 대체 무슨……"

에디가 멍하니 중얼거렸다.

"내 권총띠."

총잡이가 숨을 몰아쉬며 에디에게 말했다.

"가져와라. 내가 옆으로 구르면 이 여인이 위로 올라올 게다, 그럼 네가 팔을 붙잡고 등 뒤로 두 손을 묶어라."

"할 수 있을 것 같으냐!"

데타가 악을 쓰더니 다리 잘린 몸뚱이로 펄떡거렸다. 갑자기 치솟은 힘이 어찌나 거셌던지, 롤랜드조차 날아갈 뻔했다. 롤랜드는 여인이 그의 고환을 짓찧으려고 자꾸만 오른쪽 허벅지를 치대는 느낌이 들었다.

"내…… 내가…… 묶으라니……"

"서둘러라, 네 아비의 낯을 욕되게 할 셈이냐!"

롤랜드가 고함을 쳤다. 에디는 그제야 몸을 움직였다.

4

둘은 데타의 손을 잡아묶는 동안 그녀를 두 번이나 놓칠 뻔했다. 그러나 롤랜드가 마침내 데타의 두 손을 붙잡아 그녀 등 뒤로 내밀 었을 때(그러는 동안 내내 데타는 총잡이를 물려고 덤벼들었고, 총잡이는 뱀을 피하는 몽구스처럼 그녀의 입을 피해야 했다. 이빨은 피할 수 있었지 만 비오듯 퍼붓는 침은 미처 피하지 못했기에 에디가 매듭을 묶을 때까지 고스란히 뒤집어쓸 수밖에 없었다.), 에디는 롤랜드의 권총띠로 데타의 손을 묶는 데 성공했고, 임시변통으로 묶은 짤따란 매듭을 잡아당겨 데타를 떼어놓았다. 에디는 펄떡거리고 악을 쓰며 욕을 퍼붓던 '그 것'을 다치게 하고 싶지 않았다. 머리로는 그것이 가재 괴물보다 더 위험한 줄을 이미 잘 이해했지만, 그럼에도 에디는 그것이 아름답다 고 생각했다. 그것 속의 어딘가에(마술사가 마술 상자 안의 비밀 공간 에 감추어둔 비둘기처럼) 붙잡혀 있을 다른 여인에게 상처를 입히고 싶지 않았다.

악다구니를 쓰며 펄떡거리던 그 괴물 속 어딘가에, 오데타 홈스 가 있었다.

5

총잡이의 마지막 탈것이었던 노새는 까마득히 오래전에 이미 숨을 거뒀지만, 그는 노새를 묶어두던 밧줄을 여태 갖고 있었다(전에는 올가미로 사용해도 손색없던 밧줄이었다.). 둘은 데타를 휠체어에 묶어두는 데 이 밧줄을 사용했다. 나중에 데타가 상상했던 그대로였다(물론 데타의 기억에 잘못된 부분이 있는지도 모르지만, 어쨌거나 결과만 놓고 보면 똑같지 않은가?). 그러고 나서야 둘은 데타에게서 물러났다.

가재 괴물 떼가 기어다니지 않았더라면 에디는 물가로 가서 손을 깨끗이 씻었으리라.

"나 토할 것 같아."

에디가 사춘기 소년처럼 꺽꺽대는 목소리로 중얼거렸다.

"아예 니들끼리 좆을 빨아주지 그러냐, 응?"

휠체어에서 버둥거리던 그것이 소리쳤다.

"검둥이년 거기가 무서우면 그냥 니들끼리 하라니까? 어서 해! 냉큼! 둘이 서로 사이좋게 양초를 쭙쭙 빨아줘! 빨 수 있을 때 열심히 빠는 게 좋아, 왜냐면 데타 워커님께서 이 의자를 박차고 일어나 네놈들 허여멀건 양초를 확 뽑아버릴 테니까! 확 뽑아서 저 기어다니는 전기톱 같은 놈들한테 먹여버릴 테니까!"

"저게 바로 내가 들어갔던 여인이다. 이제 내 말을 믿겠나?"

"아까도 믿었어. 믿는다고 얘기했잖아."

"너 스스로 믿는다고 믿었던 것뿐. 의식의 겉껍데기에서만 믿었을 뿐이다. 이제 속속들이 믿게 되었나? 머릿속 밑바닥까지 속속들이 믿게 되었느냔 말이다."

에디는 휠체어에 묶인 채로 악다구니를 쓰며 버둥거리는 그것을 보다가 눈을 돌렸다. 피가 뚝뚝 듣는 턱의 상처만 빼고 얼굴이 온통 새하얬다. 상처 입은 쪽 얼굴이 불룩 부어오르기 시작했다.

"젠장, 그래. 이젠 믿어."

"저 여인은 괴물이다."

에디가 울음을 터뜨렸다.

총잡이는 에디를 위로하고 싶었다. 그러나 위로조차도 모독이 될까 두려워 감히 할 수가 없었다(그는 제이크가 어찌 되었는지 똑똑히 기억했다.). 총잡이는 또다시 고통스럽게 타오르는 열을 몸속에 품은 채 어둠 속으로 향했다.

6

그날 밤 사투를 벌이기 한참 전에, 오데타가 아직 자고 있을 때, 에디는 총잡이에게 어쩌면 오데타의 문제가 뭔지 알 것도 같다고 얘기했다. '어쩌면.' 총잡이가 에디에게 무슨 말이냐고 물었다.

"어쩌면 정신분열증인지도 몰라."

총잡이는 말없이 고개만 저을 뿐이었다. 에디는 그에게 자신이 정신분열증에 관해 아는 바를 설명해 주었다. 「이브의 세 얼굴」 같은 영화나 갖가지 텔레비전 프로그램에서 본 자투리 상식들이었다(대개는 헨리와 함께 약에 취해서 본 드라마였다.). 롤랜드가 고개를 주억거렸다. 그럴듯했다. 에디가 설명해 준 병이 맞지 싶었다. 두 얼굴의 여인, 한쪽은 환하고 한쪽은 그늘진. 검은 옷의 남자가 보여준 다섯 번째 카드의 그림처럼.

"그럼 그들은, 그러니까 정신분열증 환자들은, 다른 한쪽의 존재를 모른다는 뜻인가?"

"모르지. 하지만……."

에디가 말꼬리를 흐리더니 침울한 표정으로 가재 괴물 떼를 바라보았다. 놈들은 기어다니며 질문을 되뇌었고, 질문을 되뇌며 기어다녔다.

"하지만 뭔가?"

"난 대갈사냥꾼이 아니라서 말이야. 그래서 잘은 몰라."

"대갈사냥꾼? 대갈사냥꾼은 또 뭔가?"

에디가 자기 이마를 톡톡 두드리며 대답했다.

"대가리 고치는 의사 말이야, 남의 머릿속 봐주는 의사. 정식 명칭은 정신과의사야."

롤랜드가 고개를 주억거렸다. 그는 대갈사냥꾼 쪽이 더 마음에 들었다. 왜냐하면 이 여인은 머리가 너무 많기 때문이었다. 필요한 만큼의 두 배나 많았다.

에디가 설명을 계속했다.

"그치만 내 생각에, 정신분열증 환자들은 자기 스스로 어딘가 이상하단 걸 알 것 같아. 왜냐면 공백이 있으니까. 내가 잘못 아는 건지도 모르지만, 난 이때껏 정신분열증 환자의 머릿속은 일반적으로 한 사람이 아니라 부분 기억상실증에 걸린 두 사람이라고 생각했어. 둘 중 한쪽이 정신을 장악하면, 다른 쪽은 기억에 공백이 생기니까. 근데 저…… 저 여잔, 자기가 전부 다 기억한댔어. 저 여잔 진심으로 자기 기억이 완전하다고 생각해."

"아까는 저 여인이 일체의 현실을 부정한다고 하지 않았나."

"그랬지, 그치만 그 부분은 일단 넘어가자고. 내 말이 무슨 뜻이냐면, 저 여자가 뭐라고 믿든 상관없단 거야. 저 여자 기억은 목욕가운을 입고 심야뉴스를 보던 자기 집 거실에서 이곳으로 곧바로 이어져. 중간에 끊어지는 곳도 없이. 그때부터 자기가 메이시스 백화점에서 붙잡혔을 때까지, 그 사이에 누군가가 자기 정신을 장악했단 걸 까맣게 모르는 거야. 젠장, 그 사이란 게 단 며칠일 수도 있지만, 어쩌면 몇 주일 수도 있어. 내 생각에 계절은 확실히 겨울이었던 같아. 백화점에서 본 쇼핑객들이 거의 다 코트를 입고 있었거든."

총잡이가 흡족한 듯 고개를 주억거렸다. 에디의 관찰력이 점점 나아지는 중이었다. 잘된 일이었다. 비록 장화와 스카프와 코트 주머니에 비쭉이 나온 장갑은 못 보고 놓쳤지만, 그래도 에디는 '관찰'을 시작했다.

"그래봤자 오데타가 얼마나 오랫동안 저 여자로 지냈는지 알아내는 건 불가능해. 왜냐면 본인도 모르거든. 내 생각에 지금 오데타는 처음 겪는 상황에 직면해 있어. 그래서 양쪽을 다 지킬 방법으로 지어낸 게 머리를 얻어맞은 얘기란 말이야."

롤랜드가 고개를 끄덕였다.

"또 있어, 그 반지. 반지를 보고 엄청 놀랐어. 본인은 태연한 척하려고 했지만 내 눈엔 다 보였어."

"에디, 만일 그 둘이 서로 한 몸에 존재함을 모른다면, 스스로 어딘가 이상함을 모른다면 말이다. 일부는 진짜 기억이고 일부는 다른 쪽이 지배하는 시간을 메우려고 지어낸 기억일 테지만, 그렇다고 해도 만일 그 둘이 저마다 일관된 기억을 지닌다면, 우리가 어쩌면 좋겠나? 저 여인과 더불어 지낼 수나 있겠나?"

에디는 대답하는 대신 어깨를 으쓱했다.

"나한테 묻지 마. 그건 댁의 문제잖아. 저 여자가 필요하다고 한 건 당신 아냐. 나 참, 저 여잘 데려오려고 명줄까지 걸어놓고 무슨 소리야."

에디는 자기가 한 말을 곰곰이 생각해보았다. 그러다가 롤랜드 위에 올라타서 그의 목에 칼을 들이댔던 일을 떠올리고 헛웃음을 터뜨렸다. 그러고는 속으로 생각했다. '문자 그대로 명줄을 걸었잖아, 이 양반아.'

둘 사이에 침묵이 내려앉았다. 오데타는 이미 숨을 쌔근거리는 중이었다. 잠시 후, 총잡이가 에디에게 자신은 이제 자러 갈 테니 경계를 늦추지 말라고 (여인이 혹시 자는 체하는 중이라면 똑똑히 들을 수 있도록 큰소리로) 재차 당부하려던 참에, 때마침 에디가 입을 열었다. 총잡이는 에디가 한 말을 듣고 머릿속에 벼락이 치는 듯싶었다. 그토록 갈구하던 깨달음을 일부나마 얻은 듯싶었다.

마지막 순간에, 여인과 함께 건너올 때.

여인은 그 마지막 순간에 변신을 했다.

그때 총잡이는 보았다. '무언가를, 어떤 것을……'

"저기, 있잖아."

에디가 말했다. 그날 저녁 잡은 사냥감의 집게발을 손에 쥐고 타고 남은 모닥불 재를 하염없이 휘저으면서.

"당신이 저 여잘 데려올 때 말이야, 난 내 정신이 분열되는 기분이었어."

"어째서?"

에디는 골똘히 생각하더니 어깨를 으쓱했다. 설명하기가 너무 번거로웠거나, 어쩌면 너무 피곤한 탓인지도 몰랐다.

"뭐, 대단한 건 아냐."

"어째서?"

에디가 롤랜드를 찬찬히 뜯어보았다. 그러고는 롤랜드가 진지한 이유 때문에 진지하게 묻는 중임을 깨닫고(에디가 넘겨짚은 것일 수도 있었지만) 한동안 기억을 더듬어보았다.

"음, 설명하려니까 되게 힘드네. 그러니까, 문 건너편을 보고 있을 때 말인데, 그때 난 굉장히 겁이 났어. 그 왜, 문 저편에 있는 사람이 움직일 땐 이쪽에서 보는 사람도 함께 움직이는 것 같잖아. 무슨 뜻인지 알지."

롤랜드가 고개를 끄덕였다.

"말하자면, 난 마지막 순간까지 영화를 보는 심정으로 보고 있었어. 영화가 뭔진 몰라도 돼. 그러다가 당신이 저 여잘 문 쪽으로 돌려세웠을 때, 난 처음에는 나 자신을 보고 있었어. 그때 기분이 꼭……"

에디가 설명할 말을 찾아보았지만 헛수고였다.

"몰라. 내 생각에 그땐 거울을 보는 느낌이 들었어야 하는데, 그러질 않았어. 왜냐면…… 왜냐면, 꼭 다른 사람을 보는 느낌이었거든. 안팎이 뒤집힌 것 같은 느낌. 동시에 두 군데에 존재하는 느낌이랄까. 에이, 나도 몰라."

그러나 총잡이는 벼락에 맞은 듯 퍼뜩 깨달았다. 여인을 데리고 건너올 때 그도 똑같은 느낌을 받았기 때문이었다. 그녀에게 일어난 일이, 아니, 비단 그녀뿐 아니라 둘 모두에게 일어난 일이 바로 그것이었다. 한순간 데타와 오데타는 거울 속에 비친 자신이 아니라, 독립된 개체로서 서로 마주보았다. 탈의실의 거울은 창문이 되었고 그 창문을 통해 한순간 오데타는 데타를, 데타는 오데타를 보았고, 둘은 똑같이 공포에 휩싸였던 것이다.

'둘 다 알고 있다. 여태껏 몰랐다고 하더라도 이제는 알아. 상대로부터 감추려고 애쓰는지도 모르지, 허나 한순간이나마 그 둘은 서로를 보았고, 서로를 안다. 깨달음은 아직 그들 안에 남아 있을 터.'

"어이, 롤랜드?"

"왜?"

"그냥, 눈 뜨고 잠든 거 아닌가 확인해봤어. 방금 꼭 잠든 것 같더라고, 그래서 먼 꿈나라로 가버린 줄 알았지."

"꿈나라에 갔다고 해도 이젠 돌아왔다. 하지만 곧 다시 돌아갈 거다. 에디, 내 말 명심해라. 경계를 늦추면 안 된다."

"잘 보고 있을게."

에디가 대답했지만 롤랜드는 이미 알고 있었다. 아프든 멀쩡하든, 그날 밤 보초를 설 사람은 총잡이 자신이었다.

모든 일은 그다음에 일어났다.

7

난장판이 끝나고 나서 에디 딘과 데타 워커는 결국 다시 잠들었다(데타는 잠든 정도가 아니라 탈진하여 의식을 잃다시피 했다. 휠체어에 밧줄로 꽁꽁 묶여 한쪽으로 쓰러진 채로.).

하지만 총잡이는 뜬눈으로 누워 있었다.

'두 여인이 맞싸우도록 해야 한다.' 총잡이 머릿속에 이런 생각이 떠올랐지만, 둘을 싸움 붙였다가는 결국 둘 다 죽을 뿐이었다. 굳이 에디가 말한 대갈사냥꾼에게 물어볼 것도 없이 자명한 사실이었다. '양지 쪽의 여인, 오데타였던가, 그녀가 이기면 다 잘될 거다. 그러나 그늘 속의 여인이 이기면, 그녀와 더불어 우리 모두가 진다.'

그러나 총잡이는 당장 해야 할 일이 죽음이 아니라 합류임을 깨달았다. 데타 워커의 악바리 같은 기운이 그에게, 아니 그들에게, 틀림없이 도움이 될 것임은 이미 충분히 확인한 바였다. 게다가 총잡이는 데타를 원했다. 그러나 자신의 통제 아래 두기를 원했다. 그러려면 갈 길이 멀었다. 데타는 총잡이와 에디를 그녀가 니미 씨벌 횐둥이라고 부르는 괴물로 여겼다. 이는 위험한 망상에 지나지 않았지만, 탑으로 가는 길에는 진짜 괴물들이 존재했다. 가재 괴물 떼는 처음 나온 괴물이 아니었고 마지막일 리도 없었다. 그러한 괴물에 맞서 싸울 상황이 오면 총잡이가 들어갔던 여인이자 이날 밤 그늘 속에서 기어나와 죽기 살기로 싸웠던 여인이 큰 도움이 될 테지만, 그러려면 먼저 평정심을 지닌 오데타 홈스가 그녀를 통제해야만 했다. 더욱이 지금 같은 상황에서는 더욱 그러했다. 손가락 두 개를 잃어버린 지금, 총알이 거의 떨어진 지금, 점점 열이 치솟는 지금은.

'허나 그것만으로도 한 걸음 나아간 거나 다름없다. 이제 둘이 서로 알아보게 할 수만 있으면 싸움을 붙일 수도 있을 터. 어떻게 한다?'

총잡이는 그날 밤 내내 누워서 생각했다. 그러나 속에서는 열만 피어오를 뿐, 스스로 던진 질문의 답은 떠오르지 않았다.

8

　이튿날 동트기 직전, 에디가 눈을 떠보니 전날 밤 피웠던 모닥불 잿더미 옆에 총잡이가 담요를 인디언처럼 두르고 앉아 있었다. 에디도 그 옆에 가서 앉았다.
　"몸은 좀 어때?"
　에디가 나지막이 물었다. 여인은 줄로 칭칭 묶인 채 이따금씩 움찔거리고 뭐라 중얼거리며 신음하긴 했지만, 아직 자는 중이었다.
　"괜찮다."
　에디가 총잡이를 찬찬히 뜯어보았다.
　"안 괜찮아 보이는데."
　"고맙다, 에디."
　총잡이가 무덤덤하게 대꾸했다.
　"덜덜 떨고 있는데 뭘."
　"곧 지나갈 거다."
　여인이 또다시 움찔거리다가 중얼거렸다. 이번에는 알아들을 수 있는 말이었다. '옥스퍼드'처럼 들렸다.
　"젠장, 저렇게 묶어두니까 보고 있기가 힘드네. 무슨 외양간의 송아지 같아."
　에디가 중얼거렸다.
　"곧 깨어날 게다. 어쩌면 그때 가서 풀어줄 수도 있겠지."

휠체어에 묶인 여인이 눈을 뜨기 전 둘이 마지막으로 입 밖에 낸 말은 거기까지였다. 어쩌면, 침착하고 조금은 어리둥절해하는 오데타 홈스의 눈이 그들을 마주할지도 모르는 일이었다.

15분 후, 아침의 첫 햇살이 능선을 비출 때, 여인이 눈을 떴다. 그러나 두 사내가 본 것은 평정심을 담은 오데타 홈스의 눈이 아니라 광기로 이글거리는 데타 워커의 눈이었다.

"이 새끼들, 내가 까무러쳐 있는 동안 몇 판이나 했냐?"

데타가 물었다.

"내 거기가 미끄덩미끄덩한 걸 보니 양초 칠 좀 했구나, 응? 니들 흰둥이 새끼들이 좆이라고 부르는 가느다란 양초로 말이야."

롤랜드가 한숨을 토했다.

"출발하자."

롤랜드는 얼굴을 찡그리고 자리에서 일어섰다.

"네놈들하곤 아무 데도 안 간다, 씨벌놈들아."

데타가 뇌까렸다. 그러자 에디가 대꾸했다.

"안 가고는 못 배길걸. 미안하게 됐습니다요, 아가씨."

"어딜 간다는 거냐?"

"글쎄, 1번 문에서 나온 놈은 영 별로였고, 2번 문에서 나온 놈은 더 끔찍했어. 제정신인 사람이라면 당연히 여기서 포기하겠지만, 우린 포기하는 대신 3번 문에서 뭐가 나올지 곧장 확인하러 갈 거야. 지금까지의 추세로 보면 아마도 고질라 아니면 대가리 세 개 달린 기드라 같은 게 나올 것 같은데, 난 워낙 낙천주의자거든. 맘 같아선 스테인리스스틸 프라이팬이 나왔으면 좋겠는데."

"난 안 가!"

"아니, 가게 될 거야."

에디가 대꾸를 마치고 휠체어 뒤로 걸어갔다. 데타가 또다시 버둥거렸지만 밧줄을 묶은 사람이 다름 아닌 총잡이였기에, 그녀가 버둥거릴수록 매듭은 점점 더 조여들었다. 데타도 곧 이를 깨닫고 버둥거리기를 멈췄다. 악으로 가득한 여인이었지만 아둔함과는 거리가 먼 여인이었다. 그러나 데타가 고개를 돌리고 어깨 너머를 돌아보았을 때, 에디는 그녀가 지은 웃음을 보고 움찔 물러섰다. 에디는 그때껏 인간의 얼굴에서 그토록 사악한 표정을 본 적이 없었다.

"그래, 못 갈 것도 없지. 하지만 네놈이 생각하는 만큼 멀리는 안 간다, 흰둥이 꼬마야. 네놈 생각만큼 빨리 가지도 않을 거다."

"그게 무슨 소리야?"

데타가 다시금 어깨 너머를 돌아보며 짓궂게 웃었다.

"두고 보면 안다, 흰둥이 꼬마야."

데타의 눈이, 광기가 일렁이는 와중에도 설득력을 잃지 않은 두 눈이, 총잡이 쪽을 획 돌아보았다.

"네놈들 둘 다 알게 될 거다."

뒤이어 에디가 휠체어 등판의 핸들에 붙은 고무 손잡이를 쥐었고, 그들은 북쪽을 향해 출발했다. 아득하게 펼쳐진 바닷가를 나아가는 일행 뒤로 이제 발자국과 함께 여인의 휠체어 바퀴자국이 새겨졌다.

9

악몽 같은 하루였다.

가도 가도 똑같은 풍경을 따라 이동하다 보면 얼마나 움직였는지 헤아리기가 쉽지 않은 법인데도, 에디는 자신들의 걸음이 거의 기어가다시피 느려졌음을 알았다.

그리고 누구 탓인지도 알았다.

아무렴.

'네놈들 둘 다 알게 될 거다.' 데타는 앞서 그렇게 말했다. 그리고 둘은 길을 나선 지 채 반시간도 안 되어 그 말이 무슨 뜻인지 알게 되었다.

휠체어 밀기.

그것이 첫 번째 문제였다. 고운 모래가 깔린 해변에서 휠체어 밀기는 수북이 쌓인 눈 속에서 자동차 운전하기와 마찬가지로 불가능한 일이었다. 이쪽 세계의 바닷가에는 그래도 굵은 모래와 석회질 자갈이 깔려 있어서 휠체어를 밀 수는 있었지만, 그래도 결코 쉬운 일은 아니었다. 한동안은 휠체어의 단단한 고무 타이어가 조개껍데기와 자잘한 돌멩이를 양옆으로 튕기며 부드럽게 굴러갔으나…… 이내 고운 모래가 깔린 구덩이와 맞닥뜨렸고, 그때마다 에디는 휠체어와 비협조적인 탑승자를 함께 미느라 끙끙대면서 구덩이를 빠져나가곤 했다. 휠체어를 미는 동시에 핸들에 체중을 싣고 내리눌러야만 했다. 그러지 않으면 휠체어와 거기 묶인 탑승자가 해변에 고꾸라져 거꾸로 처박히고 말았다.

데타는 자신이 처박히지 않도록 움직이려고 애쓰는 에디를 보며 깔깔댔다.

"뒤에서 미는 재미가 어떠냐, 애송아?"

데타는 휠체어가 물기 없는 늪에 빠질 때마다 그렇게 물었다.

총잡이가 도우려고 다가왔을 때, 에디는 손사래를 쳤다.

"나중에 당신 차례가 올 거야. 그때 교대하면 돼."

'하지만 내 차례가 훨씬 더 자주 올 테지.' 에디는 머릿속에서 이야기하는 목소리를 들었다. 보아하니 저 양반, 휠체어 탄 여잘 밀기는커녕 좀 있으면 제 한 몸 건사하기도 벅찰 것 같은데. 그렇구말굽쇼, 에디 나리. 이 여잔 나리 몫입니다요. 천벌이에요, 아시겠어요? 몇 년을 약에 절어 허송세월한 끝에 짜잔, 뭐가 됐을까요? 네, 답은 휠체어 도우미입니다!'

에디가 허탈한 웃음을 터뜨렸다.

"뭐가 우습냐, 흰둥이 꼬마야?"

데타가 물었다. 에디가 보기에 빈정댈 작정으로 한 말 같았지만, 목소리 자체는 조금 화난 듯 들렸다.

'내가 웃을 일이 뭐가 있겠어. 아무렴. 데타랑 얽힌 이상 웃을 일이 있을 리 없지.'

"아가씬 이해 못할걸. 그냥 넘어가자고."

"그래, 이 길이 끝나기 전에 네놈을 타고 넘어가주마. 너랑 네 못돼 처먹은 친구놈을 갈기갈기 찢어서 바닷가에 뿌리고 넘어가주마, 암. 그때까지 숨 낭비하지 말고 휠체어나 열심히 밀어, 이놈아. 벌써부터 숨차서 씨근거리는 소리가 들리잖냐."

"그럼 아가씨가 내 몫까지 떠들어주면 되겠네. 아가씬 적어도 숨찰 일은 없으니까."

에디가 헐떡거리며 대꾸했다.

"내 방귀나 퍼먹어라, 흰둥이 놈아! 뒈져서 나자빠진 네놈 낯짝에 뿡뿡 뀌어주마!"

"예, 어련하시겠어요."

에디가 구덩이에서 휠체어 밀고 비교적 평탄한 땅으로 올라왔다. 적어도 한동안은 평탄했다. 동이 다 트려면 아직 멀었는데도, 에디는 이미 땀에 젖어 있었다.

'이거 참 즐겁고 유익한 하루가 되겠군. 벌써부터 알 것 같은 기분인걸.'

휠체어 멈추기.

그것이 두 번째 문제였다.

일행은 모래가 단단히 다져진 곳에 이르렀다. 그러자 에디가 휠체어를 좀 더 빨리 밀었다. 그는 조금만 더 빠르게 밀면 관성의 힘을 빌려서 적어도 다음번 모래구덩이와 맞닥뜨릴 때까지는 쉬지 않고 전진할 수 있을 거라고 생각했다.

느닷없이 휠체어가 멈췄다. 아예 딱 멈춰섰다. 등판의 손잡이가 퍽 소리를 내며 에디 가슴팍을 파고들었다. 에디가 신음을 토했다. 롤랜드가 뒤를 돌아보았지만, 반응속도가 고양이처럼 날쌘 그조차도 여인의 휠체어를 붙잡지 못했다. 휠체어는 앞서 모래구덩이를 만날 때마다 보여주었던 위태로운 모습과 똑같이 고꾸라졌다. 휠체어와 함께 묶여 있던 데타도 꼼짝 못하고 고꾸라졌지만, 그 와중에도 그녀는 요란하게 깔깔댔다. 롤랜드와 에디가 가까스로 휠체어를 바로 세울 때까지도 깔깔댔다. 밧줄이 어찌나 깊이 파고들었던지 매듭 몇 군데가 살 속 깊이 파묻혀 손발에 피가 안 통하겠다 싶을 정도였다. 이마가 깨져서 눈썹에 피가 흘러내렸다. 그런데도 데타는 멈추지 않고 깔깔댔다.

휠체어가 바로 섰을 즈음, 두 사내는 헐떡거리며 숨을 몰아쉬었다. 휠체어와 데타를 합한 무게는 분명 100킬로그램이 넘을 듯했는데, 그중 대부분은 휠체어 무게였다. 에디는 만약 총잡이가 데타를 데려온 때가 그의 시대였더라면, 즉 1987년이었더라면, 휠체어 무게는 30킬로그램도 안 나갔으리라고 짐작했다.

데타는 킥킥거렸다. 콧방귀를 뀌었다. 그러고는 피가 스민 눈을 깜박거렸다.

"이것 봐라, 이놈 새끼들이 사람을 자빠뜨리네."

"변호사라도 부르시든가. 고소하고 싶으면 해."

에디가 중얼거렸다.

"날 일으켜 세운다고 힘 좀 뺐구나, 이놈 자식들. 한 10분은 족히 걸렸을 것 같은데."

총잡이가 셔츠를 찢어서 천 조각을 뜯어냈다. 셔츠는 이미 충분히 너덜너덜해졌기에 남은 부분을 찢든 말든 표가 나지 않았다. 그는 데타 이마의 상처에서 피를 닦으려고 천 조각을 쥔 왼손을 내밀었다. 데타가 손을 물려고 덤벼들었고, 이가 맞부딪혔을 때 들린 딱소리가 얼마나 컸던지 에디는 롤랜드가 손을 조금만 늦게 뺐으면 데타 워커가 그의 양손 손가락 개수를 똑같이 맞춰 주었으리라고 생각했다.

데타가 낄낄거리며 즐거움이 담뿍 밴 야비한 눈빛으로 총잡이를 쏘아보았지만, 정작 총잡이는 데타의 눈 깊숙한 곳에 도사린 두려움을 꿰뚫어보았다. 데타는 총잡이를 두려워했다. 그가 진짜 악당이었으므로.

데타는 왜 총잡이를 진짜 악당으로 여겼을까? 어쩌면 의식의 저 아래 깊숙한 곳에서, 총잡이가 자신에 관해 무엇을 아는지 직감했기 때문일 수도 있었다.

"거의 잡을 뻔했다, 흰둥이놈아. 이번엔 거의 잡을 뻔했어."

데타가 흡사 마녀처럼 낄낄거렸다.

"에디, 머리를 잡아라. 꼭 족제비처럼 덤벼드는구나."

총잡이가 에디에게 태연하게 말했다.

에디는 총잡이가 피를 닦아내는 동안 데타의 머리를 잡고 있었다. 상처는 그리 크지도 깊지도 않았으나, 총잡이는 운에 맡기고 싶지 않았다. 그는 물가로 천천히 걸어가서 천 조각에 짠물을 적셔 왔다.

데타가 가까이 다가오는 총잡이를 보고 악을 썼다.

"그걸로 나 건드릴 생각 하지 말어! 저 괴물 단지들이 기어나온 물 나한테 묻힐 생각 하지 말어! 치워! 저리 치워!"

"머리를 잡아라, 에디. 운에 맡길 생각은 조금도 없으니."

롤랜드의 목소리는 여전히 태연했다. 데타가 머리를 채찍처럼 흔들어댔다.

에디는 데타의 머리를 잡았고…… 그녀가 벗어나려고 버둥거리자, 머리를 꽉 조였다. 데타는 에디가 진심임을 알고 잠잠해지더니 더는 짠물에 적신 천 조각을 두려워하지 않았다. 결국, 이마저도 거짓에 지나지 않았다.

롤랜드가 상처를 닦고 마지막 모래알갱이까지 꼼꼼히 털어내는 동안 데타는 그를 보면서 씩 웃었다.

"오호라, 너 사실은 힘만 빠진 게 아니었구나."

데타가 롤랜드를 찬찬히 뜯어보았다.

"너 아파 보인다, 흰둥아. 먼 길 가기에는 준비가 안 된 것 같아. 먼 길은 턱도 없어."

에디가 휠체어의 간이 제동장치를 살펴보았다. 바퀴 두 개를 한꺼번에 정지시키는 비상용 핸드브레이크가 달려 있었다. 데타는 오른손을 미리 브레이크에 올려놓은 채로 끈기 있게 기다리다가 에디가 속도를 높이자 브레이크를 당겼고, 저 혼자서 일부러 고꾸라졌다. 이유는? 그들이 움직이는 속도를 늦추려고. 그뿐이었다. 그런 짓을 할 이유가 전혀 없었지만, 에디가 보기에 데타 같은 여인에게 이유 따위는 필요 없었다. 데타 같은 여인은 순전히 야비한 품성 때문에 그런 짓을 기꺼이 저지를 듯싶었다.

롤랜드는 피가 잘 통하도록 밧줄의 매듭을 조금 늦춘 다음, 브레이크에서 떨어진 곳에다 데타의 손을 단단히 묶었다.

"걱정 안 해도 됩니다요, 나리."

데타는 총잡이를 보며 이가 다 드러나도록 크게 씩 웃었다.

"안 묶어도 괜찮다고. 네놈들 속도를 늦추는 방법은 여러 가지니까..가지가지 방법이 있지."

"출발하자."

총잡이가 무덤덤하게 말했다.

"당신 괜찮아?"

에디가 물었다. 총잡이는 무척이나 창백해 보였다.

"그래. 출발하자."

일행은 다시 바닷가를 걷기 시작했다.

10

총잡이가 휠체어를 한 시간만 밀겠다고 고집하는 바람에 에디는 마지못해 자리를 양보했다. 맨 처음 맞닥뜨린 모래구덩이에서는 빠져나올 수 있었지만, 두 번째 구덩이에서는 에디가 달라붙어 도와주어야 했다. 총잡이는 숨이 차서 헐떡거렸다. 이마에 굵은 땀방울이 맺혔다.

에디는 롤랜드가 휠체어를 조금 더 밀고 가도록 자리를 비켜주었다. 롤랜드는 바퀴가 파묻힐 만한 무른 땅을 곧잘 피해갔지만, 결국에는 휠체어가 또다시 뒤집히고 말았다. 그는 숨을 헐떡이고 가슴을 벌렁거리면서 휠체어 바퀴를 빼내려고 안간힘을 썼고, 그러는 동안 마녀는(에디는 이제 데타를 마녀로 여겼다.) 꺽꺽 웃어대며 롤랜드를 더욱 힘들게 하려고 휠체어 등판에 몸을 치댔다. 차마 더 볼 수 없었던 에디가 롤랜드를 밀어낸 다음, 성난 기세를 몰아서 휠체어를 힘껏 밀어 구덩이에서 꺼냈다. 휠체어가 흔들거리자마자, 에디는 보았다. 또한 느꼈다. 마녀는 밧줄이 허락하는 한도까지 앞으로 몸을 내던졌다. 기이할 만큼 예리한 통찰력으로, 다시 고꾸라지기에 가장 적절한 순간을 찾아냈던 것이다.

롤랜드가 에디와 함께 등판에 체중을 싣고 내리누르자 휠체어가 제자리로 돌아왔다.

데타가 뒤를 돌아보고 눈을 찡긋했다. 마녀의 추악한 계략을 깨달은 에디는 팔에 소름이 돋는 기분이었다.

"또 자빠뜨릴 뻔했구나, 꼬맹이들아. 다음부턴 조심 좀 해라. 난 불구에다 나이든 아줌마잖냐. 그러니 네놈들이 보살펴줘야지."

데타가 웃었다. 웃음소리가…… 몸뚱이를 가를 듯 우렁찼다.

에디는 데타의 다른 반쪽을 좋아했다. 얼굴을 마주하고 함께 얘기를 나눈 잠깐 동안 그 반쪽을 거의 사랑하게 되었다. 그런데도 에디는 데타의 목을 움켜잡고 웃음이 그칠 때까지, 다시는 웃지 못하게 될 때까지 조르고 싶어서 손이 근질거렸다.

데타가 또다시 뒤를 돌아보았다. 그녀는 에디의 속마음을 눈치챘다. 속마음이 얼굴에 빨간 잉크로 적혀 있기라도 한 것 같았다. 그녀는 더욱 크게 웃어댔다. 눈으로는 에디를 도발했다. '덤벼라, 흰둥아. 어서 덤벼. 내 목을 조르고 싶지? 덤벼서 한번 해봐.'

'그러니까 말하자면, 휠체어만 엎어버리고 싶은 게 아냐. 자기가 엎어지고 싶은 거지.' 에디는 속으로 생각했다. '영영 엎어버리는 거. 그게 바로 이 여자가 원하는 거야. 백인 손에 죽는 게 인생의 유일한 목표인지도 몰라, 데타한테는.'

"진정하셔."

그러나 에디는 이렇게만 대꾸하고 다시 휠체어를 밀었다.

"해변 유람이나 하자고, 아가씨. 맘에 들든 안 들든 간에."

"씨벌 놈."

데타가 뇌까렸다.

"썹이라도 하면 좋겠어, 아가씨."

에디가 유쾌하게 대꾸했다.

총잡이는 고개를 푹 숙인 채로 에디 옆에서 걸어갔다.

11

해가 떠 있는 높이로 보아 11시쯤 되었을 무렵, 일행은 널찍한 바위 공터에 이르러 해가 정점에 닿을 때까지 그늘에서 한 시간 정도 쉬었다. 에디와 총잡이는 전날 저녁에 남긴 사냥감을 먹었다. 에디가 한 조각 먹으라고 권했을 때 데타는 거절하면서 너희 꿍꿍이속을 다 안다, 정 하고 싶으면 독을 먹일 생각일랑 집어치우고 맨손으로 직접 해치우라고 지껄였다. 독살은 겁쟁이나 하는 짓이라고도 했다.

'에디 말이 옳았구나.' 총잡이가 생각했다. '이 여인은 자기만의 일관된 기억을 유지하고 있다. 어젯밤 자신한테 일어난 일을 고스란히 기억하고 있잖느냐. 실은 곤히 잠들어 있었는데도.'

데타는 두 사내가 갖다주는 고기에서 죽음과 부패의 냄새가 난다고 생각했다. 저희끼리는 소금에 절인 쇠고기와 병에 든 맥주를 마시면서, 자신에게는 썩은 고기를 갖다주며 놀린다고 생각했던 것이다. 심지어 가끔은 저희끼리 먹는 안전한 고기를 코앞에 대고 흔들다가, 그녀가 먹으려고 덤벼들면 마지막 순간에 홱 치워버린다고 믿기까지 했다. 놈들이 그런 짓을 하면서 낄낄댔음은 말할 필요도 없었다. 데타 워커가 살던 세계에서(아니면 적어도 그녀의 의식 속에서) 니미럴 흰둥이놈들이 갈색 피부를 지닌 여인에게 하는 짓은 두 가지뿐이었다. 강간하거나 비웃거나. 또는 동시에 둘 다 하거나.

롤랜드가 보기에 조금은 우스꽝스럽기까지 했다. 에디 딘이 마지막으로 쇠고기를 보았을 때는 공중 마차에 타고 있을 때였고, 롤랜드는 마지막 육포를 먹어치운 후로 쇠고기는 구경도 못했으며, 그때가 얼마나 오래전인지는 오직 신들만이 알 일이었다. 맥주는…… 롤랜드가 기억을 더듬어보았다.

툴.

툴에는 맥주가 있었다. 맥주와 쇠고기.

아아, 맥주를 마실 수 있으면 정말로 좋을 텐데. 롤랜드는 목이 따끔거렸다. 맥주를 마시면 목이 시원해져서 정말로 좋을 것 같았다. 에디가 살던 세계에서 가져온 아스틴보다 훨씬 좋을 것 같았다.

둘은 데타에게서 멀찍이 떨어진 곳으로 자리를 옮겼다.

"늬들 흰둥이 꼬마들한텐 내가 딱 좋은 상대 아니냐?"

데타가 그들 뒤에서 떽떽거렸다.

"아니면 네놈들은 서로 빨아주는 게 더 좋으냐? 쪼그맣고 허여멀건 양초를 사이좋게 쪽쪽 빠는 게 좋아?"

데타가 고개를 젖히고 웃음을 터뜨렸다. 그 소리에 겁을 먹은 듯, 500미터쯤 떨어진 바위에 옹기종기 모여 있던 갈매기 떼가 깍깍거리며 날아올랐다.

총잡이는 양 무릎을 세우고 앉아 생각에 잠겼다. 무릎 사이에서 손이 대롱대롱 흔들렸다. 그는 한참 후에 고개를 쳐들고 에디에게 말했다.

"저 여인이 하는 말은 열 마디 중 한 마디밖에 못 알아듣겠다."

"내 실력이 훨씬 낫군. 난 그래도 3분의 2는 알아듣거든. 알아듣든 못 알아듣든 상관없어. 결론은 대략 '니미럴 흰둥이놈'으로 귀결되니까."

롤랜드가 고개를 주억거렸다.

"에디, 네가 살던 세계에는 피부가 검은 사람들 중에 저런 말을 입에 담는 이가 많은가? 그녀의 다른 반쪽은 안 그러던데."

에디가 고개를 설레설레 젓고 웃음을 터뜨렸다.

"아니. 근데 말이야, 재미있는 거 가르쳐줄까? 적어도 내 생각엔 재미있어. 어쩌면 그냥 여기가 하도 재미없는 동네라서 재미있게 보이는지도 모르지만. 저 여자가 하는 말은 사실이 아냐. 사실이 아닌데 저 여잔 그런 줄도 모르고 있어."

롤랜드는 말없이 에디를 응시했다.

"당신이 이마를 닦아줄 때 기억나? 저 여잔 그때 물을 무서워하는 척했잖아."

"그랬지."

"그냥 그런 척만 하는 건 줄 눈치 챘어?"

"처음에는 몰랐지만, 금세 알았다."

에디가 고개를 끄덕였다.

"연기한 거였어. 저 여자도 알고 한 거라고. 그치만 꽤 실력 있는 배우라서 우리 둘 다 잠깐 동안은 속아 넘어갔지. 저 여자가 하는 말도 거짓부렁이긴 마찬가지야. 하지만 연기만큼 훌륭하진 않아. 너무 멍청하고, 너무 서툴러! "

"저 여인이 자기 스스로 의식할 때에만 훌륭하게 연기한다는 뜻인가?"

"그래. 저 여자가 지껄이는 말은 꼭 내가 예전에 읽었던 『만딩고』에 나오는 흑인들 대사 같아. 「바람과 함께 사라지다」에 나오는 버터플라이 매퀸 대사 같기도 하고. 그게 뭔지 당신은 모를 테지만, 어쨌든 내 얘긴 저 여자 말이 너무 상투적으로 들린단 거야. '상투적'이 무슨 뜻인지 알아?"

"그건 너무 자주 사용하는 말, 또는 생각을 거의 안 하거나 아예 안 하는 사람들이 믿는 말이라는 뜻이다."

"바로 그거야. 와, 난 흉내도 못 낼 만큼 훌륭한 설명인데."

"다 빨아주려면 아직 멀었냐, 꼬맹이들아?"

데타가 쉰 목소리로 외쳤다.

"아니면 너무 작아서 아직 찾지도 못했나 보지? 그런 거냐?"

"가자."

총잡이가 느릿느릿 일어섰다. 잠시 휘청거리던 그는 에디가 자신을 보고 있음을 알고 씩 웃어 보였다.

"난 괜찮을 거다."

"얼마나?"

"내가 버텨야 하는 한."

에디는 총잡이의 목소리에 밴 평온함 때문에 오히려 가슴이 서늘해졌다.

12

그날 저녁 총잡이는 마지막 남은 멀쩡한 총알을 사냥하는 데 써버렸다. 다음 날 저녁이 되면 앞서 불발탄으로 여겼던 총알을 하나하나 검사해 볼 수도 있었지만, 총잡이는 상황이 에디 말과 꽤 비슷하게 흘러간다고 생각했다. 지긋지긋한 가재 괴물을 손으로 때려잡아야 할 처지에까지 몰렸던 것이다.

그날 저녁도 여느 때와 같았다. 그들은 불을 피우고, 굽고, 껍데기를 벗기고, 먹었다. 이제 식사는 지루하고 따분한 일이었다. '이건 그냥 연료 보급이야.' 에디가 속으로 생각했다. 데타에게도 음식을 권했지만 그녀는 비명을 질렀고, 낄낄댔으며, 욕을 퍼부었고, 자기를 얼마나 더 바보 취급할 작정인지 따져 물었다. 그러고는 파고드는 밧줄도 아랑곳없이, 오직 휠체어를 어느 쪽으로든 쓰러뜨려서 두 사내가 식사를 제쳐두고 다시 일으켜 세우도록 하겠다는 일념을 품고 몸을 양 옆으로 흔들어댔다.

계략이 성공하기 직전, 에디가 데타를 붙잡았다. 롤랜드는 바위를 들어다가 휠체어의 두 바퀴를 고정시켰다.

"얌전히 있으면 밧줄을 좀 늦춰주마."

롤랜드가 데타에게 말했다.

"내 똥구멍에서 똥이나 빨아라, 니미럴 놈아!"

"그 말이 긍정인지, 아니면 부정인지, 난 모른다."

데타가 눈을 가늘게 뜨고 롤랜드를 흘겨보았다. 그의 차분한 목소리 속에 비꼬는 가시가 숨어 있는지 의심하는 눈치였다(에디도 궁금했지만 확실히 알 수가 없었다.). 그러더니 이내 부루퉁하게 중얼거렸다.

"얌전히 있어주지. 어차피 배가 고파서 열불 낼 기운도 없다. 먹을 수 있는 진짜배기를 줘얄 것 아니냐, 네놈들 내가 굶어 뒈지는 꼴을 보고픈 게냐? 그게 네놈들 속셈이냐? 새가슴이라 목 졸라 죽일 엄두는 못 내고, 독 든 고기는 내가 안 먹고, 오라, 그게 네놈들 속셈이구나. 굶겨죽이겠다, 이거지. 그래, 어디 두고 보자. 두고 보면 알아. 암, 알고말고."

데타는 두 사내에게 뼛속까지 오싹한 웃음을 선사했다.

그러고는 얼마 안 있어 잠들었다.

에디가 롤랜드의 뺨에 손을 갖다댔다. 롤랜드도 에디에게 눈을 돌렸다. 그러나 그의 손에서 달아나지는 않았다.

"난 괜찮다."

"그래, 맥이야 원래 천하장사니까. 근데 천하장사 아저씨, 그거 알아? 우리 오늘 움직인 거리가 얼마 안 돼."

"나도 안다."

마지막 총알을 써버린 일도 문제였지만 에디가 굳이 그것까지 알 필요는 없었다. 적어도 그날 밤에는. 에디는 아프지는 않아도 지쳐 있었다. 안 좋은 소식을 더 듣기에는 너무 지쳐 있었다.

'아니, 아직 아픈 건 아니다. 아직은. 허나 쉬지도 않고 계속 가다가는 지칠 게다. 아플 게야.'

그러나 어찌 보면 에디는 이미 아픈 상태였다. 그들은 둘 다 아팠다. 에디는 입가가 부르트고 살갗이 군데군데 비늘처럼 일어난 상태였다. 총잡이는 잇몸이 헐거워져 이가 흔들리는 낌새를 느꼈고, 발가락 사이의 살이 갈라져 피가 배어나는 낌새도 느꼈다. 아직 남아 있는 손가락 사이도 마찬가지였다. 먹을거리가 있기는 했어도 날이면 날마다 똑같은 식단이었다. 얼마간은 그런 식으로 버틴다고 해도 결국에는 아사와 다를 바 없는 죽음을 피할 수 없었다.

'선원들이 바다에서 앓는 병을 우리는 육지에서 앓는 셈이로군.' 롤랜드가 생각했다. '단순한 이치다. 우스울 정도로 단순하지. 우리한텐 과일이 필요하다. 푸성귀가 필요해.'

에디가 여인 쪽을 보며 고개를 끄덕거렸다.

"저 여잔 계속 일을 어렵게 만들 작정인가 봐."

"안에 있는 다른 여인이 돌아오지 않는 한은 그럴 테지."

"그렇게 되면 좋겠지만, 기대 안 하는 편이 나을 거야."

에디가 말했다. 그러고는 까맣게 탄 집게발을 주워들고 땅바닥에 낙서를 끼적거렸다.

"다음 문까지는 얼마나 남았을 것 같아?"

롤랜드가 고개를 설레설레 저었다.

"나도 그냥 물어본 거야. 왜냐면 2번 문하고 3번 문 사이가 1번 문하고 2번 문사이만큼 멀면, 우린 똥통에 푹 빠진 신세니까 말이야."

"지금도 똥통에 있잖나."

"그래, 목까지 푹 잠겼지."

맞장구치는 에디의 표정은 우울해 보였다.

"그나저나 언제까지 똥물에서 헤엄칠 수 있을지 모르겠네."

롤랜드가 에디의 어깨를 다독거렸다. 실로 드물게 보이는 다정한 모습이었기에 에디는 그저 눈만 껌벅거렸다.

"에디, 저 여인이 모르는 게 한 가지 있다."

"어? 그게 뭔데?"

"원래 '니미럴 흰둥이'들이 헤엄은 꽤 잘 친다."

이 말을 듣고 에디는 폭소를 터뜨렸다. 데타가 깰까 봐 팔로 입을 틀어막기까지 했다. 에디는 데타 덕분에 종일 고생을 했고, 그 이상은 사양하고 싶었다.

총잡이도 웃음을 머금고 에디를 바라보았다.

"난 자러 가야겠다. 그러니……"

"경계를 늦추지 말란 말이지. 알았어. 그렇게 할게."

13

그다음은 비명이었다.

에디는 베개 대신 접어놓은 셔츠에 머리를 대자마자 잠들었고, 이로부터 채 5분도 지나지 않았을 때 데타가 비명을 지르기 시작했다.

에디는 대번에 눈을 뜨고 앞으로 닥칠 일에 대비했다. 그들에게 잡아먹힌 새끼들의 복수를 하려고 대왕 가재가 쳐들어왔을 수도 있었고, 산비탈에서 뭔가 무서운 것이 내려왔을 수도 있었다. 에디는 자기가 대번에 눈을 떴다고 생각했지만 총잡이는 벌써 자리에서 일어난 후였다. 그는 왼손에 총까지 쥐고 있었다.

데타는 자리에서 일어난 두 사내를 보고 비명을 멈췄다.

"네놈들이 일어나는지 보려고 그랬다, 왜. 늑대가 나올지도 모르잖냐. 이런 시골에선 나와도 이상할 게 없으니까. 늑대가 기어오는 걸 보고 소릴 지르면 늬들이 제격 일어날지 어떨지, 확실히 알아둬야지."

그러나 두려워하는 눈빛이 아니었다. 데타의 야비한 두 눈은 즐거워하는 빛으로 번들거렸다.

"맙소사."

에디가 힘 빠진 목소리로 중얼거렸다. 하늘에 달이 떠 있기는 했지만 방금 나온 달처럼 보였다. 그들은 채 두 시간도 못 잤던 것이다.

총잡이가 총집에 리볼버를 꽂았다.

"다신 그러지 마라."

총잡이가 휠체어에 앉은 여인에게 말했다.

"하면 어쩔래? 강간이라도 할래?"

"우리가 강제로 범하려 했다면 넌 이미 수없이 당했을 게다."

총잡이의 목소리는 담담했다.

"그러니 다신 하지 마라."

그러고는 다시 자리로 돌아가 담요를 끌어 덮었다.

'맙소사, 하느님 맙소사.' 에디가 속으로 생각했다. '완전히 개판이야, 아주 그냥 개판……' 생각은 더 이어지지 못한 채 거기서 끊겼고 에디는 다시금 지쳐 잠들었지만, 또다시 데타의 비명소리가 화재 경보음처럼 요란하게 밤공기를 가르고 울려퍼졌다. 다시금 자리에서 일어난 에디는 온몸에 흐르는 아드레날린 탓에 주먹을 불끈 움켜쥐었으나, 데타는 쉬어 갈라진 목소리로 웃고 있었다.

에디가 하늘의 달을 올려다보았다. 앞서 데타 때문에 깨어났을 때와 비교하면 채 10도도 기울지 않은 듯 보였다.

'이대로 계속 할 작정인가 봐.' 에디는 마음이 울적해졌다. '잠도 안 자고 지켜보겠지. 그러다가 우리가 곤히 잠들어 피곤이 풀릴 때쯤 되면 또 주둥이를 벌리고 빽 소릴 지를 거야. 지르고 지르고 또 지를 거야. 더 지를 목소리가 안 남아날 때까지.'

데타가 웃음을 뚝 그쳤다. 달빛 아래 어스름하게 보이는 롤랜드가 그녀 앞으로 다가서는 중이었다.

"가까이 오지 마, 흰둥이 새끼야."

데타의 목소리가 불안한 듯 떨렸다.

"네놈이 날 어쩔 수 있을 것 같으냐?"

롤랜드가 데타 앞에 우뚝 서자 에디는 확신했다. 마침내 인내심의 한계에 이른 총잡이가 데타를 파리 잡듯 철썩 갈길 거라고, 철석같이 믿었다. 그러나 놀랍게도 총잡이는 데타를 철썩 갈기는 대신, 휠체어 앞에 한쪽 무릎을 꿇었다. 결혼을 청하는 구혼자 같았다.

"잘 들으시오."

총잡이의 비단결 같은 목소리를 듣고 에디는 귀를 의심했다. 데타 역시 무척이나 놀란 표정이었지만 거기에는 두려움도 함께 비쳤다.

"내 말 잘 들으시오, 오데타."

"오데타라니, 누굴 말하는 거냐? 그건 내 이름이 아니다!"

"닥쳐라, 천한 것아."

총잡이가 사납게 으르렁거렸다. 그러고는 다시 이전의 부드러운 목소리로 돌아왔다.

"내 말이 들리면, 그대가 이 여인을 통제할 수 있다면……"

"왜 그딴 식으로 말하는 거냐? 왜 내 앞에서 다른 사람한테 말하는 것처럼 떠들어? 지랄하지 마라, 흰둥이 새끼야! 당장 그만둬, 내 말 안 들리냐?"

"……부디 입을 다물게 해주시오. 이 여인에게 재갈을 물릴 수도 있으나 그러고 싶지는 않소. 재갈을 바투 물면 위험하오. 질식할 수도 있으니."

"그만 하란 말이다 니미럴 흰둥이 박수무당 새끼야!"

"오데타."

속삭이는 총잡이의 목소리는 비꽃 피는 소리처럼 부드러웠다.

오데타가 입을 다물고 휘둥그레진 눈으로 총잡이를 바라보았다. 에디는 그토록 지독한 증오와 공포가 동시에 깃든 눈을 난생 처음으로 보았다.

"오데타, 이 천한 것은 재갈을 물고 죽는대도 상관하지 않을 거요. 오히려 죽음을 바라는지도 모르오. 어쩌면 자신의 죽음보다 그대의 죽음을 더 바랄 거요. 허나 그대는 죽지 않았소. 아직은. 또한 이 데타라는 여인이 그대 삶에 나타난 것이 처음은 아닐 거요. 데타는 그대 안에 너무나 깊이 뿌리박고 있소. 그러니 오데타, 내 말이 들린다면, 그대가 아직 나올 수는 없다 해도 데타를 조금이나마 다잡을 수 있다면,

데타가 우리를 세 번 깨우지 않도록 해주시오, 오데타.

재갈은 물리고 싶지 않소.

허나 필히 해야만 한다면, 나는 주저하지 않을 거요."

총잡이가 일어섰다. 그러고는 뒤도 돌아보지 않고 자리로 돌아가 담요를 두르고 곧바로 잠들었다.

데타는 여전히 휘둥그런 눈으로 코를 벌렁거리며 총잡이를 노려보았다.

"망할 놈의 흰둥이 무당 새끼가."

데타가 중얼거렸다.

에디도 자리에 누웠지만 이번에는 꽤 오래도록 잠을 이루지 못했다. 몹시 피곤했는데도 그랬다. 설핏 잠들었다가도 데타의 비명소리가 들릴까 봐 퍼뜩 깨곤 했다.

세 시간 남짓 지났을 무렵, 달이 정점을 지나 기울어갈 즈음에, 에디는 마침내 곯아떨어졌다.

그날 밤 데타는 더 이상 소리를 지르지 않았다. 롤랜드에게 겁을 먹은 탓일 수도 있었고, 나중에 야단법석을 떨 작정으로 목청을 아

껴두었을 수도 있었다. 어쩌면, 그냥 어쩌면, 오데타가 총잡이의 말을 알아듣고 그가 부탁한 대로 데타를 다잡았을 수도 있었다.

뒤늦게 잠든 에디는 이튿날 피곤이 가시지 않은 채로 일어났다. 혹시나 하는 마음을 품고 휠체어 쪽을 돌아보며 에디는 바랐다. 오데타이기를, 하느님 제발 오늘은 오데타가 돌아와 있기를……

"잘 잤냐, 흰둥아."

상어 아가리 같은 데타의 미소가 에디를 반겼다.

"대낮까지 처자는 줄 알았다, 이놈아. 네가 지금 여유 부릴 때냐? 앞으로 갈 길이 한참 남았잖냐. 어떠냐, 내가 정곡을 찔렀지? 아무렴! 또 보아하니 날 밀고 갈 놈은 네놈 같은데. 저 무당 눈깔 달린 놈은 갈수록 후들거리잖냐. 내 눈은 못 속이지, 암! 조금만 있으면 먹을 것도 못 넘길 거다. 늬들 흰둥이 꼬맹이들이 숨겨놓고 먹는 맛난 훈제 쇠고기 말이다, 사이좋게 양초를 쪽쪽 빨아주고 나서 야금거리는 그거. 자, 그만 출발하자, 흰둥아! 이 데타님은 네놈들 발목 잡을 생각이 없으시다."

데타의 눈꺼풀과 목소리가 함께 내려앉았다. 그러나 두 눈은 에디를 음흉하게 흘겨보고 있었다.

"시작부터 조질 생각은 없다, 이 말씀이지. 적어도."

'잊지 못할 하루가 될 거다, 흰둥아.' 데타의 음흉한 눈이 약속했다. '길이길이 잊지 못할 하루를 만들어주마.'

아무렴.

14

그날 일행이 움직인 거리는 5킬로미터가 조금 안 되었다. 데타의 휠체어는 두 번 고꾸라졌다. 첫 번째는 데타가 손을 슬며시 움직여 핸드브레이크를 쥔 탓이었다. 두 번째는 온전히 에디 잘못이었는데, 빌어먹을 모래구덩이에서 빠져나오려다 그만 휠체어를 너무 세게 민 탓이었다. 해질녘이 다 돼서 구덩이에 빠진 에디는 도무지 어찌할 바를 몰랐다. 이번에야말로 도저히, 어떻게 해도 빠져나올 수 없을 거라는 생각뿐이었다. 그래서 에디는 후들거리는 두 팔에 남은 마지막 힘을 그러모아 휠체어를 힘껏 떠밀었고, 말할 것도 없이 너무 세게 떠밀었기에 데타는 담장에서 떨어진 험프티덤프티인 양 고꾸라졌으며, 에디와 롤랜드가 함께 달라붙어 도로 세우려고 안간힘을 써야 했다. 다행히도 둘은 때맞춰 데타를 일으켜세웠다. 데타의 가슴에 동여맨 밧줄이 목을 파고드는 중이었다. 총잡이가 꼼꼼한 솜씨로 묶은 매듭이 데타를 목 졸라 죽일 뻔한 것이었다. 얼굴이 새파래져서 정신을 잃기 직전이었는데도, 데타는 징그러운 웃음을 그치지 않았다.

'그냥 놔둬, 왜 풀어줘?' 에디는 매듭을 늦추려고 서둘러 달려드는 롤랜드를 보며 그 말을 거의 입 밖에 낼 뻔했다. '목 졸려 죽게 놔둬! 난 당신 말마따나 이 여자가 죽고 싶어하는지 어떤지는 몰라. 하지만 이 여자가 죽이고 싶어하는 게 우리라는 건 알아. 그러니까…… 그러니까 그냥 놔두라고!'

그러나 에디는 곧 오데타를 떠올렸고(둘의 만남은 너무도 짧고 너무도 오래전 일인 듯 기억조차 가물가물했는데도), 롤랜드를 도우려고 나섰다.

총잡이가 다급하게 한 손으로 에디를 밀어냈다.

"한 사람 자리뿐이다."

밧줄이 느슨해지고 여인이 가쁜 숨을 들이마시게 되었을 때(즉 노기 띤 웃음으로 허비한 숨을 보충하게 되었을 때), 총잡이는 에디 쪽으로 돌아서서 나무라듯 그를 바라보았다.

"여기서 밤을 보내야 할 것 같다."

"조금만 더 가."

에디가 거의 사정하다시피 매달렸다.

"난 더 갈 수 있어."

"암! 이놈은 팔팔한 놈이라 목화밭 한 줄쯤은 더 해치울 거다, 그러고도 힘이 남아서 오늘 밤 네놈 양초를 쪽쪽 빨아줄걸!"

데타는 이때까지도 먹으려 들지 않았기에 얼굴에 온통 주름과 각진 뼈밖에 보이지 않았다. 두 눈은 움푹 들어간 눈구멍에서 희번덕거렸다.

롤랜드가 데타 말은 아랑곳하지 않고 에디를 찬찬히 뜯어보았다. 그러고는 한참 후에 고개를 주억거렸다.

"조금 더 가보자. 무리하지는 말고 조금만."

20분 후에 에디가 그만 멈추자고 선언했다. 그는 두 팔이 젤리처럼 푸들거리는 기분이었다.

일행은 바위 그늘에 앉아 갈매기 소리를 듣고 밀려오는 파도를 보며 해가 저물기를, 그리하여 가재 괴물 떼가 몰려나와 성가신 반대심문을 시작하기를 기다렸다.

롤랜드가 데타의 귀를 피해 에디에게 멀쩡한 총알이 다 떨어졌다고 나지막이 속삭였다. 에디의 입매가 약간 샐쭉해졌지만, 그뿐이었다. 롤랜드는 안심했다.

"그러니 네가 직접 사냥을 해야겠다. 난 기운이 없으니 놈들을 때려잡을 만큼 큰 돌은 못 들 게다. 게다가 필시…… 갈수록 약해지겠지."

이번에는 에디가 총잡이를 찬찬히 뜯어보았다.

에디는 눈앞에 보이는 총잡이의 모습이 마음에 들지 않았다.

총잡이가 손을 흔들어 에디를 말렸다.

"마음 쓸 것 없다, 에디. 그리될 것은 '그리되는' 법이다."

"'카'라 이거지."

에디가 말했다. 총잡이가 고개를 끄덕이고 슬며시 웃었다.

"'카'다."

"합쳐서 '카카'로군."

에디가 대꾸했다. 둘은 서로 마주보고 웃음을 터뜨렸다. 롤랜드는 자기 입에서 나온 쉰 목소리에 놀란 듯 보였다. 어쩌면 겁을 먹은 듯도 보였다. 웃음소리는 오래가지 않았다. 웃음이 그치자 롤랜드는 멍해 보였고, 우울해 보였다.

"낄낄대는 걸 보니 오순도순 다 빨아줬나 보구나, 응?"

데타가 둘을 향해 갈라진 목소리로 외쳤다.

"네놈들 뒷구멍은 언제 개통할 거냐? 내가 보고 싶은 건 구멍 파기다, 이놈들아! 구멍 파기를 보여줘!"

15

사냥은 에디 몫이었다.

데타는 여느 때처럼 식사를 거부했다. 에디는 데타가 확인할 수 있도록 눈앞에서 절반을 먹고 나머지 절반을 권했다.

"됐습니다요, 나리!"

데타가 눈을 부라리며 소리쳤다.

"됐다구요, 나리! 반대쪽에다 독을 넣은 거 다 알아요. 나한테 주려는 쪽이잖아요."

에디는 대꾸하지 않고 남은 절반을 입에 넣은 다음 우물거리다가 삼켰다.

"그래봤자 소용없어."

데타가 부루퉁하게 뇌까렸다.

"저리 꺼져, 흰둥아."

에디는 꺼지지 않았다.

대신 고기를 한 덩이 더 가져왔다.

"당신이 반으로 잘라. 어느 쪽이든 당신 맘대로 골라서 나한테 줘. 그럼 그건 내가 먹고, 나머지 반은 당신이 먹는 거야."

"흰둥이표 속임수에는 안 넘어갑니다요, 흰둥이 나리. 꺼지라고 했으면 꺼지세요. 농담 아니니까요."

16

그날 밤에는 비명소리가 들리지 않았지만…… 이튿날 아침에도 데타는 여전히 데타였다.

17

이튿날 일행은 3킬로미터 남짓밖에 움직이지 못했다. 데타가 휠체어를 뒤집으려고 시도하지 않았는데도 그랬다. 에디 생각에 데타는 방해공작도 못 펼 만큼 쇠약해진 것 같았다. 어쩌면 데타는 구태여 방해할 필요도 없다고 생각했는지도 몰랐다. 피치 못할 세 가지 요소가 갈수록 또렷하게 드러났기 때문이었다. 에디는 지쳤고, 가도 가도 똑같아 보이던 지형이 마침내 변하기 시작했으며, 롤랜드의 상태는 갈수록 나빠졌다.

모래구덩이는 줄었지만 별 위안이 되지 못했다. 지면은 갈수록 거칠거칠해졌다. 메마른 흙바닥은 점점 넓어지고 모래는 점점 드물어졌지만(여기저기 고개를 든 잡풀은 그 자리에 있기조차 창피한 듯 보였고), 흙과 모래가 섞인 이 기이한 땅에는 커다란 바위가 수없이 솟아 있었기에 에디는 앞서 모래구덩이를 피할 때와 마찬가지로 여인의 휠체어를 밀고 번번이 바위를 돌아가야만 했다. 그러다가 에디는 눈치 챘다. 얼마 못 가서 해변의 끝자락에 닿을 판국이었다. 갈색을 띤 생기 없는 산자락이 점점 가까이 내려왔다. 에디 눈에 산기슭 사이에 팬 골짜기들이 똑똑히 보였다. 솜씨 없는 거인이 무딘 도끼를 휘둘러 파놓은 자국 같았다. 그날 밤 잠들기 전, 에디는 골짜기 깊숙한 곳에 울려퍼지는 거대한 고양잇과 짐승의 울음과 비슷한 소리를 들었다.

에디는 영원토록 이어질 것 같았던 해변이 마침내 끄트머리에 이르렀음을 깨달았다. 저 앞 어딘가에서 불쑥 뻗어 나온 산자락이 일행을 맞을 것 같았다. 수그린 채로 바다를 향해 전진한 산자락이 처음에는 곶으로, 반도로, 나중에는 섬 무리의 모습으로 그들과 만날 것만 같았다.

에디는 앞길도 걱정스러웠지만, 그보다 롤랜드의 건강이 더욱 걱정스러웠다.

총잡이는 먼젓번처럼 열에 타오르는 대신 이번에는 희미해지는 듯, 넋이 빠져나가는 듯, 갈수록 투명해지는 듯 보였다.

그의 오른팔에 다시 돋아난 붉은 선들은 팔뚝 안쪽을 따라 팔꿈치까지 어지럽게 뻗어 있었다.

이틀 전부터 에디는 줄곧 전방을 주시했다. 문이, 그 문이, 그 마법의 문이 나타나지 않을까 하는 마음에 저 먼 곳을 뚫어지게 주시했다. 이틀 전부터 에디는 오데타가 다시 나타나기를 애타게 기다렸다.

아무것도 나타나지 않았다.

그날 밤 잠들기 전, 두 가지 끔찍한 생각이 에디 머릿속에 떠올랐다. 흡사 두 개의 반전을 지닌 고약한 농담 같았다.

만일 저 앞에 문이 없다면?

만일 오데타 홈스가 이미 죽었다면?

18

"썩 안 일어나냐, 니미럴 놈아!"

데타가 지른 고함소리가 에디의 의식을 깨웠다.

"이제 너랑 나 둘뿐이다, 애송아. 네 친구놈은 드디어 꼴깍했어. 이젠 지옥에 떨어져서 마귀랑 사이좋게 뒷구멍을 팔 거다."

아무렇게나 널브러진 총잡이를 보고 에디는 잠깐 동안 데타 말이 옳다는 끔찍한 생각에 빠졌다. 그러나 총잡이는 이내 몸을 움찔움찔 하더니, 가르랑거리는 신음을 흘리며 사지를 짚고 일어나 앉았다.

"어이구, 저런!"

하도 고래고래 소리를 질러댄 탓인지 이 무렵 데타의 목소리는 때때로 완전히 투명하게 들리곤 했다. 으스스한 속삭임 같기도 했고, 문 아래로 들이치는 삭풍 같기도 했다.

"난 또 뒈지신 줄 알았네요, 이 양반아!"

롤랜드가 자리에서 느릿느릿 일어섰다. 에디가 보기에는 투명 사다리를 한 단 한 단 올라가는 사람 같았다. 에디는 그가 가엾다 못해 화가 치밀었다. 그것은 익숙한 감정, 묘하게 그리운 감정이었다. 에디는 곧 깨달았다. 형과 함께 권투중계를 볼 때 느꼈던 감정이었다. 한 선수가 상대를 지독하게 몰아붙이고 거듭 또 거듭 주먹질을 해댈 때 피에 굶주린 관중은 환호를 외쳤고, 에디의 형 헨리도 함께 환호했지만, 에디는 그저 가만히 앉아서 지금과 똑같이 분노 섞인 동정을, 그 트릿한 메스꺼움을 느꼈다. 그는 자기 집 거실에 앉아 화면 속 심판에게 텔레파시를 보냈다. '중지시켜, 자식아. 너 봉사냐? 저 사람 죽게 생겼잖아! 죽는다고! 시합 중지시켜, 당장!'

그러나 총잡이의 싸움은 멈출 방법이 없었다.

롤랜드가 열에 달뜬 눈으로 데타를 바라보았다.

"이제껏 너처럼 생각한 사람은 한둘이 아니었다, 데타."

그러고는 에디를 돌아보았다.

"준비됐나?"

"어, 그래. 당신은?"

"됐다."

"할 수 있겠어?"

"있다."

일행은 길을 나섰다.

10시경, 데타가 손으로 관자놀이를 문지르기 시작했다.

"세워라, 흰둥이놈아. 속이 안 좋아. 토할 것 같다."

"어젯밤에 너무 많이 먹어서 그런가 보지."

에디는 이렇게 대꾸할 뿐 걸음을 멈추지 않았다.

"그러게 디저트는 거르지 그랬어. 초콜릿 케이크가 너무 크다고 내가 그랬잖아."

"토할 것 같아! 토한……"

"멈춰, 에디!"

총잡이가 말하자 에디는 걸음을 멈췄다.

휠체어에 앉은 여인이 흡사 감전된 사람인 양 몸을 뒤틀며 벌떡거렸다. 홉뜬 두 눈은 초점이 없었다.

"내가 네 접시를 깨부쉈다 더러운 파란 년아!"

데타가 울부짖었다.

"깨부숴서 얼마나 좋은지 모른다 이 썩을……"

데타의 몸이 휠체어 앞으로 털썩 쓰러졌다. 밧줄에 묶이지 않았더라면 땅으로 굴러떨어졌으리라.

죽었구나, 젠장. 발작을 일으키다 죽어버렸어. 에디가 속으로 생각했다. 그러고는 휠체어 옆을 돌아 데타 앞으로 가려다가 문득 데타가 얼마나 사악하고 교활한지를 떠올렸고, 걸음을 떼려다 말고 그자리에 우뚝 멈췄다. 그러고는 롤랜드를 돌아보았다. 마주보는 롤랜드의 눈은 평온했다. 그 눈에서는 아무것도 읽을 수 없었다.

잠시 후, 여인의 신음소리가 들렸다. 그녀가 눈을 떴다.

그녀의 눈이었다.

오데타의 눈.

"어머나 세상에, 내가 또 기절한 건가요? 그랬어요?"

오데타가 말했다.

"휠체어에 묶어두게 해서 미안해요. 어휴, 이 쓸모없는 다리 같으니! 저기, 이 밧줄을 조금만 풀어주면 내가 당겨앉을 수 있을 것 같은데……"

하지만 그 순간 스르륵 풀린 것은 롤랜드의 두 다리였고, 서쪽 바다의 해변 끝자락을 50킬로미터쯤 앞둔 이곳에서, 롤랜드는 기절하고 말았다.

되섞기

1

에디 딘이 보기에 그 자신과 여인은 남은 바닷가를 터덜터덜 걸
어가지도, 사뿐사뿐 걸어가지도 않았다. 숫제 날아가는 기분이었다.
  오데타 홈스는 여전히 롤랜드를 마음에 들어하지도, 신뢰하지도
않았다. 그것만은 분명했다. 그럼에도 오데타는 롤랜드의 병세가 얼
마나 위중한지 깨닫고 마음을 바꾸었다. 이제 에디는 어쩌다가 그만
사람을 싣게 된 고무바퀴 달린 쇳덩이가 아니라 글라이더를 밀듯
홀가분한 기분이었다.
  "여인과 함께 가라. 지금까지는 너 대신 경계를 서야 했기에 내가
있어야만 했다. 허나 이제 나는 네게 짐이 될 뿐이다."
  에디는 총잡이의 통찰력이 얼마나 뛰어난지 대번에 알 수 있었
다. 에디는 휠체어를 밀었고, 오데타는 바퀴를 굴렸다.
  에디 허리춤에는 총잡이가 건네준 리볼버가 꽂혀 있었다.

"경계를 늦추지 말라고 했을 때 넌 듣지 않았다, 기억나나?"

"응."

"다시 말하마. 경계를 늦추지 마라. 매순간. 여인의 다른 반쪽이 돌아오면, 추호도 망설이지 마라. 머리를 내려쳐."

"그러다 죽으면?"

"그럼 그걸로 끝일 테지. 그러나 네가 죽어도 끝이긴 마찬가지다. 여인의 반쪽이 깨어나면 반드시 널 해치려 할 게다. 반드시."

에디는 롤랜드를 뒤로 한 채 떠나고 싶지 않았다. 밤에 들려오는 짐승 울음소리 때문은 아니었다(그 소리가 내내 마음에 걸리기는 했지만.). 오로지 롤랜드가 이쪽 세계의 유일한 이정표이기 때문이었다. 에디와 롤랜드는 이쪽 세계 사람이 아니었으므로.

그럼에도 에디는 총잡이 말이 옳음을 깨달았다.

"오데타 씨, 좀 쉴래요? 먹을 게 좀 남았어요. 조금이긴 해도."

"아직은 괜찮아요."

대답과 달리 오데타의 목소리는 지친 듯 들렸다.

"조금만 더 가요."

"그래요, 그치만 바퀴 굴리는 건 그만둬요. 힘도 없을 텐데. 배가…… 속이 허할 거 아니에요, 안 그래요?"

"괜찮아요."

오데타가 고개를 뒤로 돌렸다. 그녀는 땀이 송골송골 맺힌 얼굴로 에디에게 웃어 보였다. 마음을 녹이는 동시에 힘을 북돋는 미소였다. 에디는 그 미소를 위해서라면 죽을 수도 있다고…… 기꺼이 죽겠다고 생각했다. 상황이 여의치 않으면.

에디는 그런 상황이 오지 않게 해주십사 하고 빌면서도 한편으로는 결코 확신을 갖지 못했다. 이제 문제는 시간이었는데, 그 시간이 비명을 지르며 달아나는 중이었다.

오데타가 무릎에 손을 모으고 있는 동안 에디는 계속 휠체어를 밀었다. 휠체어 바퀴가 남긴 자국은 이미 아득히 멀어져 보이지 않았다. 지면이 갈수록 단단해지기는 했어도 사고를 일으킬 만한 돌멩이가 여기저기 눈에 띄었다. 그 속도로 달리다가 사고를 당했더라면 누가 굳이 도울 필요도 없었으리라. 정말로 큰 사고가 일어나면 오데타가 심하게 다칠지도 몰랐고, 그 정도로 큰 사고라면 휠체어가 망가질 수도 있었으며, 그랬다가는 둘이 곤경에 처함은 물론 롤랜드에게는 재앙이나 다름없었다. 휠체어가 없으면 롤랜드는 홀로 남아 죽어갈 게 뻔했으므로. 만일 롤랜드가 죽기라도 했다가는, 둘은 이쪽 세계에 영영 붙잡힐 신세였으므로.

롤랜드가 걷지도 못할 만큼 병약해지고 나서 에디는 명징한 사실 하나를 깨달았다. 여기 세 사람이 있고, 그중 둘은 장애인이었다.

도대체 그들에게 희망이 있다면, 기회가 있다면, 무엇일까?

휠체어였다.

휠체어는 그들의 희망이었고, 유일한 희망이었으며, 오로지 희망일 뿐 그 무엇도 아니었다.

그러니 하느님께 도움을 빌 수밖에.

2

총잡이는 에디 손에게 질질 끌려 툭 튀어나온 바위 그늘 아래에 눕고 나서 곧 의식을 회복했다. 잿빛이던 얼굴에 벌건 열꽃이 피었다. 가슴은 가쁘게 오르락내리락했다. 오른팔은 그물처럼 얽힌 구불구불한 붉은 선으로 뒤덮여 있었다.

"여인에게 음식을 줘라."

총잡이가 쉰 목소리로 중얼거렸다.

"당신부터……"

"내 걱정은 마라. 난 괜찮을 게다. 저 여인부터 먹여라. 이젠 먹으려고 할 게다. 게다가 넌 앞으로 저 여인한테 도움을 받아야 한다."

"저기, 만약에 저 여자가 정신이 돌아온 척하는 거면……"

총잡이가 됐다는 듯 손짓을 했다.

"척하는 게 아니다, 다만 자기 안에 홀로 존재할 뿐. 나도 알고 너도 아는 사실 아닌가. 얼굴에 그렇게 씌어 있다. 그러니 네 부친을 욕되게 하지 말고 어서 먹을 걸 줘라, 그러고 나서 저 여인이 먹으면, 그땐 내게 돌아와라. 지금은 1분도 허투루 쓸 수 없다. 단 1초도."

일어서려던 에디를 총잡이가 왼손으로 붙들었다. 앓는 중이었건만 완력만은 여전했다.

"'다른 반쪽'에 대해선 입도 벙긋하지 마라. 여인이 네게 뭐라고 하건, 무슨 말을 하건, 절대로 말을 끊으면 안 된다."

"왜?"

"나도 모른다. 다만 하면 안 된다는 것만 알 뿐. 그러니 어서 시킨 대로 해라, 낭비할 시간이 없단 말이다!"

오데타는 휠체어에 가만히 앉아 바다만 바라보고 있었다. 침착하지만 조금은 겁에 질린 표정이었다. 에디가 전날 저녁에 남긴 가재살을 건넸을 때, 오데타는 난처한 듯 웃어 보였다.

"먹을 수만 있으면 먹을 텐데. 하지만 당신도 봤잖아요."

에디는 무슨 말인지 알 수가 없어서 그저 어깨만 으쓱했다.

"뭐, 다시 도전 못 할 것도 없잖아요. 일단 뭐든 먹어둬야 해요. 길을 서둘러야 하니까."

오데타가 피식 웃더니 에디의 손을 쥐었다. 에디는 무언가 전기 같은 것이 그녀에게서 자기한테로 옮겨오는 기분이었다. 분명히 그녀였다. 오데타였다. 롤랜드와 마찬가지로 에디도 확실히 느낄 수 있었다.

"난 당신이 좋아요, 에디. 나 때문에 너무 애썼잖아요. 참기도 많이 참았고요. 그건 저 사람도 마찬가지지만……"

오데타가 바위에 기대어 누워 있는 총잡이 쪽을 돌아보았다.

"……하지만 저 사람은 좀체 좋아지지가 않아요."

"그러게요. 누가 아니래요."

"그럼, 다시 도전해 볼게요.

에디 당신을 위해."

미소 짓는 오데타를 보며 에디는 세상이 그녀를 위해 돈다고, 그녀 때문에 돈다고 생각했고, 그래서 빌었다. '하느님 제발, 저 진짜 직사하게 고생했잖아요, 그러니까 제발 이 여자만은 뺏어가지 마세요. 제발요.'

가재살을 받아들고 오데타는 에디를 올려다보았다. 잔뜩 찡그린 콧등이 애처롭고도 우스꽝스러웠다.

"꼭 먹어야 되나요?"

"'이까짓 거' 하고 한번 먹어봐요."

"나, 조개관자는 다신 안 먹기로 했는데."

"예?"

"내가 전에 얘기 한 것 같은데."

"그, 그랬겠죠."

에디는 얼버무리고 나서 멋쩍게 웃었다. 오데타에게 다른 반쪽의 존재를 알리지 말라던 총잡이의 말이 그제야 흐릿하게 떠올랐다.

"내가 열 살인가 열한 살 때 집에서 저녁으로 조개관자를 먹은 적이 있어요. 꼭 조그만 고무공 같은 게, 정말 끔찍했죠. 나중엔 토하기까지 했어요. 그다음부턴 절대 안 먹었는데……."

오데타가 한숨을 쉬었다.

"당신 말마따나, '이까짓 거' 하고 한번 먹어볼게요."

가재살 한 조각을 떼어 입에 넣는 모습이 꼭 쓴 약인 줄 알면서 약숟갈을 받아먹는 아이 같았다. 처음에는 느릿느릿 우물거리던 오데타가 이내 부지런히 오물거렸다. 그러고는 꿀꺽 삼켰다. 또 한 조각을 입에 넣었다. 오물거렸고, 또 삼켰다. 또 한 조각. 이번에는 게걸스럽게 먹어치웠다.

"워, 워, 천천히 먹어요!"

에디가 옆에서 말렸다.

"저번에 먹은 거랑 다른 조개군요! 분명해요, 틀림없어요!"

오데타의 눈은 반짝거렸다.

"해변 위쪽으로 올라와서 잡은 거라 다른가 봐요! 알레르기도 안 일어나는 것 같아요. 저번 거랑 다르게 맛도 이상하지 않고…… 그치만 그때도 나 꽤 노력했어요, 안 그래요?"

오데타가 스스럼없는 표정으로 에디를 바라보았다.

"진짜 노력했다고요."

"그럼요."

에디는 자기 목소리가 마치 까마득히 먼 곳의 주파수를 방송하는 라디오 소리 같다고 생각했다. '자기가 날마다 먹고 날마다 토한 줄 아나 봐. 그래서 이렇게 몸이 약해졌다고 생각하는 거야. 하느님 아버지.'

"그럼요, 엄청 고생했죠."

"이건 정말⋯⋯"

한 입 가득 물고 한 말이라 알아듣기가 힘들었다.

"정말 맛있어요!"

오데타가 웃음을 터뜨렸다. 가냘프고 어여쁜 소리가 들렸다.

"이번엔 안 토할 것 같아요. 속이 든든하겠는데요! 틀림없어요! 정말로!"

"너무 무리하지 마요."

에디가 가죽 물통을 건네며 충고했다.

"적응하려면 좀 걸릴 거예요. 그렇게⋯⋯"

에디는 목구멍까지 올라온 말을 꿀꺽 소리가 들릴 만큼(적어도 자기 귀에는 들릴 만큼) 힘주어 삼켰다.

"⋯⋯여러 번 토했으니까요."

"그래요. 당신 말이 맞아요."

"난 가서 롤랜드랑 얘기 좀 하고 올게요."

"그래요."

하지만 에디가 돌아서기 전에 오데타가 다시 손을 붙잡았다.

"고마워요, 에디. 애써 참아줘서 고마워요. 그리고 저 사람도."

말을 멈춘 오데타의 표정은 굳어 있었다.

"저 사람한테도 고마워하고 있어요. 그러니까 내가 겁내더라는 말은 하지 말아줘요."

"안 할게요."

에디가 대답했다. 그러고는 총잡이에게 돌아갔다.

3

휠체어 바퀴에서 손을 뗀 후에도 오데타는 큰 도움이 되었다. 비슷한 처지의 장애인들을 존중하는 시대가 오기 한참 전의 세계에서 오랜 세월 견딘 사람답게, 에디에게 정확히 길을 짚어주었던 것이다.

"왼쪽으로."

오데타가 말하면 에디는 오른쪽으로 체중을 옮겼고, 그러면 휠체어는 왼쪽으로 방향을 틀어 우중충한 모래톱에 썩은 송곳니처럼 솟아난 바위를 스치듯 피해갔다. 에디 혼자서도 알아챘을 테지만…… 어쩌면 몰랐을 수도 있었다.

"오른쪽."

오데타가 말하면 에디는 왼쪽으로 체중을 옮겼고, 휠체어는 갈수록 드물어지는 모래구덩이를 아슬아슬하게 피해갔다.

마침내 멈춰섰을 때, 에디는 벌렁 드러누워 숨을 헐떡거렸다.

"좀 자둬요, 한 시간만. 내가 깨워줄게요."

오데타가 말했다. 에디가 그녀를 올려다보았다.

"거짓말하는 거 아니에요, 에디. 당신 친구가 지금 어떤 상탠지

나도 알아요."

"저기, 사실 친구라고 하기는 좀……"

"시간이 무척 촉박하다는 것도 알아요. 그러니까 동정한답시고 한 시간이 지나도 안 깨우는 어설픈 짓은 안 할 거예요. 난 해를 보고 시간을 맞추는 데도 일가견이 있어요. 어차피 당신이 지치면 그 사람한테 도움 될 게 없잖아요, 안 그래요?"

"그렇죠."

에디는 대답하고 나서 속으로 생각했다. '그치만 오데타 씨가 모르는 게 있단 말이죠. 내가 잠든 사이에 데타 워커가 돌아오기라도 하면……'

"에디, 어서요."

오데타가 재촉했다. 에디는 너무 지친 나머지 믿는 것 말고는 할 수 있는 일이 없었기에(또한 사랑에 눈이 멀었기에) 오데타 말대로 했다. 에디가 잠들고 나서 오데타는 자기 말을 지켰고, 다시 눈을 떴을 때 오데타가 오데타 그대로였기에 에디는 다시 길을 나섰으며, 오데타는 다시 바퀴를 굴려 에디를 도왔다. 둘은 에디가 눈이 빠져라 찾았으나 도저히 찾지 못한 문을 향해 얼마 남지 않은 해변을 날듯이 달려갔다.

4

에디가 며칠 만에 요기하는 오데타를 뒤로 하고 바위 그늘로 돌아왔을 때, 롤랜드는 기운을 조금 차린 듯 보였다.

"숙이고 앉아라."

총잡이가 말하자 에디가 쪼그리고 앉았다.

"반쯤 남은 물통을 두고 가라. 나한테 필요한 건 그게 다다. 넌 저 여인과 함께 문으로 가라."

"내가 만약……"

"문을 못 찾으면 어떻게 하냐고? 찾을 게다. 앞서 두 개가 있었으니 세 번째도 있겠지. 오늘 해가 지기 전에 문에 이르면, 캄캄해질 때까지 기다렸다가 두 마리를 잡아라. 여인에게 먹을거리를 남겨두고 가능한 한 안전한 자리를 찾아줘라. 만일 오늘 안에 찾지 못하면, 세 마리를 잡아야 한다. 자, 받아라."

총잡이가 리볼버 한 정을 건넸다.

에디는 조심스레 총을 받아들고 그 묵직함에 새삼 놀랐다.

"남은 총알은 다 불발탄인 줄 알았는데."

"필시 그럴 게다. 허나 개중에는 제일 덜 젖은 놈들로 채웠다. 왼쪽 권총띠에서 버클에 가까운 놈으로 셋, 오른쪽 권총띠에서 버클에 가까운 놈으로 셋이다. 한 발 정도는 나갈 게다. 두 발일지도 모르지, 네가 운이 좋으면. 허나 가재놈들한테 낭비하면 안 된다."

총잡이의 눈이 에디를 설핏 훑었다.

"멀리 가면 뭔가 다른 놈이 나올지도 모르니 말이다."

"그 소릴 들었구나, 당신도 들었지?"

"산에서 울던 짐승의 소리라면 나도 들었다. 허나 네 눈을 보니 웬 벽장귀신을 떠올린 듯한데, 그런 놈의 소리는 못 들었다. 기껏해야 덤불에 사는 살쾡이 소리일 터. 어쩌면 목청이 몸뚱이보다 네 배쯤 큰 놈인지도 모르지. 막대기 하나면 물리칠 수 있을 게다. 그러나 저 여인을 잊으면 안 된다. 만일 여인의 반쪽이 돌아오면, 네가"

"난 못 죽여, 그런 생각은 하지도 마!"

"제압해야 한다는 말이다. 알아듣겠나?"

에디가 마지못해 고개를 끄덕였다. 빌어먹을 총알은 어차피 나가지도 않을 테니 너무 걱정할 필요도 없었다.

"문에 이르면 여인을 거기 두고 돌아와라. 할 수 있는 한 안전한 자리를 봐준 다음, 저 의자를 갖고 돌아와야 한다."

"그럼 총은?"

총잡이의 눈이 어찌나 사납게 번득였던지, 에디는 머리를 흠칫 뒤로 젖혔다. 마치 롤랜드가 활활 타는 횃불을 얼굴에 집어던진 듯 싶었다.

"맙소사, 당연히 가져와야 할 것 아니냐! 설마 장전된 총을 맡길 셈이냐? 다른 반쪽이 언제 돌아올지 모르는 저 여인한테? 네가 미쳤구나!"

"어차피 총알은……"

"총알이 무슨 상관이냐! "

총잡이가 버럭 외친 소리는 때마침 잦아든 바람을 넘어 멀리 날아갔다. 오데타가 고개를 돌리고 둘을 한참 살펴보았고, 그러다 다시 바다 쪽으로 눈을 돌렸다.

"총을 맡길 생각은 하지도 마라!"

에디는 바람이 또 잦아들까 두려워 나지막이 소곤거렸다.

"내가 이리 돌아오는 동안 덤불에서 뭐가 내려오면 어떡하라고? 만약에 당신 말하고 반대로, 목청보다 몸뚱이가 네 배 큰 살쾡이가 나오면? 막대기로 못 당할 괴물이 나오면 어쩌라는 거야?"

"여인에게 돌을 모아다 줘라."

총잡이가 대답했다.

"도올? 이런 염병할! 야 이 씨발 쓰레기 같은 인간아!"

"나한테 생각이 있다. 보아하니 너는 생각할 때가 아닌 것 같다만. 네게 총을 준 건, 앞으로 가야 할 길의 절반 동안만이라도 그녀를 지키라는 뜻이다. 네가 말한 바로 그런 위험으로부터 말이다. 내가 다시 총을 뺏으면 기분이 좋겠나? 그럼 넌 아마 저 여인을 위해 목숨을 바쳐야 할지도 모른다. 그럼 기분이 좋겠나? 참으로 낭만적이긴 하다만…… 그랬다가는 저 여인 한 명 대신, 우리 셋 모두 죽는 거다."

"굉장히 논리적이군. 그래봤자 당신은 씨발 쓰레기야."

"가든가, 아니면 그냥 있든가. 어느 쪽이든 욕은 그만 해라."

"당신, 빠뜨린 게 있어."

에디가 씩씩거렸다.

"뭔가?"

"철 좀 들라는 말을 빠뜨렸어. 헨리 형이 입에 달고 살던 말이야. '어이구, 자식아. 철 좀 들어라.'"

총잡이가 씩 웃었다. 애처로운, 왠지 기이하게 아름다운 미소가 얼굴에 번졌다.

"철은 벌써 든 것 같구나. 이제 갈 테냐, 아니면 있을 테냐?"

"갈게. 근데 먹을 건 어떻게 구할 거야? 남은 고기는 오데타가 다 먹어버렸어."

"난 씨발 쓰레기지만 내 앞가림은 할 줄 안다. 이 씨발 쓰레기는 오래전부터 그리해 왔다."

에디가 롤랜드의 눈길을 피했다.

"저기…… 욕해서 미안해, 롤랜드. 오늘은 진짜……"

에디가 문득 신경질적인 웃음을 터뜨렸다.

"오늘 진짜 힘든 하루였어."

"그래."

롤랜드에 얼굴에 다시금 미소가 번졌다.

"힘든 하루였다."

5

에디와 오데타가 그날의 최고기록을 세울 만큼 서둘러 달렸건만, 해가 바다 위에 금빛 길을 닦을 때까지도 문은 보이지 않았다. 오데타는 반시간쯤 더 가도 거뜬하다고 장담했지만 에디는 그만 멈춰서 쉬자고 했고, 오데타가 휠체어에서 내리도록 도와주었다. 그런 다음 그녀를 안고 꽤 폭신해 보이는 평평한 땅으로 가서 휠체어 등판의 쿠션을 깔고 뉘어주었다. 오데타가 한숨을 내쉬었다.

"어휴, 등을 펴고 누우니까 정말 좋네요. 근데……"

오데타가 눈썹을 찡그렸다.

"계속 그 사람 생각이 나요. 롤랜드 말이에요. 혼자 두고 온 게 영 마음에 걸리네요. 저기, 에디. 그 사람 누구예요? 정체가 뭐죠?"

그러고는 문득 떠오른 듯 덧붙여 물었다.

"그 사람, 도대체 왜 그렇게 악을 쓰는 거죠?"

"천성이 그런가 보죠, 뭐."

에디는 짤막한 대답을 남기고 바위를 모으러 갔다. 롤랜드는 악을 쓴 적이 거의 없었다. 아침에 한마디 듣기는 했지만('총알이 무슨 상관이냐!'), 그것 말고는 전부 가짜 기억이었다. 오데타가 자기 기억이라고 믿는 기억일 뿐이었다.

에디는 총잡이가 시킨 대로 세 마리를 잡았다. 마지막 놈을 잡을 때에는 사냥에 온 정신을 쏟은 탓에 어느새 오른쪽에서 다가온 네 번째 놈을 간발의 차로 피해야 했다. 방금 전까지 오른발이 있던 자리에서 철컥대는 집게발을 보고 에디는 총잡이의 사라진 손가락을 떠올렸다.

서쪽 하늘의 붉은 기운이 바래가는 동안 에디는 마른 가지를 모아다가 불을 피우고 괴물을 구웠다. 갈수록 산은 야트막해지고 숲은 빽빽해진 덕분에 쓸 만한 땔감을 구하기가 쉬워진 점만은 마음에 들었다.

"에디, 저기 봐요!"

오데타가 손을 번쩍 들고 외쳤다.

에디가 돌아보니 산 위에 별 한 개가 반짝이고 있었다.

"아름답지 않아요?"

"예."

대답하자마자 에디는 문득, 아무 이유 없이, 눈물이 솟았다. 에디가 이제껏 그 지긋지긋한 인생을 보낸 곳은 어디였던가? 이제껏 어디에 있었고, 무엇을 했으며, 누구와 함께했던가? 이제 와 새삼 이토록 때 묻고 비참한 신세가 된 기분이 드는 이유는 뭐란 말인가?

하늘을 우러러보는 오데타의 얼굴은 몹시도 아름다웠고, 이는 어둠 속에서조차 숨길 수 없었건만, 정작 주인은 그 아름다움을 알지 못한 채 휘둥그레진 눈으로 별만 바라보며 가녀린 웃음을 흘렸다.

"밝은 별, 환한 별."

오데타가 중얼거렸다. 그러고는 에디를 바라보았다.

"에디, 이 노래 알아요?"

"그럼요."

에디는 줄곧 고개를 푹 숙이고 있었다. 목소리는 아무렇지 않았 지만 얼굴을 들었다가는 오데타에게 우는 얼굴을 들킬까 무서웠다.

"그럼 같이 불러요. 별을 보면서 불러야 해요."

"예."

에디는 손바닥으로 얼른 눈물을 훔치고 나서 오데타와 나란히 별 을 우러러보았다.

"밝은 별"

오데타가 돌아보자 에디가 뒤를 이었다.

"환한 별"

오데타가 손을 뻗었다. 망설이듯 다가온 그 손을 에디가 맞잡았 다. 한 손은 달콤한 초콜릿처럼 연한 갈색, 한 손은 비둘기 가슴처럼 보드라운 흰색이었다.

"오늘 저녁 처음 본 별"

둘은 한 목소리로 진지하게 노래했다. 이때만큼은 소년과 소녀였 을 뿐, 그들이 남자와 여자가 된 것은 나중의 일, 사위 가득 어둠이 깔리고 나서였다. 그때 오데타는 에디를 불러 자느냐고 물었고 에디 는 아니라고 했다. 그러자 오데타는 밤공기가 차가우니 안아주지 않 겠냐고 물었다.

"들어줬으면, 이뤄줬으면"

서로 마주보았을 때, 에디는 오데타의 뺨에 흘러내리는 눈물을 보았다. 에디 눈에서 또다시 물이 흘렀지만 그는 오데타가 보도록 그냥 내버려두었다. 그가 느낀 것은 부끄러움이 아니라 말로 다 할 수 없는 위안이었다.

둘은 서로에게 미소를 선물했다.

"오늘 밤에 빈 소원을."

'에디가 먼저 불렀다. 그러고 나서 속으로 생각했다. 부디 당신과 함께하기를. 영원히.'

"오늘 밤에 빈 소원을."

오데타가 따라불렀고, 속으로 생각했다. '이 끔찍한 곳에서 죽을 수밖에 없다면 너무 고통스럽지 않기를. 그때 부디 이 친절한 사람과 함께 있기를.'

"미안해요. 울어버렸네요."

오데타가 눈물을 닦으며 말했다.

"보통은 잘 안 우는데, 오늘은……"

"힘든 하루였죠."

에디가 대신 말을 끝맺어주었다.

"그래요. 당신도 좀 먹어요, 에디."

"오데타 씨도요."

"또 토하면 안 되는데."

에디가 오데타를 보며 씩 웃었다.

"내가 보기엔 안 그럴 것 같은데요."

6

그날 밤, 기묘하게 생긴 별무리들이 윤무를 추는 하늘 아래, 둘은 사랑을 주고받는 행위가 그토록 달콤하고 그토록 가슴 벅찬 일인 줄을 처음으로 깨달았다.

7

동이 트자마자 둘은 달리기 시작했고, 9시쯤 되었을 무렵 에디는 언덕과 해변이 만나는 곳에 이르러도 문이 안 보이면 어떻게 하냐고 롤랜드에게 물어봤으면 좋았을 걸 하고 후회했다. 에디가 보기에는 몹시 중요한 문제였는데, 왜냐하면 해변의 끝이 의심할 여지 없이 가까워졌기 때문이었다.

해변 자체가 더 이상 해변이라고 부르기 힘든 풍경으로 바뀌었다. 지면의 흙은 단단하고 평탄했다. 빗물 아니면 우기에 불어난 개울물이 자갈을 거의 다 휩쓸고 간 듯싶었다(그러나 에디가 건너온 후 이때까지 이쪽 세계에 비가 내린 적은 단 한 번도 없었다. 몇 번인가 구름 낀 하늘을 보기는 했지만, 번번이 개곤 했다.).

9시 30분경, 오데타가 외쳤다.

"잠깐만요, 에디! 멈춰요!"

에디가 너무 갑작스레 멈춘 탓에 오데타는 굴러떨어지지 않으려고 휠체어 팔걸이를 꽉 붙잡아야 했다. 에디가 쏜살같이 휠체어를 돌아서 오데타 앞에 섰다.

"미안해요, 괜찮아요?"

"괜찮아요."

에디는 자신이 기쁨을 고통으로 오해했음을 깨달았다. 오데타가 손을 뻗어 앞을 가리켰다.

"저 앞에 있잖아요! 안 보여요?"

손으로 햇빛을 가리고 보아도 아무것도 보이지 않았다. 에디는 눈을 가늘게 떴다. 잠깐 동안 무언가가…… 아니, 필시 단단한 땅에서 피어오른 아지랑이에 지나지 않았다.

"안 보이는 것 같은데요."

에디가 씩 웃었다.

"오데타 씨 마음이 급해서 잘못 봤나 봐요."

"정말로 봤어요!"

올려다보는 오데타의 미소 띤 얼굴에 기대감이 가득했다.

"달랑 문만 서 있다니까요! 해변 끝자락 근처예요."

에디가 다시 눈을 돌렸다. 이번에는 눈을 얼마나 부릅떴던지 눈물이 핑 돌았다. 에디는 이번에도 무언가 봤다고 생각했다. '보이네요.' 그러고는 씩 웃었다. '당신의 급한 마음이 보여요.'

"그런 것 같네요."

에디가 대꾸했다. 그 자신은 안 믿을지언정 오데타가 믿었기에 그렇게 대꾸했다.

"얼른 가요!"

에디는 휠체어 뒤로 돌아간 다음 줄곧 뻐근했던 허리를 주물렀다. 오데타가 고개를 돌렸다.

"안 가고 뭐 하는 거예요?"

"확실히 본 거 맞죠, 그렇죠?"

"그렇다니까요!"

"알았어요, 갑시다!"

에디가 다시 휠체어를 밀기 시작했다.

8

30분 후에는 에디도 무언가를 보았다. '와, 이 사람 시력이 롤랜드랑 동급인가 봐. 어쩌면 더 좋을지도 모르겠는데.'

둘 다 점심 먹는 일 따위에 시간을 낭비하고 싶지는 않았지만, 어쨌거나 요기는 해야 했다. 그들은 서둘러 식사를 마치고 다시 달렸다. 파도가 조금씩 가까워졌기에 에디는 오른쪽을(동쪽을) 볼 때마다 마음이 점점 초조해졌다. 두 사람은 바다풀이 구불구불하게 말라붙은 만조선으로부터 위로 한참 떨어져서 달리는 중이었지만, 에디 생각에는 문에 도착할 때쯤이면 한쪽은 바다로, 한쪽은 야트막한 언덕으로 가로막힌 뾰족한 구석에 이를 듯싶었다. 언덕은 이미 또렷이 보였다. 아름다운 경치는 결코 아니었다. 언덕은 바위투성이였고, 군데군데 땅딸막한 나무가 얼기설기 뿌리를 내린 꼴이 흡사 관절염 걸린 손을 불끈 움켜쥔 주먹처럼 보였으며, 곳곳에 가시덤불도 보였다. 그리 가파른 언덕은 아니었지만 휠체어 탄 사람에게는 지나치게 가팔랐다. 오데타를 안고 올라갈 수는 있었다. 사실 꼭 해야 한다면 그럴 수도 있었지만, 에디는 오데타를 그 위에 남겨둔 채 떠나고 싶지 않았다.

에디가 이곳에 온 후 처음으로 벌레 소리가 들렸다. 귀뚜라미 소리와 비슷했지만 음역이 더 높았고, 송전선에서 들리는 위이이잉 소리처럼 단조로웠다. 또한 처음으로 갈매기가 아닌 다른 새가 눈에 띄었다. 몇몇은 커다란 날개를 펴고 육지 쪽의 하늘을 날았다. 아마도 매일 거라고, 에디는 생각했다. 녀석들은 이따금씩 날개를 접고 돌팔매처럼 땅으로 내리꽂혔다. 사냥을 하려고. 무엇을? 뭐, 작은 짐승이라거나. 그건 상관없었다.

그러나 밤에 들리던 무언가의 울음소리는 에디 머릿속에서 좀처럼 사라지지 않았다.

오후가 절반쯤 지났을 무렵, 두 사람은 세 번째 문을 똑똑히 볼 수 있었다. 앞서 두 문과 마찬가지로 세 번째 문도 불가능을 무릅쓰고 말뚝처럼 불쑥 솟아 있었다.

"세상에."

감탄하는 오데타의 목소리는 잔잔했다.

"세상에 어떻게 이럴 수가."

문은 에디가 예상했던 바로 그 자리에 서 있었다. 더 이상 쉽사리 나아갈 수 없는 해변의 북쪽 끝자락이었다. 만조선 바로 위쪽, 언덕 기슭으로부터는 10미터도 안 되는 곳이었다. 땅에서 불쑥 솟은 언덕이 흡사 털 대신 녹색 붓이 돋은 거인의 손 같았다.

해가 수면 쪽으로 기울어감에 따라 파도는 점점 가까워졌다. 오데타 말에 따르면 4시 무렵이었다. 오데타가 앞서 해를 보고 시간을 맞추는 데 일가견이 있다고 자부했기에(또한 그녀는 에디의 연인이었기에) 에디는 그녀 말을 믿었다. 그리하여 그날 오후 4시 무렵, 마침내 둘은 문에 도착했다.

9

둘은 가만히 문만 바라보았다. 오데타는 휠체어에 앉아 무릎에 두 손을 모은 채였고, 에디는 오데타 옆 바다 쪽에 서 있었다. 한편으로는 지난 밤 별을 볼 때처럼 천진한 아이들 같은 모습이었지만, 다른 한편으로는 그때와 어딘가 다른 모습이었다. 별을 보며 소원을 빌 때, 둘은 기쁨에 겨운 아이들이었다. 그러나 지금 숙연한 표정으로 골똘히 생각하는 모습은 마치 동화 속에만 존재해야 하는데도 불구하고 현실에 불쑥 나타난 무언가를 보는 아이들 같았다.

문에는 단 한 단어만 적혀 있었다.

"무슨 뜻일까요?"

마침내 오데타가 입을 열었다.

"나도 모르겠는데요."

에디는 이렇게 대답하면서도, 그 단어가 불러일으킨 막막한 한기를 느꼈다. 심장에 서서히 그늘이 드리우는 기분이었다.

"당신도 몰라요?"

오데타가 에디의 표정을 가만히 살폈다.

"예. 나도……"

에디가 침을 꿀꺽 삼켰다.

"……나도 몰라요."

오데타가 에디를 물끄러미 바라보다가 입을 뗐다.

"문 뒤까지 좀 밀어줄래요? 저쪽을 한번 보고 싶어요. 그 사람한테 빨리 돌아가고 싶은 줄은 알지만, 그래도 좀 데려다주지 않겠어요?"

에디는 오데타의 부탁을 들어주었다.

둘은 언덕에 가까운 쪽으로 돌아서 문 뒤로 갔다.

"잠깐만요!"

오데타가 외쳤다.

"에디, 방금 그거 봤어요?"

"뭘요?"

"뒤로 가봐요! 저기! 저기 봐요!"

이때 에디는 자신들을 데려다 줄 문 뒤의 무언가 대신 문 자체를 주시했다. 옆을 지나가면서 보았을 때 문은 시야에서 점점 가늘어졌다. 에디가 본 것은 허공에 박혀 있는 문의 경첩과, 문의 두꺼운 옆면과……

아무것도 없었다.

문 옆면이 사라지고 없었다.

두께가 약 5센티미터, 어쩌면 10센티미터쯤 되는 나무판이 에디 눈에 보이는 바다 풍경을 가로막아야 마땅했지만, 그런 것은 전혀 보이지 않았다.

문이 사라지고 없었던 것이다.

그림자는 남아 있으되 문은 사라지고 없었다.

에디가 휠체어를 두 걸음 뒤로, 즉 문이 서 있던 곳 아래로 물리자, 문 옆면이 다시 나타났다.

"저기, 방금 그거 봤어요?"

물어보는 에디의 목소리가 부들부들 떨렸다.

"그럼요! 다시 나타났잖아요!"

에디가 휠체어를 한 걸음 앞으로 밀었다. 문은 제자리에 그대로 있었다. 한 뼘 앞으로 가보았다. 문은 그대로였다. 손가락 길이만큼 앞으로. 그대로. 손가락 한 마디만큼…… 문이 사라졌다. 깨끗이 사라졌다.

"맙소사."

에디가 속삭였다.

"하느님 맙소사."

"당신이 열면 열릴까요? 아니면 내가 열어볼까요?"

오데타가 물었다. 에디는 앞으로 나서서 단어 한 개가 적힌 문의 손잡이를 슬그머니 쥐었다.

그러고는 시계 방향으로 돌렸다. 반대쪽으로도 돌려보았다.

손잡이는 꼼짝도 하지 않았다.

"그렇군요."

오데타의 목소리는 체념한 듯 담담했다.

"그 사람이 여는 수밖에 없겠네요. 당신도 같은 생각이겠죠. 에디, 가서 그 사람을 데려와요. 어서요."

"우선은 오데타 씨부터 챙겨야죠."

"난 괜찮아요."

"아뇨, 안 괜찮아요. 만조선에 너무 가까이 있잖아요. 여기다 두고 가면 저녁에 가재 괴물들이 나와서 당신을 먹……"

그때, 언덕 위편에서 들려온 짐승 울음소리가 가느다란 끈을 자르는 칼처럼 말허리를 잘랐다. 멀찍이 떨어진 곳이긴 했지만, 그래도 앞서 소리가 들린 곳보다는 가까웠다.

오데타의 두 눈이 에디 허리춤에 꽂힌 총잡이의 리볼버를 흘긋 쳐다보았다. 그러고는 다시 에디 얼굴을 보았다. 에디는 뺨이 벌겋게 달아오르는 기분을 느꼈다.

"그 사람이 나한테 총을 주지 말라고 했군요, 그렇죠?"

오데타의 목소리는 담담했다.

"그 사람은 내가 총을 갖고 있는 게 마음에 안 드나 봐요. 이유는 몰라도 나한테 총을 맡기기 싫어하는 것 같아요."

"어차피 나가지도 않을 거예요. 총알이 젖어서."

에디가 멋쩍게 대답했다.

"괜찮아요. 에디, 저기 경사진 쪽으로 좀 데려다줄래요? 허리가 많이 아픈 줄은 알아요. 앤드루는 그걸 휠체어 요통이라고 부를 정도였으니까요. 그래도 조금만 위쪽으로 데려다주면 가재 떼한테선 안전할 거예요. 저 멀리서 우는 게 뭐든 간에, 가재들이 우글거리는 곳까진 안 내려올 거예요."

에디는 곰곰이 생각했다. '밀물 때에는 그렇겠죠. 하지만…… 물이 빠지고 나면?'

"먹을 거랑 돌멩이 몇 개만 챙겨줘요."

오데타가 무심코 한 말이 롤랜드가 했던 말과 똑같았기에 에디는 다시금 얼굴을 붉혔다. 볼도 이마도 벽돌 화덕처럼 후끈거렸다.

에디를 올려다보는 오데타의 얼굴에 엷은 미소가 피어났다. 그녀는 에디가 소리 내어 말하기라도 한 듯 고개를 저었다.

"우리 토론은 그만하기로 해요. 그 사람 상태가 어떤진 나도 아니까요. 얼마 못 버틸 거예요. 조금도. 그러니까 토론하는 데 낭비할 시간은 없어요. 에디, 저 위로 좀 데려다줘요. 먹을 거랑 돌멩이도 좀 모아다주고요. 그다음엔 휠체어를 갖고 돌아가요."

10

에디는 할 수 있는 한 서둘러 오데타의 자리를 봐준 다음, 총잡이
의 리볼버를 꺼내어 손잡이를 앞으로 하고 내밀었다. 그러나 오데타
는 고개를 저었다.

"그 사람이 알면 우리 둘 다한테 화낼 거예요. 당신한텐 줬다고
화낼 테고, 나한텐 받았다고 화낼걸요."

"됐다고 그래요! 왜 그런 생각을 해요?"

"난 다 알아요."

대답하는 오데타의 목소리는 무덤덤했다.

"그게 사실이라고 칩시다. 그냥 치기만 하자고요. 그렇다고 해도
만약 당신이 총을 안 받으면, 내가 화낼 거예요."

"도로 넣어둬요. 난 총 싫어요. 어차피 쏠 줄도 모르고요. 혹시 밤
중에 뭐가 나타나기라도 하면, 난 맨 먼저 속옷부터 적실 거예요. 그
다음엔 총을 엉뚱한 쪽으로 겨눠서 날 쏘고 말걸요."

오데타는 말을 멈추고 결연한 표정으로 에디를 응시했다.

"아마 에디 당신도 알 테지만, 이유는 그것뿐만이 아니에요. 난
그 사람 물건은 아무것도 만지기 싫어요. 아무것도. 내 생각에, 그
사람 물건에는 우리 엄마가 '후두'라고 부르던 주술 같은 게 깃들어
있어요. 난 스스로 깨인 여성이라고 자부하지만…… 그래도 당신이
떠난 후에 후두가 깃든 물건을 갖고 어두운 언덕 아래 남아 있기는
싫어요."

에디는 총과 오데타를 번갈아 쳐다보았다. 눈에는 여전히 어리둥
절한 빛이 가시지 않았다.

"도로 넣어둬요."

오데타의 목소리가 꼭 교사처럼 엄격하게 들렸다. 에디는 피식 웃고 나서 오데타 말대로 했다.

"뭐가 우스워요?"

"방금 꼭 해서웨이 선생님 같았거든요. 나 초등학교 3학년 때 담임선생님이었는데."

오데타가 씩 웃었다. 그러면서도 눈은 에디를 떠나지 않았다. 부드러운 달콤한 목소리로, 그녀가 노래를 시작했다.

"밤하늘의 장막이 내려오네요. 해가 지려나 봐요……."

노랫소리는 이내 사그라졌고, 둘은 나란히 서쪽 하늘을 바라보았다. 두 사람의 그림자가 벌써 저만큼 뻗어나갔건만, 전날 밤 소원을 빌었던 별은 아직 보이지 않았다.

"오데타 씨, 뭐 더 필요한 거 없어요?"

에디는 조금이라도 더 머물고 싶은 충동을 거듭 느꼈다. 일단 출발하고 나면 사그라질 충동이었지만, 이때만큼은 무슨 핑계로든 머물고 싶은 마음을 억누를 수가 없었다.

"키스해줘요. 그러면 버틸 수 있을 거예요. 당신만 괜찮다면."

한참 동안 맞닿아 있던 입술이 떨어지고 나서, 오데타는 에디의 손목을 잡고 간절한 눈으로 그를 응시했다.

"나…… 백인하고 잔 건 어제가 처음이었어요. 당신한테 중요한 문제지 아닌지는 모르지만요. 실은, 나한테 중요한 건지 아닌지도 잘 몰라요. 그래도 얘기는 해야 할 것 같았어요."

에디는 곰곰이 생각했다. 그러고 나서 대답했다.

"나한텐 별로 안 중요해요. 어두워지면, 어차피 우리 둘 다 까맣잖아요. 난 당신을 사랑해요, 오데타."

오데타가 에디의 손을 쥐었다.

"당신은 정말 다정한 사람이에요. 나도 당신을 사랑하는 것 같아요. 어쩌면, 우리 둘 다 너무 빨리……"

그 순간 살쾡이 울음소리가, 무슨 신호라도 받은 양, 총잡이가 덤불이라고 불렀던 곳에서 들려왔다. 몇 킬로미터는 너끈히 떨어진 곳 같았지만 그럼에도 앞서 들린 곳보다는 몇 킬로미터쯤 더 가까웠고, 무척이나 크게 들렸다.

둘은 소리가 들려온 쪽으로 고개를 돌렸다. 에디는 목덜미 털이 스륵 일어서는 기분을 느꼈다. 그러나 바싹 일어서지는 않았다. 순간 우스운 생각이 떠올랐다. '미안, 털들아. 내가 머리를 좀 길러서 그런가 봐.'

울음소리는 점점 커지다가 나중에는 처참하게 죽임당하는 짐승의 고통스러운 포효와 비슷해졌다(어쩌면 만족스러운 짝짓기의 신호일 수도 있었지만.). 한동안 거의 참기 힘들 정도로 이어지던 소리가 차츰 잦아들더니, 나중에는 사라졌거나 쉬지 않고 부는 바람소리에 묻힌 듯싶었다. 두 사람은 소리가 다시 들리지 않을까 하고 가만히 기다렸지만 그것으로 끝이었다. 에디 입장에서는 소리가 다시 들리든 안 들리든 상관없었다. 그는 재차 허리춤에서 리볼버를 꺼내어 오데타에게 건넸다.

"아무 말 말고 그냥 받아요. 만약 피치 못할 상황이 오면, 당신을 실망시키진 않을 거예요. 이런 물건은 원래 그런 법이니까요. 어쨌든 받아둬요."

"또 토론을 벌이자는 거예요?"

"아, 토론 좋죠. 맘껏 해봅시다."

에디의 연갈색 눈을 한참 들여다보고 나서, 오데타는 왠지 쓸쓸해 보이는 미소를 지었다.

"하기 싫어요."

그러고는 총을 받아들었다.

"부디 서둘러요, 에디."

"그럴게요."

에디가 또 한 번 오데타에게 입을 맞추었다. 이번에는 급히 입술을 뗐고, 하마터면 조심하라고 말할 뻔했으나…… 도대체 그녀가, 이런 상황에서, 조심을 해봤자 얼마나 할 수 있을까?

에디는 점점 짙어지는 그늘을 지나(아직은 가재 괴물 떼가 나오기 전이었지만 머지않아 놈들이 야간 공연을 시작할 터였다.) 언덕을 내려온 다음, 문에 적힌 말을 새삼스레 돌아보았다. 먼젓번과 똑같이 소름이 돋았다. 지금 그의 처지에 딱 맞는 말이었다. 세상에, 그야말로 딱 들어맞았다. 에디가 언덕 쪽으로 다시 눈을 돌렸다. 잠시 오데타의 모습을 찾을 수 없었지만, 이내 무언가 움직이는 것이 보였다. 연한 갈색 손바닥이었다. 오데타가 손을 흔들고 있었다.

에디는 손을 마주 흔들어준 다음 휠체어 방향을 반대쪽으로 돌렸다. 그러고는 휠체어 앞쪽에 붙은 조그맣고 연약해 보이는 보조바퀴가 땅에서 떨어지도록 등판을 누른 채로, 달리기 시작했다. 에디는 남쪽으로, 앞서 달려온 방향과 반대쪽으로 달려갔다. 처음 30분 정도는 그림자가 함께 달렸다. 깡마른 거인의 것인 양 터무니없이 기다랗게 동쪽으로 뻗어나간 그림자가 에디의 운동화에 달라붙어 그와 함께 달렸다. 해가 바다 아래로 기울자 그림자는 사라졌고, 가재 괴물 떼가 파도에서 몰려나왔다.

놈들이 와글거리는 소리가 들리기 시작하고 10분 남짓 지났을 때, 에디가 하늘을 올려다보았다. 검푸른 벨벳 같은 하늘에 저녁별이 조용히 빛나고 있었다.

'밤하늘의 장막이 내려오네요, 해가 지려나 봐요……'

'그녀가 부디 무사하기를.'

다리는 일찌감치 뻐근해졌고, 가슴에 묵직하게 들어찬 숨은 뜨거웠으며, 오데타보다 50킬로그램은 더 나갈 총잡이를 태우고 같은 길을 한 번 더 달리려면 체력을 아껴둬야 했는데도, 에디는 계속 달렸다. '그녀가 부디 무사하기를, 제 소원은 그것뿐이에요. 내 사랑이 부디 무사하기를.'

바로 그때, 흡사 불길한 징조인 양, 저 멀리 산 틈의 굽이진 골짜기에서 살쾡이가 울부짖었고…… 이번 것은 아프리카 밀림의 사자만큼이나 거대한 놈인 듯 소리가 우렁찼다.

빈 휠체어를 앞세운 채로, 에디는 더욱 빨리 달렸다. 이윽고 불어온 바람이 저 혼자 돌아가던 바퀴살에 걸려 스산하게 흐느끼기 시작했다.

11

피리 불듯 웅웅거리는 소리가 점점 가까워지자 총잡이는 한순간 신경을 곤두세웠지만, 뒤이어 헐떡이는 숨소리를 듣고 긴장을 풀었다. 에디였다. 눈을 감은 채로도 알 수 있었다.

흐느끼는 소리가 사그라지고 다급한 발소리도 느긋해졌을 때, 롤랜드는 눈을 떴다. 눈앞에는 뺨에 땀을 줄줄 흘리며 숨을 몰아쉬는 에디가 서 있었다. 가슴에 딱 달라붙은 셔츠 한복판이 땀에 젖어 짙은 색으로 둥글게 물들어 있었다. 잭 안돌리니가 입으라고 강요했던 대학생 옷차림은 흔적도 남지 않았다. 헝클어진 머리가 이마를 뒤덮었다. 바지는 가랑이가 다 터져 있었다. 눈 밑에 떠 있는 검자줏빛 초승달 두 개가 그야말로 화룡점정이었다. 에디 딘의 몰골은, 처참했다.

"해냈어. 도착했어."

주위를 두리번거리다가 다시 롤랜드를 보며, 에디가 말했다. 스스로도 자기 말을 믿지 못하는 눈치였다.

"아아, 하느님. 진짜로 도착했어."

"여인에게 총을 줬구나."

에디가 보기에 총잡이의 상태는 좋지 않았다. 케플렉스를 짧게 복용하기 전의 상태와 비슷해 보였고, 어쩌면 그때보다 조금 더 안좋았다. 몸에서 피어오른 열이 파장처럼 밀려오는 느낌이었다. 총잡이에게 미안함을 느껴야 마땅한 줄은 알았지만, 정작 에디 안에서 맨 처음 치솟은 감정은 오로지 지독한 분노뿐이었다.

"난 신기록을 세울 만큼 똥줄이 빠져라 달려왔는데 당신은 한다는 소리가 고작 그거군. '여인에게 총을 줬구나.' 이야, 고마워서 이거 참. 난 그래도 조금은 나한테 감사할 줄 알았는데 이거 참 좆나게 황당하네."

"나한텐 그게 제일 중요한 얘기다."

"뭐, 기왕 물어봤으니 대답은 해야겠지. 그래, 줬어."

184

에디는 한쪽 손을 바지 뒷주머니에 꽂은 채로 총잡이에게 눈을 부라렸다.

"그럼 이제 선택해. 이 휠체어에 타든가, 아니면 나한테 이걸 접어서 당신 뒷구멍에 처박아달라고 하든가. 어떻게 해드릴깝쇼, 나리?"

"둘 다 싫다."

롤랜드의 표정이 슬그머니 누그러졌다. 감추고 싶었으나 그러지 못한 웃음이었다.

"에디, 일단 잠부터 자둬라. 앞으로 어찌될지는 때가 되면 알게 될 게다. 지금 넌 자야 한다. 완전히 녹초가 됐으니."

"오데타한테 돌아가야 해."

"나도 마찬가지다. 그러나 지금 자두지 않으면 넌 의자 바퀴자국 위로 쓰러지고 말 게다. 뻔한 일이지. 그리되면 네게도 불행한 일이고 내게는 더 불행한 일이지만, 가장 불행한 건 바로 그 여인이다."

에디는 가만히 서서 망설였다.

"넌 잘 달렸다."

총잡이가 에디를 인정해주었다. 그러고는 해를 올려다보았다.

"지금은 4시. 아마 15분쯤 지났을지도 모르지. 다섯 시간, 한 일곱 시간쯤 자둬라. 밤이 깊으면……"

"네 시간. 네 시간이면 돼."

"그래. 밤까지 자라. 중요한 건 그거니까. 자고 일어나면 뭘 좀 먹어라. 그다음에 출발한다."

"당신도 같이 먹어."

다시금 희미한 웃음이 떠올랐다.

"노력해 보마."

에디를 바라보는 총잡이의 눈은 침착했다.

"에디, 이제 네 명줄이 내 손에 달렸다. 너도 알 테지."

"그래."

"난 널 납치했다."

"그랬지."

"날 죽이고 싶은가? 그럼 지금 죽여라. 셋 중 누군가가……"

총잡이의 말이 가느다란 휘파람소리로 바뀌었다. 에디는 총잡이의 가슴에서 들리는 쿨럭거리는 소리가 조금도 마음에 들지 않았다.

"……누군가가 이 이상 곤경에 처하기 전에."

"당신을 죽일 생각은 없어."

"그러면……"

밭은기침이 불쑥 터져나와 총잡이의 말을 끊었다.

"……어서 누워라."

총잡이가 말을 맺었다.

에디는 그의 말을 따랐다. 잠은 여느 때처럼 서서히 휘감아오는 대신 마음이 급한 나머지 앞뒤 모르고 더듬어대는 여인의 거친 손길인 양 덮쳐왔다. 에디 귀에(아마도 꿈이었을 테지만) 롤랜드의 목소리가 들렸다. '허나 총은 주지 말아야 했거늘.' 그러고는 가늠할 수 없는 시간 동안 암흑 속에 빠져 있던 그를 롤랜드가 흔들어 깨웠고, 드디어 일어나 앉았을 때, 에디는 몸뚱이 속에 오직 고통만이 남은 기분이었다. 고통과 중력뿐이었다. 근육은 버려진 건물의 엘리베이터로 바뀐 후였다. 일어서려던 첫 번째 시도는 수포로 돌아갔다. 에디는 모래톱을 힘껏 박찼다. 두 번째 시도는 가까스로 성공했으나,

뒤로 돌아서는 간단한 동작을 하려고 해도 한 20분은 걸리겠구나 싶었다. 게다가 고통스럽기까지 할 터였다.

롤랜드는 에디를 가만히 응시했다. 그러고는 물었다.

"준비됐나?"

에디가 고개를 끄덕였다.

"그래. 당신은?"

"됐다."

"할 수 있겠어?"

"있다."

둘은 요기를 했고…… 그러고 나서 에디는 이 지긋지긋한 바닷가를 세 번째이자 마지막으로 달리기 시작했다.

12

그날 밤 둘이 달린 거리가 꽤 길었는데도 불구하고, 에디는 총잡이가 멈추자고 했을 때 못내 아쉬워했다. 쉬지 않고 달리기에는 너무 지쳤기에 반론을 제기하지 않았지만, 그럼에도 에디는 더 가고 싶었다. 몸무게. 그것이 문제였다. 오데타 때와 비교하면 롤랜드는 철근 수레를 미는 듯 무거웠다. 에디는 동이 트기 전에 네 시간을 더 잤다. 산이 남긴 유일한 흔적인 양 갈수록 야트막해지는 언덕 위로 해가 떠오를 때, 에디도 눈을 떴다. 총잡이의 기침소리가 들렸다. 가냘프게 콜록거리는, 폐렴으로 죽어가는 노인의 기침소리였다.

둘의 눈이 마주쳤다. 기침소리가 웃음소리로 바뀌었다.

"기침소리야 어떻든 난 아직 괜찮다, 에디. 넌 어떤가?"

"괜찮아. 그래도 치즈버거랑 버드 한 병만 있으면 좋을 텐데."

"버들이라고 했나?"

총잡이가 미심쩍은 듯 물었다. 그는 왕궁 정원의 사과나무와 봄꽃을 떠올렸다.

"됐어. 얼른 타기나 하셔, 이 양반아. 사륜구동도 아니고 오픈카도 아니지만, 어쨌거나 굴러가긴 마찬가지니까."

둘은 달렸다. 그러나 에디가 오데타를 남겨두고 돌아온 지 이틀째 된 날의 해 질 무렵, 그들은 세 번째 문이 있는 곳 근처까지밖에 이르지 못했다. 쭉 뻗은 에디는 한 네 시간쯤 잘 생각이었으나 겨우 두 시간 만에 살쾡이 울음소리에 퍼뜩 눈을 떴다. 가슴이 방망이질 하듯 두근거렸다. 맙소사, 놈의 포효는 젠장 맞게 우렁찼다.

총잡이는 한쪽 팔꿈치를 짚고 몸을 일으킨 채였다. 어둠 속에서 그의 두 눈이 빛났다.

"준비됐우?"

느릿느릿 몸을 일으키며 에디가 물었다. 얼굴에 띤 웃음에서 고통이 배어났다.

"너는?"

롤랜드가 물었다. 목소리가 잔잔했다.

에디가 등을 이쪽저쪽으로 틀자 작은 폭죽이 터진 양 뚜두둑 소리가 연방 울려퍼졌다.

"됐어. 그래도 치즈버거 한 개만 먹으면 참 좋을 텐데."

"네가 원하는 건 닭인 줄 알았는데."

에디가 씩 웃었다.

"좀 봐줘, 이 양반아."

언덕 위로 해가 떠오를 무렵에는 세 번째 문이 똑똑히 보였다. 두 시간 후에, 두 사람은 문 앞에 도착했다.

'모두 다시 모였어.' 에디는 모래 위로 쓰러질 것만 같았다.

그러나 에디 생각과는 전혀 달랐다. 오데타 홈스가 보이지 않았다. 코빼기조차도.

13

"오데타!"

에디가 외쳤다. 오데타의 다른 반쪽과 마찬가지로 갈라지고 쉰 목소리였다.

오데타 목소리로 착각할 법한 메아리조차 돌아오지 않았다. 야트막한 언덕이 소리를 되받아치지 않았던 것이다. 오로지 부서지는 파도소리뿐, 뾰족하게 뻗어나간 땅에 부딪혀 더욱 크게 들리는 파도소리뿐이었다. 파도가 해변 아랫쪽 무른 바위에 뚫린 굴 속에 들이쳐서 규칙적이고 공허한 굉음을 울렸다. 바람 또한 비통한 울음을 그치지 않았다.

"오데타!"

이번에는 어찌나 크게 외쳤던지 갈라지다 못해 무언가 날카로운 것이, 생선가시 같은 것이 성대를 잡아 찢은 듯싶은 소리였다. 두 눈은 미친 사람처럼 언덕을 훑었다. 어쩌면 오데타의 손바닥일지도 모르는 연한 갈색 점을 찾아서, 몸을 일으키는 오데타의 모습을 찾아서, 그리고…… 거뭇거뭇한 바위에 선연한 핏자국을 찾아서(하느님 용서하소서.).

어느새 에디는 만에 하나라도 방금 머릿속에 마지막으로 떠올랐던 것을 찾거나, 또는 매끈한 손잡이에 이빨자국이 깊이 팬 리볼버를 찾으면 어찌해야 할지 고민하는 중이었다. 그런 것이 눈에 띄었다가는 이성을 잃거나 아예 돌아버릴 수도 있었지만, 그럼에도 에디는 그것을, 또는 무언가를, 계속해서 찾았다.

눈에는 아무것도 보이지 않았다. 귀에는 희미한 메아리조차 들리지 않았다.

한편 총잡이는 세 번째 문을 들여다보는 중이었다. 그가 예상한 것은 두 글자였다. 황폐한 묘지에서 대결을 벌일 때, 검은 옷을 입은 남자가 여섯 번째 타로카드를 뒤집으며 했던 말이었다. '사신이로군.' 월터는 그렇게 말했다. '그러나 그대 몫은 아니야, 총잡이.'

문에 적힌 말은 두 글자가 아니라 네 글자였고…… 그중 사신은 보이지 않았다. 총잡이는 다시 한 번 읽어보았다. 입술이 소리 없이 움직였다.

밀치기꾼

'허나 뜻하는 바는 사신일 터.' 총잡이는 이미 알고 있었다.

총잡이로 하여금 고개를 돌리도록 한 것은 멀어져가는 에디 목소리였다. 에디가 가장 가까운 비탈을 올라가며 오데타의 이름을 부르는 중이었다.

한순간 총잡이는 에디를 이대로 보내줄까 하고 생각했다.

어쩌면 에디가 오데타를 찾을지도 몰랐다. 살아 있는 채로, 너무 심하게 다치지 않은 채로, 어쩌면 여전히 오데타인 채로 찾을지도 몰랐다. 총잡이는 두 사람이 이쪽 세계에서 그들 나름의 삶을 꾸릴 수도 있지 않을까, 또 오데타를 향한 에디의 사랑과 에디를 향한 오데타의 사랑이 데타 워커라고 자칭하는 밤의 장막을 뒤덮을 수 있지 않을까 하고 생각했다. 그랬다, 총잡이는 어쩌면 그 두 사람 사이에 낀 신세가 되면 데타가 숨이 막혀 죽을 수도 있으리라고 생각했다. 총잡이는 자신만의 냉엄한 방식을 추구하는 낭만주의자였으나…… 동시에, 때로는 사랑이 '실제로' 모든 것을 정복하는 줄을 아는 현실주의자이기도 했다. 그렇다면 정작 총잡이 자신은? 에디의 세계로 건너간 후에 앞서 그를 거의 살릴 뻔했던 약을 구한다고 해도, 그 약이 이번에도 그를 살릴까? 조금이나마 나아질 수는 있을까? 총잡이의 병세는 이미 위중했다. 스스로도 벌써 늦어버리지는 않았나 의심할 정도였다. 팔다리는 욱신거렸고, 머리는 쿵쿵 울렸으며, 가슴에는 묵지근하니 물이 차 있었다. 기침을 하면 몸통 왼쪽이 뻐근한 것이 갈비뼈가 부러진 듯싶었다. 왼쪽 귀는 불붙은 듯 뜨거웠다. 어쩌면, 총잡이가 생각하기에, 결국 때가 왔는지도 몰랐다. 한바탕 울음을 터뜨릴 때가.

그때, 총잡이 안의 세포 하나하나가 저항하듯 부르짖었다.

"에디!"

총잡이가 외쳤다. 기침 따위는 섞여 있지 않았다. 깊고도 강력한 목소리였다.

한 발은 흙바닥에, 다른 발은 튀어나온 바위를 디딘 채로, 에디가 그를 돌아보았다.

"당신은 가도 돼."

에디가 손을 우스꽝스럽게 내저으며 총잡이에게 말했다. 그 손짓은 곧 총잡이를 보내고 싶다는 뜻이었다. 그러고 나서 진짜 볼일을, 중요한 볼일을, 즉 오데타를 찾으러 가서 그녀에게 구조가 필요한 상황이면 구조해 주고 싶다는 뜻이었다.

"난 괜찮아. 당신은 가서 필요한 걸 찾아. 돌아왔을 땐 오데타랑 나랑 같이 있을 거야."

"과연 그럴까."

"난 오데탈 찾아야 돼."

롤랜드를 똑바로 응시하는 에디의 눈빛은 몹시도 젊었고, 몹시도 솔직했다.

"진심이야, 꼭 찾아야 돼."

"네 사랑도, 네 다급한 마음도, 나는 다 이해한다. 허나 에디, 이번에는 너도 나와 함께 가야 한다."

에디는 자기가 들은 말이 진짜인지 믿으려 애쓰는 사람처럼 한참 동안 롤랜드를 바라보았다.

"같이 가자, 이 말씀이지."

한참이 지난 후에 에디가 당황한 목소리로 말했다.

"같이 가자고! 이런 니미, 이제야 다 털어놓으시는군. 수리술술 다 털어놓으셨어. 저번엔 날 여기 남겨두겠다고 나한테 목이 잘릴 위험을 무릅쓰고 가버렸잖아. 근데 이번엔 괴물한테 오데타 목이 잘릴 위험을 무릅쓰겠다, 이거 아냐."

"어쩌면 이미 일어난 일인지도 모른다."

그러나 롤랜드는 그리되지 않은 줄을 이미 알았다. 여인은 다쳤는지는 몰라도 아직 죽지는 않았다.

불행히도, 에디 또한 이 사실을 알았다. 열흘 가까이 약을 끊은 덕분에 에디의 정신은 현저하게 맑아졌다. 에디가 손가락으로 문을 가리켰다.

"당신도 오데타가 살아 있단 걸 알잖아. 죽었다면 저 빌어먹을 문이 벌써 사라졌을 테니까. 그게 아니면, 우리 셋이 모두 멀쩡하지 않으면 아무 소용없다고 한 당신 말이 뻥이겠지."

에디가 다시 언덕으로 돌아서려 했지만, 롤랜드의 형형한 두 눈이 그를 붙잡아 세웠다.

"그래, 좋다."

총잡이가 말했다. 그의 목소리는 예전 데타의 증오에 찬 얼굴과 표독스러운 목소리를 뚫고 그녀 안 어딘가에 갇힌 다른 여인에게 말을 걸 때처럼 부드러웠다.

"여인은 살아 있다. 그런데 왜 불러도 대답하지 않는 게냐?"

"그건…… 살쾡인지 뭔지가 잡아가서 그런가 보지."

에디가 대답했지만, 자신 없는 목소리였다.

"살쾡이가 여인을 죽여서 원하는 만큼 뜯어먹고 남겨뒀는지도 모른다. 십중팔구는, 놈이 여인의 몸뚱이를 그늘에 숨겨두었을 게다. 볕이 드는 곳에 놓아두면 상할 테니. 아마도 오늘 밤 돌아와서 다시 먹을 작정이겠지. 그러나 그리됐더라면 문은 이미 사라졌을 게다. 어떤 벌레는 먹잇감을 마비시킨 다음 나중에 먹으려고 챙겨가지만, 놈들은 벌레하고는 다르다. 너도 알지 않느냐."

"반드시 그러란 법은 없잖아."

에디가 대꾸했다. 오데타가 했던 말이 퍼뜩 떠올랐다. '토론 클

럽에 들어갈 걸 잘못했어요, 에디.' 그러나 이내 머릿속에서 떨쳐버
렸다.

"어쩌면 살쾡이가 덤벼들어서 쏘려고 했는데, 총알이 한두 발쯤
불발했을 수도 있어. 아니, 어쩌면 불발탄이 너덧 발이었는지도 몰
라. 살쾡이가 달려들었을 거야, 할퀴었겠지, 그러다 막 숨통을 끊으
려고 할 때…… 쾅!"

에디가 주먹으로 손바닥을 세게 쳤다. 어쩌나 생생하게 설명했던
지 눈앞에서 목격한 사람 같았다.

"총알이 살쾡이를 죽였을 수도 있어, 아니면 상처를 입혔거나. 그
도 아니면 겁을 줘서 쫓아 보냈는지도 모르고. 이런 추측은 어때?"

대답하는 롤랜드의 목소리는 부드러웠다.

"그랬더라면 총성이 들렸을 게다."

한동안 에디는 어떤 반론도 생각해내지 못한 채 말없이 우두커
니 서 있었다. 물론 총성이 들렸어야 했다. 처음 살쾡이 소리를 들은
곳은 20킬로미터, 어쩌면 30킬로미터쯤 전이었다. 리볼버 총성이라
면……

롤랜드를 보는 에디의 눈빛이 갑자기 교활해졌다.

"당신은 들었을 거야. 내가 잠든 사이에 들었겠지."

"그랬더라면 너도 깼을 게다."

"댁은 나보다 덜 피곤했잖아, 이 양반아. 난 간밤에 얼마나 곤히
잠들었던지 꼭"

"송장 같았지."

총잡이의 목소리는 여전히 부드러웠다.

"그 기분은 나도 안다."

"그럼 당신도 이해할……"

"허나 송장이었던 것은 아니다. 간밤에 너는 꼭 송장처럼 잠들었지만, 살쾡이 울음소리가 들렸을 때에는 눈을 떴다. 잠시 두 발로 서 있기까지 했지. 여인이 걱정되었으니. 총성은 들리지 않았다, 에디. 너도 알잖나. 실제로 들렸다면 너도 들었을 게다. 여인이 걱정되었으니."

"아니면 돌로 대가리를 깠을 수도 있잖아!"

에디가 버럭 소리를 질렀다.

"가능성이 있으면 확인을 해봐야 할 거 아냐! 여기 서서 입씨름만 하고 있으면 염병 어떻게 알아? 저 위 어딘가에 다쳐서 쓰러져 있을지도 모른단 말이야! 다쳤든지, 피를 흘리고 죽어가는 중인지도 모른다고! 내가 당신이랑 같이 문에 들어간 다음에 오데타가 죽으면 어떡할 건데? 만약에 저쪽 세계에 가서 뒤를 돌아봤는데 문이 있었어, 근데 다시 돌아보니까 문이 사라졌어, 감쪽같이. 오데타가 죽은 거야. 그땐 어떡할 거야? 그럼 당신은 내가 살던 세계에 갇히는 거야, 지금의 나랑 정반대로!"

에디가 씩씩거리며 총잡이에게 눈을 부라렸다. 두 손은 불끈 쥔 주먹이 되어 있었다.

롤랜드는 짜증과 분노를 동시에 느꼈다. 누군가 이런 속담을 들려준 적이 있었다. 코트였을지도 모르지만 총잡이 생각에 아버지였을 공산이 더 컸다. '사랑에 눈먼 이와 다투느니 차라리 숟가락으로 바다를 떠먹어라.' 그 증거가 바로 총잡이 눈앞에, 오직 저항과 옹호만을 견지한 채 우뚝 서 있었다. '덤벼.' 에디 딘은 몸으로 말했다. '덤벼봐, 뭐라고 물어보든 다 대답해줄 테니까.'

"살쾡이가 덮친 게 아닐 수도 있어."

에디가 입을 열었다.

"여기가 당신 세계인 건 맞아. 하지만 당신도 이렇게 멀리 와본 적은 없을 거야. 내가 보르네오에 안 가본 거나 마찬가지지. 저 언덕 위에 뭐가 돌아다니는지 당신도 모르잖아, 안 그래? 어쩌면 유인원이 데려간 걸 수도 있어, 아니면 뭐 그 비슷한 거든가."

"그래, 무언가가 여인을 데려갔다고 치자."

"다행이네, 당신 아프긴 해도 정신이 완전히 나간 건……"

"그 무언가의 정체는 우리 둘 다 이미 알고 있다. 데타 워커. 그것이 데려갔지. 데타 워커가."

에디가 입을 뻐끔거렸다. 잠깐 동안, 겨우 몇 초에 불과한 시간이었지만, 둘 다 진실을 인정하기에는 충분했다. 총잡이의 냉엄한 표정은 어떠한 반론도 침묵으로 몰아넣었다.

14

"반드시 그러란 법은 없잖아."

"좀 더 가까이 와라. 얘기를 할 생각이면 해보자. 난 파도소리 너머로 네게 소리칠 때마다 목이 찢어진다. 꼭 그런 기분이다."

"*할머니, 눈이 정말정말 크네요.*"

에디는 이렇게 대꾸할 뿐 움직이지 않았다.

"대체 무슨 소릴 하는 건가?"

"동화에 나오는 얘기야."

사실, 비탈 아래쪽으로 조금 내려오기는 했다. 멀리는 아니고, 3미터쯤.

"근데 말이야, 만약 당신이 날 속여서 휠체어 가까이 부를 수 있다고 생각한다면, 그거야말로 동화 같은 얘기야."

"널 가까이 불러서 어쩐다는 거냐? 무슨 말인지 모르겠다."

똑똑히 알면서도 롤랜드는 그렇게 말했다.

한편 그들 위쪽으로 150미터쯤, 다시 동쪽으로 거의 500미터쯤 떨어진 곳에서, 검은 눈 한 쌍이 이 광경을 유심히 지켜보는 중이었다. 인간으로서 지녀야 할 연민의 자리까지 모조리 꾀가 차지한 눈이었다. 두 사람이 하는 얘기는 알아들을 수 없었다. 바람소리, 파도소리, 또 바위 아래 굴을 들락거리는 물소리 탓이었다. 그러나 데타는 굳이 듣지 않아도 둘이 무슨 얘기를 하는지 알 수 있었다. 진짜 악당이 이제 '진짜 환자'가 되었음을 알아보는 데 망원경은 필요치 않았고, 보아하니 가도 가도 가지고 놀 거리가 안 나올 성싶은 이곳에서 앉은뱅이 검둥이 여자를 몇 날 몇 주에 걸쳐 고문하는 짓거리야말로 진짜 악당이 바라 마지않는 일이었지만, 데타가 생각하기에 진짜 환자가 원하는 바는 단 하나, 제 허여멀건 몸뚱이를 이곳에서 탈출시키는 것이었다. 저 마법의 문을 이용하여 탈출하는 것. 그러나 지난번에, 놈은 탈출하지 못했다. 지난번에는 아무것도 탈출시키지 못했다. 지난번에 진짜 악당이 간 곳은 다름 아닌 데타의 '머릿속'이었다. 데타는 여전히 떠올리고 싶지 않았다. 그때가 어땠는지. 어떤 기분이었는지를. 떼어내려고, 몰아내려고, 몸의 주인 자리를 되찾으려고 아무리 발악을 해봐도, 놈은 데타를 간단히 제압해버렸다. 끔찍했다. 무서웠다. 어찌된 영문인지 몰랐기에 더욱 지독했다.

그 공포의 진정한 근원은 대체 무엇이었던가? 침입 자체를 그토록 두려워할 까닭은 없었다. 오히려 자기 자신을 좀 더 자세히 뜯어보면 알 듯도 싶었지만, 데타는 그러기를 원치 않았다. 그랬다가는 오래전 뱃사람들이 두려워한 그곳, 세상 끝의 낭떠러지 이상도 이하도 아닌 그곳, 지도 만드는 이들이 바다뱀이 출몰하는 곳이라고 적어둔 그곳에 떨어질지도 몰랐다. 진짜 악당이 쳐들어왔을 때 정말로 끔찍했던 것은, 놈과 함께 찾아온 '친숙한 느낌'이었다. 그토록 충격적인 일이 전에도 벌어졌다는 느낌이 들었다. 그것도 한 번이 아니라 여러 번. 그러나 겁을 먹었든 안 먹었든 간에 정신까지 놓아버리지는 않았다. 싸우던 와중에도 관찰하기를 멈추지 않았던 데타가 드디어, 총잡이가 그녀의 손을 움직여 휠체어를 돌렸을 때 문 저편에 보이던 것을 기억해냈다. 기억 속에서 진짜 악당은 모래톱에 널브러져 있었고 에디는 손에 칼을 쥐고 그 위에 올라타 있었다.

에디가 진짜 악당의 목에 칼을 쑤셔 박았더라면! 돼지 먹따기보다도 쉬웠을 텐데! 훨씬 쉬웠을 텐데!

에디는 그러지 않았다. 하지만 데타가 본 것은 진짜 악당의 시체였다. 숨은 쉬고 있었을지언정 그것에 어울리는 말은 '시체'였다. 정녕 쓸모없는 것, 어딘가의 바보천치가 잡풀이나 옥수수 껍질을 가득 채워놓은 헌 포대기나 다름없었다.

데타의 머릿속은 쥐 볼기짝만큼이나 추악했는지도 모르지만, 그럼에도 에디보다는 훨씬 기민하고 명석했다. '저 진짜 악당놈은 원래 기운이 펄펄 넘쳤어. 하지만 이젠 아니야. 그러니 내가 여기 있는 줄 다 알면서도 어떻게 할 생각이 없는 거지. 그저 내가 내려가서 죽여놓기 전에 내뺄 생각뿐이거든. 그치만 저 젊은 놈은 아직 꽤 팔팔한 데다, 날 그렇게 조져놓고도 아직 성이 안 찼어. 저놈은 진짜 악당놈이야 어찌되든 간에 이리 올라와서 날 잡아갈 작정이야. 아무렴. 앉은뱅이 검둥이년 하나쯤이야 꺼떡거리는 좆방망이로 뚝딱 해 치우겠다, 이런 속셈이지. 난 도망치기 싫어, 저 검둥이 갈보년 잡으러 갈 거야, 한두 판 더 박은 다음에, 그다음에 당신 가고 싶은 데로 가자고. 그게 저놈 생각인 거지. 그래도 괜찮아. 괜찮단다, 흰둥아. 데타 워커님을 잡을 수 있을 것 같지? 이리 올라와봐라, 이 드로어 즈로 올라와서 한번 덤벼봐. 나랑 한 판 떠보면 알게 될 거다, 용 한 번 써봐라, 귀염둥아! 그러면 알게 될……'

그 순간, 파도와 바람 소리를 뚫고 또렷하게 들려온 어떤 소리가, 상념의 샛길로 빠져든 데타를 홱 잡아끌었다. 묵지근한 총소리였다.

15

"무슨 말인지 다 알면서 모른 척하는 거지."

에디가 말했다.

"아주 자알 알면서 말이야. 내 생각에, 당신은 날 가까이 불러서 확 붙잡을 속셈일 거야."

에디는 문 쪽으로 고갯짓을 하면서도 롤랜드의 얼굴에서 눈길을 떼지 않았다. 그러고는 그리 멀지 않은 어딘가에서 누군가가 똑같은 생각을 하는 줄도 모른 채 덧붙였다.

"그래, 당신이 아픈 줄은 나도 알아. 그치만 실제보다 훨씬 약해 진 것처럼 엄살을 피우는 걸 수도 있어. 속으로는 희희낙락하고 있잖아."

"그럴 수도 있지."

롤랜드가 웃음기 없는 표정으로 말했다.

"허나 아니다."

실은 그럴 수도 있었지만…… 조금일 뿐이었다.

"몇 걸음 더 온다고 어떻게 되는 것도 아니잖나, 안 그런가? 이제 소리칠 힘도 얼마 안 남았다."

그 말을 입증이라도 하듯 마지막 음절은 개구리처럼 꺽꺽대는 소리로 나왔다.

"네가 무슨 짓을 하고 있는지, 무슨 짓을 하려 하는지, 일깨워줘야 하기에 그런다. 나와 함께 가도록 설득할 수 없다면 적어도 다시금…… 경계를 늦추지 않게끔은 해줘야 할 테니."

"당신의 그 소중한 탑을 위해서 말이지."

에디는 코웃음을 쳤지만, 어쨌든 올라갔던 언덕 기슭에서 반쯤 내려왔다. 너덜너덜해진 테니스화가 쓸고 간 자리에 적갈색 흙먼지가 구름처럼 피어올랐다.

"내 소중한 탑과 네 소중한 건강을 위해서다."

총잡이가 말했다.

"네 소중한 '목숨'은 말할 것도 없지."

총잡이가 왼쪽 권총집에 남아 있던 리볼버를 뽑아들더니, 슬프고도 속을 알 수 없는 표정으로 내려다보았다.

"그걸로 날 겁줄 생각이라면……"

"아니다. 내가 널 쏠 수 없단 걸 알잖나, 에디. 허나 사정이 변한 걸 똑똑히 가르쳐줘야 할 것 같아 그런다. 사정이 얼마나 변했는지를."

롤랜드가 총을 들어올리고 격철을 젖혔다. 총구는 에디가 아니라 물결치는 바다 쪽으로 향한 채였다. 에디는 우렁찬 총성을 예상하고 몸을 움츠렸다.

총성은 들리지 않았다. 둔중한 철컥 소리뿐이었다.

롤랜드가 다시 격철을 젖혔다. 탄창이 돌아갔다. 다시 한 번 방아쇠를 당겼지만 이번에도 둔중한 철컥 소리뿐이었다.

"신경 쓰지 마. 내가 살던 곳의 국방부는 첫발이 불발이었대도 당신을 채용했을 거야. 어쨌거나 당신 실력은……"

'쾅' 하고 총성이 울렸고, 에디의 말꼬리는 롤랜드가 수련생이던 시절 사격훈련을 하며 쏘아 맞혔던 잔가지처럼 깔끔하게 날아갔다. 에디가 흠칫 놀랐다. 언덕에서 윙윙거리던 벌레들도 총성에 놀라 잠시 소리를 멈추었다. 녀석들은 롤랜드가 총을 무릎에 내려놓자 그제야 느릿느릿 조심스럽게 다시 소리를 내기 시작했다.

"이게 뭐 어쨌다는 건데?"

"이제 모든 건 네가 무엇을 들으려 하고 무엇을 안 들으려 하는지에 달렸다."

롤랜드의 목소리가 조금 엄격해졌다.

"방금 그건 총알이 모조리 불발탄인 것은 아니라는 증거다. 뿐만 아니라 네가 오데타에게 준 총에 어쩌면 한두 발쯤, 아니면 전부 다, 멀쩡한 총알이 들어 있다는 강력한 증거이기도 하다."

"헛소리하지 마!"

에디가 잠깐 동안 입을 다물었다.

"왜 그런 건데?"

"왜냐하면 방금 쏜 총알은 권총띠 뒤쪽에 꽂혀 있었기 때문이지. 바꿔 말하면, 가장 심하게 젖은 총알이란 말이다. 네가 없는 동안 소일거리 삼아 총에 재어뒀던 거다. 장전하는 데 시간이 오래 걸린다는 뜻은 아니다. 내 비록 손가락 두 개를 잃긴 했어도 그건 아니란 말이다, 알아듣겠나!"

총잡이가 살짝 웃음을 터뜨렸지만 웃음이 기침으로 바뀌자 급히 주먹을 쥐고 입을 가렸다. 그러다가 기침이 멎자 말을 계속했다.

"허나 젖은 총알을 쓰면 총을 분해하고 청소해야 한다. '분해하고 청소하는 거다, 굼벵이들아.' 내 스승이었던 코트가 맨 먼저 두들겨 심어준 교훈이지. 한 손과 반쪽만 남은 손으로 분해하고 청소하는 데 얼마나 오래 걸릴지 알 수 없었다. 그래도 계속 살아나갈 작정이라면, 물론 나는 그리할 거다, 에디. 그리할 거다. 어쨌거나 그럴 작정이라면, 알아야만 했다. 얼마나 오래 걸리는지 알아야 시간을 줄일 방법을 생각해낼 수 있으니 말이다. 안 그런가? 더 가까이 와라, 에디! 네 아비를 욕되게 하지 말고 가까이 오란 말이다!"

"눈이 커야 너를 더 잘 보지 않니, 아가야."

뜻 모를 말과 달리 에디는 롤랜드 쪽으로 두어 걸음 더 다가왔다. 그래봤자 두어 걸음뿐이었다.

"맨 첫 발부터 발사됐을 때 난 하마터면 바지를 적실 뻔했다."

총잡이가 말했다. 그러고는 또 웃었다. 에디는 놀란 나머지 총잡이가 돌아버리기 직전이라고 생각했다.

"맨 첫 발부터 나간 거다. 꿈에도 생각 못했는데 말이다."

에디는 총잡이 말이 사실인지 거짓인지 판단하려고 애썼다. 비단 총알 얘기뿐 아니라 그의 몸 상태도 마찬가지였다. 그랬다, 그가 아픈 것은 사실이었다. 그러나 정말로 그토록 아팠을까? 에디는 알 수 없었다. 롤랜드가 연기를 하는 중이라면 대단한 연기 실력이었다. 총에 관한 한 에디는 문외한이었던 탓에 뭐라 할 말이 없었다. 발라자르네 가게에서 벌어진 총격전에 무턱대고 뛰어들기 전에는 총을 쏴본 적이 세 번 정도밖에 없었다. 헨리 형이라면 잘 알았을 테지만 형은 이미 죽고 없었고…… 놀랍게도, 아직도 형 생각을 하면 가슴이 미어졌다.

"허나 다른 총알은 하나도 발사되지 않았다. 그래서 총을 청소하고, 재장전하고, 여섯 발을 더 쐈다. 이번에는 버클에 조금 더 가까이 꽂힌 것들을 쐈지. 조금이라도 덜 젖은 것들 말이다. 우리가 식량을 마련하는 데 쓴 총알, 즉 마른 총알은, 버클에 가장 가까이 있던 것들이다."

총잡이가 손으로 입을 가리고 마른기침을 하느라 말을 멈췄다.

"두 번째로 장전했을 때에는 두 발을 발사했다. 그러고 나서 다시 분해하고, 다시 청소하고, 세 번째로 장전했지. 네가 방금 봤듯이 그중 첫 세 발은 불발이었다."

총잡이 얼굴에 희미하게 웃음이 번졌다.

"두 발이 불발되고 나서, 난 모조리 젖은 총알이라니 참 운도 없구나 하고 체념했다. 어떤가, 꽤 설득력 있는 얘기 아닌가? 좀 더 가까이 올 수 없겠나, 에디?"

"설득력은 개뿔이. 그리고 가까이 가는 건 이 정도면 됐어. 그래서, 당신이 나한테 주려고 하는 교훈이 도대체 뭐야?"

에디를 보는 롤랜드의 눈빛은 마치 저능아를 보는 듯했다.

"난 너를 죽이려고 떠나보내지 않았다. 너도 알잖나. 너희 둘 다 죽으면 안 된단 말이다. 제기랄, 에디, 너 머리가 어떻게 돼버린 건가? 그 여인은 실탄이 가득한 총을 갖고 있단 말이다!"

롤랜드는 에디를 찬찬히 뜯어보았다.

"여인은 언덕 위 어딘가에 있다. 넌 여인의 흔적을 따라갈 작정일 테지만, 언덕 위가 여기서 보이는 바와 같이 자갈투성이라면 흔적을 찾겠다는 건 턱없는 착각이다. 에디, 여인은 저 위 어딘가에 숨어 있다. 오데타가 아니라 데타가, 실탄이 가득한 총을 들고 숨어 있는 거다. 내가 떠난 후에 네가 그녀를 찾으러 갔다가는 배때기에 구멍이 뚫릴 거란 말이다."

발작 같은 기침이 또다시 총잡이를 덮쳤다.

휠체어에 앉아 쿨럭대는 남자를 에디가 가만히 응시하는 동안에도 파도는 밀려와서 부서졌고, 바람 또한 바보 같은 휘파람소리를 멈추지 않았다.

마침내 에디가 입을 열었다.

"그치만 멀쩡한 총알을 미리 한 발 챙겨놨을 수도 있지. 내가 보기에 당신은 충분히 그럴 만한 인간이야."

에디는 자기가 한 말을 사실로 확신했다. 롤랜드는 비단 속임수뿐 아니라 뭐든 할 만한 인간이었다.

그의 탑을 위하여.

그 빌어먹을 탑.

세 번째 장전하면서 멀쩡한 총알을 슬쩍 끼워넣는 비열함이라니! 충분히 그럴 법하지 않은가? 에디로 하여금 안 믿고는 못 배기게 하려는 속셈이었다.

"내가 사는 세계에 이런 말이 있어. '에스키모한테 냉장고도 팔

인간.' 그런 말이 있지."

"그건 무슨 뜻인가?"

"개수작 부리지 말라는 뜻이야."

총잡이는 에디를 한참 동안 바라보다가 고개를 주억거렸다.

"여기 남겠다는 뜻이구나. 알았다. 여인이 데타가 되어 있다면…… 저 위에 어떤 들짐승이 돌아다닌다고 해도 안전할 게다…… 적어도 오데타보다는. 너는 당분간만이라도 그녀로부터 떨어져 있어야 할 테지만, 보아하니 힘들 것 같구나. 바라는 바는 아니지만 난 천치와 말다툼할 시간이 없다."

"그러니까 이런 말씀이 하고 싶으신 건가요?"

에디가 공손하게 물었다.

"롤랜드 씨께서 그토록 염원하시는 암흑의 탑에 대해 반론을 제기한 사람이 지금까지 아무도 없었다, 그런 말씀이죠?"

롤랜드가 힘없이 웃었다.

"사실 반대한 사람은 수도 없이 많았다. 그래서 아는 거다, 네가 꿈쩍도 안 할 거란 걸 말이다. 원래 바보는 바보를 알아보는 법이므로. 어쨌거나 너를 붙들기에는 내가 너무 약해졌고, 나한테 붙들릴 만큼 가까이 오기에는 네가 너무 몸을 사리는 데다, 입씨름이나 하고 있기에는 시간이 너무 촉박하다. 내가 할 수 있는 거라곤 최선을 기대하며 뛰어드는 것뿐. 뛰어들기 전에 마지막으로 얘기하마, 그러니 똑똑히 들어라, 에디. *경계를 늦추지 마라.*"

뒤이어 롤랜드가 한 일을 보고 에디는 그때껏 의심한 자신이 부끄러워졌다(그런데도 남겠다는 결심은 조금도 약해지지 않았다.). 롤랜드는 익숙한 솜씨로 손목을 획 꺾어 탄창을 열고 총알을 모조리 쏟아낸 다음, 버클에 가장 가까이 꽂힌 것들을 뽑아 새로 쟀다. 그러고는 다시금 손목을 휙 움직여 탄창을 제자리로 돌려놓았다.

"총을 청소할 시간은 없다. 허나 문제는 없을 게다. 자, 이제 받아라. 잘 받아야 한다, 이 이상 더러워지면 안 되니. 이쪽 세계에 제대로 작동하는 총은 얼마 남지도 않았다."

총잡이가 저만치 떨어진 에디에게 총을 던졌다. 마음이 급했던 에디는 하마터면 총을 놓칠 뻔했다. 그러나 이내 총을 허리춤에 단단히 꽂아두었다.

총잡이가 휠체어에서 일어섰다. 짚고 일어선 손잡이가 뒤로 밀리는 바람에 거의 넘어질 뻔했지만, 이내 문을 향해 비틀거리며 걸어갔다. 총잡이가 문손잡이를 쥐었다. 그의 손 안에서 손잡이는 부드럽게 돌아갔다. 에디는 문 저편의 풍경을 볼 수 없었지만 희미한 자동차 소음은 알아들을 수 있었다.

롤랜드가 에디를 돌아보았다. 유령처럼 창백한 얼굴에서 형형한 파란색 눈이 번득였다.

16

몸을 숨긴 채로 처음부터 끝까지 둘을 지켜보던 데타 또한 굶주린 눈을 번득였다.

17

"명심해라, 에디."

총잡이는 갈라진 목소리로 소리치고 나서 문으로 걸음을 옮겼다. 문턱 앞에서 그의 몸뚱이가 허물어지듯 쓰러졌다. 빈 공간 대신 돌담에 부딪힌 듯.

에디는 문득 문으로 달려가고 싶은 충동이 솟구쳤다. 안을 들여다보고 어디로 이어지는지, 언제로 이어지는지 확인하고 싶었다. 그러나 달려가는 대신, 그는 돌아서서 언덕을 다시 살폈다. 손에 총을 쥔 채였다.

'마지막으로 얘기하마.'

휑뎅그렁한 갈색 언덕을 살피다가, 불현듯, 에디는 겁이 났다.

'경계를 늦추지 마라.'

언덕 위에 움직이는 것은 아무것도 없었다.

적어도 눈에 보이는 것 중에는, 없었다.

그런데도 에디는 여인의 존재를 느꼈다.

오데타가 아니었다. 그것만은 총잡이 말이 옳았다.

에디는 데타의 존재를 느꼈다.

침을 삼키자 꿀꺽 소리가 귓속을 울렸다.

'경계를 늦추지 마라.'

마땅히. 그러나 평생 처음 겪어보는 지독한 졸음이 에디를 덮쳐왔다. 오래지 않아 그 졸음에 굴복할 것만 같았다. 졸음은 순순히 무릎을 꿇지 않으면 강제로 범할 기세였다.

그리하여 잠들고 나면, 데타가 오리라.

데타가.

에디는 피로에 맞서 싸웠다. 천근같은 눈꺼풀을 지탱하며 인기척 없는 언덕을 두리번거렸다. 그러면서도 롤랜드가 세 번째 동료를, 남자인지 여자인지 모를 밀치기꾼을 데리고 돌아올 때까지 얼마나 걸릴지를 생각했다.

"오데타?"

에디는 별 기대 없이 불러보았다.

돌아온 대답은 정적뿐이었고, 이제는 에디가 기다림을 시작할 시간이었다.

제3부

밀치기꾼

제1장

쓰디쓴 약

1

총잡이가 머릿속에 들어왔을 때, 에디는 욕지기와 함께 누군가에게 감시당하는 기분을 느꼈다(롤랜드는 느끼지 못했다. 나중에 에디에게서 들은 얘기였다.). 바꾸어 말하면, 에디는 총잡이의 존재를 어렴풋이 감지했던 것이다. 데타의 경우에 롤랜드는 좋든 싫든 간에 즉시 전면으로 나설 수밖에 없었다. 데타는 총잡이를 감지했을 뿐 아니라 기이하게도 기다리고 있었던 것처럼 보였다. 그를, 아니면 그보다 더 빈번하게 찾아오는 방문자를. 어느 쪽이었든 간에 데타는 총잡이가 들어온 바로 그 순간에 그의 존재를 인식했다.

잭 모트는 아무것도 느끼지 않았다.

잭은 오로지 사내아이에게만 집중하고 있었다.

그는 지난 2주 동안 그 아이를 관찰해왔다.

이날 그는 아이를 밀칠 작정이었다.

2

세 번째 사람의 의식 뒤편에서 그 사람의 눈을 통해 내다보았는데도, 롤랜드는 아이가 누군지 알아볼 수 있었다. 그가 사막의 간이역에서 만났던 아이, 산 속의 신탁으로부터 구해주었던 아이, 그러나 결국에는 검은 옷을 입은 남자를 붙잡을 마지막 기회를 거머쥐고자 희생시키고 말았던, 바로 그 아이였다. '됐어요, 가세요. 여기말고 다른 세계도 있으니까요.' 심연으로 추락하기 전에 그렇게 말했던 아이. 그리고 당연하게도, 아이의 말은 옳았다.

그 아이는 제이크였다.

제이크는 한 손에 밋밋한 갈색 종이봉지를 들고 다른 손에는 손잡이가 달린 파란색 천가방을 들고 있었다. 총잡이는 천가방이 불룩 튀어나온 모양을 보고 안에 책이 들었으리라고 짐작했다.

아이가 건너려고 기다리는 길에는 차가 가득했다. 총잡이는 이곳이 그가 앞서 '사로잡힌 남자'와 '그늘 속의 여인'을 데려왔던 도시임을 알아보았지만, 그때만큼은 아무래도 상관없었다. 중요한 것은 오직 다음 몇 초 동안에 일어날, 또는 일어나지 않을, 어떤 사건이었다.

제이크는 마법의 문을 통해 총잡이의 세계로 건너오지 않았다. 그 아이는 훨씬 더 거칠고 명확한 관문을 통과했다. 자기 세계에서 죽음으로써 총잡이의 세계에서 다시 태어났던 것이다.

아이는 살해당했다.

더 정확히 얘기하면, 아이는 밀치기를 당했다.

차도로 떠밀렸다. 등굣길에 차에 치었던 것이다. 한 손에는 점심 도시락을, 한 손에는 책가방을 든 채로.

검은 옷을 입은 남자에게 밀치기를 당해서.

'놈은 저지를 참이다! 바로 지금 저지를 참이야! 저쪽 세계에서 제이크를 죽인 죗값을 이렇게 치른단 말인가…… 미처 막을 틈도 없이, 살해당하는 제이크를 이 사람의 눈을 통해 지켜봐야 한단 말인가!'

그러나 가혹한 운명을 거역하는 것이야말로 그가 한평생 해온 일이었기에(원한다면 '카'라고 불러도 좋으리라.), 총잡이는 생각할 것도 없이 전면으로 나섰다. 그의 반응은 본능에 가까울 만큼 신속했다.

그 짧은 순간 동안 끔찍하고도 우스꽝스러운 생각이 총잡이의 뇌리를 스쳤다. 만일 그가 들어와 있는 이 몸이 다름 아닌 검은 옷을 입은 남자라면? 만일 아이를 구하려고 앞으로 나선 그가, 정작 자기 손으로 아이를 떠밀게 된다면? 만일 몸을 통제하는 감각이 착각에 불과하다면, 그리하여 롤랜드 스스로 아이를 살해하도록 하려는 월터의 마지막 장난질이라면?

3

화살촉처럼 뾰족했던 잭 모트의 집중력이 한순간 무뎌졌다. 막 앞으로 달려가 아이를 차도로 밀치려던 참에, 잭은 무언가를 느꼈다. 마치 몸이 한 부위에서 일어난 통증을 다른 부위로 착각하듯, 그의 정신이 착각을 일으킨 탓이었다.

총잡이가 '전면으로 나섰을 때' 잭은 뒷목에 벌레가 내려앉은 느낌을 받았다. 말벌이나 벌처럼 쏘는 것이 아니라 물어서 가려움증을 일으키는 것이었다. 어쩌면 모기였으리라. 잭은 결정적인 순간에 집중력을 잃은 것이 벌레 탓이라고 생각했다. 그래서 뒷목을 찰싹 때리고 다시 아이에게 집중했다.

잭이 생각하기에는 단지 눈 깜짝할 동안에 불과했다. 실제로는 7초가 지난 후였다. 잭은 쏜살같이 전면에 나섰다가 쏜살같이 물러간 총잡이를 전혀 감지하지 못했고, 주위에 있던 사람들도 구식 금테 안경 뒤에 자리한 잭의 두 눈이 평소의 짙은 파랑에서 연한 파랑으로 바뀐 줄을 알아채지 못했다(대개는 옆 블록의 지하철역에서 나온 사람들, 잠이 덜 깬 얼굴에 반쯤 감은 눈을 하고 멍한 정신으로 출근하는 인파였다.). 그 눈이 다시 원래의 짙은 파랑으로 바뀐 것 역시 아무도 알아채지 못했지만, 눈 색이 바뀌고 나서 아이에게 집중했을 때, 잭은 기회가 사라졌음을 알고 가시처럼 날카로운 좌절과 분노를 느꼈다. 신호등이 바뀌었던 것이다.

잭은 주위의 온순한 양 떼와 함께 길을 건너는 제이크를 주시하다가 뒤로 돌아섰다. 그러고는 우르르 몰려오는 인파를 밀치며 자기가 왔던 길로 돌아갔다.

"뭐예요, 아저씨! 좀 조심……"

얼핏 보니 얼굴이 넙데데한 십대 여자아이였다. 잭은 여자아이를 거세게 밀쳤고, 팔에 안고 있던 교과서가 사방으로 흩어지자 여자아이가 꽥꽥거렸지만 잭은 뒤도 돌아보지 않았다. 그는 이날 아이를 밀칠 작정이었던 43번가 교차로를 뒤로 하고 5번대로를 걸어갔다. 머리는 숙인 채였고, 입술은 어찌나 꽉 다물었던지 입이 아니라 오래전 턱 위에 입은 상처의 흉터자국인 듯 보였다. 그는 붐비는 모퉁이를 빠져나온 후에 걸음을 늦추는 대신 더 빨리 성큼성큼 걸어서 42번, 41번, 40번가를 건너갔다. 그다음 블록 중간쯤에서 그는 제이 크가 사는 건물을 지나갔다. 지난 3주 동안 그 건물에서 5번대로 위 쪽으로 세 블록 반 떨어진 교차로까지 매일 아침 제이크를 따라갔 으면서도, 그는 다만 힐끗 쳐다보기만 했다. 교차로는 그가 '실행 지 점'으로 낙점한 곳이었다.

여자아이가 뒤에서 악을 써댔지만 잭 모트는 아랑곳하지 않았다. 아마추어 곤충학자가 흔해빠진 나비 앞에서 보일 법한 반응이었다.

잭은 그 나름의 방식대로 아마추어 곤충학자와 매우 비슷했다.

잭의 본업은 성공한 공인회계사였다.

밀치기는 단지 취미일 뿐이었다.

4

남자의 의식 뒤편으로 물러난 총잡이는 거기서 그만 기절하고 말 았다. 위안이 있다면 단 하나, 이 남자가 검은 옷을 입은 남자, 즉 월 터가 아니라는 점이었다.

그것 말고는 온통 처절한 공포와…… 처절한 깨달음뿐이었다.

육신과 헤어진 총잡이의 정신은(총잡이의 '카'는) 여느 때와 마찬 가지로 건강하고 명민했지만, 급작스러운 깨달음이 마치 관자놀이 에 내리꽂힌 끌인 양 그의 머릿속을 파고들었다.

깨달음은 총잡이가 전면으로 나섰을 때가 아니라, 제이크가 안전 함을 확인하고 다시 뒤로 물러섰을 때 찾아왔다. 총잡이는 이 남자와 오데타 사이의 관계를 목격했다. 너무나 기가 막혔고 우연이라기에는 오싹할 정도로 절묘했다. 총잡이는 세 장의 카드가 진정 무엇을 의미하는지, 또 누구를 가리키는지 그제야 이해할 수 있었다.

세 번째는 이 남자, 즉 밀치기꾼이 아니었다. 월터가 뽑은 세 번째 카드에는 '사신(死神)'이 적혀 있었다.

'사신이로군…… 그러나 그대 몫은 아니야.' 마지막까지 마귀처럼 간교했던 월터는 그렇게 얘기했다. 그것은 판관의 대답…… 진실에 너무나 가까운 탓에 그 자체의 그림자로 진실을 가린 대답이었다. 사신은 총잡이의 몫이 아니었다. 그가 곧 사신이었다.

사로잡힌 남자, 그늘 속의 여인.

세 번째는 사신.

불현듯 그 자신이 세 번째라는 확신이 총잡이를 엄습했다.

5

전면으로 나설 때 롤랜드는 미사일이었다. 검은 옷을 입은 남자가 눈에 띈 순간 이 남자의 몸을 던지도록 입력된 맹목적인 미사일 외에 그 무엇도 아니었다.

검은 옷을 입은 남자가 제이크를 못 죽이도록 막으면 어떤 일이 벌어질까 하는 생각은 훨씬 나중에야 떠올랐다. 시공간에 모순이, 어쩌면 누수 현상 같은 것이 일어나서, 그가 간이역에 도착한 후에 일어난 일들이 모조리 없었던 것으로 돌아갈지도 몰랐으나…… 확실한 것은 이쪽 세계에서 제이크를 구하면 저쪽 세계에서 그와 만난 제이크는 없으리란 것, 그 이후에 일어난 일이 모조리 바뀌리란 것이었다.

어떻게 바뀔 것인가? 상상조차 할 수 없었다. 원정이 끝날지도 모른다는 생각은 총잡이 머릿속에 떠오르지도 않았다. 후에 일어날 일을 따지려들면 끝이 없었다. 검은 옷을 입은 남자가 눈에 띄기만 하면 어떤 것도, 어떤 결과도, 모순도, 고달픈 운명의 길조차도, 총잡이가 지금 차지한 남자의 머리를 푹 숙이고 월터의 가슴팍을 사정없이 들이받지 않도록 막지 못할 터였다. 방아쇠를 당겨 총알을 발사하는 손가락을 총이 막지 못하듯, 총잡이는 그것 외의 어떠한 일에 대해서도 무력했다.

그 결과로 지옥에 떨어져야 한다면 지옥에 갈 작정이었다.

총잡이는 모퉁이에 모여선 인파를 훑으며 사람들의 얼굴을 하나하나 확인했다(여성도 남성과 마찬가지로 자세히 살폈다. 여성인 척하는 사람이 없는지 확인하려는 생각에서였다.).

그곳에 월터는 없었다.

방아쇠를 감아쥐었다가 발사 직전에 풀린 손가락처럼, 총잡이가 서서히 긴장을 풀었다. 없었다. 제이크 주변에 월터가 보이지 않았기에 총잡이는 아직 '때'가 아니라고 생각했다. 아직은 아니었다. 때가 가까워지기는 했지만 2주 후일 수도, 1주 후일 수도, 어쩌면 이튿날일 수도 있었다. 그러나 아직은 아니었다.

그래서 총잡이는 뒤로 물러났다.

도중에 그는 무언가를 목격했고……

6

……충격으로 마비된 기분이었다. 머릿속이 세 번째 문과 연결된 이 남자는, 오래전 어느 날 온통 임자 없는 집뿐인 버려진 아파트 건물 안에 앉아 있었다. 주정뱅이 아니면 정신병자들이나 잠자리를 해결하러 기어드는 버려진 건물이었다. 그러나 주정뱅이는 땀내와 지린내가 지독한 탓에 척 보면 알게 마련이었다. 정신병자는 미쳐버린 정신이 썩은 내를 풍기는 탓에 척 보면 알게 마련이었다. 방 안에 가구라고는 의자 두 개가 전부였다. 잭 모트는 의자 두 개를 다 쓰는 중이었다. 한 개는 앉는 데 썼고, 한 개는 복도 쪽 문을 열린 채로 고정시켜두는 데 썼다. 누가 갑자기 들이닥칠 리는 없었지만 그래도 위험을 무릅쓰지 않는 것이 최선이었다. 잭은 바깥을 내다보려고 창문 가까이 섰으면서도 혹여 우연한 목격자가 생길까 봐 창 옆에 비스듬히 드리운 그늘 깊숙이 몸을 숨겼다.

손에는 푸석푸석한 적벽돌을 쥐고 있었다.

그가 벽돌을 뽑아낸 창틀 바로 옆의 외벽에는 그것 말고도 헐거워진 벽돌이 여럿 있었다. 낡고 귀퉁이가 다 부스러진 벽돌이었지만, 묵직했다. 오래된 모르타르 덩어리가 조개껍데기인 양 붙어 있었다.

그는 누군가에게 그 벽돌을 떨어뜨릴 작정이었다.

희생자가 누구든 상관없었다. 살인에 관한 한 잭 모트는 기회균등주의자였다.

잠시 후, 저 아래 보도에 가족으로 보이는 세 사람이 나란히 걸어왔다. 남자, 여자, 여자아이였다. 차도 쪽으로부터 안전하게 떨어뜨려 놓을 생각이었던 듯 여자아이가 맨 안쪽에서 걸어왔다. 기차역까지 지척이었던 까닭에 지나가는 차가 꽤 많았지만, 잭 모트는 아랑곳하지 않았다. 그가 눈여겨본 것은 바로 맞은편에 건물이 없는 점이었다. 맞은편 건물들은 산산조각 난 합판, 깨진 벽돌, 반짝이는 유리조각만 남긴 채 이미 철거되고 없었다.

잭은 단 몇 초 동안만 바깥으로 머리를 내밀 생각이었는데도 눈은 선글라스로, 금발머리는 철 지난 털모자로 가린 채였다. 문손잡이를 괴어둔 의자와 마찬가지였다. 비록 예상했던 위험으로부터는 안전하다고 하더라도 여전히 존재하는 예상 밖의 위험을 줄인다고 해서 해될 것은 없었다.

잭은 체구보다 턱없이 큰 운동용 면스웨터를 입었다. 길이가 허벅지 중간까지 내려오는 스웨터였다. 목격자가 있다고 해도 이 부대자루 같은 옷 때문에 잭의 실제 키와 (깡마른) 체형을 파악하기 힘들 터였다. 셔츠가 수행하는 기능은 또 있었다. 누군가에게 '폭뢰'를 투하할 때마다(잭의 머릿속에서 그 행위는 늘 '폭뢰 투하'였다.) 그는 속옷에 미끌거리는 액체를 발사했다. 펑퍼짐한 스웨터를 입으면 청바지에 또렷이 남을 젖은 자국도 가릴 수 있었다.

이제 세 식구가 가까이 다가왔다.

'투하는 아직 이르다, 대기하라, 대기하라……'

잭은 창가에 서서 몸을 부르르 떨다가 벽돌 쥔 손을 창밖으로 내밀었고, 손을 배 앞으로 끌어당겼다가 다시 내밀었고, (이번에는 반만) 다시 끌어당겼다가, 이내 머리를 내밀고 아래를 살폈다. 머릿속은 싸늘하게 식어 있었다. 투하 직전이 되면 잭은 늘 냉정해졌다.

그러다가 손을 놓았고, 아래로 떨어지는 벽돌을 지켜보았다.

벽돌은 빙글빙글 돌면서 추락했다. 햇볕 속에서 모르타르 덩어리가 선명하게 반짝였다. 삼라만상이 그 어느 때보다도 정확하고 기하학적으로 완벽한 실체를 드러내는 순간이 바로 이때였다. 조각가가 돌에 끌을 대고 망치를 휘둘러 조악한 화산암이었던 것에 새로운 실체를 부여하듯, 그가 현실로 떠밀어낸 무언가가 여기에 있었다. 세상에서 가장 비범한 것이 여기에 있었다. 그것은 논리인 동시에 황홀경이었다.

조각가가 가끔은 돌을 서툴게 깎거나 함부로 끌을 놀리듯이 잭 또한 이따금 놓치거나 빗맞힐 때가 있었지만, 이날 그는 완벽하게 명중시켰다. 벽돌이 밝은 색 체크무늬 드레스를 입은 여자아이의 이마에 정확히 떨어졌던 것이다. 잭은 뿜어져 나오는 피를 보았다. 벽돌보다 선명한 빨강이었지만 마르면 똑같이 적갈색으로 변할 피였다. 아이 어머니가 지르는 비명도 들었다. 그러고 나서 몸을 움직였다.

잭은 방을 가로질러 걸어가서 문손잡이에 받쳐둔 의자를 구석으로 집어던졌다(기다리는 동안 앉았던 의자는 걸어오는 동안 발로 걸어찼다.). 그런 다음 스웨터자락을 걷고 바지 뒷주머니에서 큼지막한 손수건을 꺼냈다. 문손잡이를 감싸는 데 쓸 것이었다.

지문을 남기는 짓은 용납할 수 없었다.

오로지 '안 될 놈'들이나 지문을 남기는 법이므로.

문이 미처 닫히기도 전에 잭은 손수건을 뒷주머니에 꽂았다. 복도를 걸어가면서 그는 살짝 취한 사람인 양 비틀거렸다. 뒤는 돌아보지 않았다.

뒤를 돌아보는 짓 또한 오로지 안 될 놈들이나 하는 법이었다.

'될 놈'들은 목격자가 있는지 두리번거렸다가는 도리어 확실한 목격자를 만들게 되는 법임을 알았다. 목격자는 사고가 일어난 후에 두리번거린 사람을 떠올리게 마련이었다. 그랬다가는 똑똑한 경찰관 하나가 사고에서 구린내가 난다고 의심할 수도 있었고, 뒤이어 수사가 벌어질 수도 있었다. 단지 초조한 마음에 한번 돌아봤다는 이유만으로. 잭은 방금 일어난 '사고'에서 누군가 냄새를 맡고 수사를 벌인다고 해도 그를 이 범죄와 연관 지을 수는 없으리라고 믿었다. 그러나……

오직 감당할 수 있는 위험만을 감수할 것. 남아 있는 위험은 최소화할 것. 바꾸어 말하면, 문손잡이에는 언제나 의자를 받쳐둘 것.

그래서 잭은 회칠이 벗겨진 먼지투성이 복도를 걸어가는 동안 고개를 푹 숙이고 거리에 흔히 보이는 부랑자처럼 혼잣말을 중얼거렸다. 여자 비명소리가 아직도 들렸다. 아이 엄마일 거라고 잭은 생각했다. 그러나 소리는 건물 정면 쪽에서 들려왔기에 희미했고, 대수로울 것도 없었다. 뒤이어 일어날 모든 일은, 즉 비명과 소란과 부상자의 흐느낌(부상자가 아직 흐느낄 수 있다면 말이지만)은 전혀 잭의 관심사가 아니었다. 중요한 것은 일상적으로 돌아가던 세상에 변화를 주입하는 일, 그저 흘러가기만 하는 여러 삶과 운명에 새 획을 긋는 일이었고…… 이는 폭뢰에 맞은 사람뿐 아니라 그 주변을 둘러싼 수많은 사람들도 마찬가지였다. 잔잔한 호수에 돌을 던져 물결을 일으키는 것과 같았다.

잭이 이날 우주를 창조하지 않았다고 누가 말할 수 있단 말인가? 이날이 아니라고 해도 훗날 언젠가는 그러지 않겠는가?

맙소사, 그가 사정을 했다한들 이상할 게 뭐란 말인가!

계단을 따라 두 층을 내려오는 동안 아무도 보이지 않았는데도 잭은 연기를 계속 했다. 그러나 살짝 건들거리기만 할 뿐, 비틀거리지는 않았다. 건들거리는 놈팡이를 기억할 사람은 없었다. 보란 듯이 비틀거리는 사람은 기억에 남는 법이었다. 잭은 혼잣말을 해도 남이 알아들을 얘기는 한마디도 입 밖에 내지 않았다. 무리한 연기를 하느니 차라리 아예 안 하는 편이 나았다.

잭은 건물의 부서진 뒷문을 통해 쓰레기와 깨진 병조각이 은하수처럼 반짝이는 골목으로 빠져나왔다.

그는 무슨 일이든 미리 대비하는 사람답게 탈출로 또한 미리 확보해 두었다(오직 감당할 수 있는 위험만을 감수할 것, 남아 있는 위험은 최소화할 것, 무슨 일에든 될 놈의 자세로 임할 것.). 이러한 준비정신이야말로 그가 동료들 사이에서 '치고 올라갈 사람'으로 인정받은 까닭이었다(물론 잭은 치고 올라갈 생각이었으나, 감옥만큼은 가고 싶지 않았다. 전기의자도 마찬가지였다.).

거리 저편에서 골목 입구 쪽으로 몇 명인가가 달려왔지만, 다들 누가 왜 비명을 지르는지 보러 가느라 바빴기에 잭 모트를 눈여겨본 사람은 아무도 없었다. 잭은 이제 철 지난 털모자를 벗고 선글라스만 쓰고 있었다(햇살이 눈부셨던 이날 아침에는 그리 튀는 차림도 아니었다.).

잭이 다른 골목으로 접어들었다.

다시 다른 거리로 나왔다.

뒤이어 어슬렁어슬렁 걸어 들어간 골목은 앞서 지나온 두 골목보다 깨끗했고, 사실상 차도나 다름없는 길이었다. 그 길을 따라가면 다른 거리가 나오고 거기서 한 블록 더 올라가면 버스 정류장이 나왔다. 잭이 도착한 지 1분도 안 되어 버스가 왔고, 이것 또한 계획의 일부였다. 잭은 스르륵 접혀서 열린 문으로 버스에 오른 다음 요금함에 15센트를 집어넣었다. 기사는 굳이 그를 쳐다보려 하지도 않았다. 다행스러운 일이었으나, 설령 봤다 하더라도 기사 눈에 비친 잭은 아무 특징 없는 청바지 차림 사내, 어쩌면 실직자에 불과했으리라. 그가 입은 면스웨터는 구세군 자선 주머니에서 꺼낸 것처럼 보였다.

준비되어 있을 것, 항상 각오할 것, 될 놈으로 살아갈 것.

그것이 잭 모트가 일에서도 놀이에서도 성공하는 비결이었다.

아홉 블록 떨어진 곳에 주차장이 있었다. 잭은 버스에서 내린 다음 주차장으로 들어섰고, 자기 차(50년대 중반에 생산되어 아직 원형 그대로인 평범한 시보레 세단)의 문을 열고 차에 오른 다음, 뉴욕 시내를 향해 출발했다.

그는 자유의 몸이었다.

7

총잡이는 단 한순간에 이 일을 처음부터 끝까지 목격했다. 충격에 빠진 나머지 그야말로 눈앞이 아득해지기 직전에, 그는 무언가를 보았다. 똑똑히 보지는 못했지만 그것만으로도 충분했다. 충분했다.

익잭토 종이칼을 들고 《뉴욕 데일리 미러》 지의 4면에서 기사를 오리는 잭 모트가 보였다. 그는 신경을 잔뜩 곤두세우고 기사 칸에 집중했다. 기사 제목은 '흑인 소녀, 참혹한 사고로 혼수상태 빠져'였다. 풀병 뚜껑에 붙은 솔에 풀을 묻혀 기사 뒷면에 바르는 모트가 보였다. 스크랩북의 빈 면 한가운데에 기사를 붙이는 모트가 보였다. 스크랩북 앞쪽이 두툼하게 부푼 것으로 보아 비슷한 기사가 여럿임을 알 수 있었다. 모트가 기사 첫머리를 읽었다.

집안의 경사를 축하하려고 뉴저지 주 엘리자베스타운에 왔던 오데타 홈스(5)가 끔찍한 사고를 당했다. 이틀 전 이모의 결혼식에 참석한 아이는 가족과 함께 기차역으로 향하던 도중, 위에서 떨어진 벽돌에……

그러나 잭 모트가 오데타와 얽힌 적은 이때뿐만이 아니지 않은가? 아니었다. 아무렴, 그렇지 않았다.

그날 아침부터 오데타가 다리를 잃던 날 저녁까지, 잭 모트는 수많은 폭뢰를 투하했고 수많은 사람을 밀쳤다.

그중에는 오데타도 끼어 있었다.

처음에 잭은 오데타에게 무언가를 투하했다.

두 번째에는 오데타를 무언가의 앞에 투하했다.

'내가 쓰고자 하는 이 남자는 도대체 어떤 인간이란 말인가? 도대체 어떻게 이런 인간이……'

그러나 그 순간, 총잡이 머릿속에 제이크가 떠올랐다. 뒤이어 저쪽 세계에서 제이크를 이쪽 세계로 돌려보낸 사람이 누군지도 기억났다. 총잡이의 귀에 검은 옷을 입은 남자가 껄껄대는 소리가 들렸고, 그것으로 끝이었다.

롤랜드는 기절하고 말았다.

9

정신을 차리고 보니 숫자를 가지런히 적어놓은 녹색 종이가 눈앞에 보였다. 종이에는 모눈이 그려져 있었던 탓에 숫자 하나하나가 마치 감방에 갇힌 죄수처럼 보였다.

총잡이가 생각했다. '무언가가 더 있었다.'

월터의 웃음소리 말고 무언가가. 어떤…… 구상 같은 것?

아니, 그럴 리가. 그렇게 복잡하고도 희망찬 것은 아니었다.

그러나 적어도 꾀라고 할 만한 것이었다. 움트기 시작한 꾀.

'얼마나 오래 정신을 잃었던 거지?' 총잡이는 더럭 겁이 났다. '문으로 들어올 때가 9시경이었던가. 어쩌면 더 이른 시각이었을지도. 대체 얼마나……?'

총잡이가 전면으로 나섰다.

총잡이에게 조종당하는 인간 인형 신세가 된 잭 모트가 고개를 살짝 들었다. 책상 위에 놓인 값비싼 수정 시계의 바늘이 1시 15분을 가리켰다.

'맙소사, 벌써 이렇게 됐단 말인가? 이렇게 늦었다고? 가만……

에디는 몹시 지쳤으니 오래 버티지 못할 텐데…….'

총잡이가 잭의 고개를 뒤로 돌렸다. 문은 그대로 있었다. 그러나 문 저편의 광경은 예상보다 훨씬 암울했다.

문 한쪽 옆에 그림자 두 개가 서 있었다. 한 개는 휠체어였고 다른 한 개는 사람 그림자였는데…… 사람 그림자가 불완전해 보였다. 무릎 아래가 롤랜드의 손가락과 발가락이나 마찬가지로 잔혹하게 잘려나간 탓에 두 팔을 짚고 앉아 있는 모습이었다.

그림자가 움직였다.

롤랜드는 즉시 잭 모트의 고개를 앞으로 돌렸다. 동작이 마치 먹이를 덮치는 뱀처럼 날렵했다.

'보면 안 된다. 내가 준비를 마칠 때까지는. 그때까지는, 이 남자의 등만 보여줘야 한다.'

저쪽 세계에서 문 안쪽을 들여다보는 사람은 이쪽 세계의 눈 주인이 보는 것만 볼 수 있었으므로, 어차피 데타 워커가 잭 모트를 보기는 불가능한 일이었다. 모트가 거울을 들여다본다면 데타도 그의 얼굴을 볼 수 있을 테지만(물론, 그랬다가는 그 자체로 지독한 왜곡과 반복을 낳을 테지만), 그래봤자 여인에게는 무의미한 일이었다. 그렇게 따지면 여인의 얼굴 역시 잭 모트에게 무의미했다. 그들은 두 번이나 치명적인 만남을 가졌으면서도 정작 서로를 본 적은 한 번도 없었다.

총잡이가 원치 않았던 것은 여인과 '여인'이 만나는 일이었다.

안 될 말이었다, 적어도 아직은.

앞서 직관이 일으킨 불꽃이 조금씩 구상의 꼴에 가까워졌다.

그러나 저쪽 세계는 이미 늦은 오후였다. 햇빛이 총잡이에게 3시쯤, 어쩌면 4시쯤 됐다고 얘기하는 듯 보였다.

그렇다면 황혼이 가재 괴물 떼를 몰고 와 에디의 목숨을 빼앗을 때까지 남은 시간은?

세 시간?

두 시간?

에디를 구하려고 돌아갈 수도 있었으나…… 그것이야말로 데타가 원하는 바였다. 시골 사람들이 흉포한 늑대를 화살 앞으로 끌어들이려고 말뚝에 희생양을 묶어두듯이, 데타는 덫을 쳐놓았다. 병든 육신으로 돌아갈 수는 있었으나…… 오래 버틸 수는 없었다. 총잡이 눈에 그림자만 보였던 까닭은, 데타가 그의 리볼버를 움켜쥐고 문 옆에 엎드려 있었기 때문이었다. 롤랜드의 몸뚱이가 움직인 순간, 데타는 그의 총으로 그의 목숨을 결딴낼 작정이었다.

적어도 총잡이 자신의 최후는 깨끗할 터였다. 데타는 그를 두려워했으므로.

그러나 에디의 최후는 끔찍한 비명으로 뒤덮이리라.

총잡이는 음흉하게 낄낄대는 데타 워커의 목소리가 들리는 듯싶었다. '덤벼볼래, 흰둥이놈아? 아무렴, 덤비고 싶겠지! 앉은뱅이 검둥이년 하나쯤 무서울 게 뭐냐, 안 그러냐?'

"길은 하나뿐."

모트가 입을 옴짝거렸다.

"오직 하나뿐이다."

사무실 문이 열렸고, 안경 쓴 대머리 남자가 고개를 디밀었다.

"도프먼 씨 장부는 어떻게 돼가나?"

대머리 남자가 물었다.

"속이 안 좋소. 점심 먹은 게 잘못됐나 보오. 이만 가야겠소."

대머리 남자의 낯빛이 어두워졌다.

"식중독이면 어쩌지. 요즘 독한 게 퍼지고 있다던데."

"어쩌면 그럴지도."

"음…… 도프먼 씨 건은 내일 5시 전에 끝내야 하는데……"

"알았소."

"자네도 알다시피, 그 인간 성질이 워낙 개차반이라……"

"알았소."

대머리 남자가 불안한 표정으로 고개를 끄덕였다.

"그래, 조퇴하게. 자네 평소랑은 아예 딴판이구먼."

"그럴 거요."

대머리 남자가 서둘러 문을 닫았다.

'날 눈치 챘구나. 그 탓도 있겠지, 하지만 꼭 그 때문만은 아니다. 사람들은 이 남자를 두려워한다. 이유도 모르면서 두려워해. 하긴 그럴 만도 하지만.'

잭 모트의 몸이 일어서더니 총잡이가 머릿속에 들어올 당시 그가 들고 있던 서류가방을 챙겨들었다. 그러고는 책상 위에 흩어진 종이를 모아 가방에 담았다.

힐끗 뒤를 돌아보고 싶은 충동이 치솟았으나, 총잡이는 참아냈다. 전부를 걸 각오가 설 때까지, 그리하여 문 앞으로 돌아올 때까지, 그는 결코 돌아보지 않을 작정이었다.

그런 한편으로, 총잡이는 얼마 남지 않은 시간 동안 꽤 많은 일을 처리해야만 했다.

제2장
달콤한 꿀단지

1

야릇한 귓속말을 속닥거리다가 그대로 돌이 된 노인들처럼 생긴
바위 그늘 속에, 데타가 누워 있었다. 에디가 목이 터져라 오데타를
부르며 자갈이 깔린 언덕 기슭을 오르내리는 동안, 데타는 이곳에서
그를 가만히 지켜보았다. 보송보송하던 뺨의 털이 슬슬 수염 티를
내는 중이었다. 서너 번쯤 바로 눈앞을 지나갔을 때 말고는 데타가
노인으로 착각할 뻔한 몰골이었다(한번은 손을 뻗어서 발목을 냉큼 잡
아챌 수도 있을 만큼 가까이 지나갔다.). 그러나 가까이서 보면 여전히
애송이였고, 지칠 대로 지친 애송이였다.

오데타가 봤더라면 가엾게 여겼으리라. 그러나 데타는 타고난 육
식동물답게 가만히 똬리를 튼 채로 노리기만 했다.

처음 이곳으로 기어들었을 때, 데타는 마치 옹이구멍 속에서 바
스락거리는 마른 낙엽처럼 바닥에서 부스럭거리는 무언가를 감지

했다. 눈이 어둠에 익숙해지고 나서 데타는 그것이 낙엽이 아니라 작은 짐승 뼈다귀임을 알아보았다. 누렇게 삭은 뼈다귀로 미루어보아 오래전 족제비나 담비 같은 육식동물이 살던 굴 같았다. 녀석은 아마도 밤이 되면 기어나와서 코를 벌름거리며 나무와 덤불이 우거진 '드로어즈' 쪽으로 향했으리라…… 사냥감의 냄새를 쫓아서. 그런 다음 사냥을 하고, 포식을 하고, 남은 것을 물고 돌아와서 이튿날 사냥 시간이 돌아오기를 기다리는 동안 먹을 간식거리로 재어두었으리라.

그 굴에 지금은 훨씬 커다란 육식동물이 웅크리고 있었다. 처음에 데타는 굴의 전 주인이 했던 짓을 똑같이 할 생각이었다. 일단은 곯아떨어질 게 뻔한 에디가 잠들 때까지 기다렸다가, 그가 잠들고 나면 죽여서 이곳으로 끌고 올 작정이었다. 그리하여 총 두 정을 전부 차지한 다음, 다시 문 옆으로 기어가서 진짜 악당이 돌아오기를 기다릴 작정이었다. 원래는 에디를 해치우자마자 진짜 악당의 몸뚱이를 손봐줄 생각이었으나, 안 될 말이었다. 안 그런가? 진짜 악당이 돌아올 몸뚱이를 죽였다가는 데타가 이곳에서 벗어나 원래 세계로 돌아갈 방법이 없었다.

진짜 악당을 윽박질러 저쪽 세계로 돌아갈 수 있을까?

불가능한 일인지도 몰랐다.

그러나 어쩌면 가능할지도.

놈이 에디가 살아 있다고 믿으면, 가능할 수도 있었다.

뒤이어 훨씬 좋은 생각이 떠올랐다.

2

데타는 뼛속까지 교활했다. 누군가 겁 없이 그 점을 지적하고 나
서면 데타는 소름끼치는 웃음소리로 답했을 테지만, 한편으로 그녀
는 밑바닥까지 불안정한 인간이기도 했다. 두 번째 결점 때문에, 그
녀는 자신과 맞먹을 만큼 영리한 사람을 만날 때마다 첫 번째 결점
을 그 사람 탓으로 돌렸다. 이것이 데타가 총잡이에 대해 느끼는 바
였다. 데타가 총소리를 듣고 눈을 돌렸을 때, 총잡이가 들고 있던 총
에서 연기가 피어오르는 중이었다. 그는 문으로 들어가기 전에 총을
재장전하고 에디에게 던져주었다.

데타는 에디에게 그 총이 어떤 의미인지를 알았다. 오로지 멀쩡
한 총알만 들어 있었다. 총은 곧 에디를 지켜줄 무기였다. 또한 데타
는 자신에게 그 총이 어떤 의미인지도 잘 알았다(이는 물론 데타가 지
켜보고 있음을 진짜 악당이 눈치 챘기 때문이었다. 데타 입장에서는 둘이
떠들기 시작했을 때 자는 중이었다고 해도 총소리가 난 이상 깰 수밖에 없
었으므로.). 경고였다. '이 녀석한테 가까이 오지 마라. 총을 들고 있
으니.'

그러나 악당들은 본래 음흉한 법이었다.

아까 보여준 쇼가 데타에게 보내는 경고였다면, 진짜 악당이 다
른 꿍꿍이를 꾸며둔 것은 아닐까? 데타도 에디도 알아차리지 못할
꿍꿍이를. 어쩌면 진짜 악당은 이렇게 생각했을지도 모른다. '그녀
이 이 총에 멀쩡한 총알이 들어 있는 걸 알면, 아마 에디한테서 뺏
어간 총도 그럴 거라고 지레짐작할 테지.'

그러나 진짜 악당이 에디가 잠들 가능성까지 염두에 두었다면?

만일 그렇다면, 데타가 그때까지 기다렸다가 총을 훔쳐서 안전한 언덕 위로 기어가리라고 예상하지 않았을까? 아무렴, 진짜 악당은 모든 가능성을 고려했으리라. 흰둥이 치고는 꽤 영리한 놈이었다. 어쨌거나, 데타가 저 흰둥이 꼬마를 최대한 활용할 거라고 예견할 만큼은 똑똑했다.

그러므로 어쩌면, 진짜 악당이 이 총에 못 쓰는 총알을 재어두었는지도 모를 일이었다. 그는 전에도 총을 갖고 데타를 속인 적이 있었다. 두 번 그러지 말란 법은 없지 않은가? 이번에는 데타도 탄창에 든 것이 빈 탄피인지 아닌지 확인할 정도로 용의주도했지만, 게다가 총알도 겉보기에는 진짜 같았지만, 그것만으로 단정할 수는 없었다. 진짜 악당이 여섯 발 중 단 한 발이라도 발사 가능한 총알을 섞어두는 모험을 할 리가 없지 않은가? 총에 무슨 수작을 부려놓았는지도 모를 일이었다. 뭐니 뭐니 해도 총은 진짜 악당의 전문 분야였다. 왜 이런 짓을 한 걸까? 왜라니, 당연히 데타가 스스로 모습을 드러내도록 꾀어낼 속셈이 아닌가! 그러면 에디가 정말로 멀쩡한 총을 사용하여 그녀를 제압하리라. 그가 지쳤든 안 지쳤든 간에 똑같은 실수를 두 번 범할 리는 없었다. 사실 지쳤기 때문에 같은 실수를 또 저지르지 않으려고 더욱 조심할 수도 있었다.

'애 좀 썼구나, 흰둥아.' 데타는 컴컴한 굴속에서 골똘히 생각했다. 비좁지만 꽤나 아늑한 굴 바닥에는 부식되어 바스러진 짐승 뼈가 수북이 깔려 있었다. '애 좀 썼어. 하지만 이 몸께선 그딴 개수작에 안 넘어간단다.'

데타는 에디를 굳이 쏠 필요도 없었다. 그저 기다리기만 하면 그만이었다.

3

데타의 유일한 근심거리는 에디가 곯아떨어지기 전에 총잡이가 돌아오지 않을까 하는 것이었다. 그러나 총잡이는 잠든 모습 그대로였다. 문턱에 축 늘어진 몸뚱이는 미동조차 하지 않았다. 어쩌면 필요한 약을 구하러 가서 말썽을 일으켰는지도 모를 일이었다. 데타는 필시 무언가 다른 말썽이 일어났으리라고 추측했다. 총잡이 같은 부류는 성난 암캐가 맹견을 찾듯 말썽을 찾아다니는 법이었다.

에디가 오데타라는 여인을 찾으려고 목소리가 안 나올 때까지 그 이름을 소리쳐 부르며(데타에게는 얼마나 끔찍한 이름이었던가!) 야트막한 언덕을 샅샅이 뒤지는 동안, 두 시간이 흘러갔다.

에디는 결국 데타가 고대하던 일을 했다. 뾰족한 모래톱으로 돌아와서 휠체어 옆에 주저앉은 다음, 풀 죽은 모양새로 주위를 빙 둘러보았다. 그러고는 휠체어 바퀴를 쓰다듬었다. 거의 애무에 가까운 손짓이었다. 그러다가 손을 툭 놓고 깊은 한숨을 내쉬었다.

이 광경을 본 데타는 목이 메는 기분이었다. 머리 한쪽 끝에서 반대쪽 끝까지 여름 하늘의 벼락 같은 통증이 삽시간에 뻗어나가더니, 목소리가 들리는 것 같았다. 누군가가 부르는 소리…… 또는 명령하는 소리였다.

'어림없는 소리.' 데타는 자신이 누구를 떠올리는지, 누구에게 얘기하는지도 모른 채 생각했다. '어림도 없지, 이번엔 어림도 없어. 지금은 안 돼. 지금뿐 아니라 영영 안 될 말이야.' 또다시 벼락 같은 통증이 머리를 꿰뚫자 데타가 주먹을 움켜쥐었다. 온 정신을 집중하고 뒤틀린 비웃음을 지어 보이는 얼굴 또한 그 자체로 움켜쥔 주먹이었다. 추함과 쾌감이 한데 섞인 그녀의 결연한 표정은 경이로웠고, 왠지 매력적이기까지 했다.

벼락 같은 두통은 다시 일지 않았다. 그 두통을 가르고 들려오던 목소리도 함께 끊어졌다.

데타는 기다렸다.

에디가 주먹 쥔 손으로 턱을 괴어 얼굴을 받쳤다. 이내 턱이 스르르 돌아가더니, 뺨이 주먹을 타고 미끄러졌다. 데타는 기다렸다. 새까만 눈을 반짝이면서.

에디가 얼굴을 번쩍 들었다. 그러고는 안간힘을 써서 일어서더니 물가로 걸어가서 얼굴에 바닷물을 끼얹었다.

'잘했다, 흰둥이 꼬마야. 이쪽 세계에는 각성제가 없으니 유감이구나, 있었더라면 그걸 먹었을 텐데 말이다. 안 그러냐?'

에디가 이번에는 휠체어에 가서 앉았다. 그러나 휠체어는 아무래도 너무 편안했다. 그래서 에디는 한참 동안 열린 문 안을 들여다보다가('그 안에 뭐가 보이냐, 흰둥이 꼬마야? 20달러 줄 테니까 데타한테도 가르쳐주지 않으련?') 다시 모래톱으로 자리를 옮겼다.

그러고는 다시 손 위에 턱을 괴었다.

오래지 않아 에디의 얼굴이 또다시 미끄럼 타기를 시작했다.

이번에는 거칠 것이 없었다. 턱이 가슴팍 위로 늘어졌고, 코 고는 소리가 파도소리를 뚫고 데타 귀에까지 들려왔다. 뒤이어 에디는 옆으로 쓰러져서 몸을 웅크렸다.

데타는 놀랐고, 욕지기가 치밀었고, 더럭 겁이 났다. 저 아래의 흰둥이 꼬마 때문에 불쑥 마음이 짠해졌던 것이다. 녀석은 그야말로 섣달 그믐날 밤에 뜬눈으로 새해를 맞으려다 그만 잠들어버린 꼬맹이나 다름없었다. 뒤이어 녀석과 진짜 악당이 독을 넣은 음식을 먹이려고 괴롭히던 일이 떠올랐고, 저희끼리 나눠먹던 음식으로 꼬드기던 일도 떠올랐으며, 그러다가 마지막 순간에 항상…… 적어도 그녀가 굶어죽을까 봐 겁을 내기 전까지는, 항상 음식을 휙 채가던 일도 떠올랐다.

'네가 굶어죽을까 봐 겁이 났다고? 그럼 애초에 왜 독을 넣은 음식을 먹이려고 기를 썼겠어?'

앞서 잠깐 느꼈던 짠한 마음이 그랬듯이 이러한 의문도 데타를 두려움에 빠뜨렸다. 데타는 스스로에게 묻는 일에 익숙지 않았을뿐더러, 머릿속에서 그렇게 묻는 목소리는 결코 그녀 자신의 것이 아니었다.

'죽일 생각까지는 없었던 거지. 먹고 앓으라고 그런 거야. 느긋하게 앉아서 내가 토하고 괴로워하는 꼴을 보면서 비웃으려고 그런 거란 말이다.'

데타는 20분쯤 더 기다렸다가 해변을 향해 출발했다. 두 손과 튼튼한 두 팔을 짚고 뱀처럼 이리저리 몸을 뒤틀면서도, 두 눈은 결코 에디를 떠나지 않았다. 한 시간쯤, 어쩌면 반시간쯤 더 기다릴 수도 있었다. 저 니미럴 꼬맹이가 잠에 한두 길이 아니라 열 길쯤 푹 빠져들 때까지 기다리는 편이 나았다. 그러나 그녀에게 기다림이란 결코 감당할 수 없는 사치였다. 진짜 악당이 언제 돌아올지 알 수 없었으므로.

에디가 누운 곳을 향해 기어가던 데타의 눈에 짱돌 한 개가 들어왔다(에디는 줄기차게 코를 고는 중이었는데 소리가 꼭 고장 나기 직전의 제재소 전기톱처럼 우렁찼다.). 한쪽은 딱 알맞게 매끈했고 한쪽은 딱 알맞게 날카로운 돌이었다.

데타는 짱돌의 매끄러운 쪽을 거머쥐고 에디 쪽으로 계속 기어갔다. 두 눈에 살기가 희번덕거렸다.

4

데타의 계획은 소름 끼치도록 단순했다. 짱돌의 날카로운 쪽으로 에디를, 그가 짱돌 자체만큼이나 딱딱해질 때까지, 내리찍는 것이었다. 그다음에 총을 챙겨서 롤랜드가 돌아오기를 기다릴 작정이었다.

데타는 총잡이가 일어나 앉으면 선택하도록 할 참이었다. 그녀를 원래 세계로 데려다주거나, 아니면 죽거나. 데타는 할 말도 미리 생각해 두었다. '어느 쪽을 고르든 너랑 나랑은 피장파장이다, 이 호모 새끼야. 네 애인은 벌써 죽었으니 이제 네 뜻대로 되는 건 아무것도 없어.'

만약 에디가 받은 총이 발사되지 않는다면……? 가능한 일이었다. 데타는 롤랜드만큼 가증스럽고 무서운 인간을 만난 적이 없었기에 그의 교활함 또한 결코 가볍게 보지 않았다. 그렇다고는 해도, 데타는 진짜 악당을 해치울 작정이었다. 돌로 내리찍든지 아니면 맨손으로 해치울 작정이었다. 놈은 앓는 중이었고 덤으로 손가락도 두 개나 잃은 상태였다. 데타가 해치울 수 있는 상대였다.

그러나 에디 쪽으로 다가가던 데타의 마음에 불안이 치솟았다. 이번에는 다른 의문이었고, 묻는 목소리도 다른 이의 것이었다.

'그 사람이 알면 어떡하려고 그래? 네가 에디를 죽이자마자 그

사람이 곧바로 눈치 채면 어떡할 건데?'

'그놈은 아무것도 몰라. 제 약 찾기도 바쁠걸. 의외로 오입질에 정신이 팔렸는지도 모르지.'

낯선 목소리는 아무 말도 하지 않았지만, 의혹의 씨앗은 이미 뿌려진 후였다. 데타는 앞서 자는 척하며 두 사내의 대화를 엿들었다. 진짜 악당에게는 해야 할 일이 있었다. 무슨 일인지는 알 수 없었다. 데타가 아는 것이라곤 탑과 관련된 일이라는 점뿐이었다. 어쩌면 진짜 악당은 그 탑에 황금이나 보석, 아니면 그 비슷한 것이 가득하다고 믿는지도 몰랐다. 진짜 악당은 탑에 도착하려면 에디와 데타와 또 한 사람이 필요하다고 했고, 데타는 그 말이 사실일지도 모른다고 생각했다. 아니라면 저 문이 왜 존재하겠는가?

데타가 마법의 문 앞에서 에디를 죽였다가는 진짜 악당이 알아챌 수도 있었다. 탑으로 가는 길을 끊어버리면 그 니미럴 흰둥이는 삶의 유일한 목표를 잃어버릴지도 몰랐다. 살아갈 이유를 잃어버린 니미럴 흰둥이가 무슨 짓을 저지를지는 알 수 없는 일이었다. 왜냐하면 그 니미럴 놈에게는 오로지 탑이 전부였으므로.

그 상황에서 진짜 악당이 어떤 짓을 저지를지, 데타는 생각만 해도 소름이 끼쳤다.

하지만 에디를 죽일 수 없다면 어떻게 해야 할까? 에디가 자는 동안 총을 훔쳐올 수는 있지만, 진짜 악당이 돌아왔을 때 두 사내를 동시에 상대할 수 있을까?

도무지 알 수가 없었다.

데타의 눈길이 휠체어에 닿았다. 주위를 돌아보던 데타가 퍼뜩, 다시 휠체어로 눈을 돌렸다. 가죽 등받이 뒤에 커다란 주머니가 있었다. 주머니 입구에 비어져 나온 것은 놈들이 데타를 휠체어에 묶어두는 데 썼던 밧줄 묶음이었다.

밧줄을 주시하면서, 데타는 궁극의 해결책을 깨달았다.

그러고는 방향을 바꾸어 축 늘어진 총잡이의 몸뚱이 쪽으로 기어갔다. 그가 '걸낭'이라고 부르는 가방에서 필요한 물건을 꺼낸 다음, 가능한 한 서둘러 밧줄을 손에 넣을 생각이었으나…… 데타는 문 앞에서 우뚝 멈췄다.

앞서 에디가 그랬듯이 데타 역시 문 저편의 움직임을 영화 같은 것으로 인식했다. 그러나 이때 펼쳐진 광경은 오히려 경찰 드라마와 비슷했다. 배경은 약국이었다. 겁먹다 못해 얼이 다 빠진 약사가 보였지만 데타는 그러려니 했다. 누군가 약사의 코앞에 총을 들이대고 있었다. 약사가 뭔가 얘기했지만 방음판에 가린 듯 희미하게 웅얼거리는 소리로만 들렸다. 무슨 말인지 알아들을 수가 없었다. 총을 든 사람이 누군지도 보이지 않았지만, 굳이 그 권총강도의 얼굴을 확인할 필요는 없었다. 안 그런가? 아무렴, 데타는 그의 정체를 알았다.

진짜 악당이었다.

'저쪽에선 제 모습으로 안 보일 수도 있어. 어쩌면 땅딸보로 보이거나, 니그로로 보일지도 몰라. 그래봤자 속은 그놈이야, 암. 저기서도 눈 깜짝할 새에 총을 구했을 테지? 뻔할 뻔자지. 자, 데타 워커, 서둘러야 해.'

데타가 롤랜드의 걸낭을 열자 이미 오래전에 사라진 그리운 담배 냄새가 희미하게 피어올랐다. 이것저것 너저분한 걸낭 안은 언뜻 보면 여성의 손가방과 비슷했으나…… 자세히 보면 거의 모든 돌발 상황에 대처할 수 있도록 준비한 남성용 여행가방임이 분명했다.

데타는 진짜 악당이 탑을 찾아 기나긴 세월 동안 떠돌아다녔다고 생각했다. 정말로 그렇다면 이토록 소박한 물자로 버텨올 수 있었다니, 실로 경악할 노릇이었다.

'서둘러, 데타 워커.'

데타는 필요한 것을 손에 넣은 다음 휠체어를 향해 뱀처럼 소리 없이 기어갔다. 목적지에 도착해서는 한 팔을 짚고 몸을 일으킨 채로 흡사 낚싯줄을 감는 아낙처럼 주머니에서 밧줄을 꺼냈다. 그러는 동안에도 에디가 자는지 확인하려고 그쪽을 연방 흘끔거렸다.

에디는 데타가 목에 올가미를 감고 질끈 조를 때까지 미동도 하지 않았다.

5

뒤로 질질 끌려가는 동안에도 에디는 자기가 아직 자는 중이라고, 끔찍한 악몽 속에서 생매장 아니면 교수형을 당하는 중이라고 생각했다.

그러다가 목을 파고드는 올가미를 느꼈다. 뻐끔거리는 입에서 질질 흘러내린 따뜻한 침을 느꼈다. 꿈이 아니었다. 에디는 올가미를 더듬으면서 일어서려고 발버둥을 쳤다.

데타가 억센 두 팔로 에디를 홱 끌어당겼다. 에디가 뒤로 벌렁 자빠졌다. 얼굴이 자줏빛으로 물들어갔다.

"가만히 못 있냐!"

머리맡에서 데타가 악을 썼다.

"가만히 있으면 살려주마. 지랄 떨면 목 졸라 죽인다!"

에디가 손을 내려놓고 발버둥을 멈췄다. 오데타가 목에 감아둔 올가미가 살짝 느슨해졌고, 그제야 가늘게나마 다급한 숨을 들이마실 여유가 생겼다. 그래봤자 아예 안 쉬는 것보다는 나은 정도였다.

방망이질하던 심장이 조금 진정되자 에디는 주위를 살피려고 했다. 그러자 대번에 올가미가 바싹 조여왔다.

"신경 쓸 것 없다, 흰둥아. 넌 그냥 바다나 실컷 보고 있어. 어차피 그거 말곤 볼 것도 없잖냐."

에디가 순순히 바다 쪽으로 눈을 돌리자 다시금 가느다란 숨을 들이마실 만큼 올가미가 느슨해졌다. 왼손이 조심조심 허리춤으로 내려갔다(그러나 데타는 왼손의 움직임을 놓치지 않았고, 씩 웃었다. 에디는 알 길이 없었지만.). 아무것도 없었다. 데타가 총을 훔쳐갔던 것이다.

'잠든 사이에 덮친 거다, 에디.' 물론, 총잡이 목소리였다. '이제 와서 얘기해 봤자 무슨 소용이겠냐만…… 그래도 이 얘기는 해야겠다. 네 연애가 낳은 결과가 바로 이거다. 목에는 올가미가 걸려 있고, 등 뒤에는 쌍권총을 찬 미친 여자가 앉아 있단 말이다.'

'하지만 날 죽일 작정이었으면 벌써 죽였을 거야. 내가 자는 사이에 죽였을 거라고.'

'에디, 너 도대체 이 여자한테 뭘 기대하는 거냐? 디즈니월드행 전액 무료 여행권 두 장?'

"오데타, 잠깐만……"

말이 나오기가 무섭게 올가미가 또다시 바싹 조여들었다.

"그렇게 부르지 말란 말이다. 한 번만 더 그러면 다신 아무도 못 부르게 만들어버릴라. 내 이름은 데타 워커다, 이 흰둥이 꼬맹이 새끼야. 숨이라도 깔딱거리고 싶으면 똑바로 기억해둬!"

숨이 막힌 에디는 컥컥 소리를 내면서 올가미를 더듬었다. 눈앞에 갑자기 시커먼 점들이 나타나더니, 흡사 불길한 꽃이 봉오리를 피우듯 점점 커지기 시작했다.

목을 조르던 밧줄이 드디어 느슨해졌다.

"알아들었냐, 흰둥아?"

"예."

에디는 대답을 하려 했지만 바람소리만 새어나왔다.

"그럼 말해봐라. 내 이름을 말해봐."

"데타예요."

"성까지 다 말해!"

목소리에 위험한 광기가 배어 있었다. 에디는 이때만큼은 오데타가 보이지 않아서 다행이라고 생각했다.

"데타 워커요."

"좋아."

올가미가 조금 더 느슨해졌다.

"그럼 잘 들어라, 흰둥아, 해 떨어질 때까지 살아 있고 싶으면 내가 시키는 대로 잘해야 할 거다. 방금처럼 재롱 떨 생각은 하지도 마라. 내가 가져간 줄도 모르고 슬금슬금 총으로 손을 뻗은 거, 다 봤다. 성질 안 건드리게 조심해라, 이 데타님은 눈이 아주 좋으시니까. 네놈이 수작 부리기 전에 다아 아신단다. 아무렴.

앉은뱅이 앞이라고 깜찍한 수작 부릴 생각도 안 하는 게 좋아. 이 몸은 다리를 잃고 나서 여러 가지를 배웠으니까 말이지. 거기다 니미럴 흰둥이놈들 총도 두 자루나 갖고 있겠다, 덤비면 죽는 거야. 알 았냐?"

"예…… 수작 안 부릴게요……."

"흠, 좋아. 아주 좋아."

데타가 킬킬거렸다.

"네놈이 처자는 동안 난 오지게 바빴다. 일을 꼼꼼히 처리해야 했 거든. 자, 네가 할 일을 가르쳐주마, 흰둥아. 손으로 뒤를 더듬어서 네놈 목에 감긴 거랑 똑같은 올가미를 찾아라. 올가미가 세 개 있을 거다. 네놈이 코 자는 동안 이 몸께서 만들어두신 거다, 이 게으름뱅 이놈아!"

데타가 또다시 킬킬거렸다.

"올가미를 찾으면 두 손을 깍지 끼고 그 안에 넣어라. 그다음엔 내가 올가미를 조이는 느낌이 들 거다. 그러면 네놈은 이렇게 생각 하겠지. '이 검둥이년한테 올가미를 씌울 기회가 왔구나. 지금이야, 저년이 내 목의 올가미에 신경을 안 쓰는 지금.' 하지만……"

이때부터 데타의 목소리가 남부 흑인 억양처럼 어눌해졌다.

"……개수작 부리기 전에 여길 한번 봐라."

에디가 고개를 돌렸다. 데타는 여느 때보다 훨씬 마귀할멈 같았 다. 에디보다 훨씬 담대한 사람조차도 겁에 질리게 할 만큼 상스럽 고 꾀죄죄한 몰골이었다. 메이시스 백화점에서 총잡이에게 끌려올 때 입고 있었던 드레스는 이미 걸레처럼 너덜너덜했다. 총잡이의 걸 낭에서 훔친 칼, 즉 에디와 롤랜드가 포장용 테이프를 찢는 데 썼던 그 칼로, 데타는 드레스 두 군데를 찢어놓았다. 골반 양 옆에 임시 권총집을 만들었던 것이다. 리볼버의 매끈한 손잡이가 구멍에서 비어져 나와 있었다.

데타의 목소리가 어눌해진 까닭은 이 사이에 밧줄을 질끈 물었기 때문이었다. 씩 웃는 입 한쪽에 새로 자른 밧줄끄트머리가 보였다. 반대쪽에는 에디의 목을 조르는 밧줄의 나머지 부분이 이어져 있었다. 밧줄을 질끈 물고 웃는 형상이 어찌나 탐욕스럽고 야비했던지 에디는 옴짝달싹 못한 채 겁에 질린 눈으로 바라볼 뿐이었는데도, 데타의 웃음은 오히려 점점 크게 번져갔다.

"손을 묶는 동안 재롱부릴 생각은 안 하는 게 좋아."

데타가 어눌한 목소리로 말했다.

"이빨로 숨통을 확 졸라버리는 수가 있단다, 흰둥아. 그땐 다시 안 풀어줄 거야. 알아들었냐?"

에디는 말을 할 수 있을지 어떨지 자신이 없었다. 그래서 그저 고개만 끄덕였다.

"좋아. 이제야 네놈 명줄이 조금 길어졌구나."

"만약에 내가 죽으면…… 메이시스 백화점에서 좀도둑질하는 재미도 같이 끝나는 거야, 데타. 롤랜드가 눈치 챌 테니까. 그럼 다 같이 게임 끝이야."

"주둥이 다물럼."

데타가 말했다. 아니…… 거의 흥얼거리는 소리였다.

"딱 다물고 있어. 생각은 다른 사람이 할 거니까 신경 쓰지 마. 네가 할 일은 다음 올가미를 찾아서 더듬거리는 것뿐이야."

6

'네놈이 코 자는 동안 이 몸께서 만들어두신 거다.' 숨 막히는 공포와 메스꺼움 속에서도 에디는 데타가 한 말에 한 치의 거짓도 없음을 깨달았다. 밧줄은 버둥거릴수록 조여드는 올가미 세 개로 바뀌어 있었다. 데타는 첫째 올가미를 에디가 자는 동안 그의 목에 걸어놓았다. 둘째는 손을 등 뒤로 묶는 데 썼다. 그러고 나서 에디를 거칠게 밀어 옆으로 뉘어놓고 발꿈치가 궁둥이에 닿을 때까지 양발을 올리라고 명령했다. 에디는 앞으로 벌어질 일을 눈치 채고 버둥거렸다. 그러자 데타가 드레스 구멍에서 롤랜드의 리볼버를 뽑아들고 격철을 젖히더니, 에디의 머리에 총구를 들이댔다.

"네가 안 하면 내가 해줄 수도 있어, 흰둥아."

데타가 예의 흥얼거리는 목소리로 말했다.

"하지만 나한테 직접 하게 만들었다가는, 넌 죽는 거야. 골이 터져 나오면 모래로 덮으면 돼, 대가리에 난 총구멍은 머리카락으로 가리면 그만이고. 진짜 악당놈이 돌아오면 네가 처자는 줄 알걸!"

또다시 킬킬거리는 소리.

에디가 발을 올리자 데타는 재빨리 세 번째 올가미를 에디의 발목에 걸었다.

"옳지. 딱 로데오에 나온 송아지새끼처럼 꽁꽁 묶였구나."

에디는 절묘한 비유라고 생각했다. 이미 슬슬 불편해지기 시작한 이 자세에서 다리를 조금이라도 폈다가는, 발목의 올가미가 더욱 조여들 게 뻔했다. 그랬다가는 발목과 손목 사이의 밧줄이 팽팽해질 테고, 손목의 올가미도 조여들 테고, 손목과 목 사이의 밧줄도 팽팽해질 테고, 그랬다가는……

데타가 에디를 끌고 움직이기 시작했다. 어디서 그런 힘이 났는지, 그를 끌고 물가로 기어가기 시작했다.

"잠깐! 지금 뭐 하는……"

에디는 버텨보려고 애썼으나 모든 것이 조여들 뿐이었다. 숨통 또한 예외가 아니었다. 가능한 한 몸을 축 늘어뜨린 채('발목 바짝 올리는 거 잊지 마, 임마, 내렸다간 목 졸려 죽는 거야.') 거칠거칠한 땅바닥 위로 끌려가는 수밖에 없었다. 뾰족한 돌에 뺨이 긁혀 살점이 떨어져 나갔고, 뜨끈한 피가 흐르는 느낌이 들었다. 데타는 숨을 거칠게 몰아쉬는 중이었다. 파도소리와 바위굴을 파고드는 물소리가 점점 커졌다.

'빠뜨려 죽이려고? 하느님 맙소사, 물에 빠뜨려 죽이는 건가?'

아니, 물론 그럴 리는 없었다. 만조선을 따라 구불구불 널브러진 바다풀에 얼굴이 스치기도 전에, 에디는 일찌감치 데타의 의중을 깨달았다. 짠물 냄새를 머금은 바다풀은 익사한 선원의 손가락처럼 차디찼다.

에디는 오래전 형한테 들은 얘기를 떠올렸다. '그러니까, 베트콩이 아군 한 명을 쏴서 잡았을 때 얘기야. 여기서 아군은 물론 미군이지. 베트콩은 남베트남군 따위 잡아봤자 소용없는 줄 다 알았거든. 베트남 놈팡이 구하러 밀림에 들어갈 사람은 아무도 없으니까. 본토에서 갓 전입해온 미군 신병이라면 얘기가 다르지만 말이야. 놈들은 포로의 배때기를 갈라서 비명을 지르도록 내버려뒀어. 그런 다음에 구하러 간 우리 편을 하나씩 잡은 거야. 포로가 죽을 때까지 그 짓을 계속했지. 그렇게 잡힌 포로를 뭐라고 불렀는지 아냐, 에

디?'

그 광경을 상상하고 오싹해진 에디는 고개를 저었다.

'놈들은 그걸 꿀단지라고 불렀단다. 달콤한 꿀단지. 파리를 꼬여내는 물건이니까. 잘하면 곰도 꼬여낼 수 있고 말이야.'

지금 데타가 하는 일이 바로 그것이었다. 에디를 꿀단지로 써먹으려는 속셈이었던 것이다.

데타는 말 한 마디 없이 에디를 만조선 아래 2미터쯤 되는 곳으로 끌고 가서 바다를 바라보는 자세로 내버려두었다. 총잡이가 문 저편에서 돌아보았을 때, 에디를 죽이는 것은 파도가 아니었다. 지금은 썰물 때였고, 앞으로 여섯 시간 정도는 이 높이까지 물이 차오르지 않을 터였다. 물이 차오르기 한참 전에 이미……

에디가 살짝 눈을 들었다. 해가 수면 위에 기다란 금빛 길을 드리우고 있었다. 몇 시일까? 4시? 그쯤 됐겠군. 일몰은 아마 7시쯤일 텐데.

밀물을 걱정하기 한참 전에 이미 사방이 어두워지리라.

어두워지고 나면, 파도 속에서 가재 괴물 떼가 몰려나오리라. 기이한 질문을 던져대며 에디가 꼼짝 못하고 묶여 있는 곳까지 기어와서, 그를 갈가리 찢어놓으리라.

7

에디 딘의 시간은 끝없이 길게 늘어졌다. 시간이라는 개념 자체가 농담이나 다름없었다. 다리에서 시작된 욱신거리는 불쾌감이 점점 쌓이다가 통증을 넘어 드디어 끔찍한 고통에 이르렀을 때, 어두워지고 나서 벌어질 일에 대한 두려움은 간데없이 사라졌다. 긴장한 근육에서 힘을 빼면 올가미가 모조리 조여들었다. 에디는 질식하기 직전에 발을 위로 당겨서 올가미를 늦추었고, 그렇게 숨 쉴 틈을 확보하곤 했다. 그는 이제 어두워질 때까지 버틸 자신이 없었다. 다시 발을 당길 여력조차 없을 때가 곧 올 것만 같았다.

제3장

롤랜드, 약을 손에 넣다

1

결국에는 잭 모트도 총잡이의 존재를 눈치 챘다. 그가 다른 사람이었더라면, 예를 들어 에디 딘이나 오데타 워커 같은 사람이었더라면, 롤랜드는 그와 대화를 시도할 수도 있었다. 그 사람 입장에서는 이때껏 평생 자신의 두뇌로 운전해 온 몸에서 느닷없이 운전석 옆자리로 내팽개쳐진 상황이었고, 그런 사람의 자아가 당연히 느낄 법한 충격과 혼란을 잠재우기 위해서라도 총잡이는 대화하려 했으리라.

그러나 모트는 괴물이었고, 심지어 데타 워커조차도 따라가지 못할 경지의 괴물이었기에, 총잡이는 설명하거나 말을 걸 생각을 아예 하지 않았다. 모트가 아우성치는 소리(너 누구야? 나한테 무슨 짓을 한 거야?)가 들렸지만 무시했다. 총잡이는 자신에게 필요한 것 몇 가지에만 집중할 뿐, 일말의 가책도 느끼지 않고 모트의 의식을 사용했다. 모트가 지르던 아우성이 공포로 가득한 비명으로 바뀌었다. 총잡이는 그 소리를 꿋꿋이 무시했다.

구더기가 우글거리는 굴속 같은 모트의 머릿속에서 총잡이가 견 뎌낼 방법은 하나뿐, 그의 의식을 지도책이나 백과사전으로만 이용 하는 것이었다. 모트는 롤랜드에게 필요한 정보를 빠짐없이 지니고 있었다. 롤랜드가 세운 계획은 조잡했으나, 때로는 조잡함이 정교함 보다 나은 법이었다. 계획 세우기에 관한 한 롤랜드와 잭 모트의 간 극은 우주만큼이나 넓었다.

계획이 조잡하면 임기응변을 부릴 여유가 생기는 법이었다. 게다 가 느닷없이 몰아치는 임기응변은 늘 롤랜드의 강점 가운데 하나 였다.

2

5분 전에 모트의 사무실에 머리를 들이민 대머리 사내처럼 눈앞 에 렌즈를 걸친 뚱뚱한 사내가 모트와 함께 승강기에 들어섰다(이쪽 세계에는 그 물건을 걸친 사람이 무척 많았는데 모트 백과사전에 따르면 '안경'이라고 했다.). 사내는 자신이 잭 모트라고 여기는 사람의 서류 가방을 흘끗 보고 모트의 얼굴로 눈길을 옮겼다.

"어이 잭, 도프먼 만나러 가는 길이야?"

총잡이는 대꾸하지 않았다.

"그 인간한테 재임대 계약 포기하라고 설득할 생각이라면, 내 장 담하건대 자네 시간 낭비하는 거야."

뚱보는 그 말을 듣고 뒤로 성큼 물러선 동료를 보고 눈을 껌벅거렸다. 마침 둘이 타고 있던 작은 상자가 문을 닫고 아래로 추락하기 시작했다.

총잡이는 모트가 지르는 비명소리는 아랑곳없이 그의 의식을 뒤졌고, 문제가 없음을 깨달았다. 추락은 미리 계산된 것이었다.

"미안해, 잭. 내가 그만 쓸데없는 소리를."

뚱보의 말을 듣고 총잡이는 속으로 생각했다. '이 사람도 모트를 두려워하는구나.'

"사실 그 인간을 쥐고 흔들 인재는 우리 회사에 자네밖에 없지. 아무렴."

총잡이는 아무 말도 하지 않았다. 그저 이 추락하는 관에서 나가고 싶다는 생각뿐이었다.

그러나 뚱보는 쉬지 않고 떠들어댔다.

"괜히 하는 말이 아니야. 아니, 실은 내가 어제 점심때도……"

잭 모트가 고개를 돌렸다. 잭 모트의 금테안경 너머에서 그때껏 봐왔던 푸른 눈과 다른 연청색 눈이 뚱보를 응시했다.

"아가리 닥쳐."

총잡이가 차갑게 내뱉었다.

뚱보는 핏기가 싹 가신 얼굴을 하고 재빨리 두 걸음 물러섰다. 그의 펑퍼짐한 엉덩이가 가짜 나무판에 쿵 부딪히자, 움직이던 관이 갑자기 멈췄다. 문이 열리자 잭 모트의 몸뚱이를 착 달라붙는 옷인 양 뒤집어쓴 총잡이가 뒤도 돌아보지 않고 걸어나갔다. 뚱보는 모트가 시야에서 사라질 때까지 열림 버튼을 누른 채로 기다렸다. '항상 나사가 풀린 것 같긴 했어도 이건 좀 심한데. 저 자식 완전히 돌아버린 거 아냐.'

뚱보는 어딘가의 정신병원에 처박힌 잭 모트의 꼬락서니를 상상하고 기분이 좋아졌다.

총잡이 입장에서는 놀랄 일도 아니었다.

3

모트 백과사전에 따르면 그 시끄러운 공간은 로비, 즉 한담을 나누는 곳, 이 높다란 탑에 들어 있는 사무실로 드나드는 사람들이 거치는 곳이었다. 로비에서 햇살이 내리쬐는 길거리(모트 백과사전에 따르면 6번가이자 아메리카 가)로 나가는 동안, 롤랜드가 기생하고 있던 숙주가 어느새 비명을 멈추었다. 겁에 질려 숨이 끊어진 것은 아니었다. 만일 모트가 죽었다가는 그들의 '카'가 실존하는 모든 세계 저편에 존재하는 텅 빈 가능성의 영역으로 추방되고 말 것임을 총잡이는 알았고, 지각보다 더욱 뿌리 깊은 본능으로 이를 느꼈다. 죽은 것이 아니라 기절한 것이었다. 모트의 의식 속에 뛰어든 롤랜드가 그의 비밀과 우연이라기에는 너무나 터무니없는 운명의 교착을 발견하고 기절했듯이, 모트 또한 너무나 벅찬 두려움과 이질감 앞에 기절하고 만 것이었다.

롤랜드는 모트가 기절해서 차라리 잘됐다고 생각했다. 의식을 잃기는 했지만 모트의 지식과 기억에 접속하는 데에는 아무 지장도 없었기에, 롤랜드는 그가 물러나 있어서 잘됐다고 생각했다.

노란 탈것들은 택시, 캡, 또는 핵스라고 불리는 대중교통 수단이었다. 모트 백과사전에 따르면 탈것을 모는 종족을 가리키는 말은 두 가지, 기사 또는 운짱이었다. 택시를 세우려면 수업 중에 발표하는 학생처럼 손을 들어야 했다.

롤랜드는 사전이 지시하는 대로 했다. 그러나 모는 사람만 탄 택시가 몇 대나 옆을 지나치고 나서야 그는 앞서 지나간 차에 차고행이라는 표지판이 붙어 있음을 알아차렸다. 대문자로 쓴 표지판이었기에 모트에게 도움을 구할 필요가 없었다. 총잡이는 잠시 기다렸다가 다시 손을 들었다. 이번에는 택시가 앞에 와서 섰다. 총잡이가 뒷자리에 올라탔다. 담배냄새, 땀내, 향수냄새로 찌든 차였다. 총잡이가 사는 세계의 역마차와 비슷했다.

"어디로 갈깝쇼, 손님?"

모는 사람이 물었고…… 롤랜드는 그가 기사 또는 운짱이라고 불리는 종족인지 아닌지 확신이 서지 않았지만, 어차피 물어볼 마음도 들지 않았다. 어쩌면 이쪽 세계에서는 그런 질문이 무례한 짓일 수도 있었다.

"나도 잘 모르겠소."

롤랜드가 대답했다.

"이 양반이 지금, 여기가 무슨 집단 심리상담 하는 덴 줄 아쇼? 시간은 돈이야, 돈."

'미터기를 누르라고 말하시오.' 모트 백과사전이 가르쳐주었다.

"미터기를 누르시오."

롤랜드는 모트 백과사전이 시키는 대로 말했다.

"안 갈 거면 시간 낭비 하지 맙시다."

'팁을 5달러 주겠다고 말하시오.' 모트 백과사전의 조언이 들렸다.

"팁을 5달러 주겠소."

"돈부터 봅시다. 말은 지갑이 하는 거지, 주둥이가 아니라."

'팁을 받고 싶은지, 아니면 좆 되고 싶은지 물어보시오.' 모트 백과사전이 즉시 알려주었다.

"팁을 받고 싶소? 아니면 좆 되고 싶은 거요?"

기사는 불안한 눈으로 뒷거울을 흘낏 보기만 할 뿐, 아무 말도 하지 않았다.

롤랜드가 이번에는 잭 모트의 방대한 지식 창고를 한결 자세히 살폈다. 기사는 또다시 재빨리 뒷거울을 흘끔거렸다. 그 15초 동안 손님은 그저 뒷자리에 가만히 앉아 고개를 살짝 숙이고 왼손으로 눈썹 위를, 마치 지독한 두통을 잠재우려는 듯, 누르고 있었다. 결국 기사가 썩 안 내리면 경찰을 부르겠다고 말하려던 찰나, 손님이 고개를 들고 점잖은 목소리로 말했다.

"7번대로와 49번가 교차점으로 갑시다. 미터기에 찍힌 요금에다 10달러를 더 주겠소. 당신 종족이 뭐든 상관없소."

'미친놈인가.' (연예계 진출을 꿈꾸는 버몬트 주 출신 와스프) 기사가 속으로 생각했다. 그래도 '돈 깨나 있는 미친놈인가 보군.' 그는 생각을 마치고 기어를 1단에 넣었다.

"알아 모시겠습니다요, 손님."

흘러가는 차들 속으로 섞여들면서, 기사는 덧붙이듯 생각했다.

'이거 빨리 갖다 내려놔야 안 되겠는데.'

임기응변. 그것이 관건이었다.

총잡이는 택시에서 내려서다가 블록 저 아래편에 서 있던 순찰차를 보았고, 모트 백과사전을 뒤적일 것도 없이 차에 씐 '경찰'이 곧 보안관과 같은 뜻임을 알아보았다. 안에는 총잡이 두 명이서 하얀 종이 잔에 든 무언가를, 아마도 커피를, 홀짝거리는 중이었다. 분명히 총잡이들이었으나…… 뚱뚱하고 게을러 보였다.

총잡이는 잭 모트의 지갑을 꺼내어 숫자 20이 적힌 지폐를 기사에게 건넸다(그러나 진짜 지갑이라기에는 턱없이 작았다. 진짜 지갑은 걸낭만큼이나 커다란 것, 남자 한 명의 물건이 모조리 들어갈 만한 것이었다. 짐을 너무 많이 들고 다니는 남자가 아니라면.). 기사는 서둘러 출발했다. 그날 받은 팁 중에 가장 큰 액수였는데도 손님이라는 인간이 얼마나 괴상망측했던지, 후한 팁이라는 생각은 조금도 들지 않았다.

총잡이가 가게 위에 걸린 간판을 올려다보았다.

클레멘츠 총포 · 레저용품 전문점
탄약/ 낚시용품/ 제식군장 일체

총잡이는 뭐라고 씌어 있는지 다 이해하지는 못했지만 진열장을 한번 본 것만으로도 모트가 제대로 안내했음을 알 수 있었다. 진열장에는 수갑과 계급장, 그리고…… 총이 보였다. 거의 다 소총이었으나 권총도 있었다. 모두 사슬에 묶여 있었지만, 아무래도 상관없었다.

일단 보면, 보기만 하면, 필요한 것이 무엇인지 알게 되리라.

롤랜드는 1분 넘게 가만히 서서 잭 모트의 의식을 뒤적거렸다. 그가 뜻하는 바를 이루기에 딱 어울리는 교활한 자의 의식이었다.

5

순찰차에 탄 경관이 동료를 팔꿈치로 쿡쿡 찔렀다.

"저기 봐, 시장조사 하러 나온 놈 치고는 너무 진지한데."

동료가 웃음을 터뜨렸다.

"어머, 어쩜 좋아."

동료 경관이 계집애처럼 코맹맹이 소리를 냈다. 정장에 금테안경 차림 사내가 진열장을 한참 들여다보다가 드디어 가게로 들어서는 중이었다.

"그이가 라벤더향 수갑을 사기로 마음을 굳혔나 봐."

앞서 말을 건 경관은 미지근한 커피를 한 입 가득 머금고 있다가 사레가 들렸고, 스티로폼 컵에 커피를 뿜고 몸부림치며 킬킬거렸다.

6

점원이 즉시 다가와서 인사를 했다.

"혹시 말이오, 있는지 모르겠소만……"

구식 감색 정장을 입은 남자가 말을 멈추고 골똘히 생각하다가 고개를 들었다.

"표를 찾고 있소. 뭐냐면, 리볼버용 탄환이 그려진 표요."

"탄환 구경 일람표 말씀인가요?"

손님이 가만히 생각하다가 대답했다.

"그거요. 집에 형이 쓰던 총이 있소. 내가 좀 쏴봤는데, 굉장히 오래된 거더군. 실제로 보면 어떤 총알이 들어가는지 알 수 있을 것 같소만."

"음, 그럴 수도 있죠. 근데 사실 눈으로 봐서 맞히기는 힘들어요. 총이 22구경인가요? 아니면 38구경? 그것도 아니면……"

"표를 보면 알 것 같소만."

"잠시만요."

점원은 감색 정장 차림 사내를 미심쩍은 눈으로 잠시 살피다가 어깨를 으쓱했다. 젠장, 고객은 항상 옳은 법, 돈만 있으면 틀려도 옳은 법, 그리고…… 이상, 끝. 말은 주둥이가 아니라 지갑이 하는 것이므로.

"『사격인의 바이블』은 있어요. 그걸 보시면 되겠네요."

"알았소."

정장 차림 사내가 슬며시 미소를 지었다. 사격인의 바이블. 책 제목 치고는 고귀한 이름이었다.

점원이 카운터 아래를 뒤지다가 손때 묻은 책을 꺼냈다. 총잡이가 평생 본 것 중 가장 두꺼워 보이는 책이었는데도…… 점원은 책을 공깃돌처럼 하찮은 것인 양 함부로 다루었다.

점원이 책을 카운터에 내려놓고 총잡이 쪽으로 돌려놓았다.

"한번 훑어보세요. 꽤 오래된 책인데, 그래도 어둠 속에서 방황하는 사격인한테는 길잡이가 될 거예요."

점원이 눈을 동그랗게 뜨더니 이내 씩 웃었다.

"농담입니다."

롤랜드는 듣는 척도 하지 않았다. 대신 그는 책에 얼굴을 파묻고 실물과 거의 똑같아 보이는 그림들을 자세히 들여다보았다. 모트 백과사전이 알려준 바에 따르면 이 멋진 그림들은 '샤진'이라고 했다.

롤랜드는 천천히 책장을 넘겼다. 아니…… 이게 아니야…… 이것도 아닌데…….

거의 마음을 접었을 때, 그림 하나가 눈에 들어왔다. 흥분한 롤랜드가 번개같이 고개를 쳐드는 바람에 점원이 더럭 겁을 집어먹었다.

"이거요! 이거! 바로 이거요!"

롤랜드가 손으로 톡톡 두드린 사진은 윈체스터 45구경 권총탄이었다. 그가 쓰던 탄환은 주조부터 화약 주입까지 수작업을 거친 것이었기에, 완전히 똑같은 탄환은 아니었다. 그럼에도 롤랜드는 탄환 제원을 읽어볼 것도 없이 자기 총에 재어 발사할 수 있을 거라고 확신했다(읽어봤자 어차피 무슨 뜻인지 이해하기도 힘들었다.).

"아, 예. 찾으셨군요. 뭐 그런 거 갖고 질질 싸기는. 아니 제 말은, 그래봤자 그냥 총알이란 말이죠."

"이 총알 있소?"

"그럼요. 몇 상자 드릴까요?"

"한 상자에 몇 발이나 들었소?"

"50발 들었죠."

총잡이를 보는 점원의 눈에 미심쩍어하는 빛이 확연해졌다. 총알을 사려면 사진이 붙은 총기소지 면허를 제시해야 하는 것쯤은 당연한 상식이었다. 면허 없이 총알 없음, 특히 권총은. 맨해튼 자치구 조례였다. 이 남자가 권총소지 면허를 취득했다면, 어떻게 총알 한 상자에 몇 발이 들어가는지도 모를 수가 있단 말인가?

"50발이라고!"

이제 남자는 아예 입을 헤 벌리고 점원을 뚫어져라 바라보았다. 역시, 제정신이 아니었다.

점원이 왼쪽으로, 금전등록기 쪽으로, 그리고…… 결코 우연히 거기 있는 것이 아닌 357구경 매그넘 쪽으로, 살짝 발을 옮겼다. 그가 항상 총알을 가득 채워서 카운터 아래의 스프링식 총집에 숨겨 두는 총이었다.

"50발씩이나!"

총잡이가 되뇌었다. 5발이나 10발쯤, 많아봤자 고작 12발일 거라고 생각했건만, 이건…… 이건 도대체……

'갖고 있는 돈이 얼마나 되지?' 총잡이는 모트 백과사전에게 물어보았다. 모트 백과사전도 잘은 몰랐지만 적어도 60달러쯤은 되지 싶었다.

"한 상자에 얼마요?"

총잡이는 60달러가 넘을 거라고 짐작했지만, 그래도 점원을 잘 구슬리면 조금만 덜어서 살 수도 있을 테고, 그도 아니면 아예……

"17달러 50센트요. 저기, 손님……"

본업이 회계사인 잭 모트 덕분에 이번에는 망설일 필요가 없었다. 계산 결과와 대답이 동시에 쏟아져 나왔다.

"세 상자. 세 상자 주시오."

총잡이는 손가락으로 '샤진'을 두드렸다. 150발이라니! 오오, 신이여! 이쪽 세계는 무슨 화수분이란 말인가!

점원은 꿈쩍도 하지 않았다.

"그렇게 많이는 없나 보구려."

총잡이가 말했다. 놀랄 일도 아니었다. 어차피 현실이라기에는 너무나 환상적인 얘기였다. 꿈같은 소리였다.

"아뇨, 윈체스터 45구경은 썩어날 정도로 많아요."

점원이 다시 왼쪽으로 한 발짝 움직여서 금전등록기와 총에 더 가까워졌다. 손님이 미친놈인지 아닌지는 금세 밝혀질 일이었고, 만일 미친놈이라면 배때기에 횅뎅그렁한 구멍이 뚫린 미친놈이 될 참이었다.

"45구경은 얼마든지 있죠. 근데 손님, 우선 면허를 갖고 계신지 확인부터 해야겠는데요."

"면허?"

"사진이 붙은 권총소지 면허증이오. 권총탄은 면허를 확인하고 팔아야 하거든요. 면허증 없이 권총탄을 사려면 웨스트체스터로 가셔야 돼요."

총잡이가 멍하니 점원을 바라보았다. 그에게는 무의미한 재잘거림에 지나지 않았다. 한마디도 알아들을 수 없었다. 모트 백과사전이 대강의 뜻은 가르쳐주었지만, 이 경우에는 모트의 조언이 너무나 두루뭉술했기 때문에 믿음이 가지 않았다. 모트는 평생 총을 쥐어본 적이 없었다. 그는 자신의 더러운 취미를 즐기는 데 다른 수단을 동원했다.

손님의 얼굴에서 눈을 떼지 않은 채 왼쪽으로 한 걸음 더 움직이는 점원을 보며, 총잡이는 생각했다. '총이 있구나. 내가 말썽을 부

릴 거라 예상한 게야…… 아니면 내가 말썽을 부리길 바라는지도. 나를 쏴죽일 핑계가 필요한 게지.'

임기응변.

총잡이는 앞서 길가의 순찰용 마차에서 본 총잡이 둘을 떠올렸다. 그랬다. 총잡이들, 중재자들, 세계가 변질되지 않도록 막을 의무가 있는 이들이었다. 그러나 적어도 겉만 놓고 보면, 이쪽 세계에 가득한 산송장들과 별 다를 바 없이 유약하고 무방비했다. 고작 둘이서 제복과 모자를 걸치고, 마차 좌석에 축 늘어져서, 커피를 홀짝거렸다. 잘못 판단했을 가능성도 있었다. 총잡이는 바랐다, 그 둘을 위해서라도 자신이…… 제대로 판단했기를.

"아! 무슨 말인지 알았소."

총잡이는 잭 모트의 얼굴에 겸연쩍은 미소를 띠웠다.

"미안하오. 내가 총을 놓고 나서 세계가 얼마나 변질…… 변했는지, 깜박 잊은 것 같구려."

"아뇨, 별 말씀을요."

점원이 슬며시 안심하는 눈치였다. 손님은 아마도 정상인 듯싶었다. 어쩌면 그냥 장난이었는지도 몰랐다.

"저기 있는 청소도구 세트 좀 보여주겠소?"

"그럼요."

점원이 물건을 집으려고 몸을 돌렸다. 바로 그때, 총잡이가 모트의 재킷 속주머니에서 지갑을 꺼냈다. 속사와 다름없이 전광석화 같은 움직임이었다. 점원이 등을 보인 시간은 4초도 안 되었지만, 그가 다시 모트 쪽으로 돌아섰을 때, 지갑은 이미 바닥에 떨어져 있었다.

"이거 아주 괜찮은 물건이에요."

손님이 정상이라고 판단한 점원은 빙긋이 웃기까지 했다. 하기야, 그는 지레 넘겨짚고 바보짓을 했을 때 얼마나 더러운 기분이 드는지를 이미 아는 사람이었다. 그런 기분을 해병대 시절에 지겹도록 맛보았기 때문이었다.

"청소도구 세트는 면허 없이도 살 수 있어요. 자유주의 국가가 이래서 좋은 거 아니겠어요?"

"그러게 말이오."

총잡이는 진지하게 대꾸하고 나서 청소도구를 자세히 뜯어보는 척했다. 물론 한눈에 보아도 조잡한 상자에 든 조잡한 물건인 줄은 알 수 있었지만. 총잡이는 물건을 살피는 척하면서 발을 조심스레 움직여 모트의 지갑을 카운터 아래로 밀어넣었다.

이윽고 총잡이가 적당히 아쉬운 표정을 지으며 물건을 점원 쪽으로 내밀었다.

"다음에 와야겠소."

"예, 그러십쇼."

점원은 대번에 심드렁한 표정을 지었다. 손님은 미친놈이 아니라 구경꾼으로 판명 났고 구매자는 절대 아니었으므로, 그들의 관계는 그것으로 끝이었다. 주둥이만 산 놈은 나가면 그만이었다.

"뭐 더 필요하신 거라도?"

입으로는 이렇게 얘기해도 눈은 꺼지라는 신호를 보냈다.

"아니, 됐소."

총잡이는 걸어 나가면서 뒤를 슬쩍 돌아보았다. 모트의 지갑은 카운터 아래 깊숙이 잘 있었다. 롤랜드가 설치한 꿀단지였다.

감색 정장 차림 사내가 순찰차로 다가왔을 때, 칼 델레반 경관과 조지 오마라 경관은 커피를 다 마시고 떠나려던 참이었다. 그 사내가 걸어나온 클레멘츠 총포상은 두 경관 모두 '화약통'일 거라고 의심하는 가게였다(화약통이란 경찰 은어로 총기소지 면허를 지닌 잔챙이 권총강도에게 물건을 제공하는 합법 총포상이었다. 이런 가게는 종종 마피아를 상대로 거래를 벌이기도 했다.).

사내는 오마라가 앉은 조수석 쪽 창문 앞에서 몸을 숙이고 차 안을 들여다보았다. 오마라는 사내가 간드러진 목소리로 말할 거라고 넘겨짚었다. 어쩌면 그가 앞서 골랐던 라벤더향 수갑만큼이나 간드러진 목소리가 들릴지도 몰랐지만, 그래봤자 호모새끼에 지나지 않았다. 총을 제외하면 클레멘츠 총포상의 주력상품은 수갑이었다. 맨해튼에서 수갑은 합법적인 물건이었는데 손님 중에 후디니를 동경하는 아마추어 마술사는 별로 없었다(경관들은 께름칙하게 여겼지만, 경찰이 무언가에 불만을 제기했다고 바뀐 적이 있던가?). 구매자는 주로 때려주고 맞아주는 섹스에 관심 있는 호모들이었다. 그러나 이 사내의 목소리는 전혀 호모 같지 않았다. 낮고, 차갑고, 정중하지만 어딘가 유령 같은 목소리였다.

"저 점포의 상인이 내 지갑을 가져갔소."

사내가 말했다.

"누구라고요?"

오마라가 퍼뜩 바로 앉았다. 두 경관은 이때껏 1년 반에 걸쳐 저스틴 클레멘츠를 엮어넣을 기회만 노려온 참이었다. 그럴 수만 있다면, 어쩌면 둘 다 지금 입고 있는 감색 경관 제복을 그토록 고대하던 형사 배지와 맞바꿀 수 있을지도 몰랐다. 필경 헛된 꿈이리라. 실현되기에는 너무나 환상적인 일이었으나…… 그러나 그렇다고는 해도……

"상인 말이오. 그……"

짧은 망설임.

"점원이오."

오마라와 델레반이 눈길을 주고받았다. 델레반이 물었다.

"검은머리 남자 말입니까? 체격은 좀 뚱뚱한 편이고?"

사내는 또다시 잠깐 망설였다.

"맞소. 눈은 갈색이오. 한쪽 눈 밑에 작은 흉터가 있었소."

그 사내에게는 어딘가 이상한 구석이 있었다. 오마라는 딱히 어디라고 꼬집어 말할 수 없었으나…… 나중에, 딱히 생각할 것이 별로 남지 않게 된 먼 훗날에, 그는 생각해냈다. 그가 가장 먼저 잊어버린 것은 물론 금빛 형사 배지였다. 나중에 일어난 일을 생각하면 그로서는 경관 제복을 벗지 않은 것만도 실로 기적 같은 일이었다.

그러나 이날로부터 몇 년 후에 두 아들을 데리고 찾아간 보스턴 과학박물관에서, 오마라는 번쩍 하는 깨달음의 순간을 경험했다. 박물관에는 삼목놓기 게임을 하는 컴퓨터가 있었는데, 맨 먼저 정중앙에 가위표를 하지 않으면 번번이 컴퓨터에게 질 수밖에 없었다. 하지만 컴퓨터는 자기 차례가 돌아올 때마다 가능한 모든 경우의 수를 계산하느라 잠시 멈추곤 했다. 오마라와 아이들은 그 컴퓨터에 홀딱 반했다. 그러나 오마라는 왠지 으스스한 느낌이 들었고…… 뒤이어 감색 정장 차림의 사내가 떠올랐다. 그 사내도 똑같은 버릇이 있었기 때문이었다. 그 사내와 얘기할 때 오마라는 로봇을 상대하는 기분이었다.

델레반은 그런 경험을 한 적이 없었지만 이날로부터 9년 후 어느 날, 그는 (곧 대학에 들어갈 열여덟 살짜리) 아들을 데리고 극장에 갔다가 영화가 시작한 지 30분이 지난 후에 느닷없이 일어서서 고함을 질러댔다.

"그놈이다! 저건 그 자식이야! 감색 양복 입은 자식! 클레멘츠네 가게서 본 그……"

누군가 '앞에 좀 앉읍시다!' 하고 항의할 법도 했건만, 실은 항의할 필요도 없었다. 정상체중보다 30킬로그램이나 더 나가는 데다 골초이기까지 했던 델레반은, 항의자가 미처 두 마디를 외칠 겨를도 없이 치명적인 심장마비를 일으키고 나자빠졌다. 9년 전 그날, 순찰차로 다가와서 지갑을 빼앗겼노라고 신고했던 감색 정장 차림의 사내는 영화 속 등장인물과 닮은 구석이 조금도 없었다. 그러나 송장처럼 딱딱한 말투만은 똑같았다. 왠지 섬뜩하면서도 우아한 몸놀림 또한 똑같기는 마찬가지였다.

그 영화의 제목은, 당연한 얘기지만, 「터미네이터」였다.

8

경관들이 눈짓을 주고받았다. 감색 정장 사내가 가리킨 사람은 클레멘츠가 아니었지만, 짭짤한 건수이기는 마찬가지였다. 클레멘츠의 처남인 '뚱보 조니' 홀든이었던 것이다. 그러나 백주에 남의 지갑을 빼앗다니 어리석기 짝이 없는 짓이었는데……

'……딱 그 병신이 할 만한 짓이지.' 오마라는 머릿속으로 결론을 지었고, 무심코 떠오른 미소를 숨기려고 손으로 입을 가리기까지 했다.

"어떻게 된 일인지 자세히 설명해 주시는 게 좋겠습니다. 일단 성함부터 가르쳐주시죠."

델레반이 말했다. 그 말에 반응하는 사내를 보며 오마라는 또다시 어딘가 이상한 느낌, 박자가 안 맞는 느낌을 받았다. 이곳은 시민 열 명 중 일곱 명이 '꺼져 씨발아.'를 '좋은 하루 보내세요.'의 미국식 표현으로 여기는 도시였기에, 오마라는 그 사내가 이렇게 말할 거라고 예상했다. '아 그 개새끼가 내 지갑을 뺏어갔다니까! 가서 도로 찾아줄 거요, 아니면 여기 서서 스무고개만 하고 있을 거요?'

하지만 선이 멋지게 떨어지는 정장을 입고 손톱도 잘 다듬은 사내였다. 어쩌면 경찰 윗선에 끈을 대놓고 지내는 놈인지도 몰랐다. 사실, 조지 오마라는 사내에게 별 관심이 없었다. 오마라는 뚱보 조니 홀든을 잡아넣고 이 건을 지렛대 삼아 아놀드 클레멘츠까지 엮어넣을 생각만으로도 입에 군침이 돌았다. 비록 한순간뿐이었지만 오마라는 홀든을 미끼로 클레멘츠를, 클레멘츠를 미끼로 진짜 거물을 엮을 생각에 황홀감마저 느꼈다. 예를 들면 시칠리아 촌놈 발라자르나 지넬리 같은 놈들. 그리 어려운 일도 아니었다. 숫제 식은 죽 먹기였다.

"내 이름은 잭 모트요."

사내가 말했다. 델레반이 바지 뒷주머니에서 엉덩이 곡선을 따라 구부러진 수첩을 꺼냈다.

"주소는요?"

또다시 망설임. '역시 기계 같단 말이야.' 오마라가 속으로 생각했다. 잠시 침묵이 흐르고, 뒤이어 찰칵 소리가 귀에 들리는 듯싶었다.

"파크 애버뉴 사우스 409번지요."

델레반이 수첩에 주소를 끼적거렸다.

"사회보장번호 좀 불러주시겠습니까?"

다시 짤막하게 망설이고 나서 모트가 번호를 댔다.

"신원 확인 때문에 여쭤보는 거니까 이해해 주십시오. 그 사람이 실제로 지갑을 뺏어갔다면, 제가 되찾기 전에 몇 가지 사항을 미리 알아두는 게 좋으니까요. 이해하시죠?"

"물론이오."

이번에는 희미하게나마 짜증이 밴 목소리였다. 오마라는 그 소리를 듣고 사내에 대한 의심이 조금 누그러지는 기분이 들었다.

"그저 필요 이상으로 질질 끌지만 마시오. 시간이 너무 오래 지나면, 그놈이……"

"예, 압니다. 하지만 일마다 처리하는 방식이 다르니까요."

"일마다 처리하는 방식이 다르다."

감색 정장 사내가 되뇌었다.

"알았소."

"지갑 속에 주인을 확인할 만한 사진이 있습니까?"

일단 정지. 그리고 이어진 대답.

"엠파이어스테이트빌딩 앞에서 찍은 어머니 사진이 있소. 뒤에 이렇게 씌어 있소. '날씨도 좋고 전망도 좋구나. 사랑한다, 엄마가.'"

델레반은 정신없이 받아 적고 나서 수첩을 닫았다.

"예, 이 정도면 됐습니다. 남은 건 선생님 서명을 확인하는 겁니다. 지갑을 찾은 다음에 운전면허나 신용카드에 적힌 서명과 똑같은지 비교해야 하거든요. 괜찮으시겠죠?"

롤랜드는 고개를 끄덕였다. 의식 한편으로는 경찰이 한 말을 다 알아들었다. 잭 모트가 이쪽 세계에 대해 기억하는 바와 아는 바를 끄집어낼 수도 있었다. 그러나 지금처럼 모트의 의식을 억누른 채로는 서명을 흉내 낼 수 없었는데도, 롤랜드는 고개를 끄덕였다.

"그럼 사정을 자세히 설명해 주시죠."

"우리 형이 쓸 총알을 사러 들어갔소. 형의 총은 윈체스터 45구경탄을 쓰는 리볼버요. 저 남자가 나한테 소지면허가 있냐고 물었소. 난 있다고 했소. 그러자 그 남자가 보여달라고 했소."

일단 정지.

"지갑을 꺼냈소. 그러곤 면허를 보여줬소. 그런데 면허를 보여주려고 지갑을 펼쳤을 때 그 남자가 지갑에 들어 있는……"

잠깐 정지.

"……20달러 지폐를 본 게 틀림없소. 난 세무 전문 회계사요. 도프먼이라는 고객이 있는데, 그 사람이 긴 소송 끝에 드디어…… 공제받은 세액이 조금 있소. 겨우 800달러밖에 안 되는 돈인데, 이 도프먼이라는 인간은, 우리 회사에서 취급하는 좆대가리들 중에…… 제일 큰 좆대가리요."

정지.

"입이 험해서 미안하오."

오마라는 사내가 말한 마지막 몇 마디를 속으로 되뇌어보고 문득 알아차렸다. 회사에서 취급하는 좆대가리들 중에 제일 큰 좆대가리. 그럴듯한 표현이었다. 오마라가 웃음을 터뜨렸다. 로봇이나 기계 같다는 느낌이 깨끗이 사라졌다. 분노를 감추려고 냉정한 척하는 것뿐, 감색 정장 사내는 진짜 인간이었다.

"어쨌든, 도프먼은 현금을 원했소. 현금을 고집했소."

"그러니까 뚱보 조니 홀든이 선생 지갑에 든 고객의 떡고물을 봤다는 말씀이군요."

델레반이 말했다. 그와 오마라는 이미 차 밖에 서 있었다.

"당신은 점포 안에 있는 사람을 그리 부르오?"

"아, 가끔은 더 심하게 부르기도 합니다. 그래서 면허를 보여준 다음에 어떻게 됐습니까, 모트 씨?"

"그가 더 자세히 보고 싶다고 했소. 그래서 지갑을 건넸지만 그는 면허의 사진을 보지도 않았소. 대신 지갑을 바닥에 떨어뜨렸소. 내가 무슨 짓이냐고 물었소. 그랬더니 그가 멍청한 소리 말라고 했소. 난 그에게 지갑을 돌려달라고 했소. 화가 나서 미칠 지경이었소."

"물론 그러셨겠죠."

말은 그렇게 했지만, 델레반은 송장 같은 얼굴을 한 이 사내가 화나서 미치는 광경을 상상조차 할 수 없었다.

"그 남자가 낄낄댔소. 난 카운터를 빙 돌아가서 지갑을 주우려고 움직였소. 그때 남자가 총을 꺼냈소."

일행은 가게 쪽으로 걸어가던 중이었다. 그러다가 딱 멈춰섰다. 두 경관은 겁먹은 표정이 아니라 오히려 흥미로워하는 표정이었다.

"총이라고요?"

오마라는 자기가 똑바로 들었는지 확인하고 싶었다.

"총은 카운터 아래, 금전등록기 옆에 있었소."

감색 정장 사내가 말했다. 롤랜드는 하마터면 원래 계획을 포기하고 그 남자의 총으로 손을 뻗을 뻔했던 순간을 떠올렸다. 이제 그는 이 두 총잡이에게 자신이 그러지 않았던 까닭을 털어놓았다. 그들을 이용할 생각은 있었지만, 죽일 생각은 없었기 때문이었다.

"부둣가에서 쓰는 갈고리 같은 장치에 들어 있었소."

"뭐라고요?"

오마라가 물었다. 사내가 이번에는 꽤 오랫동안 입을 다물었다. 뭔가 생각하는지 이마에 주름이 잡혔다.

"정확히 뭐라고 부르는지는 모르겠소만…… 총을 넣어두는 물건이오. 누르는 방법을 모르면 총을 뽑을 수 없게 만든 장치인데……"

"스프링식 총집이야! 이런 젠장!"

델레반이 소리쳤다. 그러고는 다시금 동료와 눈짓을 주고받았다. 감색 정장 사내에게 뚱보 조니가 이미 돈을 챙겼을 거라고, 그런 다음 가게 뒷문으로 나가서 건물 뒷벽 너머의 골목으로 지갑을 던져버렸을 거라고 가르쳐주고 싶은 마음은 두 경관 모두 없었으나…… 그러나 스프링식 총집에 넣어둔 권총이라면, 얘기가 달랐다. 강도 혐의로 엮을 수도 있었지만, 갑자기 등장한 총기은닉 혐의가 더욱 확실해 보였다. 확실하지는 않다고 해도 어쨌든 비집고 들어갈 틈은 생길 듯싶었다.

"그래서 어떻게 됐습니까?"

오마라가 물었다.

"그가 나한테 지갑은 원래 없었다고 했소. 그러더니……"

정지.

"……길에서 누가 내 소매를 당긴 거라고, 아니, 내가 소매치기를 당한 거라고 했소. 다치기 싫으면 그렇게 기억해두는 게 좋을 거라더군. 난 오던 길에 서 있던 순찰차가 기억났고, 아직 거기 있을 거라고 생각했소. 그래서 그대로 나온 거요."

"알겠습니다. 저랑 오마라 경관이 곧장 먼저 들어갈 겁니다. 바깥에서 1분만 기다리세요, 정확히 1분입니다. 말썽이 생길 수도 있으니까 말이죠. 1분 후에 들어오시되, 문 옆에 서 계세요. 아셨습니까?"

"알았소."

"자, 그럼 이 자식을 잡으러 가죠."

두 경관이 가게로 들어섰다. 롤랜드는 30초만 기다리고 나서 그들 뒤를 따랐다.

9

'뚱보 조니' 홀든은 항의하는 데서 그치지 않았다. 그는 아예 울부짖었다.

"미친놈이라니까요! 가게에 들어왔는데, 막상 지가 살 물건이 뭔지도 몰랐어요. 그래서 『사격인의 바이블』을 보여줬더니 이번엔 한 상자에 몇 발이 들어 있는지도 모르더라니깐요. 총알 가격도 몰라요. 그 면허증 보여달랬다는 얘기는 내가 이때껏 들은 개소리 중에 제일 지독한 개소리예요. 저 새끼 면허고 나발이고……"

뚱보 조니가 문득 말을 멈췄다.

"저기 있네! 저 병신 새끼 저거! 저기 있잖아요! 다 보여, 새끼야! 네 얼굴 봐놨어! 다음에 걸리면 뒈질 줄 알아! 내가 기필코 죽여버린다! 씨발 내가……"

"저 사람 지갑을 안 갖고 있다, 이거야?"

오마라가 물었다.

"있을 리가 없잖아요!"

"그럼 진열장 뒤 좀 봐도 되지? 그냥 확인만 하는 거니까."

델레반이 대꾸했다.

"진짜 미치고 펄쩍 뛰다가 미끄러져 돌아가시겠네! 진열장은 유리잖아요! 지갑 비슷한 거라도 보여요?"

"아니, 거기 말고…… 여기 좀 보잔 말이지."

델레반이 금전등록기 쪽으로 걸음을 옮겼다. 목소리가 고양이 털인 양 부드러웠다. 금전등록기 옆 진열대에는 폭이 60센티미터쯤 되는 크롬강판이 덧대어져 있었다. 델레반이 고개를 돌리자 감색 정장 사내가 고개를 주억거렸다.

"여기서 당장 나가요."

뚱보 조니가 말했다. 낯빛이 약간 해쓱해 보였다.

"가서 영장을 갖고 오면 봐도 돼요. 하지만 지금은 안 돼요, 당장 나가요. 여긴 자유주의 국가…… 어이, 잠깐! 잠깐만! *그만두라니까!*"

오마라가 카운터 너머로 몸을 숙였다.

"그거 불법이야!"

뚱보 조니가 악을 썼다.

"씨발 불법이라니까, 헌법에 보장된, 어…… 나 변호사 있는데…… 당장 비켜, 안 비키면 그……"

"그냥 물건 좀 가까이서 보려는 것뿐이야."

오마라의 목소리는 침착했다.

"진열장 유리가 너무 더러워서 말이지. 그래서 몸을 숙인 것뿐이야. 안 그래, 칼?"

"아무렴 그렇고말고."

델레반이 진지하게 대꾸했다.

"근데 내가 뭘 찾았는지 좀 봐봐."

롤랜드의 귀에 철컥 소리가 들리는가 싶더니, 청색 제복을 입은 총잡이가 터무니없이 커다란 총을 불쑥 들어올렸다.

뚱보 조니의 낯빛이 어두워졌다. 방금 매그넘을 찾아낸 경관이 주절거린 헛소리를 뒤집을 사람은 이제 이 가게 안에 오직 그뿐이었다.

"나 면허증 있어요."

"소지면허겠지?"

델레반이 물었다.

"예."

"은닉소지가 가능한 면허야?"

"예."

"이건 등록된 총인가? 당연히 그렇겠지, 안 그래?"

오마라가 물었다.

"그게…… 기억이 안 나요."

"불법무기일 수도 있지. 하지만 그것도 기억이 안 나겠지?"

"됐어요. 나 변호사 부를 거예요."

뚱보 조니가 돌아섰다. 델레반이 그를 붙잡았다.

"그럼 남은 문제는 스프링식 총집에 총기를 은닉하도록 허가하는 면허를 받았느냐, 하는 건데 말이지."

델레반의 목소리는 여전히 고양이털인 양 나긋나긋했다.

"여기서부터가 재미있는 부분이야. 왜냐면 내가 아는 한 뉴욕시에서는 그따위 면허를 아예 발급도 안 하거든."

두 경관이 뚱보 조니를 물끄러미 바라보았다. 뚱보 조니도 이들에게 질세라 눈을 부라렸다. 그리하여 셋 모두, 문에 걸린 표지판을 '영업중'에서 '휴일'로 돌려놓는 롤랜드를 알아채지 못했다.

"해결의 실마리는 저 신사분의 지갑인 것 같은데 말이지."

오마라가 말했다. 사탄이라고 해도 그토록 달콤하게 사람을 꾀지는 못했으리라.

"어쩌면 그냥 바닥에 떨어뜨린 걸 수도 있잖아, 안 그래?"

"벌써 얘기했잖아요! 난 저 새끼 지갑 본 적도 없어요! 미친 새끼라니까요!"

롤랜드가 몸을 숙이더니 중얼거렸다.

"저기 있었군. 내가 다 봤소. 저 사람이 발로 밟고 있소."

거짓말이었다. 그러나 뚱보 조니의 어깨를 붙잡고 있던 델레반이 그를 벽으로 확 떠미는 바람에 발로 밟고 있었는지 어땠는지는 어차피 확인할 수도 없었다.

기회가 왔다. 롤랜드는 카운터 아래를 들여다보는 경관들 뒤쪽으로 소리 없이 다가갔다. 두 사람이 나란히 서 있었던 까닭에 머리가 한데 모여 있었다. 오마라는 점원이 카운터 아래에 숨겨두었던 권총을 오른손에 쥐고 있었다.

"이런 젠장, 저기 있잖아! 너 딱 걸렸어!"

델레반이 신이 난 듯 외쳤다.

롤랜드는 뚱보 조니라고 불린 사내를 흘끔 살펴보았다. 그가 허튼수작을 부리지 않는지 확인할 생각이었다. 그러나 뚱보 조니는 벽에 등을 기대고 서 있을 뿐이었다. 실은 할 수만 있다면 벽을 뚫고 들어가고 싶은 듯 딱 달라붙어 있었다. 양손은 늘어뜨린 채였고, 두 눈은 커다란 대문자 오(O)로 변해 있었다. 이번 주 별자리 운세에 오늘을 조심하라는 말은 없었는데 하고 어리둥절해하는 사람처럼 보였다.

뚱보 조니 쪽은 아무 문제도 없었다.

"얼씨구!"

오마라가 흥겹게 맞장구쳤다. 두 경관은 손으로 제복 바지 무릎께를 짚고 서서 카운터 아래를 들여다보는 중이었다. 오마라가 무릎에서 손을 뗀 다음, 지갑을 주우려고 팔을 뻗었다.

"딱 걸렸구나, 딱 걸렸……"

그 순간, 롤랜드가 마지막 한 걸음을 내딛었다. 그가 한 손으로 델레반의 턱 오른쪽을, 다른 손으로는 오마라의 턱 왼쪽을 쥐는가 싶더니, 뒤이어 느닷없이, 뚱보 조니 홀든 인생 최악의 날이 훨씬 지독한 날로 탈바꿈했다. 감색 정장을 걸친 유령이 경관들의 머리를 확 맞부딪히자 가죽으로 감싼 바윗돌 두 개가 부딪히는 소리가 났던 것이다.

경관들이 스르륵 주저앉았다. 금테안경 쓴 사내가 몸을 일으켰다. 357 매그넘이 뚱보 조니를 겨누고 있었다. 총구가 달 탐사 로켓도 발사할 만큼 커다래 보였다.

"말썽 부릴 생각은 안 하는 게 좋을 거다, 알겠나?"

감색 정장 유령의 목소리는 차갑기만 했다.

"예, 손님. 절대 안 하겠습니다."

뚱보 조니가 냉큼 대답했다.

"꼼짝 말고 서 있어라. 볼기짝이 벽에서 떨어지면 네놈 명줄도 평생 살아온 이 세상에서 떨어지는 거다. 알아들었나?"

"예, 손님. 잘 알았습니다."

"좋아."

롤랜드는 두 경관을 따로 떼어놓았다. 둘 다 살아 있었다. 잘된 일이었다. 아무리 느려터지고 부주의하다고는 해도 그들은 총잡이였고, 곤란에 처한 낯선 이를 도와준 선인들이었다. 롤랜드는 그들을 죽일 마음이 조금도 없었다.

그렇다고 해서 총잡이를 죽인 적이 없다는 뜻은 아니었다. 안 그런가? 아무렴. 함께 의형제의 연을 맺었던 알레인 앞에서, 롤랜드와 커스버트의 총은 연기를 피워올리지 않았던가?

점원에게 눈길을 고정한 채로 롤랜드는 잭 모트의 구찌 로퍼로 카운터 아래를 더듬거렸다. 지갑이 있었다. 롤랜드가 지갑을 발로 찼다. 점원이 서 있는 카운터 반대쪽으로 지갑이 튀어나왔다. 뚱보 조니는 쥐를 본 겁쟁이 계집애처럼 소리를 지르며 펄쩍 뛰었다. 한순간 엉덩이가 벽에서 떨어졌지만, 총잡이는 눈감아주었다. 점원을 죽일 생각은 없었다. 굳이 쏠 것도 없이 총을 집어던져서 기절시킬 수도 있었다. 그렇게 큰 총을 쐈다가는 온 마을의 절반이 몰려들 수도 있었다.

"주워라. 천천히."

총잡이가 말했다. 뚱보 조니는 몸을 숙였고, 지갑으로 손을 뻗던 도중에, 우렁찬 방귀소리와 비명소리를 연달아 터뜨렸다. 총잡이는 사정을 알아채고 슬며시 웃었다. 놈은 자기 방귀소리를 총소리로 착 각하고 꼼짝없이 죽었구나 하고 생각했으리라.

뚱보 조니가 몸을 일으켰다. 얼굴이 새빨갰다. 바지 앞섶은 젖어 서 짙은 색으로 변해 있었다.

"걸낭을 진열장 위에 올려놔라. 지갑 말이다."

뚱보 조니는 시키는 대로 했다.

"이번엔 총알이다. 윈체스터 45구경. 손은 내가 볼 수 있도록 항 상 꺼내 놔라."

"주머니에 손을 넣어야 하는데요. 열쇠를 꺼내야 돼서."

롤랜드가 고개를 주억거렸다.

뚱보 조니가 자물쇠를 풀고 총알 상자가 쌓인 진열대 문을 여는 동안, 롤랜드는 골똘히 생각했다.

"네 상자 다오."

롤랜드가 마침내 입을 열었다. 총알이 그렇게나 많이 필요할지 어떨지는 확실치 않았지만, 전부 다 갖고 싶은 욕망을 억누르기는 불가능했다.

뚱보 조니가 총알 상자를 카운터에 올려놓았다. 롤랜드는 직접 상자를 열어볼 때까지도 이것이 농담이 아니라 현실임을 믿기가 힘 들었다. 그러나 안에 든 것은 총알이었다. 멀쩡했고, 깨끗했고, 반짝 거렸으며, 티끌 하나도, 이미 쏜 흔적도, 화약을 다시 채워넣은 흔적 도 없었다. 롤랜드는 총알 한 발을 꺼내어 불빛에 비춰보고 도로 상 자에 집어넣었다.

"이제 족쇄를 두 벌 꺼내라."

"족쇄요?"

총잡이가 모트 백과사전을 뒤적거렸다.

"수갑 말이다."

"손님, 뭘 원하시는지는 몰라도 금전등록기는 저쪽에 있으니까 필요하시면……"

"시키는 대로 해라. 어서."

'젠장, 끝날 기미가 안 보이잖아 이거.' 뚱보 조니는 속으로 신음을 내뱉었다. 그러고는 진열장의 다른 칸을 열고 수갑을 꺼냈다.

"열쇠는?"

뚱보 조니가 수갑 열쇠를 카운터에 올려놓았다. 자그맣게 찰그락 소리가 들렸다. 정신을 잃은 경관 한 명이 느닷없이 드르렁 소리를 내자 조니가 비명을 질렀다.

"뒤로 돌아서라."

"절 쏘진 않으실 거죠, 그렇죠? 아니라고 해주세요!"

"안 쏘마."

롤랜드의 목소리에 억양 따위는 없었다.

"당장 돌아서면 안 쏜다. 하지만 꾸물거리면 얘기가 다르지."

뚱보 조니가 뒤로 돌아서더니 엉엉 울기 시작했다. 사내는 안 쏜다고 했지만, 마피아처럼 뒤통수를 쏴죽일 거라는 의심이 갈수록 짙어졌다. 의심은커녕 사내를 제대로 쳐다볼 수도 없었다. 조니의 울음소리가 껄껄거리는 울먹임으로 바뀌었다.

"손님, 제발, 저희 어머닐 봐서라도 죽이지는 마세요. 늙으신 어머니가 있어요. 게다가 앞을 못 보세요. 저희 어머니는……"

"네 어머니는 겁쟁이 아들 때문에 욕보임을 당하셨지."

총잡이가 부루퉁하게 뇌까렸다.

"이제 손을 한데 모아라."

훌쩍이면서, 젖은 바지가 사타구니에 찰싹 달라붙은 몰골로, 뚱보 조니가 두 손을 모았다. 쇠고랑이 순식간에 두 손을 옭아맸다. 조니는 이 유령 같은 사내가 어떻게 그토록 빨리 카운터를 돌아왔는지, 아니면 넘어왔는지, 알 길이 없었다. 어차피 알고 싶지도 않았다.

"돌아서도 좋다고 할 때까지 벽을 보고 서 있어라. 내 명령이 떨어지기 전에 돌아서면 넌 죽는다."

뚱보 조니의 머릿속에 희망의 등불이 켜졌다. 어쩌면 사내가 쏘지 않을지도 몰랐다. 어쩌면 미친놈이 아니라 살짝 맛이 간 놈인지도 몰랐다.

"안 그럴게요. 하느님께 맹세합니다. 온 성인들의 이름으로 맹세합니다. 온 천사들의 이름으로, 온 대천사들의 이름으로……"

"나도 맹세하마. 닥치지 않으면 넌 모가지에 구멍이 뚫린다."

유령이 말하자 뚱보 조니가 냉큼 입을 다물었다. 조니는 벽을 마주보고 서 있는 시간이 영원처럼 느껴졌다. 실은 겨우 20초에 불과했다.

롤랜드는 무릎을 꿇고 바닥에 떨어진 점원의 총을 주우면서 그 굼벵이놈이 말을 잘 듣는지 흘끗 살펴본 다음, 쓰러져 있는 두 경관을 굴려서 똑바로 눕혔다. 둘 다 완전히 기절한 상태였으나 롤랜드가 보기에 크게 다치지는 않은 듯싶었다. 두 사람 다 고르게 숨 쉬는 중이었다. 델레반이라는 총잡이의 한쪽 귀에서 흘러나온 가느다란 핏줄기만 빼면 괜찮았다.

롤랜드는 다시 한 번 점원을 흘끗 살피고 나서 총잡이들의 권총띠를 벗겨냈다. 그러고는 모트의 감색 재킷을 벗고 권총띠를 허리에 찼다. 형편없는 총이었는데도 쇳덩이를 다시 몸에 지니게 되니 기분이 흐뭇했다. 끝내주게 좋았다. 생각보다 훨씬 좋았다.

권총이 두 정. 한 정은 에디에게, 한 정은…… 준비가 되었을 때, 그때가 오면, 오데타에게. 총잡이는 모트의 재킷을 다시 걸치고 양쪽 주머니에 총알을 두 상자씩 집어넣었다. 선이 멋지게 떨어졌던 재킷은 이제 주머니가 불룩 튀어나와 보기 흉한 꼴이 되었다. 총잡이는 점원의 357 매그넘에서 꺼낸 총알을 바지 주머니에 담았다. 그러고 나서 가게 저편으로 총을 집어던졌다. 총이 바닥에 떨어지자 뚱보 조니가 펄쩍 뛰어오르며 또다시 비명을 질렀고, 또다시 뜨뜻한 물을 바지에 흘렸다.

총잡이는 일어서서 뚱보 조니에게 돌아서라고 명령했다.

10

뒤로 돌아서서 감색 정장 차림에 금테 안경을 쓴 괴짜를 다시 마주보았을 때, 뚱보 조니는 입을 헤 벌렸다. 한순간 조니는 자신이 돌아서 있는 동안 그 괴짜가 유령으로 변해버렸다고 굳게 믿었다. 조니는 괴짜 사내의 모습에서 훨씬 더 생생한 누군가를, 어릴 적 텔레비전이나 영화에서 본 전설적인 총잡이들 가운데 한 명을 보았다고 믿었다. 그들의 이름은 와이엇 어프, 독 홀리데이, 부치 캐시디였다.

그러다가 이내 시야가 또렷해졌고, 뚱보 조니는 그 미친놈이 무슨 짓을 했는지 깨달았다. 경관들의 권총띠를 풀어서 자기 허리춤에 둘러맨 것이었다. 양복에 넥타이 차림으로 그런 꼴을 했으니 분명 우스워 보여야 마땅했건만, 웬일인지 우습지가 않았다.

"수갑 열쇠는 카운터에 뒀다. 보안관이 깨어나면 풀어줄 거다."

괴짜 사내가 지갑을 꺼내더니, 놀랍게도, 20달러 지폐 넉 장을 유리에 내려놓고 지갑을 도로 주머니에 넣었다.

"총알 값이다. 네 총에 들었던 총알은 다 빼냈다. 이곳을 나서면서 버릴 생각이다. 이제 네 총은 비었고 지갑은 아예 사라졌으니, 저들이 널 범죄자로 몰기는 힘들 거다."

뚱보 조니가 침을 꿀꺽 삼켰다. 그가 이처럼 꿀 먹은 벙어리가 된 적은 일생을 통틀어 채 몇 번도 안 되었다.

"여기서 가장 가까운……"

정지.

"……약국이 어딘가?"

뚱보 조니는 문득 모든 사정을 이해했다. 또는 이해했다고 생각했다. 말할 것도 없이 이 사내는 약쟁이였다. 답은 그것뿐이었다. 이토록 괴상한 짓을 한 것도 무리가 아니었다. 어쩌면 약이 고파서 눈이 튀어나올 지경인지도 몰랐다.

"저쪽 모퉁이에 약국이 있습니다. 49번가 쪽으로 한 블록 반만 내려가면 됩니다."

"거짓말이면 다시 돌아와서 대가리에 총알을 박아줄 거다."

"거짓말 아닙니다! 성부의 이름으로 맹세합니다! 온 성인들의 이름으로 맹세합니다! 저희 어머니 이름을 걸고……"

그러나 가게 문이 이미 닫힌 후였다. 뚱보 조니는 한동안 꿀 먹은 벙어리가 되어 우두커니 서 있었다. 미친놈이 가버렸다니, 믿을 수가 없었다.

조니는 있는 힘껏 달려서 카운터를 돌아 문으로 향했다. 그러고는 문 쪽으로 등을 돌리고 손으로 더듬거리다가 마침내 자물쇠를 찾아 잠갔다. 조금 더 더듬어서 아예 빗장까지 질러놓았다.

그러고 나서야 비로소 스르륵 주저앉은 조니는 씨근덕거리고 징징거리면서, 하느님과 온 성인들과 천사들의 이름으로 당장 이날 오후에 세인트 앤서니 성당으로 달려가겠노라고 맹세했다. 실은 경관이 일어나서 수갑을 풀어줘야 가능한 일이기는 했지만. 그는 고백성사를 보고, 참회기도를 올리고, 영성체를 할 작정이었다.

뚱보 조니 홀든은 주님 곁에 찰싹 달라붙고 싶었다.

방금 전 일은 그야말로 구사일생이었다.

11

기울어가던 해가 서쪽 바다 수평선 위에 걸린 반원으로 변했다. 그 반원이 다시 에디의 눈을 지지는 눈부신 빛줄기로 줄어들었다. 그토록 밝은 빛을 오랫동안 보고 있다가는 망막에 영구 화상을 입을 수도 있었다. 이는 에디가 학교에서 배운 갖가지 재미난 지식 가운데 한 자락에 불과했다. 그런 지식은 시간제 바텐더 같은 보람찬 직업을 얻는 데에, 또는 거리에서 파는 싸구려 헤로인과 그 헤로인을 살 돈을 찾아 온종일 길바닥을 누비는 흥미진진한 취미를 얻는 데에 도움이 되었다. 에디는 햇빛으로부터 눈을 돌리지 않았다. 그는 눈이 타버리든 말든 상관없는 상황이 조만간 닥치겠거니 생각했다.

에디는 등 뒤 저편에 있는 마귀할멈한테 애걸하지 않았다. 이유는 첫째, 해봤자 소용없을 것 같았다. 둘째, 애걸했다가는 자신이 굴욕스러워질 것 같았다. 에디는 이제껏 굴욕적인 삶을 살아왔다. 그랬던 그가, 문득 깨달았다. 비록 몇 분밖에 안 남은 삶이라 해도 이이상 더 굴욕을 겪고 싶지는 않았다. 남은 시간은 고작 몇 분이 전부였다. 눈부신 빛줄기가 사라지고 가재 괴물의 시간이 돌아올 때까지, 남은 시간은 그것뿐이었다.

에디는 마지막 순간에 기적처럼 오데타가 돌아오지 않을까 하는 희망을 버렸다. 그가 죽으면 십중팔구 자신이 이쪽 세계에 영영 갇히게 되는 줄을 데타가 깨닫지 않을까 하는 희망을 버린 것과 마찬가지였다. 15분 전까지만 해도 그는 데타가 허세를 부린다고 믿었다. 그러나 이제는 그도 깨달았다.

'에라, 야금야금 목 졸려 죽는 것보다야 낫겠지.' 에디는 속으로 각오했지만, 이미 밤마다 징그러운 가재 괴물 떼를 본 이상 그 각오를 온전히 지킬 수는 없는 노릇이었다. 그저 악을 쓰지 않고 죽을 수 있기만 바랄 뿐이었다. 그럴 자신은 없었지만, 그래도 애써볼 작정이었다.

"놈들이 널 반기러 올 거다, 흰둥아!"

데타가 외쳤다.

"이제 금방 올 거다! 그놈들한텐 생애 최고의 만찬일 거다!"

데타의 말은 허세가 아니었고, 오데타도 안 돌아왔고…… 안 돌아오기는 총잡이도 마찬가지였다. 어쩐 일인지 에디는 마지막 이유 때문에 가장 마음이 아팠다. 해변을 거슬러 올라오면서 그는 총잡이와 형제까지는 아니더라도 동료 정도는 되었다고 확신했다. 롤랜드가 그를 도우려고 적어도 애는 써볼 거라고 굳게 믿었다.

그러나 롤랜드는 나타나지 않았다.

'어쩌면 오기 싫어서 안 오는 게 아닐 수도 있어. 못 오는 건지도 몰라. 어쩌면 약국 경비원한테 총을 맞고 죽었을지도. 니미, 세상 마지막 총잡이가 아르바이트 경비원한테 총 맞아 죽었다면 완전 코미디 아냐. 어쩌면 택시에 치었을 수도 있어. 어쩌면 롤랜드가 벌써 죽어서 문이 닫혔는지도 몰라. 데타가 허세를 안 부리는 이유가 그건지도. 어쩌면 허세를 부릴 건수가 아예 없는 건지도 몰라.'

"이제 금방이다!"

데타가 고래고래 악을 질렀고, 에디는 더 이상 눈 걱정을 할 필요가 없었다. 마지막 한 줄기 빛은 사라지고 이제 황혼만 남았으므로.

에디는 파도를 응시했고, 눈에서 서서히 엷어져가는 밝은 빛을 바라보았으며, 이내 파도에서 굴러나올 첫 번째 가재 괴물을 기다렸다.

12

에디는 가재 괴물 1호를 피해 고개를 돌리려고 했으나, 속도가 너무 느렸다. 제 동료들의 질문소리와 진짜 악녀의 웃음소리 속에서, 놈은 집게발로 에디의 얼굴 살을 섬벅 베어냈다. 왼쪽 눈알이 젤리처럼 터져 흘렀고, 황혼 아래 허옇게 드러난 얼굴뼈는……

'그만둬.' 롤랜드는 스스로에게 명령했다. '그딴 생각은 손 놓고 멀거니 있는 것보다도 못한 짓이다. 정신만 흐트러뜨릴 뿐, 쓸데없는 짓이야. 아직은 시간이 있을 터.'

시간은 물론 있었다. 아직까지는. 잭 모트의 육신을 뒤집어쓴 롤랜드가 약국이라고 쓴 간판에 예리한 두 눈을 고정시킨 채, 두 팔을 휘적휘적 저으며, 행인들의 시선과 옆으로 물러서는 인파는 아랑곳없이 49번가를 성큼성큼 걸어가는 동안, 롤랜드의 세계에는 아직 해가 떠 있었다. 해의 아래쪽 반원이 수평선과 만날 때까지 아직 15분 남짓 여유가 있었다. 에디가 겪어야 할 수난은 아직 미래의 일이었다.

그러나 사실로 단정 지을 수는 없는 노릇이었다. 총잡이가 아는 사실은 다만 저쪽 세계의 시각이 이쪽 세계보다 이르다는 것뿐이었고, 따라서 저쪽 세계에 틀림없이 해가 떠 있다고 해도 이쪽 세계와 그의 세계에서 시간이 같은 속도로 흐른다면 끔찍한 일이 벌어질 터였으며…… 특히 에디에게 그럴 터였다. 에디가 기를 쓰고 상상해 봤자 그를 기다리는 것은 상상을 불허하는 끔찍한 죽음이었다.

총잡이는 하마터면 뒤를 돌아보고 싶은 충동에, 건너다보고 싶은 충동에 굴복할 뻔했다. 그러나 감히 그럴 수는 없었다. 결코 그럴 수 없었다.

총잡이의 머릿속에서 질주하는 상상을 코트의 목소리가 질끈 움켜잡았다. '감당할 수 있는 것만 감당해라, 굼벵이놈아. 그것 말고는 전부 다 될 대로 되게 그냥 놔둬. 그래도 정 상대해야겠다면 총에서 불을 뿜을 각오로 덤벼라.'

물론.

그러나 힘든 일이었다.

때로는 몹시 힘든 일이었다.

이쪽 세계에서 할 일을 최대한 서둘러 처리하고 돌아가겠다는 생각에 조금만 얕게 몰입했더라면, 총잡이는 사람들이 왜 그를 흘끔거리는지, 또 왜 우르르 길을 비켜주는지 알아차렸을 테지만, 어차피 알아차린다고 해도 달라질 것은 없었다. 모트 백과사전에 따르면 그의 몸에 필요한 약은 케플렉스였다. 그가 약을 구하러 파란 간판 쪽으로 어찌나 빨리 걸어갔던지, 모트의 재킷은 양쪽 주머니에 묵직한 납덩이가 들어 있었는데도 뒤쪽으로 젖혀져 펄럭거렸다. 그러자 허리춤에 비껴 맨 권총띠가 훤히 드러났다. 권총띠를 똑바로 당겨 매던 원래 주인과 달리 총잡이는 자기 식대로, 엉덩이 위쪽에서 교차되도록 느슨하게 맸다.

49번가에 있던 쇼핑객, 길거리 가수, 노점상 등등은 총잡이를 보고 뚱보 조니와 같은 생각을 떠올렸다. 총잡이는, 무법자 같았다.

카츠 약국 앞에 도착한 롤랜드가 가게 안으로 들어섰다.

13

총잡이는 당대의 마법사, 주술사, 연금술사 등을 익히 알았다. 그 중 몇몇은 영리한 사기꾼이었고 몇몇은 오직 그들 자신보다 멍청한 인간들만 믿을 법한 멍청한 사기꾼이었으며(그러나 세상에 멍청이가 부족한 적은 없었기에 멍청한 사기꾼도 살아남았을 수 있었다. 아니, 실은 영화를 누리기까지 했다.), 드물게 몇몇은 사람들이 귓속말로 소곤거리는 일을 실제로 할 수 있었다. 이들은 악마와 죽은 자를 소환할 수 있었고, 사람에게 저주를 걸어 해치거나 신비한 약으로 치료할 수도 있었다. 그중에는 총잡이가 악마로 확신했던 존재, 인간으로 행세하며 스스로 플랙이라고 칭하던 존재가 있었다. 총잡이는 잠깐이나마 플랙을 목격한 적이 있었다. 최후의 날이 얼마 남지 않았을 무렵, 바야흐로 혼돈과 파멸이 그의 조국을 뒤덮을 무렵이었다. 플랙의 뒤에는 안절부절못하면서도 왠지 무자비해 보이는 젊은이 둘이 바짝 붙어 서 있었다. 데니스, 그리고 토머스라는 이름의 사내들이었다. 세상이 오로지 혼돈으로 점철되었던 그 시절, 세 남자가 총잡이를 스쳐간 시간은 몹시도 짧았다. 그러나 총잡이는 귀찮게 구는 남자를 멍멍 짖는 개로 변신시키던 플랙을 결코 잊을 수 없었다. 총잡이는 똑똑히 기억했다. 그리고 또 한 사람, 검은 옷을 입은 남자가 있었다.

그리고 마튼도 있었다.

롤랜드의 아버지가 자리를 비운 사이 그의 어머니를 유혹한 마튼. 롤랜드의 죽음을 획책했으나 결과적으로는 이른 성인식을 치르게 해준 마튼. 롤랜드가 언젠가 다시 만나리라고 추측하는 마튼, 암흑의 탑에 이르기 전에…… 또는 그 탑에서.

굳이 이 얘기를 하는 까닭은, 총잡이가 마법과 마법사에 대해 경험한 바를 토대로 예상했던 것과 카츠 약국에서 실제로 목격한 것이 전혀 달랐던 까닭을 설명하기 위함이다.

총잡이는 매캐한 연기로 가득한 어두컴컴한 방, 촛불, 뭔지 모를 가루약이나 물약이나 최음제가 든 약병, 그 위에 수북이 쌓인 먼지와 오랜 세월 친친 감긴 거미줄 따위를 예상했다. 두건을 덮은 남자,

어쩌면 위험한 인물일지도 모를 남자가 있으리라고 예상했다. 그러나 약국에는 여느 가게와 다름없이 투명한 유리창 너머에서 오가는 사람들이 보였고, 총잡이는 이를 헛것이라고 생각했다.

헛것이 아니었다.

그리하여 가게에 들어선 총잡이는 잠시 우두커니 서 있었고, 처음에는 경악했으며, 나중에는 오히려 재미있어 했다. 그가 있는 곳은 한 걸음 내디딜 때마다 말문이 막힐 만큼 경이로운 것들이 쏟아져 나오는 세계, 마차가 하늘을 날고 종이가 모래처럼 흔한 세계였다. 그런데 이제 총잡이 눈앞에 새로이 펼쳐진 경이는, 그런 세계에 살면서도 경이를 잊어버린 사람들이었다. 기적으로 가득한 세계에서 총잡이가 본 것은 오로지 무표정한 얼굴과 굼뜬 육신들뿐이었다.

가게 안에는 약병, 회복약, 최음제 등등이 무수히 많았지만, 모트 백과사전에 따르면 거의 다 엉터리 치료제였다. 이쪽에 있는 고약은 탈모를 치료한다고 씌어 있었으나 실은 효과가 없었다. 저쪽에 있는 크림은 손과 팔의 보기 싫은 반점을 지워준다고 장담했으나 거짓말이었다. 치료할 필요도 없는 증상을 치료하는 약도 있었다. 변을 촉진하거나 억제하는 약, 이를 하얗게 만들어주는 약과 머리를 까맣게 만들어주는 약, 오리나무 껍질을 씹는 것만으로는 부족하다는 듯 구취를 없애주는 약도 있었다. 이곳에 마법은 없었다. 아스틴이나 몇몇 쓸모 있어 보이는 약은 있었지만, 그래봤자 거의 다 잡동사니일 뿐이었다. 그러나 롤랜드가 가장 놀란 점은 바로 이 장소 자체였다. 마법의 이름을 내걸고 회복약보다 향수를 파는 데 주력하는 곳이라니, 사람들이 경이를 잊어버렸다고 해도 경이로울 것이 없지 않은가?

하지만 모트 백과사전을 다시 뒤져보고 나서 롤랜드는 눈에 보이는 것이 진실의 전부가 아님을 깨달았다. 진짜 효력을 발휘하는 약은 안 보이는 곳에 감추어져 있었다. 마법사의 허가를 받은 사람만이 그 약을 얻을 수 있었다. 이쪽 세계에서 '의사'라고 불리는 마법사들은 모트 백과사전에 따르면 '처방전'이라는 이름의 종이에 마법 주문을 적었다. 총잡이는 그 말이 무슨 뜻인지 알 수 없었다. 더 자세히 조사해볼 수도 있었지만 굳이 그러지는 않았다. 그는 자신에게 무엇이 필요한지 이미 알았고, 모트 백과사전을 훑어보고 나서 그것을 어디서 구할 수 있는지도 알아냈다.

총잡이는 '조제약'이라고 씐 높다란 카운터 쪽으로 난 통로를 성큼성큼 걸어갔다.

14

1927년에 뉴욕 시 49번가에다 카츠 약국 및 탄산음료 가게(신사·숙녀용 잡화 판매)를 차린 선대 카츠 씨는 이미 무덤에 들어간 지 오래였고, 이제 그의 외아들 또한 자기 무덤을 준비할 때가 된 듯 보였다. 카츠는 고작 마흔여섯 살이었지만 겉만 보면 예순여섯 살로 보였다. 머리는 벗겨졌고 낯빛은 노리끼리했으며 몸은 골골거렸다. 그 또한 남들이 자신을 가리켜 내일모레 죽을 사람처럼 보인다고 수군거리는 줄 다 알았지만, 그렇게 떠드는 인간들 중에 이유를 아는 사람은 아무도 없었다.

예를 들면, 지금 통화중인 쌍년이 그 이유 중 하나였다. 래스번 부인. 염병할 처방전에 적힌 발륨을 당장, 그것도 '바로 지금 당장' 내놓지 않으면 고소하겠다고 용천지랄을 떠는 쌍년.

'이 전화선으로 신경안정제를 줄줄 흘려 보내드리면 만족하시겠습니까, 부인?' 그러면 그 여자가 적어도 주둥이를 다무는 호의쯤은 베풀어줄지도 몰랐다. 수화기를 입에서 떼고 씩 쪼갤지도 몰랐다.

카츠는 그 생각을 하며 희미하게 미소 지었고, 그러자 누리끼리한 치열이 드러났다.

"그건 모르고 하시는 말씀입니다, 래스번 부인."

카츠는 여인이 주절거리는 소리를 1분 동안 들어주고 나서 말허리를 잘랐다. 그는 손목시계의 분침이 찰칵 움직이기를 기다리며 정확히 1분을 쟀다. 카츠는 이렇게 말하고 싶었다, 단 한 번만이라도. '나한테 소리치지 마 이 멍청한 년아! 네 주치의한테 대고 떠들어! 네년이 쓰레기 약에 중독된 건 그 새끼 잘못이잖아!' 아무렴. 빌어먹을 돌팔이들은 신경안정제를 무슨 풍선껌인 양 뿌려대지만, 놈들이 처방을 끊기로 결정했을 때 정작 똥물을 뒤집어쓰는 사람은 누구일까? 돌팔이들? 천만의 말씀! 똥물은 카츠 몫이었다!

"내가 모른다니 뭘 모른다는 거예요?"

유리병에 갇힌 성난 말벌처럼 앵앵거리는 목소리가 들렸다.

"댁의 그 촌스러운 약국하고 오랫동안 거래한 줄은 알아요. 벌써 몇 년 동안이나 거길 애용한 고객인 줄도 알고요. 또 내가"

"래스번 부인, 약 얘기는 제가 아니라……"

카츠는 반돋보기를 쓰고 쌍년의 처방전을 다시 확인했다.

"……브룸홀 선생한테 하셔야 해요. 처방전 기한이 지났단 말입니다. 처방전 없이 발륨을 파는 건 연방법 위반이에요."

'애초에 처방해 주는 것 자체가 범죄다…… 하기야 이 의사란 놈의 번호가 전화번호부에도 안 나와 있으니, 말 다 했지.' 카츠는 속으로 생각했다.

"그건 실수였다니까요!"

여인이 빽 소리를 질렀다. 광기로 날이 선 목소리였다. 에디가 들었더라면 대번에 알아보았을 법한 목소리, 즉 흥분한 약쟁이가 부르짖는 소리였다.

"그럼 의사 선생한테 전화해서 고쳐달라고 하세요. 선생도 저희 약국 번호를 아니까요."

아무렴. 그들은 죄다 카츠의 전화번호를 알았다. 바로 그것이 문제의 근원이었다. 마흔여섯밖에 안 먹은 카츠가 내일모레 죽을 사람처럼 보이는 것은 다 돌팔이 의사들 탓이었다.

'게다가 약에 환장한 쌍년들한테 꺼져 씨발아 한마디만 했다가는 약국을 꾸려갈 쥐꼬리만 한 수입마저도 확실히 녹아 없어지겠지. 그런 거지.'

"전화가 안 된다고요!"

쌍년이 악쓰는 소리가 카츠의 귀를 아프게 파고들었다.

"의사가 호모 애인이랑 휴가를 갔는데 어디로 갔는지 아무도 모른단 말이에요!"

카츠는 위산이 스며나오는 기분이었다. 위에 생긴 궤양 두 개 중한 개는 아물었지만 한 개는 여전히 피를 질질 흘리는 중이었고, 궤양의 원인은 물론 지금 통화하는 이 쌍년 같은 년들이었다. 카츠는 지그시 눈을 감았다. 그래서 그는 조제약 카운터 쪽으로 다가오는 감색 정장에 금테안경을 쓴 사내에게 정신이 팔린 그의 조수를 보지 못했고, 평소의 흐리멍덩한 눈빛은 간데없이 사라지고 엉덩이에 꽂아둔 총으로 손을 뻗는 늙다리 뚱보 경비원 랠프도 보지 못했다 (랠프가 받는 급여는 쥐꼬리나 다름없었는데 카츠는 그마저도 아까워서 부아가 치밀어 죽을 지경이었다. 아버지 대에는 경비원을 고용할 필요가 없었지만, 그 천벌 받을 양반이 살아 있을 적에 뉴욕은 똥통이 아니라 도시였다.). 여성 고객이 지르는 비명소리가 들리긴 했지만 카츠는 그녀가 레블론 샴푸 전품목 할인 공지를 보고 호들갑을 떨겠거니 생각했다. 길 건너 돌런츠 약국의 얼간이가 저가 공세를 벌이는 바람에 마지 못해 하는 세일이었다.

총잡이가 흡사 피할 수 없는 최후의 심판인 양 카운터를 향해 다가오는 동안에도, 카츠는 오로지 돌런츠 약국의 얼간이와 전화에 매달린 쌍년 생각뿐이었다. 두 연놈을 홀랑 벗겨서 온몸에 꿀을 처바른 다음 볕이 이글거리는 사막의 개미굴에다 말뚝을 세우고 묶어놓으면 얼마나 멋질까, 하고 상상하느라 여념이 없었다. 두 연놈을 위한 커플용 개미굴 한 세트, 완벽했다. 카츠는 지금이야말로 갈 데까지 간 상황, 그야말로 최악의 상황이라고 생각했다. 카츠의 아버지는 외아들이 자신의 뒤를 이어주길 간절히 바랐던 나머지 아들에게 약대 등록금 이외의 무엇도 지원해 주지 않았고, 그리하여 카츠는 아버지의 뒤를 이었으며, 그의 아버지는 천벌 받을 양반이었던 것이, 왜냐하면 실제 나이보다 겉늙어 보이는 인생을 살아온 카츠가 비참한 나날뿐이었던 그의 인생에서 드디어 가장 비참한 날을 맞았음이 분명했기 때문이었다.

상황은 그야말로 절망적이었다.

눈을 감고 있는 동안 카츠는 그렇게 생각했다.

"래스번 부인, 가게에 들르시면 5밀리그램짜리 발륨 열 정을 드리겠습니다. 그럼 되겠죠?"

"이제 알아들었군요! 세상에, 이제야 알아들었어요!"

그러곤 전화가 끊겼다. 그걸로 끝이었다. 고맙다는 말 한마디 없이. 하지만 의사입네 하고 걸어다니는 똥 제조기를 다시 만나면 그 쌍년은 넙죽 엎드려서 놈의 구찌 구두를 코로 닦아주려 들 테고, 거시기도 빨아주려 들 테고, 어쩌면 아예……

"카, 카츠 씨."

조수가 묘하게 떨리는 목소리로 그를 불렀다.

"크, 큰일 난 것 같은데요……."

또다시 비명소리가 들렸다. 뒤이어 총소리가 들렸고, 카츠는 어찌나 지독하게 놀랐던지 심장이 있는 힘껏 박수를 치고 영영 멎어버렸구나 하고 생각했다.

카츠는 눈을 뜨고 총잡이의 눈을 마주보았다. 그러고는 아래로 시선을 돌려 그가 손에 쥔 권총을 내려다보았다. 왼쪽을 보니 경비원 랠프가 손을 주무르면서 당장이라도 튀어나올 듯 동그래진 눈으로 강도를 바라보는 중이었다. 랠프가 경관으로 재직한 18년 동안 마지못해 차고 다녔던 38구경 권총은 이미 걸레가 되어 구석에 처박혀 있었다(23구역 파출소의 지하 사격장에서만 사용한 총이었다. 랠프 말로는 근무 중에 두 번 총을 뽑은 적이 있다고 했지만…… 그야 아무도 모를 일 아닌가?).

"케플렉스를 주시오."

눈빛이 형형한 사내가 무덤덤하게 말했다.

"많이 주시오. 당장. 처방전은 신경 쓸 것 없소."

잠깐 동안 카츠는 멍하니 사내를 쳐다보기만 했다. 입은 헤 벌린 채였고, 심장은 가슴 속에서 방망이질했으며, 위는 산이 부글부글 끓는 소름끼치는 냄비나 다름없었다.

최악의 상황은 이미 끝났다고 생각하지 않았던가?

그런데 아니었던 말인가?

15

"그, 그건 모르고 하시는 말씀입니다."

카츠가 가까스로 소리 내어 말했다. 그 자신이 들어도 낯선 목소리가 나왔지만 이상할 것도 없었다. 입속은 플란넬 셔츠처럼 바싹 말랐고 혀는 솜방망이가 된 듯 깔깔했으므로.

"저희는 코카인 안 팝니다. 그건 애초에 파는 물건이……"

"코카인 달라는 말은 안 했소."

감색 정장에 금테 안경을 쓴 사내가 말했다.

"케플렉스 달라고 했소."

'아니 나도 그렇게 들은 것 같긴 한데.' 카츠는 하마터면 눈앞의 미친 호래자식한테 이렇게 말할 뻔했지만, 그랬다가는 성질만 돋울까 두려워서 마음을 바꿨다. 암페타민이나 벤제드린을 비롯한(래스번 부인이 애지중지하는 발륨을 포함하여) 대여섯 가지 약물을 노리고 약국을 턴다는 얘기는 그도 들은 적이 있었지만, 이놈은 역사상 유례없는 페니실린 강도가 아닌가 싶었다.

아버지(그 천벌을 받을 늙은이)의 목소리가 카츠에게 우물쭈물하지 말고 뭔가 '하라고' 명령했다.

그러나 할 일이 아무것도 떠오르지 않았다.

총 든 사내가 카츠에게 할 일을 제공했다.

"서두르시오. 시간이 없소."

"어어, 얼마나 드릴까요?"

카츠가 물었다. 강도의 어깨 너머를 흘끗거리던 그는 도저히 믿기 힘든 광경을 목격했다. 이 도시에서는 불가능한 일이었다. 그러거나 말거나 실제로 일어나는 듯 보였다. 다행일까? 카츠가 마침내 얼마 안 되는 행운을 붙잡았을까? 그렇다면 기네스북에 올릴 사건이 아닌가!

"나도 잘 모르오. 그냥 가방 한 개를 꽉 채울 만큼 주시오. 큰 가방으로."

총 든 사내가 말했다. 그러고는 한마디 경고도 없이 돌아섰고, 그의 총이 또다시 불을 뿜었다. 웬 남자가 울부짖었다. 산산조각 난 유리창이 바깥 보도로 쏟아져 내렸다. 행인 몇 명이 유리에 베었지만 크게 다친 이는 없었다. 카츠 약국 안에서는 여성들이(그리고 적잖은 남성들도) 비명을 질렀다. 보안 경보기도 거칠게 악을 썼다. 혼비백산한 손님들이 출구 쪽으로 우르르 몰려갔다. 그러나 총 든 사내는 방금 전 표정 그대로 카츠 쪽으로 돌아섰다. 처음부터 줄곧 놀랄 만큼 강한(그러나 무한정은 아닌) 인내심을 지닌 표정이었다.

"어서 시키는 대로 하시오. 시간이 없소."

카츠는 침을 꿀꺽 삼켰다.

"예, 손님."

16

영험한 약을 보관하는 카운터 쪽으로 걸어가던 도중에 총잡이는 가게 왼쪽 구석 천장에 붙은 볼록 거울을 발견하고 감탄했다. 지금의 모습으로 변질해 버린 총잡이의 세계에 볼록한 거울 같은 물건을 만들 수 있는 기술을 지닌 장인은 아무도 없었다. 그러나 한때는 총잡이가 에디와 오데타의 세계에서 본 여러 물건들을 포함하여 그런 유의 물건을 만들던 시대가 있었으리라. 총잡이는 산맥 지하의 터널뿐만 아니라 다른 곳에서도 그 비슷한 물건의 잔해를…… 악마가 출몰하는 곳에서 종종 눈에 띄는 드루이트의 돌 같은 태곳적의 신비한 유적들을 본 적이 있었다.

총잡이는 거울의 용도가 무엇인지도 알아차렸다.

그는 카츠의 눈앞에 걸린 렌즈가 주변 시야를 얼마나 끔찍하게 가리는지에 정신이 팔려 있었고, 그래서 경비원이 움직이는 낌새를 늦게 알아챘다. 그럼에도 총잡이는 여유 있게 돌아서서 경비원이 쥔 총을 쏘아 떨어뜨렸다. 조금 서두르기는 했으나 롤랜드로서는 평소와 다를 바 없는 총질이었다. 그러나 경비원의 생각은 달랐다. 경비원이었던 랠프 레녹스는 그 남자가 말도 안 되는 사격 실력을 지녔다고 죽는 날까지 우길 참이었다. 「애니 오클리」 같은 고릿적 아동용 서부극에나 나올 법한 사격 실력이었다.

절도 행위를 방지할 목적으로 달아놓았음이 분명한 볼록거울 덕분에 롤랜드는 두 번째 사격을 더욱 빨리 할 수 있었다.

연금술사가 시선을 위쪽으로 움직여 어깨 너머를 흘끗 쳐다보자 총잡이의 두 눈이 즉시 거울로 향했다. 거울 속에 총잡이 뒤쪽의 중앙 통로를 따라 접근하는 가죽 재킷 차림 남자가 보였다. 손에는 기다란 칼을, 머릿속에는 틀림없이 영웅이 되리라는 환상을 지닌 남자였다.

총잡이가 돌아서서 총을 허리 높이로 들고 한 발을 발사했다. 익숙지 않은 총이었기에 첫 발을 빗맞힐지도 몰랐고, 그랬다가는 영웅 지망생 뒤쪽에 딱 굳은 채로 서 있는 손님들이 맞을 수도 있기 때문이었다. 허리 높이에서 두 발을 쏘는 편이 안전했다. 총알을 위쪽으로 발사하면 구경꾼들을 안전하게 보호하면서 상대를 맞힐 수 있었고, 지은 죄라고는 향수 사는 날을 잘못 고른 것밖에 없는 애꿎은 여인이 죽을 일도 없었다.

총은 잘 손질되어 있었다. 조준도 정확했다. 롤랜드는 앞서 총을 빼앗은 총잡이들을 떠올렸다. 운동부족으로 살이 뒤룩뒤룩 찐 몰골에 비춰보면, 아마도 그들은 스스로 무기가 되려고 단련하는 일보다 자신이 지닌 무기를 정비하는 일에 더 열중했는지도 몰랐다. 괴상한 행동방식이었으나 어차피 이곳은 괴상한 세계였기에 롤랜드는 비난할 생각이 없었다. 실은 비난할 시간이 없었다.

총알은 정확히 날아가서 칼날 밑동을 부러뜨렸고, 남자의 손에는 칼자루만 남았다.

롤랜드가 가죽 재킷 차림 남자를 물끄러미 바라보았다. 틀림없이 그 시선에 깃든 무언가가 영웅 지망생에게 급한 약속이 있다고 일깨워줬으리라. 왜냐하면 그는 남은 칼자루를 내동댕이치고 도망가는 인파에 합류했으므로.

롤랜드는 연금술사 쪽으로 돌아서서 명령했다. 그 이상 더 개수작을 부렸다간 피를 볼 거라고도 했다. 연금술사가 뒤로 돌아서자 롤랜드가 그의 앙상한 어깨뼈를 총구로 쿡쿡 찔렀다. 연금술사는 숨이 넘어갈 듯 '히이익!' 소리치고 다시 돌아섰다.

"당신 말고. 당신은 여기 있어야 하오. 제자한테 시키시오."

"누, 누구 말씀입니까?"

"저 사람 말이오."

총잡이가 짜증나는 듯 카츠의 조수를 가리켰다.

"어떻게 하죠, 카츠 씨?"

아직 십대인 조수의 얼굴은 하얗게 질린 탓에 여태 남아 있던 여드름이 눈부시게 두드러져 보였다.

"말씀하신 대로 해, 이 멍청아! 주문 받았잖아! 케플렉스!"

조수가 카운터 뒤편의 약장으로 가서 병을 한 개 꺼냈다.

"겉에 적힌 글씨를 볼 수 있게 이쪽으로 돌려라."

조수가 명령대로 했다. 롤랜드는 읽을 수가 없었다. 모르는 글자가 너무 많았다. 그는 모트 백과사전을 뒤졌다. 사전이 케플렉스라고 확인해주고 나서야 그는 사전을 찾은 일이 시간 낭비에 불과함을 깨달았다. 그는 이쪽 세계의 글자를 다 읽을 수 없었지만 이 사람들은 달랐다.

"한 병에 몇 알이나 들어 있나?"

"저기, 실은 알약이 아니라 캡슐인데요."

조수가 덜덜 떨면서 말했다."혹시 알약으로 된 페니실린 항생제를 찾으시는 거라면……"

"그런 건 아무래도 상관없다. 몇 개나 들었나?"

"아, 저……"

조수는 다급하게 병을 살펴보다가 하마터면 떨어뜨릴 뻔했다.

"200개 들었네요."

롤랜드는 앞서 이쪽 세계에서 푼돈으로 얼마나 많은 총알을 살 수 있는지 알았을 때와 비슷한 기분을 느꼈다. 엔리코 발라자르의 약장 비밀칸에 있던 케플렉스는 견본 포장 9개가 다였고, 전부 합해 봤자 36개였다. 그것만으로도 그는 상태가 호전되었다. 만일 200개로도 잡을 수 없는 감염이라면 어차피 죽을 수밖에 없었다.

"이리 다오."

감색 정장 차림 사내가 말했다. 조수가 약병을 건넸다.

총잡이는 재킷 왼쪽 소매를 걷고 잭 모트의 롤렉스 손목시계를 끌렀다.

"수중에 지닌 돈은 없소만, 이거면 보상으로 부족하지 않을 거요. 부디 그랬으면 좋겠소."

그러고는 돌아서서, 나동그라진 의자 곁에 주저앉아 눈을 휘둥그렇게 뜨고 그를 바라보는 경비원에게 고개를 끄덕여 인사한 다음, 가게에서 걸어 나갔다.

깔끔하기 그지없었다.

이후 5초 동안, 가게 안에는 바깥의 구경꾼들이 웅성거리는 소리마저 뒤덮을 만큼 요란한 경보음 외에 아무 소리도 들리지 않았다.

"하느님 맙소사, 카츠 씨, 이제 어떻게 하죠?"

카츠는 시계를 들고 이리저리 살펴보았다.

금이었다. 그것도 순금.

믿을 수가 없었다.

믿어야만 했다.

웬 미친놈이 지나가다가 들어오더니 경비원의 총과 누군가의 칼을 총으로 날려버리고는, 가져간다는 것이 고작 그의 상상과 가장 동떨어진 약이었다.

케플렉스.

기껏해야 60달러도 안 될 케플렉스 한 병.

그 대가로 놓고 간 것은 6,500달러짜리 롤렉스.

"어떻게 하냐고?"

카츠가 되물었다.

"하긴 뭘 해? 당장 이 시계부터 카운터 밑에다 숨겨놔. 넌 아무것도 못 본 거다."

카츠가 랠프 쪽으로 눈을 돌렸다.

"자네도 못 본 거야."

"아, 그럼요."

랠프가 제꺽 대꾸했다.

"시계를 팔 때 제 몫만 챙겨주신다면, 못 본 걸로 하죠."

"어차피 경찰 총에 맞아 길바닥에서 개죽음당할 게 뻔해."

카츠의 표정은 득의만만했다.

"케플렉스라니! 그 사람 코감기도 안 걸린 것 같던데."

조수가 어리둥절한 듯 중얼거렸다.

제4장
패를 뽑을 시간

1

롤랜드의 세계에서 해의 아래쪽 반원이 서쪽 바다에 닿을 무렵, 그리하여 에디가 칠면조처럼 꽁꽁 묶인 채 쓰러져 있는 해변에 눈부신 금빛 불길이 쏟아질 무렵, 에디가 납치당한 세계에서는 오마라 경관과 델레반 경관이 비틀거리며 의식을 회복했다.

"저기요, 이 수갑 좀 풀어주실래요?"

뚱보 조니가 얌전한 목소리로 물었다.

"그놈 어딨어?"

오마라가 웅얼거리며 총집을 더듬었다. 없었다. 총집도, 권총띠도, 총알도, 총도. '총이 없다니.'

이런, 염병할.

오마라는 경찰 내사과의 병신들이 뭐라고 캐물을지 생각해보았다. 현장 지식이라고는 경찰 드라마 「드라그넷」의 조 프라이데이 경사한테 배운 게 전부인 병신들. 그 생각을 떠올리자 도둑맞은 총의 가격 따위는 금세 아일랜드의 인구수나 페루의 주요 광물 매장량만큼이나 하찮아졌다. 오마라는 칼을 돌아보고 나서 그 역시 총을 도둑맞았음을 알아차렸다.

'이런 염병할, 이게 무슨 웃기는 꼴이람.' 비참한 기분에 젖은 오마라는 뚱보 조니가 다시금 카운터에 있는 열쇠로 수갑을 풀어달라고 부탁했을 때 "차라리 네……"라고 대꾸했다. 그러고는 입을 다물었다. 하고 싶었던 말은 '차라리 네 배때기에 바람구멍을 뚫어주마.'였지만, 뚱보 조니를 어떻게 쏜단 말인가? 가게 안의 총은 모조리 사슬로 잠겨 있었고 칼의 총뿐 아니라 오마라의 총마저도 금테안경을 쓴 그 괴짜놈이, 꽤 성실한 시민처럼 보이던 그 괴짜놈이, 어린애 장난감총 뺏듯이 간단히 가져가버린 후였다.

그리하여 오마라는 총을 쏘는 대신 열쇠로 수갑을 풀어주었다. 그러다가 롤랜드가 구석으로 걷어찬 357 매그넘을 발견하고 집어들었다. 그는 매그넘이 총집에 들어가지 않을 거라 생각했는지 허리춤에다 꽂았다.

"뭐예요, 그거 내 총이란 말이에요!"

뚱보 조니가 우는소리를 했다.

"그래? 돌려줄까?"

오마라는 느릿느릿 말했다. 머리가 깨질 것만 같았다. 그 순간 오마라가 원한 것은 오로지 미스터 금테안경을 잡아서 가까운 벽에다 대고 못질하는 일뿐이었다. 그것도 끝이 뭉툭한 못으로.

"내가 듣기로 아티카 교도소에선 너처럼 뚱뚱한 놈이 인기라더라. 그런 속담도 있다던데. '쿠션이 푹신할수록 박는 맛이 쫄깃한

법.' 어때, 그래도 돌려받고 싶냐?"

뚱보 조니가 말없이 돌아서기 직전, 오마라는 조니의 눈에 고인 눈물과 바지 앞에 생긴 젖은 자국을 놓치지 않았다. 그러나 짠한 마음은 조금도 들지 않았다.

"그놈 어딨어?"

칼 델레반이 분명치 않게 웅얼거리는 목소리로 물었다.

"갔어요."

뚱보 조니가 부루퉁하게 대답했다.

"나도 그것밖에 몰라요. 갔어요. 날 죽일 줄 알았는데."

델레반이 느릿느릿 일어섰다. 그는 볼에 축축한 느낌이 들어서 손으로 문질러 무엇인지 확인해 보았다. 피였다. 젠장. 그러고는 총을 찾아 허리춤을 더듬었고, 계속 더듬었으며, 손가락이 총과 총집은 이미 사라졌다고 알려주었는데도 희망을 버리지 않고 더듬었다. 오마라는 가벼운 두통만 느꼈지만 델레반은 누군가에게 머릿속을 원자폭탄 실험장으로 제공한 느낌이었다.

"그 새끼가 내 총을 훔쳐갔어."

델레반이 오마라에게 말했다. 목소리가 하도 어눌해서 거의 알아듣기도 힘들 정도였다.

"나도 같은 신세야."

"그 새끼 아직 여기 있어?"

델레반이 오마라 쪽으로 한 걸음 다가섰다. 그러다가 흡사 먼 바다에 떠 있는 배의 갑판 위를 걷는 사람처럼 왼쪽으로 기우뚱 기울었다가, 가까스로 똑바로 섰다.

"아니."

"얼마나 됐지?"

델레반이 뚱보 조니에게 물었으나 대답이 돌아오지 않았다. 어쩌면 뒤로 돌아서 있던 뚱보 조니는 델레반이 자기 동료에게 묻는 줄 알았으리라. 평소에도 온화한 성격과 방정한 품행으로 이름난 사람이 아니었던 델레반은 머리가 산산이 부서지듯 아프든 말든 아랑곳없이 조니에게 버럭 소리를 질렀다.

"너한테 물어보잖냐, 이 뚱돼지 새끼야! 그 씨발놈이 토긴 지 얼마나 됐냐고!"

"한 5분쯤 됐어요."

뚱보 조니가 뚱하게 대답했다.

"자기가 산 총알이랑 당신들 총을 가져갔는데…… 총알 값은 주고 가던데요. 믿기 힘든 얘기지만."

'5분이란 말이지.' 델레반이 속으로 생각했다. 놈은 택시를 타고 왔다. 그들은 순찰차에 앉아 커피를 마시다가 택시에서 내리는 놈을 보았다. 이제 곧 퇴근 차량으로 길이 막힐 시간. 하루 중 택시 잡기가 힘들 때였다. '잘하면……'

"가자고."

델레반이 조지 오마라에게 말했다.

"아직은 놈을 잡을 수 있어. 총은 이 새끼한테서……"

오마라가 매그넘을 들어 보였다. 처음 델레반의 눈에 두 개로 보이던 총이 서서히 하나로 합쳐졌다.

"좋았어."

델레반은 서서히 정신을 차렸다. 번쩍 정신이 들지는 않았지만 꾸준히, 턱에 강펀치를 얻어맞은 권투선수처럼 정신을 차렸다.

"그건 자네가 써. 난 계기반 아래 있는 산탄총을 쏠게."

델레반이 문 쪽으로 걸어갔다. 이번에는 어지러운 정도가 아니었다. 그는 휘청대다가 벽을 짚고 멈춰섰다.

"자네 괜찮아?"

"그놈을 잡으면 괜찮을 것 같아."

경관들이 가게를 나섰다. 뚱보 조니는 앞서 감색 정장 유령이 떠날 때만큼 기쁘지는 않았지만, 그래도 거의 그때와 비슷하게 기뻤다. 거의 비슷하게.

2

델레반과 오마라는 범인이 총포상을 나와서 어디로 갔을지를 놓고 토론을 벌일 필요가 없었다. 경찰 무전을 들어보면 그만이었다.

"상황 코드 19."

상황실의 지령원이 같은 말을 거듭 반복했다.

"상황 코드 19, 코드 19. 현장은 웨스트 49번가 395번지, 카츠 약국. 범인 큰 키에 금발, 감색 정장을……"

'총을 쐈구나.' 델레반이 퍼뜩 생각했다. 머리가 어느 때보다도 더 지끈거렸다. '조지 총으로 쐈을까, 아니면 내 총으로? 혹시 둘 다? 그 새끼가 누굴 쏴죽이기라도 했으면 우린 끝장인데. 혹시라도 그 새끼를 잡으면 모를까.'

"출발하지."

델레반이 퉁명스럽게 내뱉었다. 오마라는 다시 물어볼 필요가 없었다. 그 또한 델레반과 마찬가지로 상황을 이해했다. 오마라는 경광등과 사이렌을 켜고 차도로 달려나갔다. 붐비는 시간이 벌써 시작되어 차들이 꼬리를 물고 지나갔기에 오마라는 순찰차 한쪽을 길가 도랑에 걸치고 한쪽은 보도에 걸친 채로 질주했고, 행인들은 차를 피해 메추라기처럼 우르르 흩어졌다. 순찰차가 49번가로 진입하는 식료품 트럭의 뒤쪽 흙받기를 찌그러뜨렸다. 두 경관의 귀에 우렁찬 경보음이 들려왔다. 행인들은 가게 입구나 쓰레기더미 뒤에 웅크리고 있었지만, 건물 위쪽 아파트에 사는 이들은 저 아래 상황이 텔레비전 드라마나 공짜 영화라도 되는 양 고개를 내밀고 열심히 내려다보는 중이었다.

49번가에는 차가 보이지 않았다. 택시도 퇴근 인파도 모두 자취를 감췄다.

"아직 안에 있어야 할 텐데."

델레반이 중얼거렸다. 그는 열쇠로 계기반 아래에 비치해둔 펌프식 산탄총의 개머리판과 총신을 고정한 자물쇠를 풀었다. 그러고는 산탄총을 꺼내들었다.

"그 씨발 개새끼가 안에 있어야 하는데 말이지."

두 경관이 몰랐던 것은, 총잡이와 싸우느니 차라리 혼자 있는 편이 훨씬 낫다는 사실이었다.

3

롤랜드가 카츠 약국을 나설 때 잭 모트의 재킷 주머니에는 총알 상자와 함께 큼지막한 케플렉스 병이 들어 있었다. 오른손에는 칼 델레반의 근무용 38구경 권총을 든 채였다. 멀쩡한 오른손으로 총을 쥐게 되니 정말이지 끝내주는 기분이었다.

롤랜드는 사이렌 소리에 이어 길 저편에서 달려오는 순찰차를 목격했다. '그들이 왔구나.' 롤랜드는 총을 치켜들다가 문득 생각했다. 그들은 총잡이였다. 임무를 수행하는 총잡이들. 롤랜드가 돌아서서 연금술사의 가게 안으로 다시 들어갔다.

"거기 서, 이 씨발 새끼야!"

델레반이 소리쳤다. 롤랜드가 재빨리 볼록거울로 눈을 돌리자 귀에서 피를 흘리던 총잡이가 산탄 소총을 들고 차창 너머로 몸을 내미는 광경이 보였다. 동료 총잡이가 차를 급히 세우자 고무바퀴에서 연기가 피어올랐고, 소총을 든 총잡이는 약실에 산탄을 장전했다.

롤랜드는 바닥에 넙죽 엎드렸다.

4

카츠는 거울을 볼 것도 없이 당장 무슨 일이 일어날지를 알아차렸다. 처음에는 미친놈이더니 이번에는 미친 경찰이었다. '아이고, 젠장할.'

"엎드려!"

카츠가 조수와 경비원 랠프에게 소리쳤다. 그러고는 두 사람이 자기 말을 따르는지 확인할 새도 없이 카운터 뒤에서 무릎을 꿇고 몸을 숙였다.

뒤이어 델레반이 산탄총을 발사하기 직전, 조수가 쿼터백에게 회심의 태클을 시도하는 수비수인 양 카츠를 덮쳤고, 그 바람에 카츠는 바닥에 머리를 찧고 턱이 두 군데나 부러졌다.

느닷없이 골을 헤집는 통증 속에서 카츠는 산탄총 발사음을 들었고, 창틀에 남아 있던 유리가 마저 부서지는 소리도 들었다. 애프터셰이브, 오드콜로뉴, 향수, 구강청결제, 감기약, 나머지는 하느님만 아실 갖가지 병도 함께 부서졌다. 수많은 향기가 어지럽게 피어올라 끔찍한 악취를 빚었고, 정신을 잃기 전 마지막으로 카츠는 다시 한번 하느님께 빌었다. 애초에 이 약국이라는 족쇄를 그의 발목에 채워놓은 아버지에게 천벌을 내려달라고.

5

롤랜드는 폭풍처럼 덮쳐온 산탄에 병과 상자가 날아가는 광경을 지켜보았다. 시계를 진열해둔 유리장이 박살났다. 안에 있던 시계도 거의 다 부서졌다. 파편이 반짝이는 구름이 되어 뒤쪽으로 날려갔다.

'저들은 아직 이 안에 무고한 이들이 있는지 없는지도 모를 터. 그것도 모른 채 산탄 소총부터 쏴댄단 말인가!'

용서받을 수 없는 짓이었다. 롤랜드는 치솟는 분노를 억눌렀다. 그들은 총잡이였다. 다치거나 죽을지도 모르는 사람들을 배려하지 않고 고의로 그런 짓을 했다고 믿느니, 차라리 머리를 세게 부딪친 탓에 정신이 혼란해졌다고 믿는 편이 나았다.

그들은 롤랜드가 도망치거나 반격하리라고 예상했으리라.

그러는 대신 롤랜드는 몸을 낮추고 입구 쪽으로 기어갔다. 깨진 유리에 손과 무릎이 베였다. 통증 때문에 잭 모트가 의식을 회복했다. 롤랜드는 모트가 돌아와서 기뻤다. 머지않아 그가 필요했기 때문이었다. 모트의 손과 무릎에 대해서는, 알 바 아니었다. 총잡이는 쉽게 참을 수 있는 통증이었고, 실제로 상처를 입은 몸뚱이는 고통받아 마땅한 괴물의 것이었으므로.

롤랜드는 판유리가 끼워져 있던 창문 바로 아래까지 기어갔다. 입구 오른쪽이었다. 그는 그 자리에 웅크리고 앉았다. 오른손에 쥐었던 총은 총집에 꽂은 후였다.

총을 쓸 생각은 없었다.

6

"칼, 뭐 하는 짓이야!"

오마라가 소리쳤다. 불현듯 그의 머릿속에 《뉴욕 데일리 뉴스》의 머리기사가 떠올랐다.

'웨스트사이드 약국에서 총격전, 경찰이 시민 4명 사살'

델레반은 동료를 무시하고 약실에 새 산탄을 장전했다.

"가서 저 새끼나 잡자고."

7

상황은 총잡이가 바랐던 바 그대로 일어났다.

끝없이 펼쳐진 뉴욕 거리를 오가는 온순한 양 떼와 마찬가지로 전혀 위험해 보이지 않았던 상대에게 어이없이 속아 넘어갔기에, 그런 상대에게 무기까지 빼앗긴 사실에 분통이 터졌기에, 게다가 머리를 부딪쳐 어지럽기까지 했던 탓에, 그들은 무작정 가게 안으로 뛰어들었다. 산탄 소총을 난사한 멍청이가 앞장을 섰다. 둘은 적진에 돌입하는 군인처럼 살짝 몸을 숙이고 들어갔지만, 아직 안에 있을지도 모를 적에 대한 대비는 그것이 전부였다. 둘의 머릿속에서 범인은 이미 뒷문을 빠져나가 뒷골목으로 달아나는 중이었다.

그래서 둘은 보도에 흩어진 유리조각을 밟으며 진입했고, 산탄 소총을 든 칼 델레반 경관이 깨진 유리문을 열고 들어섰을 때, 롤랜드는 두 손을 모아쥐고 일어서서 그의 목덜미를 힘껏 내려쳤다.

나중에 열린 조사위원회에 출두하여 증언하는 동안, 델레반은 클레멘츠 총포상에서 카운터 아래 떨어진 범인의 지갑을 보려고 몸을 숙인 다음부터는 아무것도 기억나지 않는다고 주장했다. 위원들은 당시 상황에 비춰보면 그가 주장한 기억상실이 꽤 쓸 만한 핑계라고 의심했지만, 델레반이 받은 처분은 운 좋게도 60일 무급 정직으로 끝났다. 그러나 롤랜드는 그의 말을 믿었을 테고, 상황이 달랐더라면(예를 들어 그 멍청이가 무고한 이들이 가득했을지도 모를 가게에 산탄 소총을 난사하지 않았더라면) 그를 동정하기까지 했으리라. 30분도 안 되는 짧은 시간 동안 머리를 두 번이나 강타당하면 기억이 군데군데 뒤죽박죽된다 해도 이상한 일이 아니었다.

델레반이 귀리 자루인 양 흐물흐물 쓰러지자 롤랜드는 그의 축 늘어진 손에서 산탄 소총을 뺏어 들었다.

"움직이지 마!"

오마라가 외쳤다. 분노와 절망이 뒤섞인 목소리였다. 그러고는 뚱보 조니의 매그넘을 겨누려 했지만, 이는 롤랜드가 예상한 바였다. 이쪽 세계의 총잡이들은 보기 딱할 정도로 굼떴다. 롤랜드는 오마라를 세 번은 쏠 수 있었지만 그럴 필요조차 없었다. 그저 산탄 소총을 빙 돌려 힘껏 올려친 것으로 끝이었다. 개머리판이 오마라의 왼쪽 볼과 만나자 쩍 소리가 울려퍼졌다. 강속구를 만난 야구방망이가 지를 법한 소리였다. 한순간 오마라의 볼에서 턱 끝에 이르는 얼굴 전체가 오른쪽으로 5센티미터 이동했다. 다시 멀쩡해지기까지는 세 차례에 걸친 수술과 철심 네 개가 필요했다. 오마라는 믿을 수 없는 듯 한동안 우두커니 서 있다가, 눈이 스르르 뒤집혀 흰자위가 드러났다. 그러고는 무릎이 풀렸고, 쓰러졌다.

롤랜드는 점점 가까워지는 사이렌 소리도 잊은 채 문간에 섰다. 그러고는 산탄 소총을 들고 장전 펌프를 움직여 굵직한 적색 산탄을 델레반의 몸뚱이 위에 흩뿌렸다. 산탄을 모조리 빼낸 후에는 총마저도 그의 몸뚱이 위에 내던졌다.

"너처럼 위험한 멍청이는 서쪽으로 쫓아버려야 한다."

기절한 델레반을 보며 롤랜드가 내뱉었다.

"아비의 낯을 잊어버린 놈 같으니."

롤랜드는 델레반을 넘어 여태 시동이 걸려 있던 총잡이들의 차로 걸어갔다. 그러고는 차도 쪽 문으로 들어가서 운전석에 앉았다.

8

〈너, 이 탈것을 몰 줄 아나?〉 총잡이는 비명을 지르며 꽥꽥대는 잭 모트에게 물었다.

대답이 즉시 돌아오지는 않았다. 모트는 막무가내로 비명만 질러 댔다. 총잡이가 보기에 흥분한 상태 같았으나 온전히 그 이유 때문만은 아닌 듯싶었다. 잭 모트는 이 괴상한 납치범과 말을 섞지 않으려고 일부러 발광하는 중이었다.

〈잘 들어라.〉 롤랜드가 모트에게 말했다. 〈지금 하는 얘기뿐 아니라 어떤 얘기든, 단 한 번 할 시간밖에 없다. 내게 남은 시간은 얼마 되지 않는다. 묻는 말에 대답하지 않으면, 네 오른손 엄지를 네 오른쪽 눈에 쑤셔박을 거다. 손가락 뿌리까지 쑤셔박은 다음, 눈구멍에서 눈알을 쑥 빼내어 이 차 의자에 코딱지처럼 문질러 바를 거다. 난 한쪽 눈으로도 충분하다. 어쨌거나 내 눈도 아니니까 말이다.〉

모트가 총잡이에게 거짓말을 할 수 없듯이 총잡이도 모트에게 거짓말을 할 수 없었다. 둘의 관계는 본질적으로 냉랭하고 께름칙했지만, 그럼에도 제아무리 정열적인 성교로도 도달할 수 없을 만큼 끈끈한 경지이기 때문이었다. 둘의 관계는 결국 육신의 결합이 아니라 의식의 궁극적인 만남이기 때문이었다.

총잡이는 진심이었다.

모트도 이를 알았다.

흥분이 즉시 가라앉았다. 〈그래, 알아.〉 모트가 대답했다. 총잡이가 머릿속에 들어온 이후 처음으로 성사된 이성적인 의사소통이었다.

〈그럼 몰아라.〉

〈어디로 데려가라는 거야?〉

〈그리니치빌리지란 곳을 아나?〉

〈그래.〉

〈그리로 가라.〉

〈빌리지의 어디 말이야?〉

〈일단은 가기나 해라.〉

〈사이렌을 켜면 더 빨리 갈 수 있을 텐데.〉

〈좋다. 켜라. 번쩍이는 등도 같이 켜도록.〉

롤랜드는 모트의 의식을 장악하고 나서 처음으로 뒤로 슬쩍 물러선 다음, 모트로 하여금 다시 몸을 움직이도록 허락했다. 모트가 델레반과 오마라의 순찰차 계기반을 살펴보려고 머리를 움직였으나 롤랜드는 그저 주시하기만 할 뿐, 손을 쓰지 않았다. 그러나 몸을 벗어난 '카'의 상태가 아니라 육신을 지닌 상태였더라면, 롤랜드는 모반의 기미가 조금만 보여도 뛰어들어 제압할 수 있도록 다리에 힘을 주고 기다렸으리라.

그러나 그럴 기미는 전혀 보이지 않았다. 이 남자는 셀 수 없이 많은 무고한 이들을 살해하고 불구로 만들었으면서도, 제 소중한 눈한 짝은 결코 잃으려 하지 않았다. 그가 스위치를 올리고 기어를 당기자 차가 냉큼 움직였다. 사이렌 소리에 이어 경광등의 붉은 불빛이 차 앞쪽에서 번쩍거렸다.

〈빨리 가라.〉 총잡이가 차갑게 명령했다.

9

경광등과 사이렌을 켜고 잭 모트가 줄곧 경음기를 울렸는데도, 퇴근길의 정체를 뚫고 그리니치빌리지까지 가는 데에는 20분이나 걸렸다. 총잡이의 세계에서는 에디의 희망이 폭우를 만난 둑처럼 부스러지는 중이었다. 머지않아 완전히 무너질 터였다.

바다가 해의 절반을 먹어치웠다.

〈자, 다 왔어.〉 잭 모트가 말했다. 그가 한 말은 진실이었지만(아예 거짓말을 할 수가 없었지만) 롤랜드가 보기에는 무엇 하나 다른 곳과 다를 바가 없었다. 건물, 사람, 차가 빽빽이 들어찬 곳이었다. 차들이 꽉 채운 것은 거리뿐만이 아니었다. 대기마저도 쉬지 않고 울리는 소리와 매캐한 연기로 가득했다. 총잡이가 보기에 차가 태우는 무언지 모를 연료에서 나오는 연기 같았다. 이쪽 세계 사람들이 살아 있는 것만으로도 놀라웠다. 여인들이 저쪽 세계의 산맥 지하 터널에 살던 느림보 돌연변이 같은 괴물을 낳지 않는 것 또한 놀라웠다.

〈이제 어디로 가지?〉 모트가 물었다.

이제부터가 어려운 부분이었다. 총잡이는 각오를 했다. 어떻게든 해내리라고 단단히 각오했다.

〈사이렌과 등을 꺼라. 그다음엔 길가에 차를 세우도록.〉

모트는 소화전 옆에 순찰차를 댔다.

〈이 도시 지하에 철길이 있을 게다. 열차가 멈춰서 승객을 태우고 내려놓는 역으로 나를 인도해라.〉

〈어디 있는 역 말인데?〉 모트가 물었다. 그의 생각은 공포를 의미하는 색으로 물들어 있었다. 모트는 롤랜드에게 아무것도 감출 수 없었고, 롤랜드 역시 마찬가지였다. 적어도 오랫동안 감춰둘 수는 없었다.

〈몇 해 전…… 얼마나 오래전인지는 모르나…… 너는 어딘가의 지하역에서 젊은 여성을 열차 앞으로 밀친 적이 있다. 나를 그곳으로 인도해라.〉

그 말은 짧지만 격렬한 저항을 불러일으켰다. 총잡이가 이기기는 했으나, 쉽지 않은 싸움이었다. 어찌 보면 잭 모트도 오데타와 마찬가지로 분열된 인간이었다. 정신분열증 환자인 오데타와 달리 모트는 자기가 가끔 무슨 짓을 저지르는지를 똑똑히 알았다. 그러나 모트는 자신의 비밀스러운 자아, 즉 자신의 일부인 밀치기꾼을, 흡사 횡령을 저지른 범죄자가 구린 돈을 숨기듯 꼭꼭 숨겨두었다.

〈나를 그곳으로 인도해라, 망할 놈아.〉 총잡이가 속으로 되뇌었다. 그러고는 천천히 모트의 오른쪽 눈에 엄지손가락을 갖다댔다. 손가락이 손톱 길이만큼을 남겨두고 계속 파고들려 할 때, 마침내 모트가 항복했다.

모트의 오른손이 운전대 옆에 튀어나온 조종간을 다시 움직이자 차가 크리스토퍼 스트리트 역을 향해 출발했다. 3년 전쯤 오데타 홈스라는 여성이 전설의 에이션 열차에 두 다리를 잘린 곳이었다.

10

"어이, 저기 봐."

도보 순찰조의 앤드루 스톤튼 경관이 동료인 노리스 위버 경관을 불렀다. 델레반과 오마라의 순찰차가 블록 중간쯤에 멈춰 선 때였다. 차를 댈 자리가 없었는데도 운전자는 별 고민을 하지 않았다. 그는 태연하게 이중주차를 해놓고 뒤에서 따라오던 차들이 좁은 길을 비집고 느릿느릿 지나가도록, 마치 콜레스테롤이 덕지덕지 끼어서 이미 가망이 없는 심장을 살리려고 꾸물꾸물 기어가는 혈류처럼 흘러가도록 내버려두었다.

위버는 순찰차 오른쪽 전조등 옆에 적힌 번호를 확인했다. 744. 역시, 무전으로 들었던 바로 그 차였다.

경광등이 켜진 순찰차는 무엇 하나 흠잡을 데가 없어 보였는데…… 운전자가 문을 열고 차에서 내려설 때까지는, 그랬다. 남자는 감색 정장 차림이었다. 그것은 문제가 아니었다. 그러나 금색 단추와 은색 배지가 붙은 경찰 제복은 아니었다. 신발도 경찰 지급품이 아니었다. 스톤튼과 위버가 앞으로 근무용 신발은 구찌 로퍼로 지급한다는 통지를 못 받았을 수도 있었지만, 그럴 가능성은 희박했다. 이 괴짜를 앞서 발생한 경찰 습격사건의 범인으로 보는 편이 더 그럴듯했다. 놈은 지나가는 차들의 경적소리와 항의하는 소리를 무시한 채 차를 떠났다.

"젠장할."

앤드루 스톤튼이 한숨을 내쉬었다.

'접근 시 극히 주의할 것.' 지령원이 한 말이었다. '범인 무장 중, 매우 위험합니다.' 상황실 여경들은 보통 세상에서 가장 나쁜 인간의 목소리로 지령을 내렸고, 스톤튼이 아는 한 그들은 실제로 나빴다. 그런 여경이 기이할 정도로 강조한 '매우'가 스톤튼의 뇌리에 쇠못처럼 박혔다.

스톤튼은 경찰이 된 지 4년 만에 처음으로 총을 뽑아들고 위버를 돌아보았다. 위버도 총을 뽑았다. 그들이 있던 곳은 아이알티선 지하철역에서 10미터쯤 떨어진 간이식당 앞이었다. 둘은 오직 경찰과 직업군인만이 할 수 있는 방식으로 서로에게 익숙해진 사이였다. 한마디 말도 없이, 두 경관은 총구를 위쪽으로 향한 채 식당 입구로 물러섰다.

"지하철 쪽이지?"

위버가 물었다.

"그래."

스톤튼이 역 입구를 흘끗 살폈다. 때는 한창 붐비는 퇴근 시간, 역 계단에 지하철을 타러 내려가는 인파가 가득했다. 스톤튼이 말했다.

"지금 잡아야 돼, 시민들 쪽으로 접근하기 전에."

"가자."

둘은 완벽한 2인 대형을 이루고 식당 입구를 나섰다. 이 총잡이들을 롤랜드가 봤더라면 앞서 만났던 둘보다 훨씬 더 위험한 적으로 여겼으리라. 첫째로, 둘은 젊었다. 게다가 자기도 모르는 사이에 어느 이름 모를 지령원에 의해 매우 위험한 범인으로 낙인찍힌 롤랜드는 앤드루 스톤튼과 노리스 위버가 보기에 사나운 호랑이나 다름없는 존재였다. '멈추라고 경고하고, 즉시 복종하지 않으면 그냥 쏘는 거야.' 스톤튼이 속으로 생각했다.

"움직이지 마!"

스톤튼이 외쳤다. 이미 두 손으로 총을 쥐고 무릎쏴 자세를 취한 후였다. 곁에서 위버도 같은 자세를 취했다.

"경찰이다! 손을 머리 위로 올리고"

스톤튼이 거기까지 말했을 때, 남자가 지하철역 계단 쪽으로 냅다 달렸다. 인간으로 믿기 힘들 만큼 빠른 움직임이었다. 그러나 스톤튼은 이미 스위치가 켜진 상태, 계기반 바늘이 모조리 끝까지 치솟은 상태였다. 스톤튼이 뒤꿈치에 힘을 주고 총구를 돌리자 냉혹한 무아지경의 감각이 망토처럼 그의 몸을 휩감았다. 롤랜드는 이해했으리라. 그 또한 비슷한 상황에서 수없이 경험한 느낌이었으므로.

스톤튼은 달려가는 표적의 약간 앞쪽을 겨누고 38구경의 방아쇠를 당겼다. 감색 정장 사내는 계속 달리려다가 그만 빙그르르 돌아섰다. 그러고는 보도에 쓰러졌고, 방금 전까지만 해도 오로지 지하철을 타고 무사히 귀가하려는 생각에 여념이 없던 퇴근 인파가 비명을 지르며 메추라기 떼인 양 푸드득 흩어졌다. 이날 저녁에는 귀가 열차 말고도 무사히 넘겨야 할 장애물이 또 있음을 깨달았기 때문이었다.

"맙소사. 어이, 아저씨."

노리스 위버가 한숨을 내쉬었다.

"진짜 잡아버렸잖아."

"나도 알아."

스톤튼이 대답했다. 목소리는 조금도 떨리지 않았다. 롤랜드가 봤더라면 칭찬할 일이었다.

"가서 누군지 확인해보자."

11

〈내가 죽다니!〉 잭 모트가 악을 썼다. 〈내가 죽다니, 너 때문이야! 내가 죽다니, 내가……〉

〈안 죽었다.〉 총잡이가 대꾸했다. 눈꺼풀을 살짝만 연 채로, 그는 총을 들고 접근하는 두 경관을 지켜보았다. 총포상 근처에 차를 대고 있던 두 사람보다 젊었고, 빨랐다. 훨씬 빨랐다. 게다가 적어도 둘 중 한 명은 기가 막힌 명사수였다. 모트뿐 아니라 함께 있는 롤랜드도 죽거나, 죽어가거나, 아니면 중상을 입어야 마땅했다. 앤드루 스톤튼은 사살할 목적으로 발포했고, 그가 쏜 총알은 모트의 재킷 왼쪽 라펠을 꿰뚫었다. 안에 받쳐입은 애로 셔츠의 주머니도 마찬가지로 뚫렸으나…… 총알이 뚫은 곳은 거기까지였다. 두 사내, 즉 안에 있는 한 명과 바깥에 있는 한 명의 목숨을 구한 것은, 바로 모트의 라이터였다.

모트는 담배를 안 피웠지만, 그가 내년 이맘때까지 제 것으로 만들리라고 자신했던 자리의 상사는 담배를 피웠다. 그래서 모트는 200달러를 주고 은제 던힐 라이터를 샀다. 하지만 상사인 프래밍엄 씨와 함께 있을 때 모트는 그가 담배를 문다고 해서 무조건 불을 붙여주지는 않았다. 그랬다가는 자칫 아첨꾼으로 보일지도 몰랐다. 그저 가끔 한 번씩만…… 또 대개는 프래밍엄 씨보다 더 높은 사람, 또는 잭 모트가 첫째, 표 나지 않게 공손한 인재이고, 둘째, 고급스러운 취향까지 지닌 인재임을 알아볼 만한 사람이 함께 있는 자리에서만 라이터를 꺼냈다.

될 놈들은 매사에 만전을 기하는 법이었다.

매사에 만전을 기하는 습관이 이번에는 모트와 롤랜드의 목숨을 구했다. 스톤튼이 쏜 총알은 모트의 심장 대신 은제 라이터를 박살 냈다(심장에는 상표가 붙어 있지 않았다. 명품이라면 환장을 하는 모트의 취향이 다행히도 살가죽 안까지 파고들지는 못했다.).

그래도 물론 상처를 입기는 했다. 대구경 탄환에 맞고 상처 하나 없이 넘어갈 수는 없는 법이었다. 라이터는 모트의 가슴에 움푹 팬 자국을 남길 만큼 파고들어갔다. 납작하게 찌그러져서 산산조각 난 라이터가 살갗을 군데군데 후벼 파놓았고, 파편 한 조각은 왼쪽 젖꼭지를 거의 반으로 찢어놓았다. 기름 머금은 솜은 뜨거운 탄환 때문에 불이 붙었다. 그러거나 말거나 총잡이는 가만히 누워서 경관들이 다가오기를 기다렸다. 총을 쏘지 않은 경관이 사람들에게 말했다. "물러서세요, 아 글쎄 물러서라니까요, 어이구."

〈내 몸이 타고 있어!〉 모트가 악을 썼다. 〈내 몸이 타고 있잖아, 불 꺼! 끄라고! 끄란 말이야아아〉

롤랜드는 가만히 누운 채 저만치서 자박거리는 총잡이들의 발소리에만 귀를 기울일 뿐 모트가 지르는 비명은 무시했고, 느닷없이 가슴팍을 지지는 숯덩이와 살 타는 냄새도 무시하려고 애썼다.

갈비뼈와 지면 사이로 발이 들어왔다. 그 발이 위로 올라가자 총잡이는 몸의 힘을 쭉 빼고 빙글 돌아누웠다. 잭 모트는 두 눈을 부릅뜬 채였다. 얼굴은 표정 없이 축 늘어져 있었다. 산산조각 난 라이터가 불타는 중이었는데도 안에 있던 사내가 소리를 지를 기미는 보이지 않았다.

"저런, 맥들 저 사람한테 예광탄이라도 쏜 거요?"

누군가가 웅얼거렸다.

모트의 재킷 라펠에 뚫린 구멍에서 한 줄기 가느다란 연기가 피어올랐다. 연기는 라펠 가장자리를 따라 지저분한 얼룩처럼 흘러나오기도 했다. 론슨 라이터기름을 머금은 솜에 불이 붙자 살 타는 냄새가 경관들에게까지 풍겨왔다.

여태껏 실수 없이 임무를 수행해 온 앤드루 스톤튼이 유일한 실수를 저지른 때가 바로 이때였다. 만일 코트의 학생이었더라면 앞서 보여준 대견한 솜씨와 상관없이 귓불이 퉁퉁 붓도록 얻어터진 다음, 사람을 죽음으로 이끄는 것은 언제나 단 한 번의 실수라는 충고를 듣고 집으로 돌아갔을 법한 실수였다. 스톤튼은 범인에게 총을 발사했다. 실제 상황에 직면하기 전에는 어떤 경찰도 자신할 수 없는 일이었다. 그러나 자기가 쏜 총알이 어찌된 일인지 범인에게 불을 질렀음을 깨달은 스톤튼은 겁에 질려 사고가 마비되고 말았다. 그리하여 무심코 불을 끄려고 몸을 숙였고, 죽은 줄 알았던 범인의 눈이 번뜩임을 깨달았지만, 이미 총잡이의 두 발이 그의 배를 걷어찬 후였다.

스톤튼은 뒤로 날아가서 동료와 부딪혔다. 손에 쥐었던 총도 날아갔다. 위버는 총을 놓치지 않았지만 스톤튼을 옆으로 젖히고 일어났을 때 총소리가 들렸고, 그의 총은 감쪽같이 사라졌다. 총을 쥐었던 손이 큼지막한 망치에 얻어맞은 듯 얼얼했다.

감색 정장 사내가 일어섰다. 그러고는 한동안 두 경관을 내려다보다가 말했다.

"그대들은 잘 싸웠소. 다른 총잡이들보다 훨씬 낫소. 그러니 충고 한마디 하겠소. 따라오지 마시오. 이제 거의 끝났소. 난 그대들을 죽이고 싶지 않소."

그러고는 돌아서서 역 계단으로 뛰어갔다.

12

계단은 앞서 내려가던 도중에 비명소리와 총소리를 듣고 얼마나 끔찍한 사건이 일어났는지, 더러운 콘크리트 바닥에 몇 명의 피가 얼마나 흘렀는지 구경하려고 되돌아 올라오는 사람들로 북적였다. 병적이지만 어딘가 뉴요커다운 호기심이었다. 그러나 감색 정장 사내가 뛰어내려오자 웬일인지 사람들이 서둘러 길을 터주었다. 놀랄 일은 아니었다. 그 남자는 손에 총을 쥐고 있었고, 허리에도 총이 한 정 꽂혀 있었다.

게다가, 몸이 불타는 중이었다.

13

셔츠와 언더셔츠와 재킷이 화르르 타오르고 라이터의 은이 녹아 살가죽을 지지며 주르륵 흘러내리는 동안 모트의 비명소리가 점점 더 커졌지만, 롤랜드는 깨끗이 무시했다.

더러운 바람이 불어오는 느낌이 들었다. 열차의 굉음이 점점 가까워졌다.

이제 곧 그 순간이었다. 총잡이가 세 장의 패를 모두 뽑을지, 아니면 모두 잃을지 결정될 순간이, 마침내 눈앞으로 다가왔다. 또다시 머릿속에서 온 세상이 뒤흔들리는 느낌이 들었다.

총잡이는 플랫폼까지 내려간 다음 쥐고 있던 38구경을 멀리 던져 버렸다. 그가 잭 모트의 허리띠를 풀고 바지를 쑥 내리자 창녀나 입을 법한 흰색 팬티가 불쑥 드러났다. 이 기묘한 속옷을 찬찬히 살펴볼 시간은 없었다. 서두르지 않으면 산 채로 통구이가 될 걱정은 더이상 할 필요가 없었다. 그가 사놓은 총알이 폭발하여 모트의 몸을 산산조각으로 날려버릴 터였다.

총잡이는 총알 상자를 팬티에 쑤셔넣은 다음 케플렉스 약병을 꺼내어 한데 집어넣었다. 팬티가 기괴한 모양으로 불룩 튀어나왔다. 그러고 나서는 활활 타는 재킷을 벗어던졌지만, 불붙은 셔츠를 벗을 생각은 하지 않았다.

플랫폼을 향해 달려오는 열차의 굉음이 들렸다. 불빛도 보였다. 전에 오데타를 친 바로 그 열차인지 아닌지 알 방법이 전혀 없었는데도, 총잡이는 바로 그 열차임을 알아보았다. '탑'에 관련된 이들에게 운명은 총잡이의 목숨을 구한 라이터처럼 자비로울 때도 있었지만, 그 기적의 결과로 일어난 불처럼 고통스러울 때도 있었다. 운명은 지금 다가오는 열차의 쇠바퀴처럼 필연적이고도 극도로 잔혹한 길, 오로지 굳건한 의지와 다정한 마음씨만이 견뎌낼 수 있는 길을 따라 움직였다.

총잡이는 모트의 바지를 홱 끌어올린 다음, 우르르 물러서는 인파에는 눈길도 주지 않고 다시 뛰기 시작했다. 바람이 점점 세게 불어오자 먼저 셔츠 목깃이, 다음에는 머리카락이 불타기 시작했다. 팬티에 쑤셔넣은 묵직한 상자들이 모트의 불알을 짓이겼다. 처절한 고통이 아랫배를 파고들었다. 개찰구를 뛰어넘는 그의 모습은 인간

별똥별이었다. 〈내보내줘!〉 모트가 악을 썼다. 〈타죽기 전에 내보내 달란 말이야!〉

〈넌 타죽어 마땅하다.〉 총잡이의 생각은 냉혹했다. 〈이제부터 일 어날 일도 네게는 과분할 정도로 자비로운 처사다.〉

〈그게 무슨 소리야? 무슨 소리냐고?〉

총잡이는 대답하지 않았다. 실제로는 플랫폼 가장자리로 뛰어가 면서 모트의 의식을 아예 끊어버렸다. 총알 상자 한 개가 팬티에서 흘러나오려 하자 총잡이는 손으로 상자를 움켜쥐었다.

총잡이가 온 정신력을 그러모아 '여인'에게 쏘아보냈다. 이렇게 사념으로 전달한 명령이 온전히 가닿을지, 또 상대방을 굴복시킬 수 있을지 자신할 수는 없었지만, 어쨌든 총잡이는 예리한 화살처럼 사 념을 쏘아보냈다.

〈문이오! 문을 보시오! 지금! 어서!〉

열차의 굉음이 온 세상을 뒤흔들었다. 구경하던 여성이 소리쳤 다. "어머나 어떡해 저 사람 뛰어내리나 봐" 누군가가 손을 뻗어 모 트의 어깨를 붙들고 끌어당기려 했다. 그러자 롤랜드는 잭 모트의 몸뚱이를 노란색 경고선 너머로 힘껏 밀쳤고, 플랫폼 가장자리에서 뛰어내렸다. 저쪽 세계로 갖고 돌아갈 짐을 챙길 생각에 손으로 사 타구니를 감싸쥐기는 했지만…… 무엇보다도, 때를 정확히 맞추어 모트의 몸뚱이에서 벗어나야만 했다. 뛰어내리면서 총잡이는 그녀 를, 그녀들을, 다시금 외쳐불렀다.

〈오데타 홈스! 데타 워커! 여기를 보시오!〉

그들을 외쳐부르면서, 쇠바퀴를 번쩍이며 무자비한 속도로 덮쳐 오는 열차 앞에서, 총잡이는 마지막으로 고개를 돌려 문 저편을 바라보았다.

그는 여인의 얼굴을 똑똑히 들여다보았다.

두 명의 얼굴을!

〈둘이다, 둘이 동시에 보인다……〉

〈안 돼애애!〉 모트가 악을 썼다. 열차가 그를 덮치기 전, 그의 다리 위가 아니라 허리를 끊어 두 동강 내기 직전에, 롤랜드는 문으로 뛰어들었고…… 무사히 건너갔다.

잭 모트는 혼자서 죽었다.

총잡이의 몸뚱이 옆에 총알 상자와 약병이 나타났다. 두 손이 상자를 쥐려고 움찔거리다가 이내 축 늘어졌다. 총잡이는 억지로 힘을 주어 일어섰다. 그러고는 자신이 다시금 병들어 비틀거리는 육신에 들어왔음을, 에디 딘이 비명을 질러대는 중임을, 오데타가 두 사람의 목소리로 악을 질러대는 중임을 깨달았다. 총잡이는 잠시 오데타를 바라보다가 자신이 들은 목소리의 정체를 알아차렸다. 한 여인이 아니라 두 여인이었다. 둘 다 앉은뱅이였고, 둘 다 갈색 피부를 지녔으며, 둘 다 빼어나게 아름다웠다. 그러나 둘 중 한 명은 미치광이였고, 일그러진 정신이 아름다운 외모에 묻히기는커녕 그 때문에 더욱 도드라졌다.

롤랜드는 두 쌍둥이를 물끄러미 바라보았다. 실제로는 쌍둥이가 아니라 한 여인의 빛과 그늘이었다. 그는 열에 달뜬 눈으로 홀린 듯이 바라보았다.

이내 에디가 또다시 비명을 질렀다. 총잡이는 파도에서 기어나온 가재 괴물 떼를 보고 데타가 에디를 꽁꽁 묶어 내버려둔 곳으로 비틀비틀 걸어갔다.

해가 가라앉았다. 저쪽 세계에 어둠이 깔렸다.

14

데타는 문 저편에 있는 자신을 보았다. 자기 눈에 비친 자신을, 총잡이의 눈에 비친 자신을 보았다. 데타가 느낀 혼란은 에디도 경험한 바 있었지만, 데타의 경험이 훨씬 더 강렬했다.

그녀는 이곳에 있었다.

또한 저곳에도, 총잡이의 눈 속에도 있었다.

달려오는 열차의 굉음이 들렸다.

"오데타!" 그녀는 외쳐불렀고, 문득 모든 사정을 이해했다. 자신이 누구이며 그 일이 언제 일어났는지를.

"데타!" 그녀는 외쳐불렀고, 문득 모든 사정을 이해했다. 자신이 누구이며 누가 그 짓을 저질렀는지를.

불현듯 안팎이 뒤집히는 충격이 엄습했고…… 이내 훨씬 고통스러운 충격이 뒤를 이었다.

그녀는 쪼개지고 있었다.

15

롤랜드는 야트막하게 경사진 해변을 내려가 에디가 쓰러져 있는 곳으로 향했다. 움직이는 모습이 꼭 뼈 없는 사람 같았다. 가재 괴물

한 마리가 집게발로 에디의 얼굴을 긁었다. 에디가 비명을 질렀다. 총잡이가 괴물을 걷어찼다. 그러고는 비틀비틀 주저앉아 에디의 팔을 그러쥐었다. 뒤로 끌어당기려고 했지만, 소용이 없었다. 기운이 턱없이 부족했다. 놈들이 에디를 해치울 게 뻔했다. 아니, 두 사람 다……

괴물 떼 중 한 놈이 "디드, 어, 칙?"이라고 물으며 에디의 바지와 살점을 함께 뜯어갔고, 에디가 또다시 비명을 질렀다. 에디는 연이어 비명을 지르려 했지만 컥컥대는 소리밖에 나오지 않았다. 데타가 묶어놓은 올가미에 목이 졸린 탓이었다.

가재 괴물 떼가 두 사람을 둘러싸고 집게발을 열심히 절걱거리며 점점 다가왔다. 총잡이는 마지막 힘을 다해 에디를 끌어당겼고…… 뒤로 벌렁 자빠졌다. 괴물 떼가 다가오는 소리가, 소름끼치는 질문 소리와 절걱거리는 집게발 소리가 들렸다. 어쩌면 그리 나쁘지만은 않았다고, 총잡이는 생각했다. 그는 전부를 걸었고, 그가 잃은 것은 오로지 그것뿐이었다.

자기 총이 발사되는 소리를 듣고 총잡이는 어찌된 영문이지 몰라 멍해졌다.

16

두 여인은 엎드린 채로 얼굴을 마주보았다. 둘 다 상대를 덮치려고 일어선 뱀인 양 윗몸을 꼿꼿이 세운 채로, 똑같은 지문이 새겨진 손으로 똑같은 주름이 팬 목을 틀어쥐었다.

여인은 상대를 죽일 작정이었다. 그러나 오래전 그 소녀가 그러했듯이, 여인은 현실에 존재하지 않았다. 여인은 떨어진 벽돌이 빚어낸 꿈이었으나…… 이제 꿈은 현실이 되었고, 총잡이가 친구를 구하려 버둥거리는 동안 오데타의 목을 조르는 중이었다. 현실로 변한 꿈이 쌍욕을 퍼부으며 오데타의 얼굴에 뜨거운 침을 퍼부었다.

"내가 파란 접시를 훔쳤다 그 여자가 날 병원에 내려놓고 갔으니까 난 '특벼란' 접시가 없었으니까 내가 그 접시를 깼다 그런 건 깨버려야 하니까, 흰둥이 사내놈도 보이는 대로 깨버린다 아무렴 왜 못 깨는데 흰둥이 사내놈을 보면 조져버린다, 그놈들은 조져버려야 하니까, 가게에선 도둑질도 한다 내 형제자매들은 할렘에서 굶주리고 그네들 아기는 쥐새끼한테 뜯어먹히는데 그놈들은 '특벼란' 물건을 흰둥이들한테만 파니까, 내가 진짜다, 쌍년아, 내가 진짜다, 내가…… *내가*…… 내가!"

'이 여잘 죽여.' 그러나 생각만 할 뿐, 오데타는 자신이 그럴 수 없음을 알았다.

그 미치광이가 오데타를 죽이고 무사할 수 없듯이, 오데타 역시 미치광이를 죽이면 살아남을 수 없었다. 둘은 자신들을 불러낸

(롤랜드 또는 진짜 악당)

이 에디와 나란히 산 채로 뜯어먹히는 동안 서로의 목을 졸라댈 수도 있었다. 하지만 그랬다가는 셋 모두 끝장이었다. 그리되고 싶지 않다면

(사랑을, 또는 증오를)

풀어놓을 수도 있었다.

오데타는 데타의 목에서 손을 뗐다. 목을 파고들며 숨통을 조르

는 억센 손길은 무시했다. 오데타는 손으로 데타의 목을 조르는 대신, 그녀를 끌어안았다.

"놔라, 이 쌍년아!"

데타가 악을 썼다. 그러나 몹시도 복잡한 목소리, 증오와 감사가 동시에 밴 목소리였다.

"놔라, 놓으란 말이다, 당장 놓으란……"

오데타는 목소리가 나오지 않아 대답할 수 없었다. 맨 앞에서 다가온 가재 괴물이 롤랜드에게 얻어맞고 나가떨어진 다음, 뒤이어 두 번째 괴물이 에디의 팔뚝을 노리고 덤벼들 때, 오데타에게는 오직 마녀의 귀에 대고 속삭일 힘밖에 남아 있지 않았다.

"사랑해, 데타."

목을 조르던 손길이 한순간 교수형 올가미처럼 바짝 조여들었다가…… 스르륵 풀렸다.

그러고는 사라졌다.

또다시 안팎이 뒤집히는 기분이 들었고…… 순식간에, 하늘의 은총인 양, 그녀는 온전한 오데타가 되었다. 백인 택시 운전사가 흘끗 돌아보고 그대로 떠나버렸기에(게다가 자존심 강한 아버지가 또다시 거절당할까 두려워 택시를 잡지 않았기에), 단지 그 자리에 있었다는 이유만으로 잭 모트라는 이름의 남자가 던진 벽돌에 머리를 맞은 아이였던 시절 이후 처음으로, 그녀는 온전한 오데타였다. 그녀는 오데타 홈스였다. 그렇다면 다른 여인은……?

"서둘러, 이년아!" 데타가 소리쳤다. 그러나 목소리는 오데타의 것이었다. 오데타와 데타는 하나로 합쳐졌다. 그녀는 한 사람이었다. 또한 두 사람이기도 했다. 그런 그녀에게서 총잡이가 세 번째 여인을 뽑아냈다. "서둘러, 안 그럼 저 사람들이 저녁거리가 된단 말이다!"

오데타는 총알 상자로 눈을 돌렸다. 새 총알을 쓸 시간이 없었다. 장전을 마치면 이미 늦을 듯싶었다. 그저 운에 맡길 수밖에 없었다.

"그것 말곤 방법이 없잖아?" 오데타는 스스로에게 묻고 나서 총을 들었다.

느닷없이 그녀의 갈색 손에서 천둥소리가 터져나왔다.

17

가재 괴물이 에디의 코앞에서 꾸물거렸다. 주름이 자글자글한 눈에 끔찍한 생기가 끔찍하게 번들거렸다. 집게발이 에디의 얼굴로 다가왔다.

"도드, 어," 놈이 심문을 시작했다. 그러나 다음 순간, 놈은 살점을 흩날리며 뒤로 날아갔다.

롤랜드는 부들부들 떨리는 왼손을 향해 다가오던 괴물을 보고 '이제 왼손이 날아갈 차례구나.' 하고 생각했지만…… 괴물은 곧 껍데기와 녹색 내장이 뒤섞인 곤죽이 되어 밤하늘로 날아갔다.

총잡이가 고개를 돌려 바라본 곳에는 여인이 있었다. 심장이 두근거릴 만큼 아름다운 자태와 심장이 얼어붙을 만큼 지독한 노기를 동시에 지닌 여인이었다.

"덤벼라, 니미럴 놈들아! 덤벼! 그 사람들한테 덤비기만 해봐! 똥구멍으로 눈깔을 내뿜게 해주마!"

여인이 외쳤다. 그러고는 활짝 벌린 에디의 가랑이를 노리고 재빨리 달려들던 괴물을 날려버렸다. 놈은 에디를 잡아먹는 동시에 고자로 만들려다가 그만 원반처럼 날아갔다.

앞서 롤랜드는 가재 괴물에게 미숙하나마 지능이 있으리라고 짐작했다. 이제 그 짐작이 사실로 입증되었다.

다른 괴물들이 물러났던 것이다.

리볼버의 격철이 총알을 때렸지만 불발탄이었다. 여인은 다음 총알로 세 번째 괴물을 고깃덩이로 변신시켰다.

남은 괴물들이 더욱 걸음을 서둘러 물 쪽으로 줄행랑쳤다. 다들 입맛을 잃은 모양이었다.

한편, 에디는 목 졸려 죽어가는 중이었다.

롤랜드가 손을 뻗어 에디의 목을 깊숙이 파고든 밧줄을 더듬었다. 에디의 얼굴이 자줏빛에서 서서히 검은빛으로 물들어갔다. 몸부림도 점점 약해졌다.

이윽고 누군가의 튼튼한 손이 총잡이의 손을 밀어냈다.

"내가 맡을게요."

그 손은 칼을…… 총잡이의 칼을 들고 있었다.

'맡겠다니, 무엇을?' 희미해져가는 의식 속에서 총잡이는 생각했다. '무엇을 맡겠다는 얘기요? 이제 우리 목숨은 당신의 손에 달려 있는데.'

"당신은 누구요?"

총잡이가 중얼거렸다. 밤보다도 깊은 어둠이 그를 뒤덮어갔다.

"난 세 사람이에요."

여인의 목소리가 들렸다. 깊은 우물의 입구에 서서 저 아래에 빠진 총잡이에게 말하는 듯 들렸다.

"과거의 나, 존재할 권리가 없었는데도 존재했던 나, 그리고 당신이 구해준 지금의 나, 이렇게 세 명이죠. 고마워요, 총잡이."

여인이 총잡이에게 입을 맞추었다. 총잡이는 여인의 입술을 느꼈다. 그러나 이로부터 한참 동안 그가 느낀 것은 오로지 암흑뿐이었다.

마지막 섞기

1

총잡이가 암흑의 탑에 대해 생각하기를 멈춘 것은 실로 오랜만의 일이었다. 그는 탑에 대해 생각하는 대신 숲속 공터의 샘을 찾은 사슴에게 온 정신을 집중했다.

그는 쓰러진 나무 위에 왼손을 올려놓고 조준을 했다.

'고기다.' 속으로 생각하며, 또 입속에 배어나는 따뜻한 침을 느끼며, 그는 방아쇠를 당겼다.

'빗나갔구나.' 그는 발사한 직후에 생각했다. '잃어버렸다. 실력을 모조리…… 잃어버렸어.'

그러나 사슴은 물가에 쓰러져 숨이 끊어졌다.

머지않아 탑 생각이 또다시 머릿속을 가득 채울 터였지만, 총잡이는 적어도 이때만큼은 존재하는 모든 신에게 자신의 솜씨가 녹슬지 않았음을 감사드렸다. 그러고는 고기를 생각했고, 고기를 생각했으며, 또 고기를 생각했다. 그는 하나 남은 총집에 총을 꽂고 나무를 넘어갔다. 큼지막한 사냥감이 샘에 내려오기를 기다리며 늦은 오후 해가 황혼으로 바뀔 때까지 끈질기게 기다린 그를 가려준 나무였다.

'몸이 점점 좋아지는구나.' 총잡이는 칼을 뽑아들면서 문득 놀랐다. '점점 좋아지고 있어.'

갈색 눈을 지닌 여인이 뒤에서 살펴보는 줄은 모르고 한 일이었다.

2

해변 끝자락에서 대결을 벌인 날로부터 엿새 동안 세 사람이 먹은 것이라곤 가재 괴물 고기뿐이었고, 마신 것이라곤 텁텁한 개울물뿐이었다. 롤랜드는 그간의 사정을 거의 기억하지 못했다. 정신을 잃고 헛소리를 해댄 탓이었다. 그는 가끔 에디를 알레인이라고 불렀고, 때로는 커스버트라고 불렀으며, 여인은 항상 수전이라고 불렀다.

롤랜드의 열이 조금씩 내려간 덕분에 세 사람은 힘든 산행을 나설 수 있었다. 에디는 여인이 탄 휠체어를 밀면서 걸어갔고, 가끔은 휠체어에 롤랜드를 태우기도 했다. 그럴 때면 여인은 에디의 목에 살짝 팔을 감고 그의 등에 업혔다. 휠체어가 못 지나갈 정도로 험한 곳이 많았던 탓에 걸음이 느려졌다. 롤랜드는 에디가 몹시 지쳤음을 알았다. 여인도 마찬가지였다. 그러나 에디는 단 한 번도 투덜대지 않았다.

먹을거리는 있었다. 해가 떠 있는 동안 롤랜드는 생사의 갈림길에 누워 열에 시달리며 오래전에 지나간 과거와 오래전에 죽은 사람들 때문에 괴로워했고, 그러는 동안 에디와 여인은 사냥을 했고, 또 했고, 거듭 했다. 그러다 보니 가재 괴물들이 그쪽 해변 가까이 오지 않게 되었지만 식량은 이미 충분히 확보한 후였다. 마침내 잡풀이 우거진 곳에 이르렀을 때 세 사람은 걸신들린 듯 풀을 뜯어먹었다. 야채에 굶주린 그들로서는 녹색이면 무엇이든 상관없었다. 이로써 군데군데 짓물렀던 피부가 서서히 회복되었다. 어떤 풀은 쌉싸래했고 어떤 풀은 달착지근했지만 맛이야 어떻든 상관없었는데…… 단 한 번, 예외가 있었다.

약기운 탓에 노곤해진 총잡이가 졸다가 깨어났을 때, 여인은 풀을 한 움큼 뜯는 중이었다. 총잡이가 너무나 잘 아는 풀이었다.

"안 돼! 그 풀은 안 되오!"

총잡이는 쉰목소리로 외쳤다.

"그 풀은 절대로 안 되오! 잘 보시오, 그리고 기억해 두시오! 그 풀은 절대 먹으면 안 되오!"

여인은 한참 동안 총잡이를 바라보다가 더 묻지 않고 풀을 내려놓았다.

총잡이는 하마터면 늦었으리라는 생각에 오한을 느끼며 자리에 누웠다. 모르고 먹었다가는 목숨을 잃을 풀도 있었으나, 여인이 들고 있던 풀은 먹은 사람을 타락시켰다. 그것은 마귀풀이었다.

에디가 걱정했던 대로 총잡이는 케플렉스 때문에 설사를 했지만, 풀을 먹고 나니 속이 편안해졌다.

그러다가 마침내 그들 앞에 진짜 숲이 펼쳐졌고, 서쪽 바다의 파도소리는 이따금씩 불어오는 서풍의 웅얼거림으로 전락했다.

그리고 이제…… '고기'가 생겼다.

3

총잡이는 오른손 중지와 약지로 칼을 쥐고 사슴의 내장을 꺼내려고 꿈지럭거렸다. 소용없는 일이었다. 손에 힘이 들어가지 않았다. 서툰 왼손으로 칼을 고쳐 쥐고 나서야 사슴의 사타구니에서 가슴까지 비뚤배뚤 칼집을 낼 수 있었다. 이로써 혈관이 굳어 고기를 망치기 전에 뜨뜻한 피를 뽑아낼 수는 있었지만…… 그럼에도 서툴기짝이 없는 칼질이었다. 어린애한테 칼을 쥐여줘도 그보다는 잘할 듯싶었다.

'너, 이제 좀 똑똑해질 때도 되지 않았나.' 총잡이는 왼손을 보고 중얼거린 다음, 더 깊이 칼집을 내려고 손을 뻗었다.

갈색 손 두 개가 그의 왼손을 감싸더니 칼을 들고 갔다.

롤랜드가 고개를 돌렸다.

"내가 할게요."

수재나였다.

"해본 적이 있소?"

"아니오, 하지만 당신이 가르쳐주면 할 수 있을 거예요."

"그럽시다."

"고기네요."

수재나가 롤랜드를 보고 미소 지었다.

"그렇소."

롤랜드도 수재나를 보고 슬며시 웃었다.

"고기요."

"무슨 일이에요? 총소리가 들리던데."

에디가 저만치서 소리쳤다.

"추수감사절 만찬이에요! 당신도 와서 도와줘요!"

수재나가 대답했다.

그날 저녁 세 사람은 두 왕과 한 여왕처럼 먹었다. 그날 밤, 고지대의 서늘한 바람 속에서 별이 가득한 하늘을 보며 잠에 빠져들던 총잡이는, 헤아릴 수 없이 긴 세월 끝에 마침내 만족에 가까운 기분을 느꼈다.

그는 잠들었다. 그리고 꿈을 꾸었다.

4

탑이었다. 암흑의 탑.

장엄하게 몰락해가는 태양 아래 핏빛으로 물든 광야의 지평선에, 탑이 서 있었다. 벽돌로 쌓은 벽 안쪽에서 끝없이 올라가는 나선계단은 보이지 않았지만, 계단과 나란히 나선 모양으로 나 있는 창이 보였다. 그 창 안쪽으로 총잡이가 이제껏 만난 모든 이들의 망령이 지나갔다. 망령들은 쉬지 않고 계단을 올라갔고, 메마른 바람을 타고 총잡이의 이름을 부르는 소리가 들려왔다.

오너라…… 롤랜드…… 여기로…… 롤랜드…… 와라…… 오란

말이다…….

"갈 거요."

중얼거리며, 총잡이는 벌떡 일어났다. 또다시 열이 치솟는 듯 땀이 흐르고 몸이 덜덜 떨렸다.

"롤랜드?"

에디였다.

"아아."

"나쁜 꿈이라도 꿨어?"

"나쁜 꿈이지. 좋은 꿈이기도 하고. 어두운 꿈이었으니."

"탑 말이야?"

"그래."

둘이 수재나 쪽으로 눈을 돌렸지만 그녀는 곤히 잠들어서 깨지 않았다. 한때는 오데타 수재나 홈스였던 여인. 후에 데타 수재나 워커였던 여인. 이제 그녀는 세 번째 여인이었다. 그녀의 이름은 수재나 딘이었다.

수재나가 보여준 불굴의 투지 덕분에 롤랜드는 그녀를 사랑했다. 그러나 롤랜드는 두려웠다. 그는 자신이 에디와 마찬가지로 그녀 또한 희생시키게 될 줄을 알았다. 어떠한 의문도 망설임도 없이 그리할 터였다.

탑을 위하여.

저주받은 탑을 위하여.

"약 먹을 시간이야."

에디가 말했다.

"이제 됐다."

"헛소리 하지 말고 입이나 벌려."

롤랜드는 물통에 받아둔 시원한 개울물로 약을 삼키고 트림을 했다. 불쾌한 기분은 들지 않았다. 고기를 먹었으니 당연한 일이었다.

"어디로 가는지 알기는 해?"

에디가 물었다.

"탑으로 간다."

"아니, 그러니까. 당신 말은 텍사스 촌놈이 지도도 안 들고 알래스카에 있는 게이 바를 찾아가는 격이잖아. 도대체 어디야? 어느 쪽으로 가야 돼?"

"내 걸낭을 갖다다오."

에디는 그가 시킨 대로 했다. 수재나가 몸을 뒤척이자 에디는 우뚝 멈췄다. 꺼져가는 모닥불에 비친 얼굴이 마치 그늘이 드리운 붉은 평원처럼 보였다. 그는 수재나가 다시 곤히 잠든 후에 롤랜드가 있는 자리로 돌아왔다.

롤랜드는 저쪽 세계에서 가져온 총알 때문에 묵직해진 걸낭을 뒤적거렸다. 찾는 물건이 금세 손에 잡혔다. 이제 그의 여생에 필요한 물건이 얼마 되지 않았으므로.

턱뼈였다.

검은 옷을 입은 남자가 남긴 턱뼈.

"여기서 잠시 머물 거다. 내 몸이 다 나을 때까지."

"다 나았는지 안 나았는지 어떻게 알아?"

롤랜드의 얼굴에 슬며시 웃음이 피어났다. 떨림증은 점점 가라앉았고 땀도 시원한 밤바람에 말라가는 중이었다. 그러나 머릿속에서는 여전히 그 망령들이, 오래전 숨을 거둔 기사들과 친구들과 연인들과 적들이, 계단을 올라가는 중이었다. 창 너머로 언뜻 보인 얼굴들이 사라져갔다. 피와 죽음과 무자비한 심판의 광야 위로, 탑이 검고 기다란 그림자를 드리웠다.

"나는 모른다고 해도,"

롤랜드는 수재나를 보며 고개를 주억거렸다.

"그녀는 알 거다."

"그럼 그다음엔?"

롤랜드가 월터의 턱뼈를 들어 보였다.

"이것은 언젠가 말을 한 적이 있다."

그러고는 에디를 돌아보았다.

"다시 말할 날이 올 거다."

"위험한 거잖아."

에디가 무덤덤한 목소리로 물었다.

"그렇지."

"당신한테만 위험한 게 아니잖아."

"그래."

"난 수재나를 사랑한단 말이야."

"안다."

"수재나를 다치게 했다가는……"

"난 해야 할 일을 할 뿐이다."

"그럼 우린 어떻게 돼도 상관없단 말이야? 그런 거야?"

"난 너희 둘 모두 아낀다."

롤랜드는 에디의 얼굴을 바라보았다. 사그라져가는 모닥불이 롤랜드의 뺨을 붉게 물들였다. 그는 울고 있었다.

"묻는 말에 대답이나 해. 당신은 멈추지 않을 거지, 그렇지?"

"그래."

"끝까지 갈 작정이지."

"그래. 끝까지 간다."

"무슨 일이 일어난대도 말이지."

롤랜드를 물끄러미 바라보는 에디의 눈에는 애정과 증오가, 상대의 진심과 의지와 욕구를 향해 절망과 무력감이 밴 손을 내뻗는 남자의 처절한 진심이 담겨 있었다.

바람이 불자 숲이 신음했다.

"꼭 우리 형처럼 얘기하네."

에디가 울음을 터뜨렸다. 울고 싶지 않았는데도. 결코 눈물을 보이고 싶지 않았는데도.

"헨리 형한테도 탑이 있었어. 암흑의 탑은 아니었지만. 내가 우리 형이 쫓던 탑 얘길 했던가? 내 생각에 우린 형제이자, 총잡이였어. 우리한텐 '하얀 탑'이 있었지. 형은 나한테 함께 탑으로 가자고 했어. 자기 말만 들으라고 했어. 그래서 난 말에 올랐어. 왜냐면 우린 형제였으니까, 당신도 알지? 그리고 우린 탑에 도착했어. 하얀 탑을 찾았단 말이야. 하지만 그건 독약이었어. 형을 죽였지. 어쩌면 나까지 죽였을지도 몰라. 그런데 당신이 날 찾아줬어. 당신이 구한 건 내 목숨뿐만이 아니야. 당신은 내 빌어먹을 영혼까지 구해줬어."

에디는 롤랜드를 껴안고 뺨에 입을 맞췄다. 눈물 때문에 짠맛이 났다.

"그런데 이제 어쩌라는 거야? 다시 말에 올라타라고? 가서 검은 옷을 입은 남자를 다시 만나겠다는 거야?

총잡이는 아무 말도 하지 않았다.

"이제까지 만난 사람은 몇 안 되지만, 더 가면 사람들이 있을 거야. 탑이 있는 곳에는 늘 사람이 있는 법이니까. 당신이 동료를 기다린 것도 그래서였잖아. 그리고 마지막에 말하는 건 주둥이가 아니라지갑이겠지. 어쩌면 이쪽 세계에서는 지갑이 아니라 총일지도 모르지만. 그래서, 당신 얘기는 결국 그거야? 말에 올라타라고? 가서 적과 싸우자고? 전이나 다름없이 똥통에서 헤매는 거라면 사양이야. 그럴 바엔 차라리 가재들한테 뜯어먹히는 게 나아."

롤랜드를 바라보는 에디의 눈가가 거무스름하게 물들었다.

"난 이때껏 구질구질하게 살아왔어. 내가 깨달은 게 있다면 딱 하나뿐이야. 적어도 구질구질하게 죽고 싶지는 않다는 거."

"네 형의 탑하고는 다르다."

"그래? 그 말은 지금 당신이 중독된 게 아니라는 뜻이야?"

롤랜드는 대꾸하지 않았다.

"마법의 문을 건너와서 당신을 구해줄 사람이 누굴 것 같아? 당신은 알아? 난 알아. 이제 아무도 없어. 당신은 뽑을 수 있는 패를 다 뽑았단 말이야. 이제 뽑을 거라곤 염병할 총밖에 없어. 당신한테 남은 게 그것뿐이니까. 발라자르처럼."

롤랜드는 말이 없었다.

"우리 형이 평생 나한테 가르치려고 한 건 딱 한 가지야, 뭔지 가르쳐줄까?"

에디는 눈물 때문에 목이 메어 말을 더듬었다.

"그래."

총잡이는 몸을 숙여 에디의 눈을 물끄러미 들여다보았다.

"사랑하는 사람을 해치면 지옥에 떨어진다는 거야."

"난 벌써 떨어졌다."

총잡이가 나지막이 대꾸했다.

"허나 어쩌면, 지옥에 떨어진 자에게도 구원이 있을 게다."

"당신 우릴 다 죽일 작정이야?"

롤랜드는 대답하지 않았다.

에디가 얼마 남지 않은 롤랜드의 셔츠 자락을 움켜쥐었다.

"그녀를 죽일 작정이냐고?"

"언젠가는 우리 모두 죽는다. 변질하는 것은 이 세계뿐만이 아니므로."

총잡이는 단호한 눈으로 에디를 바라보았다. 어슴푸레한 빛 속에서 그의 연청색 눈은 거의 회색으로 보였다.

"그러나 우리는 당당히 설 것이다."

총잡이가 말을 멈췄다. 그러고는 다시 입을 열었다.

"우리가 취할 것은 이 세계뿐만이 아니다, 에디. 고작 그것뿐이라면 너희 둘을 위험에 몰아넣지 않았을 게다. 그 아이 또한 마찬가지다."

"무슨 소리야?"

"앞에 무엇이 있든."

총잡이의 목소리는 나지막했다.

"우리는 전진한다, 에디. 우리는 싸울 것이다. 상처를 입겠지. 허나 결국에는 당당히 설 것이다."

이번에는 에디가 입을 다물었다. 할 말이 아무것도 떠오르지 않았다.

롤랜드가 에디의 팔을 살며시 움켜잡았다.

"지옥에 떨어진 자에게도 사랑하는 마음은 있는 법이다."

5

결국 에디는 롤랜드가 새 3인조를 만들고자 뽑은 세 번째 동료인 수재나 옆에 누워 잠들었다. 그러나 롤랜드는 뺨에 흐른 눈물이 바람에 다 마를 때까지 뜬눈으로 어둠 속에 앉아 있었다.

지옥일까?

구원일까?

암흑의 탑.

롤랜드는 암흑의 탑에 이르러 그들의 이름을 노래하리라. 그곳에서 그들의 이름을 노래하리라. 그들 모두의 이름을 노래하리라.

태양이 동녘을 짙은 장밋빛으로 물들일 무렵, 롤랜드도 마침내 잠에 빠져들었다. 그는 이제 마지막 총잡이가 아니라 마지막 세 총잡이 중 한 명이었다. 그가 꾸는 광포한 꿈의 한가운데에 푸른 번개 한 줄기가 선연하게 번득였다.

그곳에 이르러 나 그들 모두의 이름을 노래하리라!

『세 개의 문』〈끝〉

닫는 글

이로써 총 6부 또는 7부에 이르는 긴 이야기인 『다크 타워』의 2부가 마무리되었다. 3부인 『황무지』는 롤랜드와 에디와 수재나가 탑을 향해 떠난 원정 가운데 절반에 해당하는 이야기를 담고 있다. 4부인 『마법사와 수정구슬』에서는 마법과 유혹의 이야기가 펼쳐질 텐데, 그중 대부분은 독자 여러분이 검은 옷을 입은 남자를 찾아나선 롤랜드를 만나기 전 그에게 어떤 일이 일어났는지에 관한 이야기이다.

1부인 『최후의 총잡이』는 내게 명성을 안겨준 책들과 전혀 다른 이야기였는데도 놀랄 만큼 환대를 받았다. 그 책을 읽고 좋아해 준 독자 여러분에게는 감사밖에 드릴 것이 없다. 여러분도 아시다시피, 내가 보기에 이 책은 나 자신의 탑인 것만 같다. 등장인물들, 그중에서도 특히 롤랜드가 나를 따라다니며 괴롭히기 때문이다. 그 탑의 정체가 무엇인지, 거기서 무엇이 롤랜드를 기다리고 있는지(또한 그가 거기에 이를 수 있을지, 물론 그러지 못할 가능성에 대해서도 여러분은 마음의 준비를 하셔야 할 테지만), 과연 나 자신은 확실히 알고 있을까? 나야 물론 알지만…… 실은 모른다. 내가 아는 것은 다만 17년이라는 오랜 세월 동안 이 책이 나를 부르고 또 불렀다는 사실뿐이다. 여전히 밝혀지지 않은 수수께끼가 여럿 남아 있는 데다 이야기가 절정에 이르려면 아직 한참을 더 가야 하지만, 그럼에도 2부는 1부보다 더욱 완전한 책이었다는 느낌이 든다.

그리고 탑은 더욱 가까워졌다.

스티븐 킹
1986년 12월 1일

옮긴이 **장성주**

고려대 동양사학과를 졸업하고 출판 편집자로 일했다. '스티븐킹교'의 평신도를 자처하며 묵묵히 신앙 생활
에 정진해 왔으나, 앞으로는 '스티븐킹교' 포교 활동에도 힘쏠 생각이다.

다크타워 2 [하]

1판 1쇄 펴냄 2009년 5월 10일
1판 3쇄 펴냄 2021년 5월 24일

지은이 스티븐 킹
옮긴이 장성주
편집인 김준혁
발행인 박근섭
펴낸곳 ㈜ 황금가지

출판등록 1996. 5. 3. (제16-1305호)
135-887 서울 강남구 신사동 506 강남출판문화센터 5층
영업부 515-2000 / 편집부 3446-8773 / 팩시밀리 515-2007
www.goldenbough.co.kr

값 12,000원

ISBN 978-89-6017-213-5 04840
ISBN 978-89-6017-210-4 04840 (세트)